BASTEI
LÜBBE
TASCHENBUCH

Weitere Titel des Autors:

Als E-Book erhältlich:

Die Carya-Trilogie:
1. Flammen über Arcadion
2. Im Schatten des Mondkaisers
3. Das geraubte Paradies

Imperium der Drachen:
1. Das Blut des schwarzen Löwen
2. Kampf um Aidranon

Frontiersmen (als Wes Andrews):
1. Höllenflug nach Heaven's Gate
2. Blutfehde auf Alvarado

Frontiersmen – Civil War (als Wes Andrews):
1. Revolte auf Higgins' Moon
2. Vierzig Frachter randwärts
3. Die Verdammten von Fort Hope
4. Die Tochter des Admirals
5. Die Rache der Peko
6. Showdown bei Alamo

Titel auch als Hörbuch erhältlich

Über den Autor:

Bernd Perplies, geboren 1977 in Wiesbaden, studierte Filmwissenschaft und Germanistik in Mainz. Parallel zu einer Anstellung beim Deutschen Filminstitut wandte er sich nach dem Studium dem Schreiben zu. Heute ist er ganz in die Welt der Bücher eingetaucht. Für sein Epos IMPERIUM DER DRACHEN wurde er 2015 mit dem DEUTSCHEN PHANTASTIK PREIS ausgezeichnet. Bernd Perplies lebt in der Nähe von Stuttgart.

Bernd Perplies

AM ABGRUND DER UNENDLICHKEIT

Roman

BASTEI LÜBBE
TASCHENBUCH

BASTEI LÜBBE TASCHENBUCH
Band 20875

Dieser Titel ist auch als Hörbuch und E-Book erschienen.

MIX
Papier aus verantwortungsvollen Quellen
FSC® C083411

Originalausgabe

Dieses Werk wurde vermittelt durch die
Literarische Agentur Thomas Schlück GmbH, 30161 Hannover

Textredaktion: Wibke Sawatzki, Mainz
Umschlaggestaltung: Guter Punkt, München | www.guter-punkt.de
Titelillustration: Arndt Drechsler, Leipzig
Satz: hanseatenSatz-bremen, Bremen
Gesetzt aus der Stempel Garamond
Druck und Verarbeitung: CPI books GmbH, Leck – Germany
ISBN 978-3-404-20875-3

2 4 5 3 1

Sie finden uns im Internet unter
www.luebbe.de
Bitte beachten Sie auch: www.lesejury.de

Prolog

Tiefe Arjon, am äußersten Rand des Domenaions
Coana

Wenn man lange genug in den Abgrund schaut, wird einen der Abgrund verschlingen.

Davon war Coanas Erzeuger immer überzeugt gewesen. Naroan hatte das Leben eines zutiefst spirituellen Mannes geführt und viel über ihrer aller Platz im Universum nachgedacht. Mit seiner Spiritualität war jedoch nicht nur Erleuchtung einhergegangen, sondern auch Furcht – die Furcht vor der Leere, die jenseits der nur auf Karten existierenden Grenzen des Domenaions aufklaffte, jenes Sternenreichs, das im 27. Jahrtausend nach der Zeitrechnung der Orkanoiden am äußersten Rand der Galaxis lag. Wie so viele Gläubige hatte Naroan in dieser Leere einen Abgrund gesehen, eine unendliche Tiefe, aus der jedweder nur erdenkliche Schrecken emporsteigen konnte, um die Domänen des Lebens, welche die Atherier und die Sleen, die Menschen und die Floryll ihre Heimat nannten, zu verheeren. Diese Sorge hatte sich mit zunehmendem Alter in krankhafte Besessenheit gewandelt, und schließlich war Naroan aus Coanas Leben geflohen und hatte sein Heil in einem Kloster der Luminatoren gesucht, jenem Paladin-Orden, der vor vielen Generationen zum Schutz all der Verängstigten gegründet worden war. Seitdem saß Naroan dort wirr im Geiste in seiner Zelle und erwartete Unheil.

Coana hatte, zu ihrer eigenen Beruhigung, das besonnene Wesen und den analytischen Verstand ihrer Erzeugerin geerbt.

Daher zog sie die Wissenschaft der Religion vor. Dennoch hatte auch sie im Laufe der Jahre die Faszination ergriffen, die so viele Bewohner des Domenaions überkam, wenn sie den Blick randwärts richteten, auf die sternenlose Unendlichkeit, die sich dort erstreckte. Sie ging an die Große Akademie in Usantalor auf ihrer Heimatwelt Atheria und studierte dort den Kosmos und seine Geheimnisse. Anschließend besuchte sie Einrichtungen des Wissens auf Norton, Shenavis und Belux, und für ein halbes Standard-Jahr lebte sie sogar unter den Orkanoiden, um von diesen wundersamen Geschöpfen zu lernen. Das war noch vor dem politischen Eklat gewesen, der vor zehn Standard-Jahren zwischen den riesigen Quallenwesen und diesen furchtbaren Barakkaranern aufgekommen war. Die Barakkaraner hatten unbedingt seltene Erze auf einem den Orkanoiden heiligen Wander-Asteroiden schürfen müssen. Seitdem hatten die uralten Bewohner der Zwillingsgasriesen Rauras und Navada jeden Kontakt mit den Völkern des Domenaions abgebrochen. Und keine Delegation von Reumütigen, zu denen zugegebenermaßen nie ein Barakkaraner gehört hatte, war imstande gewesen, sie davon zu überzeugen, diese Haltung wieder aufzugeben – ein unschätzbarer Verlust, wie Coana fand. Aber nach ihrer Meinung fragte ja niemand.

Nach ihrem Abschluss hatte Coana eine Weile im astrografischen Zentrum auf Raumstation 41 – die eN'iX hatten eine so prosaische Art, ihre Einrichtungen zu benennen – gearbeitet. Anschließend war sie hierhergekommen, auf die Außenrand-Forschungsstation Tiefe Arjon.

Die Station bestand im Wesentlichen aus einer gewaltigen Sensorphalanx, die sich fächerförmig in Richtung des Leerraums erstreckte. Ihre Aufgabe lag darin, zu ergründen, ob dort draußen mehr als bloß Nichts war. Selbstverständlich gab man dem Ganzen einen wissenschaftlichen Anstrich, aber Coana argwöhnte, dass die Station – ebenso wie ihre elf Geschwister entlang der Grenzen des Domenaions – nicht zuletzt dazu da war, die Bürger der Domänen besser schlafen zu lassen. Wenn es tatsächlich Schrecken gab, die aus dem Abgrund der Unendlichkeit emporsteigen konnten, dann waren es die Tiefe-Stationen, die sie als Erste bemerken würden.

Coana glaubte nicht daran, dass in der Leere etwas existierte. Es widersprach jeder wissenschaftlichen Logik. Jede Form von nennenswertem Leben benötigte Licht und Wärme, ganz gleich wie wenig, und beides gab es nur in Raumregionen, in denen Sterne leuchteten. Doch obwohl es im Abgrund – zumindest für die Augen einer Atherierin wie Coana – buchstäblich nichts zu sehen gab, faszinierte sie diese Schwärze, diese völlige Abwesenheit von Sinneseindrücken.

Gänzlich leer war der Leerraum, trotz seines Namens, allerdings auch nicht. Die hochempfindlichen Apparaturen der Sensorphalanx maßen da draußen eine Vielzahl kosmischer Strahlungen, die meisten von ihnen sehr gewöhnlich, manche bemerkenswert exotisch. Außerdem schossen nicht nur Myriaden atomarer Partikel durch das finstere, eisige Vakuum, sondern auch größere Brocken, karge, zerklüftete Asteroiden-Irrläufer, die bar jeden Lebens einsam ihre Bahn zogen. Aber all das war für das bloße Auge vollkommen unsichtbar. Für Coana, die gemeinsam mit zwei Kollegen einsame Wacht über die Sensorphalanx und den angeschlossenen Analyserechner hielt, präsentierte sich der Abgrund jenseits der Beobachtungsfenster als ein schwarzes Meer, in das nur noch vereinzelte Sternenhalbinseln hineinragten, Ausläufer der Spiralgalaxis, die langsam in diese Finsternis am Rand des Universums expandierte.

»Du tust es wieder«, vernahm Coana eine Frauenstimme hinter ihrem Rücken.

Coana blinzelte mit ihren großen, schwarzen Augen und wandte sich von der kreisrunden Transparentstahlscheibe ab, vor der sie stand. »Ich schaue aus dem Fenster?«, antwortete sie der kleinen, stämmigen Menschenfrau mit dem kurzen, violetten Haar und der rosigen Gesichtshaut, wobei sie fragend den Kopf schief legte.

»Du starrst in den Abgrund«, verbesserte sie Meng Shani, »so, als würdest du erwarten, dass dort etwas erscheint.«

Abwehrend hob Coana die schlanke Hand mit den vier langgliedrigen Fingern. »Ich erwarte gar nichts. Ich genieße lediglich die Ruhe, die von der Leere ausgeht.«

Meng Shani lachte leise, während sie zum Getränkeautomaten des Aufenthaltsraums ging und einen heißen Saro-Kava aus ihrer Heimat orderte. »Wo wir hier jeden Abend die Wände zum Beben bringen.« Die Worte klangen ironisch. »Noch mehr Ruhe, und ich würde auf der Stelle einschlafen.«

»Ihr Menschen seid immer so hektisch«, sagte Coana mit einem Seufzen.

»Man muss leben, solange man jung ist«, erwiderte Meng Shani. »Und ich werde nun mal keine zweihundert Jahre alt, so wie du, meine Große.« Sie nahm ihre Tasse, hob sie an die Lippen und nippte an ihrem Kava.

Coana schlug huldvoll die Augenlider nieder, bevor sie sich wieder der Schwärze vor dem Fenster zuwandte. Dabei spürte sie, wie ein Schmunzeln an ihren Mundwinkeln zupfte. Sie mochte die junge Menschenfrau, auch wenn diese sich manchmal gebärdete wie ein wildes Kind.

Meng Shani war die Computerspezialistin und Ingenieurin ihrer kleinen Besatzung. Gemeinsam mit Te'De'O, einem eN'iX, der als Arzt und Biologe arbeitete, lebten die beiden Frauen nun schon seit fast einem Standard-Jahr hier draußen am absoluten Rand. Es stimmte, was Meng Shani sagte: Es war ein sehr ruhiges Leben. Sie bekamen kaum Besuch, und der Großteil ihrer Arbeit bestand aus Datenanalysen. Vermutlich hätte die Station überhaupt keine Besatzung gebraucht. Aber wenn schon nicht die wissenschaftliche, so war doch die psychologische Funktion von Tiefe Arjon zu wichtig, um den Außenposten allein den Automaten zu überlassen. Falls es zu einer Störung kam oder – das Licht mochte sie davor bewahren – einem tatsächlichen Kontakt, wollte der Rat der Domänen biologische – oder im Falle der eN'iX semibiologische – Intelligenz vor Ort wissen, die sich mit dem Problem befassen konnte und es einzuschätzen vermochte.

Coana blickte erneut in die Schwärze. Aus der gepanzerten Fensterscheibe blickte ihr Spiegelbild zu ihr zurück. Sie sah eine schlanke, hochgewachsene Frau mit langen Gliedern und einer weißgrauen, an Meeressäugetiere erinnernden Haut, deren Körper in einem hellen, graubraunen Stationsanzug steckte; nicht hässlich, aber gewiss auch nicht der letzte modische Trend auf Atheria. Ihr dünner Hals wurde von einem hohen Kragen kaschiert; den vollständig haarlosen Kopf mit dem kleinen Mund, den direkt darüberliegenden Atemschlitzen und den großen Augen zierte dezentes Make-up.

Im Grunde hätte es Coana egal sein können, wie sie aussah. Hier draußen gab es keine gesellschaftlichen Empfänge. Aber sie war diszipliniert genug, um auch am hintersten Ende der Galaxis auf ihr Äußeres zu achten. Vielleicht spielte zudem ein wenig Eitelkeit hinein. Es genügte, dass sie mit sechzig Standard-Jahren die Älteste an Bord war. Sie wollte nicht auch noch so aussehen.

Meng Shani trat neben sie. »Du wirkst so nachdenklich«, sagte sie leise, die Tasse mit Kava in beiden Händen. »Stimmt irgendetwas nicht?«

Diese Frage konnte Coana nicht so leicht beantworten. Objektiv betrachtet gab es nichts in ihrem Umfeld, das ihr Anlass zur Sorge hätte geben können. Die Sensorphalanx arbeitete einwandfrei, die Betriebswerte aller Bordsysteme lagen im Normalbereich. Ihr Körper zeigte keine Symptome einer Krankheit, und auch aus der Heimat lagen keine Nachrichten vor, die auf

Probleme dort hingewiesen hätten. Alles war gut – dennoch spürte Coana schon den ganzen Tag über eine unterschwellige Unruhe, die auch nicht besser geworden war, seit sie sich hierher, ans Fenster des Aufenthaltsraums, begeben hatte, um in den Leerraum zu blicken. Sonst half ihr das stets dabei, inneren Frieden zu finden. Heute war eher das Gegenteil der Fall; ihre Unruhe wurde noch stärker, während sie in die Schwärze hinausstarrte. »Ich weiß es nicht«, gab sie schließlich zu. »Ich fühle …«

Der Alarm des Computersystems unterbrach sie. Es war ein durchdringendes Jaulen, das sie noch nie außerhalb einer Systemüberprüfung vernommen hatten. Ungläubig schauten sich Coana und Meng Shani an.

»Das ist der Annäherungsalarm von der Phalanx«, entfuhr es der Computerspezialistin.

Für einen Unwissenden hätte dieser Satz nicht außergewöhnlich geklungen. Immer wieder besuchten Versorgungsschiffe Tiefe Arjon, sehr selten kamen auch Wissenschaftlerkollegen vorbei, um Erkenntnisse auszutauschen. Doch Coana und Meng Shani war die ganze Tragweite dieser Aussage bewusst. Die Phalanx wies direkt in den Leerraum hinaus, dorthin, von wo eigentlich nichts kommen konnte. Erst recht nichts, das den Hochleistungs-Multispektralsensoren der Phalanx so lange entging, dass der Annäherungsalarm die erste Warnung darauf darstellte.

»Coana, Meng, kommen Sie bitte sofort in die Zentrale«, drang die Stimme von Te'De'O aus dem Bordlautsprecher. Für gewöhnlich war der eN'iX durch nichts aus der Ruhe zu bringen. Eine präzise Kontrolle über den eigenen Hormonhaushalt machte das möglich. Doch jetzt klang er so angespannt, als habe es in seinem Adrenalindepot eine Fehlfunktion gegeben.

Meng Shani rannte sofort los. Coana folgte ihr etwas beherrschter, wobei ihre langen Beine ihr einen Geschwindigkeitsvorteil verliehen, der dafür sorgte, dass beide Frauen dennoch fast gleichzeitig in der Operationszentrale von Tiefe Arjon eintrafen.

»Was kommt da auf uns zu?«, fragte Meng Shani, während sie den Arbeitsblock in der Mitte des Raums umrundete, um zu Te'De'O zu gelangen, der vor dem Steuersystem der Sensorphalanx an der Rückwand der Zentrale saß.

Der Arzt wandte ihr das glatte, hellblaue Kunstgesicht zu. »Ich weiß es nicht. Aber es ist gewaltig. Und es hat uns beinahe erreicht.«

»Wie gewaltig?« Coana beugte sich über die Anzeigen, denn letzten Endes war sie die Einzige an Bord, die das kosmische Phänomen korrekt einzuschätzen vermochte.

»Dreihundertzwanzigtausend Kilometer im Durchmesser bei veränderlichen Randmaßen.« Te'De'O rief auf seinem Monitor ein Falschfarbenbild auf, das die Sensorphalanx gemacht hatte. Von einem Augenblick zum nächsten war der Weltraum vor ihnen nicht mehr schwarz, sondern von einem giftigen Grün. Te'De'O fuhr die Kameraperspektive zurück, aber es war unmöglich, das ganze Phänomen abzubilden.

Meng Shani entfuhr eine leise Verwünschung. Sie klang vollkommen fassungslos.

Coana starrte auf die Bilddaten, dann rief sie rasch einige weitere Werte der Phalanx ab. Sie spürte, wie ein Zittern durch ihre feine Rückenfinne lief. Mit einem Ruck wandte sie sich ab und eilte auf den Ausgang zu.

»Coana?«, rief Meng Shani ihr nach, aber sie antwortete nicht. Sie wollte zurück zum Aufenthaltsraum. Sie musste das Phänomen mit eigenen Augen sehen – wenn man es überhaupt sehen konnte, denn bis vor wenigen Momenten war ihr nicht das geringste Anzeichen darauf aufgefallen.

»Coana!« Sie vernahm Schritte, als die Menschenfrau ihr nacheilte. »Das Ding kommt direkt auf uns zu! Wir müssen sofort hier weg!«

Die Aufforderung war vollkommen sinnlos. Wenn die Anzeigen in der Zentrale stimmten – und es gab keinen Grund, an ihnen zu zweifeln –, näherte sich das Phänomen mit irrsinniger Geschwindigkeit. Es würde sie erreichen, lange bevor es ihnen gelang, in die Notfähre zu steigen, mit dieser zu starten und den Quantentransit durch den Nullraum zu vollziehen.

Coana erreichte den Aufenthaltsraum und trat erneut an das große Panoramafenster. Was sie dort sah, verschlug ihr den Atem. *Wenn man lange genug in den Abgrund schaut, wird einen der Abgrund verschlingen.*

Heute war es so weit.

1

Raumschiff *Leitstern*, im freien Raum, System LZ-724
Bendis Kahain

Das Raumschiff driftete einsam am Rand eines unbewohnten Sonnensystems im All. Die Energie schien komplett ausgefallen zu sein, um den Antrieb hatte sich eine Wolke gefrorener Gase gebildet und im diskusförmigen Rumpf klafften große Löcher. Trümmer trieben kaum noch um das Schiff herum. Sie waren seit dem Angriff ebenso in der endlosen Nacht verschwunden wie alles, was beim explosiven Verlust der Atmosphäre aus dem Rumpf des Wracks geblasen worden war.

Dass das Gefährt, seiner Bauform zufolge ein Transporter der Nark, Opfer eines Angriffs durch Raumpiraten geworden war, hatten sie dem Notruf entnommen. Doch selbst wenn Bendis Kahain, Captain des Raumrettungskreuzers *Leitstern*, und seine Mannschaft nichts davon gewusst hätten, wären die Anzeichen unverkennbar gewesen. Deutlich waren die Brandspuren von Plasmakanonen und die Einschlagkrater von Erschütterungsraketen am Rumpf auszumachen, der ursprünglich in kräftigen Rot- und Brauntönen lackiert gewesen war, jetzt jedoch, bedeckt von einer Patina aus Eis und Trümmerstaubpartikeln, überwiegend stumpf und grau wirkte.

»Es sieht so aus, als wären wir zu spät gekommen«, drang die mechanische Stimme aus dem Vocoder, der an Katiktaks Anzugkragen befestigt war. Das Zirpen und Klackern der Kieferwerkzeuge des insektoiden Silphi-Piloten der *Leitstern* untermalte die übersetzten Worte.

»Ich glaube auch nicht, d-dass dort noch jemand zu retten ist«, pflichtete ihm Shem Randon bei. Der Computerspezialist saß an den Sensorkontrollen und begutachtete die Daten, die ihm sowohl auf dem Monitor als auch in seiner Datenbrille angezeigt wurden. »Ich orte k-keine Rettungskapseln oder P-p-peilsignale von Raumanzügen.«

»Glauben heißt nicht wissen«, sagte Kahain fest. »Unsere Aufgabe ist es, sicherzugehen. Bring uns in Position für eine Bergungsoperation. eL'Ha, mach FABS 1 und 2 bereit.«

»Sofort, Captain. Ich starte die Drohnen, sobald wir den minimalen Sicherheitsabstand zum Zielobjekt erreicht haben.« Die silberhäutige eN'iX, die bislang das Geschehen auf dem zentralen Brückenbildschirm verfolgt hatte, wandte sich ihrer Station zu. Der helle Schein der Deckenleuchten spiegelte sich auf ihrem kahlen Schädel, und an den ringförmigen Akustiksensoren, die links und rechts von ihrem Kopf den Platz von Ohren einnahmen, huschte blaues Licht im Kreis. Das Licht deutete auf erhöhte Konzentration hin, war im Grunde aber eine Spielerei, die vor allem dem Zweck diente, andere Besatzungsmitglieder der *Leitstern* darauf hinzuweisen, dass eL'Ha in Ruhe gelassen werden wollte, weil sie beschäftigt war.

Neben Kahain erhob sich Neena Costa von ihrem Platz. »Ich bin mit Venk und Umbra in der Schleuse und warte auf deinen Befehl zum Übersetzen.«

»Verstanden.« Kahain nickte der jungen, hellhäutigen Frau zu, die daraufhin zur Luke eilte. Costa war der Erste Offizier auf der *Leitstern* und darüber hinaus die beste Bergungsspezialistin, die Kahain kannte. Er schätzte sich glücklich, sie noch immer an Bord zu haben, obwohl sie in den letzten vier Jahren mehr als nur ein Angebot von anderen Captains erhalten hatte. Aber er hatte ihr, als sie sich kennenlernten, das Leben gerettet, und diese gute Tat in seiner an fragwürdigeren Taten nicht armen Laufbahn vergalt sie ihm nach wie vor durch ihre unverbrüchliche Loyalität.

Heute waren sie einmal mehr im Begriff, eine *fragwürdigere Tat* zu begehen. Natürlich schickte Kahain die Drohnen und den Bergungstrupp zum Wrack hinüber, um nach Überlebenden zu suchen. Das war ihre Pflicht, und Wunder geschahen schließlich immer wieder. Aber im Grunde rechnete er nicht damit, irgendwelche Besatzungsmitglieder retten zu können. Er hatte das Raumschiff und seine Mannschaft innerlich bereits abgeschrieben, als sie der Notruf erreicht hatte, denn die Übertragung war furchtbar verstümmelt gewesen. Wie erwartet hatte es Shem fast eine Stunde gekostet, um die angefügten Koordinaten herauszufiltern, die sich darüber hinaus als derart weit entfernt erwiesen, dass Katiktak vier Sprünge hatte berechnen müssen, bevor sie ihr Ziel erreichten. In der Zwischenzeit hatten sich die Übeltäter längst durch den Nullraum davongemacht, und das Schiff war bloß noch ein leblos dahintreibendes Wrack im endlosen Sternenmeer.

Es war tragisch, wie jeder Tod im All, den Kahain und seine Truppe von der Raumrettung nicht verhindern konnten. Doch die Situation bot auch gewisse Möglichkeiten, die sich eine eher schlecht bezahlte Raumschiffbesatzung nur ungern entgehen ließ. Kahains Leute – oder zumindest die meisten von ihnen – bildeten da keine Ausnahme.

»Die *Leitstern* liegt jetzt längsseits neben dem Wrack«, meldete Katiktak wenige Augenblicke später. »Wir haben die Geschwindigkeit angepasst und halten den Standard-Sicherheitsabstand.«

»Danke«, erwiderte Kahain. Als der an eine flügellose, aufrecht gehende Heuschrecke erinnernde Silphi an Bord gekommen war, hatte es anfangs einige Missverständnisse gegeben, weil der Schwarmabkömmling Katiktak stets im Plural von sich sprach. Mittlerweile aber hatte sich die ganze Besatzung daran gewöhnt.

Kahain wandte sich an eL'Ha. »Schick die FABS raus.«

»Sie sind unterwegs«, bestätigte die eN'iX, deren schlanke Kunsthände auf den Steuereinrichtungen lagen.

Auf dem Bildschirm tauchten zwei metallische Objekte auf, die durch die Schwärze auf das Wrack zuschossen.

Die »ferngesteuerten Aufklärungs- und Bergungssonden« – kurz FABS – hatten etwa die Größe eines Menschen und bestanden praktisch nur aus Sensoren, Greifarmen und Schubdüsen, die um einen zylindrischen Kern angeordnet waren. Sie dienten als schnelle Vorhut der Raumretter, erkundeten Gefahrenstellen und suchten nach Überlebenden, damit sich Neena Costa, Venk Hobric und Umbra darauf konzentrieren konnten, zu helfen, statt durch das Wrack zu irren.

»Umschalten auf die Kameraperspektive der FABS«, befahl Kahain.

Randon kam dem Befehl nach, und sofort sprang das treibende Schiff näher. Während er den verheerten Rumpf betrachtete und nach dem besten Punkt für ein Eindringen ins Innere suchte, strich sich Kahain langsam mit der Hand über den kurzen, gepflegten Bart, den er sich hatte wachsen lassen, seit ihn das Haupthaar auf seinem dunkelhäutigen Schädel im Stich gelassen hatte. »Da.« Er deutete auf ein besonders großes Loch an der Oberseite des Diskus. »Leuchte mal dort hinein. Das sieht nach einem größeren Raum aus. Könnte ein Frachtbereich oder Fährenhangar sein.« Beides bot erfahrungsgemäß Aussicht auf Beute, die sich leicht bergen und zur *Leitstern* bringen ließ.

Eigentlich schrieben die Raumregularien im Domenaion vor, dass havarierte Raumschiffe dem jeweiligen Heimathafen gemeldet werden mussten, damit mögliche Eigner retten konnten, was noch zu retten war. Aber wer merkte schon, wenn vorher ein paar Tonnen Reaktorkühlmittel, einige Computerterminals oder Munitionskisten verschwanden – von privaten Wertgegenständen ganz zu schweigen? Nach einem solchen Angriff verlor sich eine Menge Zeug draußen in der Leere. Und an Orten wie Quintus Ira oder den unteren Ebenen von Basis Zentrat, wo sich hervorragend diskrete Geschäfte abwickeln ließen, stellte niemand Fragen, wie dieses Zeug seinen Weg in die Laderäume der *Leitstern* gefunden hatte.

Kahain war weder aus Überzeugung noch mit großer Begeisterung ein Dieb. Aber er zog es vor, seinen Leuten einen gewissen Freiraum für Nebenverdienste zu gönnen, wenn das bedeutete, dass sie dann mit größerem Eifer ihrem alles andere als angenehmen Job nachgingen. Er griff nur ein, wenn er merkte, dass Hobric, Umbra oder Katiktak ihre Prioritäten bei einer Rettungsoperation falsch setzten. Das kam jedoch so gut wie nie vor. Dafür sorgte Costa schon.

»Ich dringe mit FABS 1 ins Innere vor«, kommentierte eL'Ha eigentlich unnötigerweise das Geschehen auf dem Bildschirm. »FABS 2 überprüft weiter die Außenhülle.«

»Wie sieht es aus?«, meldete sich Costa aus der Schleuse über Funk.

»Wir sind noch bei der ersten Untersuchung des Wracks«, informierte sie Kahain. »Bis jetzt haben wir einen guten Einstieg an der Oberseite gefunden.«

»Keine Fracht- oder Passagierluken?«

»Es gibt eine Frachtluke unter dem Rumpf«, meldete eL'Ha. »Allerdings ist der Rahmen verzogen. Sie wird sich höchstwahrscheinlich nicht öffnen lassen. Die zwei Passagierluken an Steuerbord und Backbord in Bugnähe sehen intakt aus, wenn auch ohne Energie. Ihr müsstet sie mit der Fusionszelle des Werkzeugschlittens koppeln.«

»Der Einstieg über die Oberseite ist bequemer«, sagte Kahain. »Auch für Umbra.«

»Willst du damit sagen, dass ich dick bin, Captain?«, drang die grollende Stimme der Rhinoa aus dem Deckenlautsprecher.

»Er würde niemals *dick* sagen«, warf Venk Hobric über Funk fröhlich ein. »Höchstens *stattlich*.«

Er bekam ein mürrisches Brummen zur Antwort.

Kahain schmunzelte. »Keine Sorge, Umbra. Du bist genau richtig.«

»Das will ich meinen!«

So scherzhaft der Wortwechsel gemeint war, Kahains Hinweis hatte eine gewisse Berechtigung. Schon der kleinste erwachsene Rhinoa, dem er je begegnet war, hatte ihn um einen Kopf überragt und war sicher doppelt so schwer wie er gewesen. Umbra gehörte zu den eher eindrucksvollen Exemplaren ihrer Spezies, ein dickhäutiger und kraftstrotzender grauer Koloss mit stets griesgrämig wirkendem Gesichtsausdruck und zwei kurzen, kegelförmigen Hörnern auf dem breiten Nasenrücken. Die meisten von Menschen gebauten Raumschiffe wurden von ihr als etwas beengt wahrgenommen. Nark-Raumer hingegen waren für ihre großzügigen Innenräume bekannt.

»Der Hyperfusionsreaktor ist kalt, die Treibstofftanks leer«, meldete eL'Ha, die FABS 2 in der Zwischenzeit weiter um das Schiff herumgeführt hatte. »So wie ich das sehe, ist das Wrack sicher für den Bergungstrupp.«

»Verstanden.« Kahain lehnte sich auf seinem Kommandostuhl zurück. »Neena, ihr seid am Zug.«

2

Raumschiff *Leitstern*
Neena Costa

Weiter hinten im Schiff, in der geräumigen Schleuse, die an den kleinen Hangar für Bergungsgeräte angrenzte, bestätigte Neena Costa den Befehl mit einem knappen Nicken. »Wir sind unterwegs.« Dann wandte sie sich an ihre Leute, die bereits im Raumanzug neben ihrem Transportmittel warteten. »Alle Helm schließen und aufgesessen. Wir gehen Schlittenfahren.«

»Aye, XO.« Venk Hobric grinste Costa breit an, während er seinen Helm aufnahm und über den Kopf stülpte. Klickend rastete die mit zwei kleinen Strahlern sowie rundum verlaufenden Stoßschutzbügeln versehene Transpariplasthaube ein, mit einem leisen Zischen aktivierte sich die Versiegelung. Seine Magnetsohlenstiefel klackten über den Metallgitterboden, als der sehnige, blonde Mann zu dem Transportschlitten hinüberstapfte und aufstieg. Er hob einen Daumen, um Bereitschaft zu signalisieren.

Im nächsten Augenblick ächzte der Schlitten – im Grunde ein flaches Metallgerüst mit Schubdüsen, Scheinwerfern, Werkzeugcontainern und sogar einem Drucksarg für die Beförderung von Verletzten –, als sich Umbra zu dem Menschen gesellte. Die Rhinoa trug einen vom Raumrettungskommando spezialangefertigten Anzug, denn obwohl ihr Volk vor fast hundert Jahren den Quantentransitantrieb des Domenaions übernommen hatte, waren nach wie vor so wenige der eindrucksvollen Dickhäuter im All unterwegs, dass man Schutzausrüstung für sie nicht einfach von der Stange kaufen konnte.

Anfangs hatte sich die Raumrettung gesträubt, Umbra überhaupt auf einem ihrer Schiffe dienen zu lassen. Rhinoa waren extrem kräftig, aber nicht unbedingt für ihr Geschick berühmt, und oft erforderte die Befreiung von Opfern einer Havarie höchste Präzision und Feingefühl. Aber der Captain hatte darauf bestanden, sie an Bord nehmen zu dürfen. »Wer helfen will, sollte helfen dürfen«, hatte er damals argumentiert. »Außerdem wird sich ihre Kraft gewiss als nützlich erweisen.«

Damit hatte er recht behalten.

Costa schwang sich als Letzte auf den Schlitten, dann aktivierte sie mit ihren Armbandkontrollen den Schleusenmechanismus. Als nach dem Druckausgleich die Außentüren aufglitten, gab sie Schub auf die Manövrierdüsen und steuerte den Schlitten hinaus ins All. Schweigend legten sie den Weg zu dem Wrack zurück.

Sie hatten solche Einsätze schon so oft durchgeführt. Trotzdem ging der Anblick des zerstörten Schiffs Costa noch immer an die Nieren. Sie wusste aus eigener Erfahrung, wie es sich anfühlte, wenn die fragile Hülle, die einen vor der Eiseskälte und dem Vakuum des Weltraums schützte, zu versagen drohte, wenn Feuersbrünste die wertvolle verbliebene Schiffsatmosphäre auffraßen und überlastete Leitungen explodierten und Mannschaftskameraden in den Tod rissen. Wer Glück hatte, konnte sich zu einer Notkapsel retten. Alle übrigen warteten in irgendeiner der immer kleiner werdenden Blasen an Lebensraum in den Räumen und Gängen des Wracks und beteten, dass Retter kommen würden, um sie in Sicherheit zu bringen. Costa war damals von Kahain geholt worden. Aber der Großteil ihrer Mannschaftskameraden war zuvor ums Leben gekommen.

»Alles in Ordnung, Boss?«, grollte Umbra, der offenbar Costas verkniffene Miene aufgefallen war.

»Ja.« Sie zwang sich zu einem Lächeln und verdrängte die dunklen Gedanken. Sie musste sich auf den Job konzentrieren, denn nur wenn sie ihn gut machte, konnte sie dafür sorgen, dass anderen armen Seelen das gleiche Glück zuteilwurde wie ihr selbst.

»Ich frage mich, warum die Piraten überhaupt das Schiff angegriffen haben«, sagte sie, um rasch das Thema zu wechseln. »Es handelt sich um keinen Frachter und offensichtlich auch nicht um einen Luxusliner. Was für Beute haben die sich erhofft?«

»Vielleicht waren sie einfach auf ein leichtes Ziel aus«, warf Hobric ein. »Das Schiff sieht unbewaffnet aus. Manche dieser Banden hier draußen sind verzweifelt genug, um selbst Müllfrachter anzugreifen in der Hoffnung, noch irgendwas Verwertbares zu erbeuten.«

Costa schnaubte leise. »Wir leben in einer wundervollen Galaxis. Und nie sind die Paladine da, wenn man sie braucht.«

Ihr Gespräch verstummte, als der Schlitten das Wrack erreichte. eL'Ha hatte das Trudeln des havarierten Schiffs in der Zwischenzeit etwas verringert, indem sie mit einer ihrer Drohnen, die speziell zu dem Zweck mit starken Einmal-Boostern bestückt waren, für gezielten Gegenschub sorgte. Dadurch fiel es Costa und den anderen leichter, an der Außenhülle unweit des Einstiegslochs festzumachen. »Wir lassen den Schlitten hier, bis wir ihn brauchen«, ordnete Costa an. »Ich gehe voran. Hobric, du trägst die Medo-Ausrüstung, Umbra, du den Schneidlaser.«

Nacheinander ließen sie sich durch das Loch ins Schiffsinnere sinken. Gemeinsam mit der Energieversorgung war auch die künstliche Schwerkraft ausgefallen, sodass sie sich mit ihren Magnetstiefeln sichern mussten, um sich durch das Schiff zu bewegen. In einer intakten Umgebung hätte Costa darauf verzichtet und sich einfach schwebend durch die Gänge bewegt. Eine entsprechende Ausbildung besaßen sie alle. Aber in einem Wrack war die Gefahr einfach zu groß, sich an einer scharfen Kante oder herausragenden Metallstrebe den Anzug aufzureißen, wenn man nicht sehr vorsichtig vordrang.

Wie erwartet, befand sich unter dem Einschussloch ein Frachtraum, der allerdings so gut wie leer gefegt war. Was die Dekompression nicht mit sich gerissen hatte, mussten die Piraten geraubt haben. Costa versuchte das enttäuschte Brummen von Venk Hobric zu überhören. Der Mann mochte ein guter Raumretter sein, aber seine Neigung, bei Einsätzen auch immer nach Beute zu schielen, damit er und ein paar der anderen sich etwas dazuverdienen konnten, ärgerte sie. Es warf ein schlechtes Licht auf die Raumrettung. Aber Costa wusste, dass Kahain in diesen Dingen die Zügel seiner Leute absichtlich locker ließ, und sie wollte seine Autorität nicht untergraben. Also biss sie die Zähne zusammen und schwieg.

Rasch überprüften sie, ob nicht jemand in den verbliebenen paar Containern Zuflucht gesucht hatte – das kam immer wieder vor, denn die meisten Container ließen sich luftdicht versiegeln, und manche waren auch ziemlich gut isoliert. Da das nicht der Fall war, begaben sie sich auf den tunnelgroßen Gang hinaus, der bis auf ein paar kleine Notleuchten im Dunkeln lag.

»An diese Nark-Architektur werde ich mich nie gewöhnen«, murmelte Hobric. »Man könnte mit einem Bus hier durchfahren.«

»Na ja, die Nark dienen den Orkanoiden, und die sind nun mal ziemlich groß«, sagte Costa.

»Ob einige von den Quallen an Bord waren?«, fragte sich Umbra.

»Unwahrscheinlich«, meinte Costa. »Die Kerle verlassen nicht gern ihre Heliumwolken.«

»Umso eigenartiger, dass die Nark auf ihren Schiffen immer Platz für sie lassen«, fand Hobric.

»Tja, für den Fall, dass doch mal einer auf Reisen gehen will.« Costa aktivierte die Komm-Frequenz, mit der sie Kontakt zur *Leitstern* hielten. »*Leitstern*, hier Costa. Was sagt FABS 1 über das Schiffsinnere?«

»Deck eins bis drei im Heckbereich rund um den Hyperfusionsreaktor sind Strahlungszonen«, meldete eL'Ha. »Die Sonde hat zwei tote Besatzungsmitglieder gefunden. Überlebende gibt es keine. Die Toten wurden markiert und können am Ende der Operation geborgen werden. Ich werde jetzt versuchen, die Eindämmung der Brennkristalle zu stabilisieren, damit dieser Bereich des Schiffs wieder sicher wird.«

»Mach dir unseretwegen keine Mühe. Wo niemand zu retten ist, müssen wir nicht hin.«

»Dass niemand zu retten ist, heißt nicht, dass dort nichts zu holen wäre«, brummte Hobric, aber leise genug, dass Costa es entschied zu ignorieren.

»Ich schlage vor, wir teilen uns auf«, sagte sie stattdessen. »Ich dringe zur Brücke vor und sichere alle Flugdaten für die Eigner. Ihr schaut euch Deck zwei an. Dort müssten die Passagierkabinen liegen, wenn das Schiff der Standardbauweise der Nark entspricht. Überprüft, ob noch jemand in seiner Kabine eingesperrt ist. Ansonsten: Standardprozedur. Alles klar?«

Der sehnige Mensch und die hünenhafte Rhinoa bestätigten. Standardprozedur, das bedeutete, dass sie ständig in Funkkontakt blieben und sofort wieder zusammenkamen, wenn jemand einen Überlebenden fand. Dabei würde derjenige, der dem Schlitten am nächsten war, diesen abholen und zum Einsatzort bringen, damit sie das schwere Schneidgerät und den Drucksarg verfügbar hatten, wenn sie ihn brauchten.

Sie trennten sich, und Costa marschierte den Tunnel hinunter in Richtung Bug. Es war dunkel um sie, denn selbst die Notbeleuchtung war teilweise ausgefallen. Im Schein ihrer Helmlampen sah sie Raureif auf dem Boden und an den Wänden glitzern, wo sich gefrorene Atmosphäre niedergeschlagen hatte. Trümmerstücke schwebten durch den Gang, manche von ihnen gefährlich scharfkantig, sodass sie aufpassen musste, wenn sie an ihnen vorbeischritt.

»Wir haben drei weitere tote Nark gefunden«, meldete Hobric über Funk. »Sie tragen zivile Kleidung – keine Waffen, keine Rüstungen.« Er schwieg kurz. »Eigentlich ungewöhnlich für Nark, wenn man bedenkt, wie aggressiv sie sind.«

»Vielleicht waren es Forscher oder Händler«, mutmaßte Costa. »Nicht alle Nark sind Krieger. Außerdem beeinflussen die Lehren der Orkanoiden sie von Generation zu Generation mehr. Irgendwann werden sie noch verträgliche Nachbarn.«

Hobric lachte. »Den Tag erleben wir nicht mehr.«

»Nein, vermutlich nicht«, gestand sie.

Sie erreichte das Druckschott, das zur Brücke führte. Es sah aus, als wäre es mit roher Gewalt aufgesprengt worden. Mit einem unguten Gefühl in der Magengrube drang Costa weiter vor. Tatsächlich wurde dieses bestätigt, als sie in den Raum trat.

Offensichtlich hatte hier ein Kampf stattgefunden. Die Brücke lag im Zentrum des Schiffs und war daher nicht von außen getroffen worden. Dadurch hatte die Besatzung Zeit gehabt, Raumanzüge anzulegen und sich zu bewaffnen, bevor die Angreifer sie erreicht hatten. Viel geholfen hatte das nicht. Grimmig presste Costa die Lippen zusammen, als sie die frei im Raum schwebenden Leichen sah, umgeben von glitzernden braunen Eiskristallen, die ohne Zweifel Nark-Blut waren. Sie mochte die braun geschuppten Humanoiden mit den irritierend gelben Augen und den spinnenbeinähnlichen Kopfanhängseln nicht sonderlich, denn ungeachtet dessen, was Costa Hobric soeben gesagt hatte, waren die meisten Nark tatsächlich ziemlich streitsüchtig. Trotzdem empfand sie einen Anflug von Mitleid mit ihnen, als sie in die gefrorenen Gesichter mit den stumpfen Augen und den verzerrten Mündern blickte, die sie aus eingeschlagenen Helmvisieren anstarrten. Es war furchtbar, so zu sterben.

Costa atmete tief durch und schob einen Toten beiseite, um an die Konsole zu gelangen, von der aus sie hoffte auf den Hauptrechner zugreifen zu können. Mit einem Multiwerkzeug, das sie am Gürtel trug, öffnete sie die Verkleidung, dann schloss sie eine faustgroße mobile Energiezelle an. Die Zelle hatte nur eine begrenzte Ladung, aber zum Betrieb eines Computers genügte sie für gewöhnlich. Doch es geschah nichts.

»Na toll«, murmelte Costa. Sie umrundete die Konsole und sah das Problem. Ein geschwärztes Loch prangte in der Rückseite. Irgendjemand hatte die Konsole mit seiner Plasmawaffe geröstet.

Sie versuchte es an einer zweiten, aber auch hier hatte sie kein Glück. Wie es aussah, hatte der Hauptrechner selbst etwas abbekommen. Entweder war seine Schutzverkleidung beschädigt worden und die Schaltkreise waren schlichtweg erfroren, oder ein direkter Treffer hatte ihn lahmgelegt.

»*Leitstern* an Costa«, drang Kahains Stimme aus ihrem Helmlautsprecher. »Wie geht es voran, Neena? Wir hören gar nichts mehr von euch.«

»Ich bin auf der Brücke«, erwiderte Costa. »Hier wurde ein Blutbad angerichtet. Außerdem ist der Hauptrechner hinüber. Ich baue jetzt das Sicherheitslogbuch aus – wenn das Schiff eins hat.« Im Domenaion waren derart redundante Systeme bei Raumschiffen Pflicht, aber die Nark waren bloß Nachbarn des Sternenbunds. Und trotz ihrer uralten Mentoren war diese Spezies nicht unbedingt das, was man hochtechnisiert genannt hätte. Dinge wurden robust gebaut, um Gefahren zu überstehen. Ausgeklügelte Schutzmechanismen waren dagegen eher selten, was nicht zuletzt daran lag, dass Dinge wie Sicherheitsgurte an Sesseln oder eben Backup-Lösungen für Computer in den Augen der Nark etwas für Feiglinge waren.

»Verstanden«, bestätigte Kahain. »Was treiben Hobric und Umbra?«

»Keine Ahnung. Sie sind in der Tat verdächtig still.« Costa überprüfte, ob der Einsatzkanal noch offen war. Allem Anschein nach schon. Aber sie wusste selbst, dass es Tricks gab, mithilfe derer man sich unterhalten konnte, ohne dass es unliebsame Gesprächsteilnehmer auf dem gleichen Kanal mitbekamen. »Hobric, Umbra! Seid ihr noch da?«

»Aber natürlich, XO«, meldete sich Hobric bemerkenswert schnell. »Wir haben Deck 2 jetzt vollständig durchsucht und außer Trümmern und Toten nichts gefunden. Sind auf dem Weg zu Deck 3. Da unten befindet sich zwar nur noch Bordtechnik, glaube ich, aber, he, wir wollen ja gründlich sein, nicht wahr?«

»So ist es.« In Costas Ohren klang der Raumretter zu gut gelaunt für eine derart mühselige und langweilige Aufgabe, aber auch das war etwas, das sie zu ignorieren entschied. Sie hatte schon genug Sorgen.

Mehrere Minuten lang suchte sie auf dem Schlachtfeld der ehemaligen Brücke nach der Box des Sicherheitslogbuchs, doch vergeblich. Wie es aussah, hatten auch diese Nark es nicht für nötig befunden, die Vorkommnisse auf ihrem Schiff aufzuzeichnen. »Die Versicherung wird begeistert sein«, murmelte Costa, nur um sich gleich darauf zu fragen, ob Versicherungen nicht auch etwas für Feiglinge waren.

Wie es aussah, war diese ganze Operation ein Reinfall gewesen. Sie würden das Schiff mit einer Nullraum-Peilboje markieren und dann das Raumkommando der Nark über den Vorfall informieren. Allerdings gab es da nicht viel zu sagen. Jemand hatte das Schiff angegriffen, jetzt waren alle tot. Was genau passiert war, würden sie wohl nie herausfinden. Ab und zu kam es vor, dass Bergungen so endeten. Costa fand es dennoch extrem unbefriedigend.

Eine Hand legte sich auf die Seite ihres Helms. Costa schreckte zurück und drehte sich. Eine der Nark-Leichen war in der Schwerelosigkeit neben sie gedriftet und nun gegen sie geprallt. Costa atmete geräuschvoll aus und fluchte leise.

»Alles okay, Boss?«, fragte Umbra über Funk.

»Ja. Ich bin nur mit einem Toten zusammengestoßen und …

Heiliger Abgrund!« Sie riss die Augen auf, als sie im Licht ihrer Helmlampen sah, dass sich der Mund des Nark hinter dem intakten Visier seines Helms schwach bewegte und er sie mit gläsernem Blick anstarrte. »Hobric, Umbra, zu mir! Wir haben einen Überlebenden!«

Sie wandte sich ihm ganz zu und überprüfte rasch seinen Anzug. Auf Hüfthöhe wies er ein blutiges Loch auf, aber es klebte irgendeine undefinierbare Masse darauf, die offenbar dafür gesorgt hatte, dass nicht aller Sauerstoff entwichen war. Ein Blick auf seinen Überlebenstornister zeigte ihr, dass die Energie der Anzugheizung so gut wie erschöpft war und der Druckluftvorrat ebenfalls im roten Bereich lag. »Umbra, bring den Schlitten mit. Ich will nicht, dass er uns auf dem Weg zur *Leitstern* wegstirbt.«

»Verstanden, Boss«, gab die Rhinao zurück. »Sind gleich da.«

Die Augenlider des Nark senkten sich langsam, und sein Kopf sackte zur Seite. »Nein, nein, nein.« Costa suchte nach den Anschlüssen für seine Lebenserhaltung, aber sein Anzug verwendete keine standardisierten Buchsen. Wenn sie versucht hätte, ihm aus ihrem Anzug Sauerstoff zu spenden, hätte sie nur Atmosphäre ins Vakuum geleckt. Und alle Adapter lagen im Schlitten. Sie packte seinen Helm und legte ihr Visier gegen das seine. »Halten Sie durch!«, schrie sie den Mann an. »Wir holen Sie hier raus. Nur noch ein paar Minuten.«

Ihr kam der Gedanke, dass die Anzüge der toten Nark womöglich noch Reserven besaßen, und sie begann hektisch, die Leichen zu überprüfen. Die Energieanzeige sah bei allen gleich schlecht aus, denn dem Anzug war es egal, ob er Tote oder Lebende wärmte. Aber Sauerstoff gab es noch reichlich, und so zog Costa einem der Toten den flachen Tornister vom Rücken und koppelte ihn mit dem Anzug des Überlebenden. »Komm schon«, murmelte sie. »Atme. Lebe.«

Doch der Nark rührte sich nicht.

3

Raumschiff *Leitstern* / Raumschiff *Lichtbringer*
Bendis Kahain / Anterion »Eisenhand« Corn

»Wie ist die Lage, Neena?«, wollte Kahain an Bord der *Leitstern* wissen.

»Der Nark liegt jetzt im Drucksarg«, berichtete seine Stellvertreterin über Funk. »Er ist ohne Bewusstsein, aber am Leben. Ich schätze, er ist ein Fall für die Krankenstation.«

»Doktor Rahla hält sich bereit«, sagte Kahain.

»Sehr gut. Wir machen uns auf den Rückweg, sobald Hobric und Umbra das übrige … Bergungsgut eingesammelt haben.«

Kahain verzog keine Miene. »Verstanden.«

Neben ihm hob eL'Ha den Kopf. »Captain, ich frage mich wirklich …«

»Ich weiß«, unterbrach er sie. »Und ich glaube nicht, dass du es als eN'iX jemals begreifen wirst. Also solltest du dir darüber vielleicht einfach nicht den Kopf zerbrechen. Spart Prozessorkapazitäten.«

»Ich verfüge über ein Gehirn, Captain, genau wie du, und ich bezweifle, dass es irgendeine Frage gibt, die dessen Verarbeitungsfähigkeiten auslasten könnte.« Die silberhäutige Frau zögerte. »Aber ich denke, ich verstehe, was du meinst. Im Grunde gehen mich die fragwürdigen Geschäfte mancher meiner Mannschaftskameraden nichts an.«

»Das ist die richtige Einstellung, eL'Ha. Und nun starte bitte eine Peilboje, damit wir hier …«

»Captain!« Diesmal wurde Kahain das Wort abgeschnitten,

und zwar von Shem. »Ich o-orte eine Nullraumblase schräg hinter uns.«

»Ein Schiff?« Kahain richtete sich auf. »Wie weit entfernt?«

»Etwa f-fünfzig Kilometer.«

Damit saßen ihnen die Neuankömmlinge fast im Nacken.

»Könnten das die Piraten sein?«, warf Katiktak ein.

»Ich hoffe nicht«, knurrte Kahain. »Das würde mir gehörig den Tag verderben.« Der Gedanke war nicht ganz abwegig. Es kam vor, dass Wracks von Plünderern als Lockmittel eingesetzt wurden, um danach den Rettern aufzulauern.

»Das Sprungportal b-bildet sich«, rief Shem. »Es kommt jemand hindurch!«

»Waffen aufladen. Raketenluken öffnen.« Die *Leitstern* mochte kein Kampfschiff sein, aber gerade um solchen Fallen zu entgehen, war sie stärker bewaffnet, als man gemeinhin von einem Raumrettungskreuzer erwartete. Ein paar der Modifikationen hatte Kahain eher eigenmächtig vorgenommen. Da aber alle wussten, warum, sagte niemand etwas – solange mit den Waffen kein Unfug getrieben wurde.

»Captain, wir empfangen eine K-Kennung.« Shem Randons Augen weiteten sich, und als er weitersprach, schwang in seiner Stimme unüberhörbar Ehrfurcht mit. »Es … es ist die *Lichtbringer*! Das Flaggschiff des Luminatoren-Ordens!«

Kahain flucht leise. »Auch das noch.«

»Quantentransit beendet. Alle Stationen melden volle Einsatzbereitschaft, mein Lord.«

»Sehr gut, Paladin Garla.« Paladin-Admiral Anterion »Eisenhand« Corn löste das Sicherheitsgeschirr und erhob sich von seinem Platz. Er trat auf den großen Brückenbildschirm zu, der ihnen eine Sicht auf den Raum vor dem Bug des Schlachtschiffs bot. Noch zeigte er nichts als Sterne an. »Entfernung zum Ziel, Knappe Talvi?«

»Zweiundfünfzig Kilometer, mein Lord«, erwiderte die dunkelhäutige Menschenfrau, die gemeinsam mit einem barakkaranischen Sensorspezialisten an den Ortungskontrollen saß. Sie justierte die Bugsensoren, und der Anlass ihres Hierseins sprang in den Fokus: ein Nark-Schiff, das einen Notruf abgesendet hatte, allerdings einen grauenhaft verstümmelten.

Einige Schritte entfernt gab Stern-Paladin Hamnion Garla einen Laut der Überraschung von sich. »Mein Lord, wir sind nicht die Ersten«, sagte der atherische Erste Offizier der *Lichtbringer* und sprach damit aus, was alle bereits auf dem Bildschirm sahen. »Es scheint ein Schiff der Raumrettung zu sein, das dort längsseits schwebt.«

Corn kniff leicht die Augen zusammen. »Senden sie ein Kennungssignal?«

»Ja, mein Lord«, antwortete Ritter Levant, ein schlanker, blasser Mensch von Galeorn, der die Funkstation besetzte. »Es ist die *Leitstern*.«

Einen Moment lang schwieg Corn. Er legte seine menschliche und die metallene Hand hinter dem Rücken zusammen und presste die Lippen zu einem schmalen Strich aufeinander. Dann holte er tief Luft. »Na, das ist eine Weile her.«

»Ihr kennt die *Leitstern*?«, fragte Garla, der sich zu ihm gesellte.

»Ich kenne ihren Captain, Bendis Kahain«, knurrte Corn. »Er war früher einer von uns – bevor er unehrenhaft aus dem Orden ausgestoßen wurde.«

»Was hat er sich zuschulden kommen lassen?«

»Er hat den Orden verraten – mehr müssen Sie im Augenblick nicht wissen.«

»Natürlich nicht.« Der Atherier neigte fragend den weißgrauen, haarlosen, auf seinem langen Hals sitzenden Schädel. »Sollen wir sie rufen?«

»Wir fliegen zuerst etwas näher. Ich will sehen, was Kahain

dort treibt. Wenn er tatsächlich bloß eine Raumrettungsoperation durchführt, bieten wir unsere Hilfe an. Wenn nicht ...« Corn wandte sich ab, um zu seinem Kommandosessel zurückzukehren. »... kann er sich auf etwas gefasst machen.«

»Was macht die *Lichtbringer*?«, fragte Kahain, denn noch war auf dem Brückenbildschirm die Perspektive der Bugkamera zu sehen: der winzige Schlitten mit seinen Leuten, der mit einem provisorischen Anhänger voller »Fundstücke« auf dem Weg zur *Leitstern* war.

»Sie n-nähert sich uns.« Mit einer nervösen Geste rückte Shem Randon seine Brille zurecht.

»Hol sie auf den Schirm«, befahl Kahain. »Und, Katiktak, gib ein bisschen Schub auf die Steuerdüsen, sodass wir zwischen die Luminatoren und unseren Schlitten driften. Die müssen nicht so genau sehen, was hier passiert.«

»Geht klar, Captain«, klackte der Silphi. »Wir werden das ganz unauffällig machen.«

Das Bild auf dem Hauptschirm wechselte zu einer Seitenkamera und vergrößerte den Bereich des Alls, aus dem sich das unvermittelt aufgetauchte Ordensschlachtschiff näherte.

»D-das ist ein ganz schöner B-Brocken«, stellte Randon fest.

»Ja, das Flaggschiff des Luminatoren-Ordens, ein wahres Prachtstück.« Kahain gab sich keine Mühe, seinen Sarkasmus zu verbergen. Doch es ließ sich nicht leugnen. Die *Lichtbringer* war imposant und wirkte obendrein unglaublich massiv. Ihr Rumpf starrte vor Waffen, und es waren genug Raumsoldaten an Bord, um damit selbst mittelgroße Kolonien zu befrieden, die Schwierigkeiten bereiteten oder hatten. Wo sie auftauchte, ging es normalerweise um galaktische Politik. Simple Rettungseinsätze gehörten nicht zu ihrem Einsatzprofil. Dass sie ausgerechnet hier auftauchte, war entweder ein unfassbarer Zufall – oder an dem Wrack war mehr dran, als sie bislang gedacht hatten.

»Die k-kommen immer näher«, meldete Randon. »Die werden sehen, w-was Venk und Umbra im Sch-Schlepptau haben.«

»Vielleicht können wir sie ablenken. Ich habe das Gefühl, es wird Zeit, dass ich meinem alten Freund Corn ›Hallo‹ sage.«

»Mein Lord, wir empfangen einen Ruf der *Leitstern*«, rief Ritter Levant.

»Verstanden«, erwiderte Corn. Er war versucht, nicht zu antworten. Sollte Kahain doch ein wenig im eigenen Saft schmoren und sich fragen, warum die *Lichtbringer* über sie gekommen war. Aber diese Art von Schikane war eines Luminatoren – insbesondere eines von seinem Rang – unwürdig. »Stellen Sie die Verbindung her.«

Levant drückte eine Sensortaste und nickte ihm dann stumm zu. Es gab keine Bildübertragung, aber das wunderte Corn nicht. Die wenigsten Captains ließen sich von ihren Gesprächspartnern auf die Brücke schauen. So etwas passierte nur bei offiziellen diplomatischen Gesprächen.

Der Admiral hob die Stimme. »Hier spricht Paladin-Admiral Corn vom Schlachtschiff *Lichtbringer*. Was kann ich für Sie tun, Captain Kahain?«

»Die Frage wollte ich Ihnen gerade stellen, Admiral«, ertönte die Stimme des Mannes, der es in den Rängen der Luminatoren so weit hätte bringen können, wenn er nicht so dumm gewesen wäre, sich gegen den Orden zu stellen. »Wir sind mit einer Bergungsoperation beschäftigt«, fuhr Kahain fort. »Was führt Sie in diese Gegend?«

»Wir haben einen Notruf empfangen, genau wie Sie.«

»Seit wann kümmern Sie sich persönlich um solche Lappalien? Dafür haben Sie doch Ihre Paladine.«

Corns Metallhand schloss sich um die Lehne seines Sessels, während er versuchte, ruhig zu bleiben. Es waren nicht so sehr die Worte als vielmehr der Tonfall, der seinen Unmut erregte. Er konnte sich bereits das Getuschel unter den niederen Mannschaftsrängen vorstellen, wenn das Gespräch mit diesem impertinenten Kahain auf der *Lichtbringer* die Runde machte. »Sie vergessen, wen Sie vor sich haben, Kahain. Zeigen Sie etwas mehr Respekt.«

»Es lag nicht in meiner Absicht, respektlos zu sein«, gab Kahain zurück, ohne allerdings besonders bedauernd zu klingen. »Ich bin nur neugierig.«

»Das dürfen Sie sein. Unsere Mission geht Sie trotzdem nichts an. Wir waren schlicht in der Nähe, als der Notruf einging.«

»Nun, Sie kommen zu spät. Die *Leitstern* hat das Wrack bereits untersucht. Hier gibt es für Sie und Ihre Leute nichts mehr zu finden.«

Garla, der sich zuvor mit dem barakkaranischen Sensorspezialisten unterhalten hatte, trat hinzu und beugte sich vor, um Corn ins Ohr zu flüstern: »Sie stehlen Bergungsgut.«

Corn bedeutete dem Offizier mit einem Fingerschnippen und einem weisenden Zeigefinder stumm, dass er seinen Fund auf den Hauptbildschirm legen sollte. Dort tauchte ein Bild auf, das ein kleines Bergungsgefährt zeigte. In der Vergrößerung war neben drei Insassen in Raumanzügen eindeutig ein Anhänger mit Bauteilen zu sehen.

Mit einem finsteren Lächeln beugte Corn sich auf seinem Sessel nach vorne. »Ich glaube, ich habe schon etwas gefunden, Captain Kahain – und zwar ein Schiff voller Diebe. Verbessern Sie mich, wenn ich irre, aber so wie das auf den Kameras der *Lichtbringer* aussieht, haben sich Ihre Leute bei der Untersuchung des Wracks nicht nur auf Überlebende konzentriert.«

Kahain drückte die Kanalunterbrechung an seinem Sitz und fluchte leise. »Er hat es also doch gesehen.«

»Was m-machen wir jetzt?«, fragte Randon. Die *Lichtbrin-*

ger war mittlerweile so nah, dass sie die ferne rote Riesensonne des Systems vollständig verdeckte.

»Gute Frage.« Einen Moment lang betrachtete Kahain grimmig das gewaltige Schiff seines einstigen vorgesetzten Offiziers und Mentors. Corn hielt sich derweil zurück. Er glaubte Kahain in die Ecke gedrängt zu haben und schien den Moment voll und ganz auskosten zu wollen. Die Frage war, wie erpicht er darauf war, das Gesetz, für das die Luminatoren standen, durchzusetzen. *Wir werden es herausfinden*, dachte Kahain, der es zwar ganz sicher nicht auf einen Waffengang mit der *Lichtbringer* anlegen würde, aber auch nicht vorhatte, sich einfach so geschlagen zu geben.

»Wir könnten die *Lichtbringer* darauf hinweisen, dass wir uns im freien Raum befinden«, sagte eL'Ha. Ihre strahlend blauen Augen funkelten – ein Lichteffekt, der Heiterkeit vermitteln sollte. »LZ-724 wird derzeit noch nicht offiziell vom Domenaion beansprucht, auch wenn es am Rand seines Einflussgebiets liegt. Außerdem sind weder die Nark noch die Orkanioden Mitglieder des Völkerbundes. Ihre Schiffe fallen also nicht unter die Jurisdiktion der zentralen Raumfahrtbehörde. Das bedeutet, dass sie unter das ältere allgemeine Raumrecht fallen. Du verstehst, was ich meine, Captain?«

Auf Kahains Miene breitete sich ein Lächeln aus. »Gepriesen sei dein Datenspeicher voller normalerweise unnützer Informationen.«

»Ich merke mir niemals unnütze Dinge«, widersprach die eN'iX. »Höchstens Dinge, deren Nutzen nicht im ersten Moment ersichtlich sein mag.«

»Nenn es, wie du willst, es könnte uns jedenfalls im Augenblick den Hals retten.« Kahain öffnete den Kanal zum Luminatoren-Schiff wieder. »Entschuldigen Sie die kleine Unterbrechung«, wandte er sich an Corn, »aber Ihr Vorwurf hat eine kleine Debatte in meiner Besatzung ausgelöst. Vielleicht sollten

Sie sich mal mit Ihrem Spezialisten für Raumrecht beraten, Admiral. Denn so wie wir das sehen, findet hier kein Verbrechen statt, sondern eine vollkommen legitime Wrackbergung. Wir halten uns außerhalb des Hoheitsgebiets des Domenaions auf, und dieses Schiff gehört auch zu keiner Mitgliedswelt.«

»Das heißt, Sie geben zu, Gegenstände aus diesem Schiff entfernt zu haben?«, drang die Stimme des Admirals aus dem Brückenlautsprecher.

»Es lässt sich wohl schlecht leugnen, was auf allen Rumpfkameras zu sehen ist«, entgegnete Kahain.

»Haben Sie Überlebende an Bord gefunden?«

Kahain wollte bereits antworten, doch dann hielt er inne. Ihm wurde klar, dass Corn die Frage nicht grundlos gestellt hatte. Es gab Regeln für Bergungen von Wracks. Er hatte sie nicht alle im Kopf, aber er wusste immerhin, dass ein Wrack eigentlich nicht ausgeschlachtet werden durfte, solange noch ein potenzieller Eigner an Bord war. Und das konnte jeder Überlebende sein.

Seine nächsten Worte wählte der Captain daher mit Bedacht. »Tut mir leid, Admiral, aber auf diesem Schiff lebt niemand mehr.«

Eine Weile herrschte Schweigen am anderen Ende der Verbindung. Kahain fragte sich, wie gut die Kameras der *Lichtbringer* waren und ob jemand schlau genug war, zu überprüfen, ob der Drucksarg an dem Bergungsschlitten aktiviert war. Wenn jemand sah, dass Costa und die anderen im Begriff waren, eines der Besatzungsmitglieder des Nark-Schiffes an Bord der *Leitstern* zu bringen, würde Kahains ohnehin wackelige Verteidigung in sich zusammenbrechen wie ein Kartenhaus bei einem Erdbeben.

»Sie wissen, Captain, dass ich das Wrack und die *Leitstern* überprüfen lassen könnte«, meldete sich der Paladin-Admiral erneut.

»Das könnten Sie, ja«, bestätigte Kahain. »Sie könnten aber auch froh darüber sein, dass wir Ihnen die Überprüfung des havarierten Schiffs abgenommen haben, und Ihre eigentliche Mission fortsetzen. Sie haben hier draußen doch sicher Wichtigeres zu tun, als sich mit der Besatzung eines Raumrettungskreuzers herumzuschlagen.«

Wieder folgte ein kurzes Schweigen. »Sie haben recht. Wir werden stattdessen eine Meldung über den Zwischenfall an die Nark-Regierung senden. Sie wird mit Ihnen die Übergabe des Wracks und aller seiner durch Sie gesicherten Bestandteile besprechen. Sollte es dann später Beschwerden geben, weiß ich ja, mit wem ich darüber ein ernstes Gespräch führen muss, nicht wahr, Captain Kahain?«

Der war froh, dass ihr Gespräch ohne Bildübertragung ablief, ansonsten hätte er sich zusammenreißen müssen, um seine Miene unter Kontrolle zu halten. »Ich unterhalte mich immer wieder gern mit Ihnen, Admiral«, presste er hervor. »Es ist fast so schön wie in alten Zeiten.«

»Ja, wie in alten Zeiten.« Auf der Brücke der *Lichtbringer* wechselte Corn einen grimmigen Blick mit seinem Ersten Offizier. Der Gedanke, Kahain festzusetzen und wegen seines fragwürdigen Charakters der Justiz zu übergeben, war verführerisch. Aber in dem Punkt hatte der Raumretter recht: Jede Untersuchung würde Zeit kosten, und das Vergehen, das man diesen Leuten vorwerfen konnte, wog vergleichsweise gering. Wahrscheinlich kamen sie am Ende mit einem blauen Auge davon. Die Raumrettung hatte überall viele Freunde, und niemand wollte die Männer und Frauen bestrafen, die einem vielleicht irgendwann einmal den Hals retten mussten. Havarien im All kamen schließlich immer wieder vor.

Zeitverschwendung, dachte Corn und schloss die ganze Operation in sein Urteil ein. »Benehmen Sie sich, Captain Kahain«, sagte er zum Abschied. »Der Orden mag Sie vergessen haben, aber ich behalte Sie im Auge. Und wenn Sie irgendwann den einen Fehler zu viel machen, werde ich da sein, um Sie zur Rechenschaft zu ziehen.«

»Retten Sie einfach weiterhin die Galaxis.« Hörbarer Unmut hatte sich in Kahains Stimme geschlichen. »Dann haben Sie und Ihre Leute genug für das Domenaion getan.«

»Unser Dienst ist nie genug«, sagte Corn, zufrieden, dass er am Ende ihres Gesprächs die Oberhand hatte. »Aber ich erwarte nicht, dass Sie das verstehen, Kahain. *Lichtbringer* Ende.« Er gab Ritter Levant das Zeichen, die Verbindung zu trennen.

»Wir fliegen weiter?«, fragte Garla.

»Ja. Sicherheitsabstand herstellen und Quantentransit berechnen. Wir springen, sobald alles bereit ist.«

»Ihnen ist bewusst, dass die uns wahrscheinlich belogen haben, was Überlebende angeht?«

»Ja, wahrscheinlich. Aber darum sollen sich die Nark kümmern. Ritter Levant, senden Sie einen Bericht an die Raumfahrtbehörde auf Aonark. Übermitteln Sie die Koordinaten des Wracks und die Kennung der *Leitstern*. Weisen Sie darauf hin, dass wir eine Untersuchung des Rettungskreuzers auf Diebesgut hin empfehlen. Und senden Sie eine Kopie der Kommunikation an unsere Freunde dort draußen. Captain Kahain und seine Leute dürfen gern wissen, was ihnen blüht.«

»Ja, mein Lord.«

Wenige Minuten später war die *Lichtbringer* wieder verschwunden, und Bendis Kahain empfing sein Außenteam in der Schleuse. Doktor Gonian Rahla war mit einer Rolltrage eingetroffen. Nun eilte die hochgewachsene Atherierin mit eleganten Bewegungen zu dem Drucksarg, öffnete ihn und begann den bewusstlosen Nark einer ersten Untersuchung zu unterziehen. »Umbra, helfen Sie mir, ihn auf die Trage zu legen«, bat die Ärztin.

Mit einem bestätigenden Schnauben schob die hünenhafte Rhinoa ihre Arme unter den Leib des Nark und hob ihn ohne größere Anstrengung hinüber auf die Trage.

»Danke.« Rahla betätigte die Kontrollen der Trage und manövrierte sie auf den Korridor hinaus. »Venk, bitte folgen Sie mir. Wir müssen diesem Mann den Anzug ausziehen und ihn versorgen.«

»Aye, Doc«, bestätigte der blonde Mann, der in der Zwischenzeit Helm, Handschuhe, Werkzeuggurt und Überlebenstornister abgelegt hatte. Er zog den Verschluss seines Anzugoberteils auf und trottete hinter der Ärztin her. Im Hintergrund standen die Kisten mit ausgeschlachteten Bauteilen. Wären sie lebendig gewesen, hätte man gesagt, dass sie versuchten, ganz unauffällig zu wirken. Doch diesmal konnte Kahain sie nicht übersehen.

»Costa, Umbra, wartet«, sagte er, als auch die beiden Frauen anfingen, sich aus ihren Raumanzügen zu schälen. »Ihr schafft diese Sachen wieder zurück zum Wrack. Wir lassen sie hier.«

»Was?«, entfuhr es Hobric im Türrahmen. »Captain, das kannst du nicht machen! Das Zeug auszubauen war harte Arbeit.«

»Wir alle wissen, was es wirklich war, Spezialist Hobric«, entgegnete Kahain mit einer Förmlichkeit, die klarmachen sollte, dass es ihm ernst war. *Diebstahl*, dachte er, aber das sprach er nicht laut aus. »Ich will diese Bauteile nicht an Bord haben, wenn uns eine Nark-Patrouille aufhält, nun, da die *Lichtbringer* die Nark aufgestachelt hat. Tut mir leid, Venk. Diesmal müssen wir in den sauren Apfel beißen. Dafür kannst du dich bei Admiral Corn bedanken.«

»Oh, ja, das würde ich verdammt gern, so von Mann zu Mann, mit meiner ausgesprochen dankbaren Faust.«

»Venk, wir haben Arbeit zu erledigen«, erinnerte ihn Rahla tadelnd.

Hobric murrte noch leise weiter, verschwand dann aber den Korridor hinunter.

Seufzend wandte sich Kahain wieder an Costa und Umbra. »Los, bringen wir es hinter uns. Ich bin wieder auf der Brücke und weise eL'Ha an, die Peilboje auszusetzen, bevor ich den Bergungsbericht schreibe. Heute heißt es Dienst ganz nach Vorschrift.«

»Kopf hoch, Captain«, grollte Umbra. »Wir haben ein Leben gerettet. Und genau deswegen sind wir schließlich hier draußen unterwegs. Ganz schlecht war der Tag also nicht.«

Er bedachte die hünenhafte Frau mit einem kleinen Lächeln. »Da hast du natürlich recht.«

4

Caros, Ansi-Gayron-System
Brokkin Arbat

In der oberen Atmosphäre von Gorgon tobte ein Unwetter. Gewaltige Blitze wetterleuchteten in den grünen und gelben Dunstschleiern, die den Gasriesen einhüllten, und ein Sturmtief, das groß genug schien, um einen ganzen Mond zu verschlingen, trieb riesenhafte Wolkenfelder vor sich her. Das Wetter war absolut mörderisch, und jedes Raumschiff, das von seinem Captain aus Leichtsinn oder Verzweiflung hineingesteuert wurde, musste schwerste Schäden davontragen, wenn es überhaupt imstande war, sich aus dem Toben der Elemente wieder zu befreien.

Aus der Ferne sah das Ganze allerdings recht hübsch aus. Zumindest fand das Brokkin Arbat, während er, auf einer der breiten Bänke sitzend und den Kopf in den Nacken gelegt, gemeinsam mit zwanzig anderen Dyanitschürfern als Passagier an Bord eines Kriechers zurück ins Basislager fuhr. Der Anblick der Naturgewalten jagte einem den wohligen Schauer einer Gefahr über den Rücken, derer man sich durchaus bewusst war, die einem aber nicht unmittelbar schaden konnte. Caros, einer der siebzehn Monde des Gasriesen, war so weit von Gorgon entfernt, dass man dessen Wutanfälle ohne Sorge beobachten konnte.

Arbat verlagerte sein Gewicht ein wenig und rümpfte die breite Nase, als ein Schwall nach Schweiß riechender Luft aus den Tiefen seines Schutzanzugs in den Helm gedrückt wurde.

Es wurde dringend Zeit, dass er den Anzug reinigen ließ. Allerdings hätte das bedeutet, dass er mindestens drei Schichten lang einen Ersatzanzug würde tragen müssen, und die waren ihm in der Regel zu eng, denn Arbat war ein kräftiger Mann, selbst nach barakkaranischen Maßstäben. Da war es mithin besser, sich zusammenzureißen und den Gestank zu ertragen.

Lange würde er ohnehin nicht mehr durchhalten müssen. Noch zwei Umläufe, noch dreißig Schichten in den gewaltigen Fördermaschinen, die die mineralreiche Oberfläche von Caros umgruben, dann standen seine Freiwochen an. Dann würde er der Bergbaukolonie auf Caros den Rücken kehren und zu seinem Klan auf der Heimatwelt Barakkar reisen. Er freute sich schon darauf, die Hallen von Nerach wiederzusehen und an der Steilküste der Binsam-See in einer der Felsentavernen zu sitzen, mit alten Freunden Schawarner Ale zu trinken und dem Klang der silbernen Wellen zu lauschen, die sich tief unter ihnen an den Riffen brachen.

Im Grunde war der muskelbepackte Mann, dessen Haut die Farbe von geronnenem Menschenblut hatte, mit der Arbeit auf Caros zufrieden. Zugegeben, die Tätigkeit war schmutzig und laut, und die Atmosphäre des Mondes war, wenngleich nicht unmittelbar tödlich, der eigenen Gesundheit alles andere als förderlich. Dazu kamen die regelmäßigen Staubstürme, die über die Oberfläche jagten. Und es wurde nie richtig warm im Freien. Wenigstens herrschten hier nur knapp zwei Drittel der Schwerkraft von Barakkar, sodass die ausschließlich aus Barakkaranern rekrutierte Arbeiterschaft geradezu beschwingt zu Werke ging – trotz der klobigen Schutzanzüge. Darüber hinaus gefiel es Arbat einfach, körperlich tätig zu sein. Er hätte nie an einem Schreibtisch sitzen und über Förderquoten und Personaldaten brüten wollen. Viel lieber trieb er sich zwischen mahlenden Schaufelrädern, ratternden Förderbändern, klirrenden Ketten und grollenden Motoren herum. Dort nahm er Wartungsarbeiten und Reparaturen vor, um die titanischen Maschinen, die Caros langsam auffraßen, trotz der widrigen Witterung am Laufen zu halten.

Sein Sitznachbar, Kappak Brohta, der im Steuerstand von Bagger 288 arbeitete, stieß ihn mit der Schulter an und riss ihn damit aus seinen Gedanken. »He, Bruder.« Als Arbat ihm den Kopf zudrehte, deutete der purpurhäutige Barakkaraner, der von einer Inselgruppe in Äquatornähe stammte, mit der Rechten hinauf zum Himmel. »Wusstest du, dass sie im Industrierat darüber nachdenken, mehrere Gasminen in der oberen Atmosphäre von Gorgon zu parken?«

Unwillkürlich richtete sich Arbats Blick wieder auf den Sturm, der über ihren Köpfen tobte. »Tun sie das, hm?«, brummte er. »Was für eine großartige Idee. Ich wette, dass keiner von denen jemals mehr als eine Satellitenaufnahme von Gorgon gesehen hat.«

»Wie gedenken die Personal für diese Stationen zu finden?«, fragte Sonra Task, die links von ihm saß. Sie schnaubte. »Man müsste doch verrückt sein, um dort arbeiten zu wollen.«

Arbat warf ihr einen kurzen Blick zu und knurrte beifällig. Die stämmige Barakkaranerin war eine von nur drei Frauen in Arbats Schicht. Es gab nicht viele weibliche Bergleute auf Caros, was sowohl an der Einstellungspolitik der *Caros-Erzgesellschaft* lag als auch am Desinteresse der Barakkaranerinnen, auf einem kalten, unwirtlichen Mond mit harter, schmutziger Arbeit ihren Lebensunterhalt zu verdienen.

Task hatte kein Problem damit, und sie war auch selbstbewusst genug, um sich gegenüber den Männern in ihrem Umfeld zu behaupten. Das war gut so, denn obwohl unter den Arbeitern im Allgemeinen ein zwar rauer, aber respektvoller Umgangston herrschte, kam es gelegentlich vor, dass jemand nach seiner Schicht zu viel trank und danach auf dumme Gedanken kam, in denen auch eine der Frauen eine Rolle spielte. Es hatte deswegen unschöne Zwischenfälle gegeben, die der Konzern allerdings ebenso konsequent wie diskret regelte, soweit Arbat das mitbekommen hatte.

Arbat versuchte sich außerhalb der Schicht von den Frauen fernzuhalten. Er hatte ein Weib und drei Kinder zu Hause auf Barakkar. Da wollte er gar nicht erst in Versuchung geraten, das Ansehen des Klans zu beflecken, indem er sich einer der Arbeiterinnen auf unsittliche Weise näherte.

»Es heißt, man bekommt den dreifachen Standardsatz, wenn man sich auf den Gasminen einsetzen lässt«, führte Brohta unterdessen ihr Gespräch fort. »Und mehr Freiwochen gibt es auch.«

»Den dreifachen Standardsatz?« Task pfiff durch leicht schief stehende Zähne. »Das lässt die Sache gleich ganz anders aussehen. Das wäre eine hübsche Summe für den Klan zu Hause. Vielleicht würde es dann endlich für eine größere Kaverne reichen. Dann könnte meine Schwester wieder zu uns ziehen.«

Der Kriecher rüttelte kurz und neigte sich zur Seite, als der Fahrer mit den Ketten über eine größere Bodenwelle setzte. Es gab ein leidlich gutes Wegenetz, das zwischen dem Basislager und den verschiedenen Abbaustellen verlief. Allerdings wurde Caros immer wieder von kleineren Meteoriten getroffen, die unter Gorgons Schwerkrafteinfluss die Bahn des Mondes kreuzten. Manchmal fanden sich daher Krater in den behelfsmäßigen Straßen, die in der Schicht zuvor noch nicht da gewesen waren.

»Was bringt einem ein dreifacher Standardsatz, wenn man tot ist?«, bemerkte Arbat. »Keine unserer Gasminen wurde je unter derartigen Bedingungen betrieben. Wenn einer dieser Blitze die Lagetriebwerke trifft oder ein Sturmwirbel die Station in die Tiefe zieht, wird dich auch ein volles Bankkonto nicht retten können. So wie ich das sehe …« Beiläufig hob er den Kopf, um erneut den Gasriesen zu betrachten – und der Rest des Satzes blieb ihm im Hals stecken. Er stutzte und kniff verwirrt die Augen zusammen. »He, was ist das denn?«

»Was meinst du?«, fragte Brohta. Im nächsten Moment stieß er einen Laut der Überraschung aus. »Leute, schaut euch das an. Bei den Ahnen! Gorgon verdunkelt sich!«

Arbat hatte es auch gesehen. Ein unheimliches Schauspiel hatte hoch über ihren Köpfen eingesetzt. Von beiden Seiten begann ein schwarzer Schatten um den Horizont des Gasriesen herumzugreifen und über die Atmosphäre hinwegzuziehen. Dabei waren seine Kanten nicht sauber, wie es der Fall gewesen wäre, wenn sich ein riesiges Objekt zwischen die Sonne und Gorgon geschoben hätte. Stattdessen wogten sie, einer Wellenfront ähnlich, hin und her, waren unablässig in Bewegung, vielleicht vom Sturm beeinflusst, womöglich aber auch aus einer Eigenbewegung heraus. Das Ganze wirkte ausgesprochen beunruhigend, vor allem in Anbetracht der Tatsache, dass Gorgon den etwa dreißigfachen Durchmesser seines Mondes Caros hatte. Das bedeutete, dass der seltsame schwarze Schleier, der den Gasriesen mehr und mehr einhüllte, von riesenhaften Ausmaßen war.

»He, Boss«, wandte sich Arbat an den Barakkaraner, der direkt hinter der Fahrerkabine saß. »Kannst du nicht mal im Basislager nachfragen, ob die mehr darüber wissen, was da oben passiert?«

»Bin schon dabei«, erwiderte Thuran, der Vorarbeiter von Bagger 288, mürrisch. Er schien sich vor allem darüber zu ärgern, dass sich dieser Zwischenfall am Himmel zu Beginn seines kostbaren Feierabends ereignete.

»Es wird immer dunkler!«, schrie irgendjemand, was der Wahrheit entsprach, denn je weiter sich die unheimliche Schwärze über Gorgon ausbreitete, desto mehr nahm das Sonnenlicht ab, das normalerweise von der Atmosphäre des Gasriesen reflektiert wurde.

Wie zur Antwort auf den Ausruf schalteten die Fahrer des Kriechers zusätzliche Außenstrahler am Fahrzeug an, um in der unwegsamen Felseinöde nicht vom Weg abzukommen. Vielleicht taten sie es auch, um die Insassen des Fahrzeugs zu beruhigen.

Arbat nahm das nur am Rande wahr. Sein Blick wurde wieder auf die gelbgrüne Gaskugel gezogen, die so groß am schwarzen Himmel hing, dass viele Bergarbeiter in den ersten Tagen ihrer Arbeit auf Caros unter dem unbehaglichen Gefühl litten, Gorgon könne auf den Mond herabstürzen und ihn zermalmen. Arbat hatte solche Ängste nie verspürt, denn er wusste, wie irrational sie waren. Mehr als ein wohliges Schaudern, wie etwa beim Anblick eines Unwetters, hatte er Gorgon gegenüber bislang nie empfunden.

Nun allerdings kroch eine dumpfe Furcht in seine Eingeweide und krallte sich dort fest. Die Geschwindigkeit, mit der die Schwärze, dieser wabernde Schatten, Gorgon einhüllte, kam ihm absolut widernatürlich vor. Der Gasriese war beinahe vollständig verschwunden. Die helle Atmosphäre war nur noch in immer kleiner werdenden Inseln in einem Meer aus brodelnder Finsternis auszumachen. Dass ein Himmelskörper von den Ausmaßen Gorgons einfach so binnen kürzester Zeit ausgelöscht werden konnte, erschreckte den sonst kaum aus der Ruhe zu bringenden Arbat zutiefst.

Während der Kriecher mit heulenden Motoren und nun spürbar schneller auf die kleinen Lichter des Basislagers zufuhr, die auf einem Höhenkamm am Horizont zu erkennen waren, fragte sich Arbat, wie es wohl weitergehen würde. Würde Gorgon dunkel bleiben? Was für Folgen würde das für Caros haben? Der Mond war schon jetzt kein behaglicher Ort, aber ohne das Licht und die Wärme seines titanischen Mutterplaneten würde die Lage noch viel unangenehmer werden. Vor allem aber wunderte sich Arbat, was da oben los war! Ihm wollte kein

Raumphänomen einfallen, das einen ganzen Gasriesen verfinstern konnte.

»In Ordnung, Leute, so sieht es aus«, meldete sich Thuran, der Vorarbeiter, wieder zu Wort. »Die in der Basis haben auch keine Ahnung. Sie erzählen irgendetwas von exotischer Wetterlage, die schwere, lichtschluckende Elemente aus den tieferen Atmosphärenschichten nach oben gewirbelt hat. Aber für mich klingt das nach einem dampfenden Haufen Mupahta-Dung. Seit einer halben Ewigkeit schiebe ich hier auf Caros Schichten. So ein Wetter habe ich noch nie erlebt.«

»Aber was passiert denn jetzt?«, fragte jemand. »Wird Caros evakuiert?«

»Evakuiert?« Thuran lachte rau. »Nein, von so was spricht noch keiner. Aber alle Arbeiten an den Grabungsstätten wurden ausgesetzt, und alle Abbautrupps sind auf dem Rückweg zur Basis. Die Konzernleitung wird die Lage auf Gorgon untersuchen und klären, inwieweit unsere Operation davon betroffen ist. Bis dahin lauten die Befehle: Schutztüren schließen und abwarten.«

Sich einzugraben war eine typische Reaktion für Barakkaraner, evolutionär erprobt und für gut befunden. Auch Arbat hielt diesen Vorschlag für durchweg vernünftig. Das Basislager besaß, neben den Verwaltungsgebäuden und dem Raumhafen an der Oberfläche, weitläufige unterirdische Areale mit Schlafräumen, mehreren Messen, Aufenthaltsbereichen und – vor allem – extra gesicherten Lagerkavernen. Es hatte etwas Tröstliches, meterdickes Mondgestein und schwere Quadranstahltüren zwischen sich und jeder unheimlichen Finsternis zu wissen. Er spähte zu den Lichtern in der Ferne hinüber, die inmitten der plötzlichen Nacht zu ihnen herüberfunkelten. Nicht mehr lange, und sie alle waren in Sicherheit.

Im nächsten Moment wurde Arbat klar, dass dies die Gedanken eines Weichherzens waren, und er schüttelte mürrisch den

Kopf, verärgert über sich selbst, weil er sich von dem unheimlichen Schauspiel am Himmel derart beunruhigen ließ. So nah Gorgon scheinen mochte, in Wahrheit war der Gasriese ziemlich weit weg. Was immer dort passierte, stellte für sie auf Caros keine Gefahr dar, zumindest keine unmittelbare.

Dieser Annahme vermochte er noch genau fünf Standard-Minuten nachzuhängen. Dann legte er erneut den Kopf in den Nacken, hob den Blick zum Himmel – und erkannte, wie sehr er sich geirrt hatte.

5

Caros
Brokkin Arbat

Im ersten Augenblick sah Arbat nichts als Schwärze über sich. Gorgon hatte sich nicht bloß verdunkelt; der Gasriese war einfach fort, in der Dunkelheit versunken wie ein Stein in einem Fass mit fettem Maschinenöl.

Im nächsten Moment bemerkte Arbat etwas. Es wirkte wie das violette Flimmern auf der Netzhaut, das man erlebte, wenn man seine Augen überbeansprucht hatte. Und tatsächlich glaubte er zunächst, seine angestrengt in die Finsternis starrenden Sinnesorgane spielten ihm einen Streich. Aber das Flimmern wurde stärker, und es schien den ganzen schwarzen Himmel ergriffen zu haben. Dann verschob sich seine Wahrnehmung ein wenig, wie nach der längeren Betrachtung eines abstrakten Bildes, dessen Motiv man plötzlich erkennt, und er begriff, dass das Flimmern kein eigenständiges Phänomen war. Stattdessen gehörte es zu der Schwärze, die ihrerseits kein Ganzes zu sein schien, sondern vielmehr eine brodelnde Masse aus Tausenden und Abertausenden dunklen Einzelobjekten – und diese Masse befand sich offenbar im direkten Anflug auf sie!

»Boss!«, wandte sich Arbat an Thuran. »Da kommt was auf uns zu. Und es ist verdammt riesig!«

Sein Ausruf sorgte dafür, dass alle den Kopf hoben und zum Himmel blickten. Das beunruhigte Gemurmel auf der Ladefläche des Kriechers wurde lauter. »Heiliger Berg, was ist das?«, rief jemand.

»Wir werden angegriffen!«, entfuhr es jemand anderem.

»Es wird uns erwischen!«, schrie Brohta mit hörbarer Panik in der Stimme. »Boss, die Fahrer sollen den verdammten Motor qualmen lassen, sonst erreichen wir die Basis nicht mehr.«

Das musste er nicht zweimal sagen. Thuran hämmerte bereits mit der Faust gegen das hintere Fenster der Fahrerkabine und brüllte die zwei Barakkaraner an, die den Kriecher steuerten. Gleich darauf röhrte der Motor auf, und das Kettenfahrzeug machte einen Satz nach vorn. »Alle festhalten!«, warnte der Vorarbeiter.

Dröhnend und mit einer Geschwindigkeit, die auf dem vorherrschenden Untergrund schlicht als halsbrecherisch bezeichnet werden musste, raste das Fahrzeug der Basis entgegen. Arbat schluckte trocken, und sein Blick huschte immer wieder von den Sicherheit versprechenden Lichtern am Horizont zum schwarzen Himmel und zurück. Es fiel ihm schwer, zu sagen, wie weit das unheimliche blitzende, wimmelnde Phänomen noch entfernt war, aber sein Bauchgefühl sagte ihm, dass es viel zu schnell näher kam.

»Wir sind zu langsam«, stellte auch Task fest. »Dem entkommen wir nicht.«

»Was passiert, wenn es uns erreicht?«, fragte jemand.

»Dann sind wir am Ende!«, schrie Brohta. »Aus und vorbei! Das Ding hat einen Gasriesen verschlungen. Caros ist doch nicht mal eine Nachspeise.«

»Halt dein Maul, Brohta«, fuhr ihn Thuran an. »Du hast doch gar keine Ahnung. Niemand weiß, was das ist. Vielleicht ist es nur eine seltsame Teilchenwolke, die einfach vorbeizieht.«

»Das glaubst du doch selbst nicht, Boss.«

»Ich hab keinen Schimmer, was ich glauben soll, hörst du? So was habe ich noch nie gesehen. Es kann alles und nichts sein.«

»Vielleicht schaffen wir es doch zur Basis.« Arbat klammerte sich an seinen Gurtharnisch. »So weit ist es nicht mehr.«

Sie hatten gerade eine Felsformation passiert, die bei normaler Fahrt etwa zehn Minuten vom Lager entfernt war. Bei ihrer gegenwärtigen Geschwindigkeit sollten es höchstens noch drei oder vier sein. Und noch hatte sich über ihnen nicht viel geändert.

Der Kriecher setzte über eine Bodenwelle hinweg und schüttelte sie alle kräftig durch. *Ahnen, lasst ihn nicht in einen frischen Meteoritenkrater fahren*, betete Arbat. Bei ihrem Tempo würde sich das offene Kettenfahrzeug wahrscheinlich überschlagen. Dann waren sie alle tot, noch bevor sie die brodelnde Finsternis erreichte.

Aber ihre Fahrer behielten die Kontrolle, und der Kriecher erreichte sicher die befestigte Straße, die von den Landefeldern zur Basis führte. Mit rasselnden Ketten und röhrendem Antrieb jagte er der Fahrzeughalle entgegen, von der aus es einen Eingang in den unterirdischen Bereich der Anlage gab.

Plötzlich vernahm Arbat ein eigentümliches Rauschen. Erst glaubte er, es stamme von der Maschine des Kriechers, doch es wurde lauter und lauter, bis es selbst den Lärm ihres Transportgefährts übertönte.

»Es ist da!«, schrie Brohta. »Es hat die Atmosphäre von Caros erreicht!«

Arbats Blick zuckte erneut zum Himmel, in dem es brodelte und blitzte. Er glaubte, Formen in dem Chaos ausmachen zu können. Waren das Raumschiffe?

Im nächsten Moment rauschte der Kriecher durch das Tor der Fahrzeughalle und bremste so hart, dass die Ketten über die Permabetonplatten schlitterten. Der Transporter drehte sich halb um die eigene Achse, dann rammte er mit einem heftigen Krachen einen weiteren, bereits geparkten Kriecher. Glücklicherweise wiesen beide Gefährte so schwere Metallschürzen auf, dass kaum eine Delle verursacht wurde. Arbat schleuderte der Aufprall in seine Gurte, aber er war so froh darüber, in Sicherheit zu sein, dass ihm das missglückte Parkmanöver der Kriecherfahrer vollkommen egal war.

»Los, alle absitzen«, brüllte Thuran. »Wir müssen runter in die Kavernen.«

Hektisch lösten Arbat und die anderen ihre Gurte und sprangen von der offenen Transportfläche des Kriechers. Das Rauschen war mittlerweile so laut, dass es sogar durch die Wände der Halle zu vernehmen war. Die Deckenlampen fingen an zu flackern. Arbat wollte nur noch unter die Erde, möglichst tief unter die Erde, wo ihn Tonnen massiven Mondgesteins vor diesem Wahnsinn schützten.

Sie rannten los, auf das Panzertor zu, das den Zugang zur abwärts führenden Rampe verschloss. Im Prinzip hätte auch der Kriecher diese Rampe hinunterfahren können, aber zum einen stand das Kettenfahrzeug nach seinem harten Bremsmanöver ungünstig verkeilt da, zum anderen hätte es viel zu lang gedauert, das Tor weit genug zu öffnen, um das große Fahrzeug hindurchzulassen.

Einer der jüngeren Barakkaraner, Dukk, erreichte das Tor als Erster und hieb auf den Öffnungsmechanismus. Zum Glück waren diese Eingänge in die Kavernen normalerweise nicht verriegelt, sonst hätten sie jetzt eine Bestätigung von der Zentrale benötigt – und wer wusste schon, wie viel Aufregung dort im Moment herrschte.

Mahlend begann sich die schwere Metalltür zu öffnen. Kaum dass der Spalt breit genug war, drängten die ersten von Arbats Begleitern hindurch. »Wir schaffen es doch!« Brohta klang auf hysterische Weise erleichtert. Er hatte sein Helmvisier geöffnet und grinste Arbat wie ein Geistesgestörter an.

Dann fiel das Licht aus und ein ohrenbetäubendes Donnern, als ginge ein Meteoritenschauer über dem Hangar nieder, erfüllte die ganze Halle. Arbat schrie auf. Er schrie noch lauter, als er sah, wie Teile des Hallendachs fortgerissen wurden. Dahinter war nichts als wimmelnde Schwärze, in der gewaltige violette Blitze zuckten. Einer dieser Blitze fuhr zu Boden und traf einen der Kriecher. Die Zoliumdurat-Brennstoffzelle des Kettenfahrzeugs explodierte und riss das schwere Gefährt funkensprühend in die Höhe.

Von der Druckwelle erfasst, wurde Arbat gegen die Wand neben dem Schott geschleudert. Hätte er keinen Helm getragen, wäre er sofort tot gewesen. Auch so trieb ihm der Aufprall die Luft aus den Lungen. Sein Kopf wurde herumgerissen, und er knallte mit der Stirn so heftig gegen das Helmvisier, dass er Sterne sah. Benommen fiel er zu Boden, doch die Furcht war stärker als jeder Schmerz, und so rappelte er sich gleich wieder auf. Während um ihn ein Inferno aus Lärm und Finsternis tobte, das die robuste Hallenkonstruktion regelrecht auseinanderriss, eilte er wankend auf das Panzertor zu. Im Inneren glaubte er Thuran zu sehen, der ihm etwas zuzuschreien schien, aber entweder hatte Arbats Funkgerät Schaden genommen, oder der Krach war einfach zu groß, um auch nur ein Wort zu verstehen.

Eine weitere Explosion erhellte die tosende Dunkelheit. Irgendetwas krachte nicht weit von Arbat entfernt auf den Permabeton und ließ die Erde erbeben. Er stolperte und fiel erneut hin. *Nur noch ein paar Schritte, verdammt!* Abermals hievte er sich in die Höhe. Ein stechender Schmerz durchfuhr ihn, gleichzeitig gab sein linkes Bein nach. Verzweifelt versuchte sich Arbat irgendwo festzuhalten, doch seine Hand rutschte an der Wand ab, und er ging ein drittes Mal zu Boden. Er landete direkt neben Sonra Task, auf deren im Tod erstarrten Zügen Fassungslosigkeit stand, während ein breiter Metallsplitter aus ihrem Brustkorb knapp unter dem Anzugkragen hervorragte.

Keuchend rollte sich Arbat herum und kämpfte darum, wenigstens auf die Knie zu kommen, damit er weiterkriechen konnte. Vor ihm verschwand das Gesicht von Thuran. Dann begann sich das Panzertor zu schließen. »Nein!«, schrie Arbat. »Nein! Wartet! Ich bin gleich bei euch. Ich bin fast da! Nein!«

Verzweifelt zog er sich an einem Versorgungsrohr, das die Wand hinauf verlief, empor. Halb blind und taub und von furchtbaren Schmerzen gepeinigt, taumelte er dem kleiner werdenden Spalt entgegen. Eine Hand erschien, packte ihn, zerrte ihn vorwärts. *Brohta!*

Im nächsten Augenblick verwandelte ein gewaltiger Blitz die Finsternis in eine Welt aus Weiß. Das Krachen hörte Arbat schon nicht mehr.

6

Raumschiff *Leitstern*
Bendis Kahain

»Und dann krachte es hinter mir, und ich dachte wirklich, das war es. Jetzt ist jemand tot. Und als ich mich umdrehte, lag da dieser riesige Container hinter mir auf dem Landefeld, so ein T90-Standardcontainer. Der hatte kaum eine Delle, aber die Tür war aufgesprungen, und überall lagen Kartons voller Kopfpolierlappen für Sleen verstreut. Und mittendrin, keine vier Meter von dem Container entfernt, da hockte – ich schwöre es euch …« Venk Hobric fing bereits an zu kichern, bevor er seine Erzählung beendet hatte. »Da hockte Sariss auf seinem breiten Hintern und sagte …« Er verstellte die Stimme, um den sonoren, leicht zischelnden Tonfall ihres Bordtechnikers nachzuahmen. »*Na sauber.*«

Das Gelächter von Umbra, Randon und Katiktak quittierte seine Worte. Am lautesten lachte Sariss selbst, der die Geschichte sicher nicht zum ersten Mal hörte, sich aber noch immer königlich darüber amüsierte, ganz ungeachtet der Tatsache, dass er bei dem Vorfall nur haarscharf mit dem Leben davongekommen war.

Auch Bendis Kahain schmunzelte pflichtschuldig, obwohl auch er die Anekdote schon kannte. Er sah zu Neena Costa hinüber, die ihrerseits kaum mehr als ein müdes Lächeln für Hobrics Worte übrig hatte. Kahain wusste, dass sein Erster Offizier den großmäuligen Raumretter nicht sonderlich mochte. Dafür war sie zu gewissenhaft, während er die Regeln gern etwas freier auslegte. Trotzdem waren beide Profis genug, um gut zusammenzuarbeiten. Und ganz gleich, was man von Hobrics mitunter übertrieben aufgeräumter Art hielt, er wusste die Mannschaft bei Laune zu halten – und seine Scherze halfen, den unangenehmen Zusammenstoß mit der *Lichtbringer* zu verdrängen.

»*Na sauber …*« Glucksend wischte sich der blonde Mann die Lachtränen aus den Augenwinkeln und schüttelte den Kopf. »Ich bin so froh, dass wir diesen verdammten Job an den Docks los sind, Chief. Das hier draußen ist viel besser.«

»Und auch nicht gefährlicher«, pflichtete ihm Sariss bei. Der Cheftechniker der *Lichtstern* war ein kräftiger Reptiloide, dem man am ausladenden Bauch und an den stämmigen Gliedern ansehen konnte, dass er eine Vorliebe für reichhaltiges Essen hatte. Wie alle Sleen – oder zumindest die meisten in seinem Heimatland auf der Nordhalbkugel von Ompas Gra – hatte er eine grünbraune Schuppenhaut, dreifingrige Hände, die in dicken Klauen ausliefen, und einen kahlen, kugelrunden Schädel. Der fast von Ohr zu Ohr verlaufende Mund war voller kleiner spitzer Zähne, die womöglich bedrohlich gewirkt hätten, wenn Sariss nicht *der* Mann in Kahains Besatzung gewesen wäre, dessen gut gelauntes und anatomisch konkurrenzlos breites Grinsen sozusagen sein Markenzeichen war.

»Ist auch ganz gut, dass wir jetzt kein Grünzeug mehr als Vorgesetzten haben«, fuhr Sariss fort.

»He, he, sachte, Chief«, mischte sich Kahain ein. »Die Floryll sind genauso ein Gründungsmitglied des Domenaions wie die Sleen, die Menschen und die Atherier. Bitte ein bisschen mehr Respekt unseren pflanzlichen Freunden gegenüber.«

»Ach, du weißt doch, Captain, dass ich keiner Zeko-Mücke etwas krummnehmen kann.« Sariss schaute ihn aus kleinen, kreisrunden, treuen Augen an. »Aber Lin Gladiaso war enie Schinderis, von den Wurzelfüßen bis zur Kopfblüte. Ich war fast erleichtert, als sier uns damals gefeuert hat.«

»Das wissen wir«, sagte Neena Costa schnell, bevor einer der beiden Männer damit anfangen konnte, zu schildern, wie es ihnen gelungen war, das Zwitterwesen so zu verärgern, dass es Hobric und Sariss rausgeschmissen hatte. »Wir kennen die Geschichte.«

»I-Ich nicht«, warf Randon ein.

Kahains Stellvertreterin verdrehte die Augen. »Venk hat senierm Vorgesetztis eine Flasche Schnaps in die Nährstofflösung gekippt«, kam sie jeder längeren Erzählung zuvor.

Sariss gluckste vergnügt. »Oh, ja, das hat er. Du hättest dien Grünis sehen sollen, Shem. Hast du schon mal enien betrunkenis Floryll gesehen?«

»Ich wusste gar nicht, d-dass Alkohol bei Floryll wirkt.«

»Wenn man genug nimmt, schon.«

Hobric beugte sich auf seinem Stuhl vor und grinste. »Sier sah aus wie eine Palme in einem Tropensturm.«

Erneutes Gelächter erfüllte den Raum.

Sie saßen beim Abendessen in der Messe der *Leitstern*, denn Kahain hatte entschieden, dass sie alle eine Pause verdient hatten, bevor sie zur Heimatwelt der Nark sprangen, um dort den Schiffbrüchigen abzugeben und hoffentlich ihre Belohnung für die Rettungsaktion einzustreichen. Nach dem Essen würden sie sich eine Mütze Schlaf gönnen, und danach konnte Katiktak beginnen, die Berechnungen für die Quantentransits durchzuführen. eL'Ha hielt Brückenwache, Doktor Rahla kümmerte sich um ihren Patienten. Alle Übrigen hatten sich im gemütlichen Herzen des Rettungskreuzers eingefunden – wobei *gemütlich* ein relativer Begriff war. Auch die Messe war, wie jeder andere Raum, von seinen Konstrukteuren vor allem nach Gesichtspunkten wie Nützlichkeit und Effizienz entworfen worden. Einzig der anarchistischen Ader von Hobric und Sariss war es zu verdanken, dass ein paar mehr oder minder geschmackvolle Plakate an den Wänden hingen, einige Weltenfestgirlanden aus dem letzten Jahr von der Decke baumelten und in einer Ecke ein Holo-Dartbrett angebracht war, das allerdings einen Wackelkontakt hatte und daher in letzter Zeit eher selten genutzt wurde.

»Wo wir gerade von ungeliebten Vorgesetzten sprechen«, sagte Costa in einem recht auffälligen Versuch, das Thema zu wechseln, »was hat es mit dir und diesem Admiral auf der *Lichtbringer* auf sich, Captain? Du hast nie davon erzählt, dass du und der Luminatoren-Orden eine gemeinsame Vergangenheit habt.«

»Richtig«, erwiderte Kahain. »Und das hat seine Gründe. Ich denke nicht gern an diese Zeit zurück. Noch weniger gern erzähle ich davon.«

Hobric schüttelte den Kopf. »Nichts für ungut, Captain, aber ich kann mir wirklich nicht vorstellen, dass du mal als Ritter durch die Galaxis stolziert bist.«

»Paladin«, verbesserte ihn Kahain. »Ich hatte auch dort bereits mein eigenes Schiff.«

»Paladin?« Der blonde Bergungsspezialist pfiff anerkennend durch die Zähne. »Eine richtige Respektsperson. Wie konntest du so weit in den Rängen aufsteigen und dann so tief fallen?«

»Damals war ich ein anderer Mann. Ich wollte den Völkern des Domenaions helfen und der Galaxis Ordnung bringen. Der Glaube an Recht, Gesetz und die Korrektheit von Befehlshierarchien prägten meine Weltsicht.« Kahain zögerte. Eigentlich hatte er schon mehr gesagt, als er wollte. Doch eins fügte er noch hinzu. »Ich war ... naiver als heute.«

»Lass mich raten«, sagte Costa in sarkastischem Tonfall. »Du musstest auf die harte Tour erkennen, dass die Luminatoren auch nur eine Organisation sind wie jede andere auch: mit einer Agenda, Korruption und internen Machtkämpfen.«

»So in der Art, ja. Und mehr werde ich darüber jetzt nicht sagen.« Kahain warf einen strengen Blick in die Runde, um seine Worte zu unterstreichen.

Hobric zuckte mit den Schultern. »Wie auch immer. Ich bin froh, dass du dem Laden den Rücken gekehrt hast. Ansonsten wäre jetzt keiner von uns hier.« Er nahm seinen Becher und trank einen Schluck.

»H-Habt ihr denn schon a-alle Pläne für den Freimonat gemacht?«, fragte Randon, vermutlich, um dem Tischgespräch damit die denkbar unverfänglichste Richtung zu geben. Er sah Sariss an. »Chief?«

»Venk und ich wollen zu den Stränden von Sagetama. Tagsüber liegen wir dort und lassen uns die zwei Sonnen auf den Bauch scheinen, nachts wird gefeiert, bis wir nicht mehr wissen, wo unser Hotel ist. Zum Glück gibt es Personal für solche Fälle.« Der Sleen grinste breit.

»Wer will, kann sich uns gern anschließen«, fügte Hobric hinzu. »Das wird ein Riesenspaß. Na, XO, wie wäre es? Ich wollte dich schon immer mal so richtig in Feierlaune erleben. Ich wette, dass du im kleinen Neonfarbenen jede Tanzfläche rockst.«

»Was für eine verführerische Aussicht, vierzig Tage lang mit sturzbetrunkenen Mannschaftskollegen zu verbringen«, erwiderte Costa kühl. »Ich sollte sofort meine Eltern anrufen und ihnen sagen, dass sie dieses Jahr nicht mit mir rechnen können.« Sie beugte sich vor. »In deinen Träumen, Hobric.«

»Immerhin etwas«, meinte der leichthin. »Zeit zum Schlafen werden wir nämlich auch reichlich haben.«

»Wir haben noch keine Pläne für den Freimonat«, mischte sich Katiktak ein. »Wir wären an der Reise interessiert. Sand, berauschende Getränke und eine Möglichkeit, die Tanzbeine zu schwingen, klingt ausgesprochen verlockend.«

Hobric hob einladend die Arme. »Klar, komm mit, und wir erleben die vier Wochen unseres Lebens. Drei Männer, eine Mission: einfach super sein.«

»Das Motto drucke ich mir auf die Schuppen!«, rief Sariss und lachte.

Kahain sah, wie Costa den Blick zur Decke richtete, als erhoffe sie von dort Beistand.

»Du besuchst deine Sippe?«, hakte Umbra derweil nach.

Die Menschenfrau nickte. »Mein Vater hat letztes Jahr ein altes Haus in den Bergen bei uns gekauft und hergerichtet. Ich beabsichtige, dort wandern zu gehen. Es soll wundervoll unberührte Wälder und Bergseen geben. Vielleicht kommt meine Schwester auch zu Besuch. Dann wandern wir gemeinsam.«

»Klingt wunderbar«, meinte Umbra. »Sippe ist so wichtig.« Die Rhinoa klopfte sich mit der Faust auf die breite Brust. »Ich fliege zurück nach Rhino. Meine Sippe will sich vergrößern. Ich schaue mir die Neuen an. Vielleicht ist ein Partner darunter.«

»Du spielst mit dem Gedanken, dich zu binden?«, fragte Kahain. Er wusste, dass es bei den Rhinoa keine Ehe im menschlichen Sinne gab. Stattdessen fanden Mitglieder einer Sippe, einer überwiegend aus Wahlverwandten bestehenden Gemeinschaft, zueinander, um ein paar Jahre miteinander zu verbringen – manchmal zum reinen Vergnügen, oft, um gemeinsam Nachwuchs großzuziehen.

»Ja, vielleicht«, erwiderte Umbra. »Ich bin neunundzwanzig Standardjahre alt. Mein halbes Leben liegt hinter mir. Ich mag meine Arbeit auf der *Leitstern*, aber ich vermisse auch meine Sippe. Und jetzt ergibt sich eine Gelegenheit, etwas Neues zu wagen.«

»Hört, hört!«, rief Hobric. »Unsere Umbra will Mutter werden.«

»Das habe ich nicht gesagt«, gab diese scharf zurück.

»Stellt euch vor«, fuhr Hobric an Sariss und Katiktak gewandt fort. »Lauter kleine Umbras, die durchs Schiff toben und Dellen in die Schotts schlagen.«

»Venk, mach mal eine Pause«, tadelte ihn Kahain milde. Dann wandte er sich an Umbra. »Ich würde dich nur ungern verlieren. Deine Kraft und dein Mut haben schon vielen Schiffbrüchigen das Leben gerettet. Trotzdem wünsche ich dir alles Gute, und wenn du den Richtigen findest, halte ihn fest.«

»Danke, Captain«, grollte die Rhinoa. »Ich werde …«

»Rahla an Captain Kahain«, unterbrach sie die Stimme der atherischen Ärztin aus der Bordsprechanlage.

Schwungvoll schob Kahain den Stuhl auf seiner Bodenschiene zurück und drehte ihn, um aufzustehen. Er ging zur Wand hinüber, wo sich die Sprechanlage befand, und aktivierte sie. »Was gibt es, Doktor?«

»Unser Nark-Gast ist erwacht. Er möchte Sie unbedingt sprechen.«

»Danke, ich bin unterwegs.« Er schaltete das Gerät aus.

Costa erhob sich von ihrem Sitz. »Wenn du einverstanden bist, würde ich gern mitkommen, Captain. Ich wäre sehr daran interessiert, mehr darüber zu erfahren, was auf dem Schiff passiert ist.«

»Natürlich. Gehen wir.«

Sie verließen die Messe und schritten durch den Korridor zum Personen- und Frachtaufzug, der sie in die Mittelebene brachte. Dort befand sich neben der Brücke, Kahains Büro, mehreren Gästeunterkünften, der Hauptschleuse und dem oberen Zugang zu dem großen Steuerbord-Frachtraum der *Leitstern* auch die Krankenstation. Als sie dort auf den Gang traten, hielt Costa Kahain auf. »Dir ist klar, dass das heute verdammt knapp war, oder, Captain?«, fragte sie leise. »Diese Geschichte mit Hobrics und Umbras Nebengeschäft und den Luminatoren.«

»Niemand konnte damit rechnen, dass die *Lichtbringer* auftauchen würde«, wandte Kahain ein.

»Aber sie ist aufgetaucht. Und wenn der Paladin-Admiral nicht gerade auf dem Weg zu einer Mission gewesen wäre, hätte er uns festgesetzt, beim Raumrettungskommando angeschwärzt und was weiß ich noch alles.« Sie sah ihn ernst an. »Ich habe es schon ein paar Mal gesagt, und ich sage es erneut: Du solltest den anderen diese Plünderei verbieten. Dabei machen wir uns alle strafbar, selbst wenn wir nur wegschauen. Ich mag diesen Job und möchte ihn gern noch eine Weile behalten. Also, wenn wir wegen Hobric unsere Lizenz verlieren oder gar in eine Strafkolonie wandern, wäre ich echt mies gelaunt.«

Kahain nickte. »Ich nehme deine Kritik zur Kenntnis, Neena, und werde sie so auch vor Gericht wiedergeben, sollten wir je Ärger bekommen.«

»Aber warum?«, entfuhr es Costa. »Warum lässt du denen das durchgehen? Warum unterstützt du es sogar?«

»Das weißt du doch«, erwiderte er seufzend. »Weil es gute Leute sind, die für einen gefährlichen Job schlecht bezahlt werden.«

Sie betraten die Krankenstation, wo sie von Gonian Rahla bereits erwartet wurden – und nicht nur von ihr. Auf einer der zwei medizinischen Liegen, die im hinteren Teil des Raums an der Wand standen, ruhte der Nark. Er war mittlerweile nicht mehr in seinen Raumanzug gekleidet, sondern trug einen bequemen Patientenoverall, was ihn allerdings kein bisschen weniger finster wirken ließ.

Als er Kahain erblickte, richtete er sich ächzend ein wenig auf. Die spinnenbeinartigen Anhängsel, die aus seinem Hinterkopf ragten, breiteten sich zu einem bizarren Kranz aus. »Captain, da sind Sie ja«, sagte er in der Gemeinsprache des Domenaions, die er zwar nur mit starkem Akzent, aber dennoch erstaunlich fließend beherrschte. »Ihre Ärztin hat mir berichtet, was …«

Kahain hob abwehrend eine Hand. »Warten Sie bitte kurz.«

»Aber ich …«

»Sie haben den Captain gehört«, unterbrach ihn Costa streng und schob sich zwischen Kahain und den Nark, als befürchte sie, er könne gewalttätig werden, wenn er nicht sofort seinen Willen bekam. Bei dem Ruf, den die Nark genossen, war der Gedanke nicht ganz abwegig, aber ihr Gast knurrte nur missmutig und funkelte die Menschenfrau aus seinen gelben Augen mit den geschlitzten Pupillen an.

Kahain wandte sich an Rahla. »Wie geht es ihm?«

Die Ärztin legte die langen Finger ihrer schmalen, hellen Hände zusammen. »Er hat sich mir als Navigator Zoarek vorgestellt, und er hat keine Verletzungen davongetragen, die dauerhafte Folgen für ihn haben werden. Tatsächlich war er vor allem unterkühlt, dehydriert und litt unter Sauerstoffmangel. Aber die meisten Nark sind robust, und das gilt auch für ihn. Daher dürfte er sich rasch erholen.«

»Und was haben Sie ihm schon erzählt?«

»Ich habe ihn lediglich über seine Situation aufgeklärt, nachdem er erwacht ist. Als ich ihn davon unterrichtete, dass wir beabsichtigen, ihn zurück nach Aonark zu bringen, hat ihn das in große Aufregung versetzt, und er wollte sofort mit Ihnen sprechen.«

»Na schön.« Kahain wandte sich wieder ihrem Gast zu. »Was kann ich für Sie tun?«

»Sie dürfen noch keinen Transit einleiten, Captain«, erwiderte Zoarek. »Wir müssen zu dem Wrack zurück.«

Mit diesem Wunsch hatte Kahain nicht gerechnet. »Warum?«

»Weil wir nach dem Passagier suchen müssen, den wir an Bord hatten. Er war ein Orkanoide!«

Seine Worte veranlassten Kahain, die Augenbrauen hochzuziehen. »Ein Orkanoide? Was macht ein Orkanoide so weit von seinen Heimatgasriesen entfernt?«

Zoarek verlagerte sein Gewicht und verzog dabei die Miene. »Er war ein Wissenschaftler und wollte eine atherische Kollegin auf einer Raumstation draußen am Rand besuchen.«

Kahain warf Costa einen fragenden Seitenblick zu. »Neena?«

Die schüttelte den Kopf. »Hobric, Umbra und ich haben das Schiff gründlich durchsucht. Wäre der Orkanoide noch an Bord gewesen, hätte nicht einmal Hobric den übersehen können. Allerdings gab es mehrere große Löcher im Rumpf. Wir müssen davon ausgehen, dass er …« Sie brach ab und sah ihn vielsagend an.

»Sie müssen mich nicht schonen«, knurrte der Nark. »Ich war dabei, als die Piraten uns überfallen haben. Ich habe meine Mannschaftskameraden um mich herum sterben sehen. Der Tod ist mir nicht neu.« Er fixierte Kahain mit seinen beunruhigenden Augen. »Aber hier irren Sie sich. Der Orkanoide ist nicht tot. Wir müssen zurück und ihn suchen.«

»Es ist in der Tat denkbar, dass der Orkanoide einen Aufenthalt im All eine gewisse Zeit lang überlebt, Captain«, mischte sich Rahla ein. »Orkanoiden haben eine einzigartige Physiologie. Ihre dicke äußere Haut ist ein extrem wirksamer Schutz für die inneren Organe, sowohl gegen Kälte als auch vor Strahlung. Außerdem können sie in eine Art Tiefschlaf verfallen, der ihren Metabolismus stark verlangsamt. Auf diese Weise dürfte ein Orkanoide imstande sein, zumindest einige Tage im freien Raum zu überstehen, wenn auch in einem absolut passiven Zustand. Doch wird er in dieser Zeit nicht gerettet, droht er an Flüssigkeitsmangel zu sterben.«

»Ich verstehe«, sagte Kahain. Er ließ sich die Situation durch den Kopf gehen. Sie verloren nichts dabei, wenn sie noch einen oder zwei Tage länger in der Gegend blieben, um diesen schlafenden Orkanoiden aufzuspüren. Die Anzahl an Hüllenbrüchen, die so groß waren, dass ein Orkanoide hindurchpasste, war überschaubar gewesen. Gleiches sollte also für die Menge an Vektoren gelten, auf denen das quallenartige Geschöpf ins All entschwunden sein konnte. Die Chancen, ihn wiederzufinden, waren nicht riesig, aber das Unterfangen war auch nicht völlig aussichtslos.

Und wenn sie wirklich einen Orkanoiden zu retten vermochten, hatten sie den Jackpot geknackt. Die Bevölkerungszahl der langlebigen Orkanoiden war – im Vergleich etwa zu der der Menschen oder der Atherier – verschwindend gering. Jedes Individuum galt daher als unschätzbar wertvoll. Dazu kam, dass Orkanoiden recht wenig Interesse an materiellen Werten hatten und daher Geschichten zufolge jene großzügig entlohnten, die ihnen zu Diensten waren. Dass sie ihre geballte Intelligenz der Unterstützung und Entwicklung des eher undankbaren Volks der Nark zur Verfügung stellten, bloß weil diese ihnen als Medium im Umgang mit den Völkern der galaktischen Nachbarschaft dienten, war ein Beleg für die Großzügigkeit dieser fremdartigen Spezies.

»In Ordnung.« Kahain nickte Zoarek zu. »Wir suchen Ihren Passagier.«

7

Domenaion Eins, im Orbit um Norton, Primoris-System
Chi Margolis

Der Rat der Domänen, der dem Sternenreich des Domenaions vorstand, existierte schon seit tausend Jahren. Die Anfangszeit war nicht einfach gewesen. Obwohl die Menschen, die Atherier, die Floryll und die Sleen damals die Absicht einte, einen Bund zum Zweck der gegenseitigen Förderung ihrer Zivilisationen einzugehen, konnte man sich nicht auf eine Domäne einigen, die das Herz des Ganzen bilden sollte. Jedes Volk hatte seine eigene Vorstellung davon, welche Welt am besten dazu geeignet wäre – in drei von vier Fällen handelte es sich um die eigene Heimat.

Schließlich kam der Botschafter der Sleen, Sorshi, ein Mann, der gewiss nicht der Gebildetste unter den Unterhändlern war, dafür aber über eine gesunde Portion Pragmatismus verfügte, auf eine bemerkenswerte Idee. Er schlug vor, den Rat schlichtweg beweglich zu machen, indem die Ratshalle selbst und alle sie umgebende Bürokratie an Bord eines riesigen Raumschiffs untergebracht wurde. Es war sicher nur ein Zufall, dass die Sleen in jenen Tagen die größten Raumschiffe bauten und als Einzige imstande waren, kurzfristig ein Gefährt zur Verfügung zu stellen, das den räumlichen Anforderungen einer Begegnungsstätte für gleich vier Zivilisationen genügte.

Die *Domenaion Eins*, ein umgebauter Luxusliner von fast dreihundert Einheitsmetern Länge, diente nahezu zweihundert Jahre lang als fliegendes Ratsgebäude, das von Heimatwelt zu Heimatwelt zog und dort jeweils ein Jahr im Orbit blieb, um der einheimischen Bevölkerung als gut sichtbares Symbol für den Planetenbund zu dienen. In dieser Zeit wurde das Raumschiff ständig ausgebaut und technisch auf den neusten Stand gebracht, bis sein Ursprung kaum noch zu erkennen war.

Als die Barakkaraner, die Rhinoa und schließlich die eN'iX dem Domenaion beitraten, brachten sie ihre eigenen Vorstellungen und technischen Möglichkeiten mit – ganz zu schweigen von Hundertschaften an Mitarbeitern, die mehrfach größere Schiffe nötig machten, auch, um dem steigenden Prestigeanspruch des Rats zu genügen. In der zweiten Blütezeit des Domenaions im Jahr 694, dem Höhepunkt zentralistischer Bestrebungen, war die *Domenaion Eins* ein fast fünfzehn Kilometer messender Koloss, eine regelrechte Stadt im Weltraum, in der schon längst nicht mehr nur die Ratsmitglieder und ihre Stäbe samt Familien lebten, sondern zugleich Zehntausende Arbeiter, Dienstleister und auch Ratsgardisten.

Doch mit der Größe waren auch Probleme an Bord gekommen. Etwa ein radikaler Untergrund, der es sich zum Ziel gesetzt hatte, den Einfluss des Domenaions zugunsten planetarer Autonomie zurückzudrängen. In einem beispiellosen Akt der Gewalt sprengten die Fanatiker *Domenaion Eins* am Tag des 700. Jubiläums des Weltenbunds in die Luft. Es folgten ein paar dunkle Jahre, die schließlich in einer Neuausrichtung des Domenaions endeten, einem Kompromiss aus gemeinsamem Handeln und planetarer Unabhängigkeit.

An Bord der heutigen *Domenaion Eins*, eines nur noch halb so großen, aber nichtsdestoweniger eindrucksvollen Superraumers, gab es politische Rebellen und Widerständler nur noch auf dem Ratsparkett. Aber Schmutz und Abschaum fanden sich nach wie vor auf den unteren Ebenen der gemächlich durchs All über Norton treibenden künstlichen Stadt. Es gab halbseidene Passagenhändler, die ihre Waren aus Koffern verkauften, mit denen sie rasch verschwinden konnten, wenn eine Streife der Ratsgarde nahte. In Eingängen zu ungenutzten Frachtlagern lungerten von Rauschmitteln abhängige Arbeiter herum, die ihre Aufgaben vernachlässigten. Lustspender allerlei Geschlechts warteten auf verstohlene Freier. Und an den Wänden zeugten aufgesprühte Symbole davon, dass irgendeine Bande diesen Teil des neunzehnten Decks beanspruchte.

Voller Abscheu rollte Ratsmitglied Chi Margolis seihre Kopfblätter ein, während sier in der geschlossenen und von außen nicht einzusehenden Transportkapsel an diesem Bodensatz der Bewohner von *Domenaion Eins* vorbeirollte. Nicht zum ersten Mal fragte sich dier Floryll-Repräsentantis, warum der Paladin-Admiral, der das Schiff führte, zuließ, dass es dermaßen heruntergekommene Sektoren inmitten des strahlenden, stählernen Herzens des Weltenbunds gab. Stellte ihm der Finanzausschuss des Rats nicht genug Geldmittel zur Verfügung, um für Ordnung zu sorgen? Dabei war der Unterhalt von *Domenaion Eins* schon jetzt mit beträchtlichen Kosten verbunden.

Chi hätte nicht diesen Weg zum Rat nehmen müssen. Natürlich gab es blitzblanke Korridore in den oberen Decks des Superraumers, die speziell den Ratsmitgliedern, den kolonialen Unterräten und ihrem Stab vorbehalten waren. Aber Chi Margolis hatte es sich zur Gewohnheit gemacht, auch Wege zu nehmen, die nicht von der Marketingabteilung des Ratsschiffes empfohlen wurden. Sier nannte das »die Zweige ausstrecken«, wenn sier sich unerkannt an Orten herumtrieb, an denen sich ein Zwitter von seihrem Rang nicht aufhalten sollte. Das war ihrm wichtig. Sier wollte wissen, wie die Stimmung auf den verschiedenen Decks der *Domenaion Eins* war, um seihrer Politik ein solides Wurzelwerk zu geben. Schließlich war das Schiff mit seinen annähernd dreißigtausend Bewohnern ein Mikrokosmos, der die Stimmung in verschiedenen Bevölkerungsteilen des Domenaions bemerkenswert gut widerspiegelte. Abgesehen davon war sier auch schlichtweg neugierig und vielleicht auch ein wenig masochistisch veranlagt. Der Ekel vor dem Leben in den unteren Ebenen half ihrm dabei, das mehr wertzuschätzen, was sier selbst hatte.

Meist ließ sich Chi einfach nur durch die Korridore fahren und beobachtete die Bewohner eines Sektors. Manchmal stieg sier auch aus, besuchte eine Mannschaftsmesse oder kehrte in eines der zahlreichen Speiseetablissements ein. Unter dem Deckmantel eniers Reporteris für einen der unabhängigen Bordsender führte sier Gespräche mit Wartungscrews und Technikern, Ladenbesitzern und einfachen Gardisten. Dabei achtete sier darauf, keine anderen Floryll anzusprechen, denn das verringerte die Wahrscheinlichkeit, erkannt zu werden. Für einen Menschen sah Chi Margolis aus wie Dutzende andere seihrer Art.

Heute blieb sier in der Transportkapsel sitzen, die sier sich mit seihrem Chauffeur und zwei Leibwächtern teilte. Das tat sier nicht aus Angst. Die Gefahr für Leib und Leben war gering, denn anders als im Fall von Hehlerei, illegalem Glücksspiel oder Taschendiebstahl griff die Ratsgarde bei Gewaltdelikten meist rigoros und Gerüchten zufolge mit unverhältnismäßiger Härte durch. Doch der Gestank, der an einem Ort wie diesem herrschte, von ungewaschenen Leibern, Rauschmitteln und Exkrementen, war ein Angriff auf seihre feinen Sinneszellen, dem sich dier Floryll heute nicht aussetzen wollte.

»Am nächsten Korridor links«, befahl Chi dem Fahrer. Gleichzeitig sonderten seihre Blütendrüsen einen auffordernd würzigen Duft ab. Unter seihresgleichen hätte dieser Duft und ein Wedeln mit einem seihrer Zweige genügt, um dem Fahrer seihren Wunsch zu vermitteln. Aber seihr persönlicher Chauffeur eR'eS war ein eN'iX, was durchaus Vorteile hatte – bloß elegante Kommunikation gehörte nicht dazu.

Sie bogen in den quer verlaufenden Gang ein, an dessen Ende ein Liftcluster lag, über den sie zurück zu den oberen

Ebenen gelangen würden. Irgendeine idealistische Organisation verteilte an der Ecke Nahrungsrationen an Bedürftige. Chi betrachtete sich die Schlange aus sicher einem Dutzend Wesen, überwiegend Menschen und Sleen, aber auch ein Barakkaraner, die darauf warteten, an die Reihe zu kommen. Einmal mehr fragte sier sich, wann die Ordnung auf *Domenaion Eins* derart aus den Fugen geraten war. Dies hier war ein Raumschiff. Eigentlich sollte sich überhaupt niemand an Bord aufhalten, der keine Arbeit hatte, keine Funktion innerhalb dieses geschlossenen Ökosystems erfüllte.

Das Zirpen des Bord-Komms lenkte siehn von diesen Gedanken ab. Dem Anrufcode nach zu urteilen handelte es sich um Sem Begonia, enien seihrer privateren Kontakte. »Wir fahren weiter zur Ratsebene«, befahl Chi eR'eS. Dann aktivierte sier den Akustikschild um den Mittelteil der Innenkabine und nahm den Anruf entgegen.

»Hellen Tag, Sem Begonia«, begrüßte Chi dien anderis Floryll.

»Hellen Tag, Ratsmitglied«, erwiderte Sem. Chis Kontakt meldete sich wie immer ohne Bildübertragung, denn niemand – im Augenblick vor allem Chis Leibwächter nicht, die hinter dem transparenten Akustikschild im Fond der Kapsel saßen – sollte zufällig sehen, mit wem sich Chi unterhielt. »Ich hoffe, du hast gute Neuigkeiten für mich.«

»Leider nicht. Meinen Quellen zufolge werden die Barakkaraner ihr Veto gegen Euren Umweltzonenvertrag einlegen. Dem Vernehmen nach haben verschiedene Bergbaugilden die Obleute von Ratsmitglied Dakdra entweder bestochen oder bedroht. Das Erschließen neuer Schürfgebiete ist ihnen wichtiger als der Schutz uralten Lebens.«

»Ich kenne die Positionen dieser kurzsichtigen Steinschädel.« Chi spürte, wie der Zorn den Druck in seihren Gliedern erhöhte. »Aber es geht hier schließlich nicht nur um Barakkar.

Der Vertrag ist zum Wohl der Ökosphäre aller Welten. Das muss Dakdra doch einsehen.«

»Sie ist Politikerin«, sagte Sem nur, eine Aussage, die in ihrer Schlichtheit an Impertinenz grenzte, schließlich war auch Chi enie Politikeris.

Dier Floryll ließ frustriert seihre Blätter rascheln. Ihrm war klar, dass in Sems verstecktem Vorwurf mehr als nur ein Körnchen Wahrheit steckte. Wie alle Unterräte, Obleute, Sekretäre und Ratsmitglieder war natürlich auch Dakdra alles andere als frei in ihren Entscheidungen. Verträge, Verpflichtungen und die Notwendigkeit, Kompromisse mit politischen Gegnern und Verbündeten hier und in der Heimat einzugehen, schränkten ihren Handlungsspielraum ein und zwangen sie zu Entscheidungen, die für Außenstehende nicht immer unmittelbar nachvollziehbar waren.

Im vorliegenden Fall jedoch argwöhnte Chi, dass auch persönliche Gründe in das Handeln der Barakkaranerin hineinspielten. Dakdra und sier kamen nicht sonderlich gut miteinander klar, was auf Chis Seite hauptsächlich daran lag, dass Dakdra eine Politik ohne Rücksicht auf Verluste machte und das Leben von Pflanzen ihr noch weniger bedeutete als vielen anderen Säugetierabkömmlingen. Schon mehrfach waren sie deswegen aneinandergeraten, und zuletzt hatte Chi den Versuch eines ihrer Rivalen auf Barakkar unterstützt, Dakdra von ihrem Posten zu verdrängen. Leider hatte diese nicht nur davon Wind bekommen, sondern das Misstrauensvotum zu Hause obendrein abwenden können – seitdem gestaltete sich ihre Beziehung noch frostiger.

»Das alles ist nichts weiter als ihre kleinliche Rache an mir«, zischte Chi. »Sie hätte keine Schwierigkeiten, sich die nötigen Mehrheiten für den Vertrag zu holen, wenn es sie auch nur im Geringsten interessieren würde. Doch weil der Vorstoß von den Floryll kommt, blockiert sie den Vertrag lieber.« Das war nicht ganz das, was ihrm Sem soeben berichtet hatte, aber es ergab so deutlich mehr Sinn für Chi. »Dieses elende Weib. Sie wird uns noch alle ruinieren mit ihrer unreifen Art, Konflikte zu lösen. Ich wünschte, sie und ihr ganzer Klan ...« Sier brach ab. Manche Gedanken sprach man als Politiker einfach nicht aus, nicht einmal unter vier Augen und wenn man seinem Gegenüber vertraute.

Sem schwieg einen Augenblick, bevor sier weitersprach. »Möchtet Ihr, dass ich etwas unternehme?«

Die Frage hing wie die giftige Greifranke einer der Fleisch fressenden Pflanzen aus Chis Heimat im Raum, bereit, jederzeit zuzuschlagen. Das Ratsmitglied war verführt, Sem den Auftrag zu erteilen, das Ärgernis namens Dakdra aus der Welt zu schaffen. Dabei musste ja gar nicht so eine barbarische Methode wie Mord zum Einsatz kommen. Es gab vielerlei Möglichkeiten, Politiker mundtot zu machen.

Allerdings barg das aktive Provozieren einer Rufmordkampagne immer die Gefahr, dass sie auf einen zurückfiel. Wenn die falschen Leute misstrauisch wurden und Nachforschungen anstellten, hatte man am Ende einen galaktischen Eklat am Hals. Es war immer klüger, zu warten, bis der politische Gegner von selbst einen Fehler machte, und sich dann mit moralisch erhobenen Zweigen auf ihn zu stürzen.

»Halte dich zurück«, befahl Chi daher. »Sammle weiter diskret deine Informationen und lass mich wissen, wenn sich eine Möglichkeit zum Angriff bietet. Aber wag dich nicht zu weit aus dem Dickicht. Ich will keinen Krieg – nicht zum jetzigen Zeitpunkt.«

Sem wollte gerade zu einer Erwiderung ansetzen, als ein zweiter Anruf ihr Gespräch unterbrach. Er kam aus Chis Büro, und neben dem Anrufercode blinkte ein blattgrünes Dringlichkeitszeichen auf. »Das wäre alles«, sagte Chi rasch, dann beendete sier die Verbindung, um den zweiten Anruf anzunehmen.

»Ratsmitglied«, meldete sich Chis Sekretäris Kerbi Geranai, »Ihr müsst umgehend in die Ratskammer kommen. Die Vorsitzende A'eS'Ka hat eine Dringlichkeitssitzung anberaumt.«

Fragend bog Chi die Blütenblätter auseinander. »Was ist los?«

»Offizielle Informationen gibt es noch nicht, aber inoffiziell heißt es, dass es um den Abgrund geht.«

Chi spürte, wie ein Zittern durch seihr Blattwerk ging, als sier einen Moment lang eine instinktive Furcht überkam. »Den Abgrund?«

»Ja, Ratsmitglied. Es heißt …« Kerbi stockte, bevor sier leiser fortfuhr. »Es heißt, etwas sei daraus emporgestiegen.«

8

Ratsschiff *Domenaion Eins*, im Orbit von Norton
Chi Margolis

Genau wie *Domenaion Eins* hatte auch der Rat der Domänen im Laufe der letzten tausend Jahre zahlreiche Wandlungen durchlebt. Begonnen hatte er als Rund von hochrangigen Gesandten, die im Grunde nichts weiter taten, als den Willen ihrer Heimatregierungen untereinander auszutauschen und dann mit Kompromissvorschlägen dorthin zurückzukehren. Während seiner Hochzeit hatten die bedeutendsten Würdenträger der unterschiedlichen Völker – vom Vorsitzenden des Kongresses der Menschenwelten über den Hochprozessor der eN'iX bis zurm Blumenkaiseris der Floryll – selbst im Rat gesessen. Heute entsandten alle sechs Mitgliedsreiche jeweils zwei Repräsentanten, in der Regel einen der Heimatwelt und einen der Kolonien, um für sie zu sprechen und Entscheidungen zu treffen. Diese Entscheidungen mussten natürlich von den Heimatregierungen ratifiziert werden, aber trotzdem hatten Ratsmitglieder wie Chi deutlich mehr Kompetenzen als viele ihrer Vorgänger in den ersten Jahrhunderten des Domenaions.

Die Ratskammer, in der sie zusammenkamen, war ein großer, quadratischer Raum mit hoher Decke, die von an den Wänden aufragenden Säulen gestützt wurde. Von der Statik her waren diese Säulen vollkommen unnötig, allerdings hatten sie einen durchaus symbolischen Wert. Denn während sich an der Decke eine künstlerische Abbildung des Sternenhimmels wölbte, der den Raum des Domenaions zeigte, zogen sich an jedem der sechs mächtigen Pfeiler aus poliertem Kunststein Reliefarbeiten empor, deren Motive für jeweils eines der sechs Mitgliedsvölker standen. Die Säule der Floryll etwa zeigte Darstellungen der berühmten Lebensbäume auf Shenavis, außerdem die Blütenfälle von Edan, den Ahnenwald von Lindren sowie, umgeben von sich verspielt rankenden Zierelementen, die würdevollen Köpfe herausragender Führungspersönlichkeiten der letzten Jahrhunderte.

Auf halber Höhe verlief eine Galerie einmal um den Raum herum, auf der sich Beobachtungs- und Arbeitsnischen für die Berater und Ordonanzen der Ratsmitglieder aneinanderreihten, die während jeder Sitzung unablässig mit privaten und öffentlichen Nachrichten- und Recherchediensten in Verbindung standen, um Chi und die anderen bei Beratungen in Echtzeit mit Informationen zu unterstützen. Breite Treppen führten an mehreren Stellen hinunter aufs Ratsparkett, über die diskrete Ratskammerdiener hin und her huschten.

Auch auf der Bodenebene gab es Beobachterlogen, die den Unterräten und wichtigen Obleuten oder Diplomaten vorbehalten waren. Diese Hinterbänke, wie Chi sie gern nannte, waren der unangenehmste Teil der Ratskammer. Während das Personal auf der Galerie nämlich einfach nur seine Arbeit tat, saßen in den Logen die Männer, Frauen und Andersgeschlechtlichen, die nichts zu tun hatten, außer das Handeln der Ratsmitglieder kritisch zu beäugen und jedes Wort zu hinterfragen. Wenn es nach ihrm gegangen wäre, hätte man diese Leute alle aus der Kammer verbannt, aber bedauerlicherweise gehörten sie in ihrer Kontrollfunktion der Räte zum politischen System.

In der Mitte des Raums schließlich erhob sich der große, kreisrunde Tisch des Rats. Zwölf Stühle, an die jeweilige Anatomie der darauf Sitzenden angepasst, standen darum herum, im exakt gleichen Abstand, denn jede Stimme an diesem Tisch hatte das gleiche Gewicht. Zu jedem Platz gehörte ein kleines Terminal, über das man unter anderem Kontakt mit seinem Stab auf der Galerie halten konnte. Außerdem ließ sich in der Tischmitte ein großer Holotank hochfahren, um beispielsweise Sternkarten abzubilden. Ein dreizehnter Platz hinter einem Stehpult, das sich vor der rückwärtigen Wand der Kammer erhob, diente der gegenwärtigen Ratsvorsitzenden A'eS'Ka dazu, die Sitzungen zu leiten. Auch Gäste, die dem Rat Bericht erstatteten, kamen von dort aus zu Wort.

Als Chi Margolis an diesem Tag durch die Kammer auf seihren Platz zuschritt, waren die meisten anderen Ratsmitglieder bereits anwesend. Sier grüßte eM'eR'U, den Kolonie-Repräsentanten der eN'iX, wechselte mit Nore Dakdra einen giftigen Blick und ließ sich dann zwischen dem Menschen Piter Englaard und seihrerm Mit-Repräsentantis Kem Saidariel nieder.

»Ich hoffe, das hier ist wichtig«, brummte Englaard, ein hochgewachsener, grauhaariger Mann um die fünfzig Standard-Jahre, der stets eine altmodische Datenbrille vor den Augen trug. »Ich sollte eigentlich schon in der Transportfähre sitzen, um morgen auf Galeorn das neue ozeanografische Institut von Sarnpidal einzuweihen.«

Chi wusste, dass Englaard, der von Galeorn stammte und dort am Meer aufgewachsen war, schon lange eine besondere Vorliebe für die Fauna der großen Gewässer seiner Heimatwelt hegte. Sier war einmal zu einem Empfang bei ihm eingeladen gewesen, auf dem er ihrm nicht ohne Stolz seine umfangreiche Sammlung an Exponaten gezeigt hatte, darunter auch ganze Schaukästen voller Zähne irgendeiner Raubfischspezies. Sier konnte diese Leidenschaft nicht nachvollziehen, aber es war ihrm lieber, wenn jemand Tierzähne sammelte, als dass er exotische Pflanzen herausriss und konserviert in Vakuumvitrinen zeigte.

Bevor sier Englaard antworten konnte, betrat A'eS'Ka mit forschen Schritten den Raum. Sie trug eine Datentafel unter den Arm geklemmt, und ihre Miene wirkte ernst. Hinter ihr wurde mit dumpfem Schlag die hohe Doppeltür der Ratskammer geschlossen. »Ich grüße Sie alle«, sagte die silberhäutige, in eine bodenlange weiße Robe gekleidete Frau, während sie um den Ratstisch herum zu ihrem Pult ging. Dort angekommen, legte sie die Datentafel ab, faltete die Hände darauf und sammelte sich einen Moment. Ein Ratsdiener schlug den zeremoniellen Dreifach-Gong, der alle Anwesenden zur Ruhe aufforderte und die Ratssitzung eröffnete.

A'eS'Ka hob den Kopf. Auf ihrem haarlosen Haupt spiegelte sich die Deckenbeleuchtung, während die Vorsitzende mit ihren strahlend goldenen Kunstaugen von einem der elf übrigen Ratsmitglieder zum nächsten blickte. »Danke, dass Sie alle so kurzfristig erschienen sind«, begann sie. »Mir ist bewusst, wie unpassend diese Sitzung für manche von Ihnen kam.«

Neben Chi brummte Englaard leise.

»Wir sind hier, weil wir wissen wollen, was es mit dem Gerücht auf sich hat, dass etwas aus dem Leerraum jenseits des Domenaions gekommen ist«, rief Sebatan Thys. Der bärtige Mann war der zweite Repräsentant des mächtigen Kongresses der Menschenwelten, und als Vertreter der nach den Atheriern zweitgrößten Fraktion des Domenaions nahm er selten ein Blatt vor den Mund. »Also, was können Sie uns darüber sagen?«

Bedächtig legte A'eS'Ka die Finger ihrer schlanken Hände zusammen, die genauso perfekt waren wie der Rest ihres kybernetischen Körpers. Chi wusste, dass manche in der Regierung A'eS'Ka um diesen Körper beneideten. Ihrm selbst war er zu wenig natürlich, zu sehr ein Produkt der Ingenieurskunst der eN'iX. »Ich schlage vor, dass Ratsmitglied Brokban die Entdeckung der Astronomen auf Barakkar präsentiert«, sagte A'eS'Ka und blickte Thure Brokban, den zweiten Vertreter der Barakkaraner, auffordernd an.

»Genau genommen schwebt das Raumobservatorium, das die Entdeckung zuerst machte, am Rand des Nuhran-Systems«, berichtigte Brokban die Vorsitzende, während er einige Sensorfelder auf der Tischplatte vor sich berührte. »Aber die Daten wurden an der Sternenakademie analysiert, sodass alle anderen Erklärungen für das Phänomen, etwa eine Messstörung, ausgeschlossen werden konnten.« Der Holotank in der Tischmitte fuhr hoch, erhellte sich und zeigte, was das Ratsmitglied meinte.

Chi beugte sich vor und unterdrückte ein erneutes Zittern seihrer Blätter. Im Holotank wurde ein Sternenhimmel gezeigt, genauer gesagt der randwärtige Teil des Domenaions. Doch die Darstellung hatte etwas zutiefst Verstörendes an sich. In einem Teil des Himmels waren die Sterne einfach verschwunden. Ein dunkler Tentakelarm, dessen Ursache nicht ersichtlich war, erstreckte sich vom Rand des Nichts in das Raumterritorium des Völkerbundes hinein, so als würde die Dunkelheit nach dem Domenaion greifen. »Was hat das zu bedeuten?«, fragte sier.

»Das wissen wir noch nicht«, erwiderte Brokban.

»Könnte es sich um eine durchziehende Partikelwolke handeln, einen riesigen Nebel?«, fragte Ratsmitglied Nissqua. Die kleinen Augen des Sleen blickten beunruhigt von einem zum anderen.

»Nein.« Brokban veränderte die Darstellung, sodass die Sterne eine intensive Farbtönung erhielten, die, so nahm Chi an, von ihrer jeweiligen Spektralklasse abhing. Die Sterne, die im Einflussbereich der Dunkelheit lagen, waren schwarz. »Sehen Sie sich das an! Den Messungen zufolge sind diese Sterne erloschen! Ganze Systeme sind einfach tot. Nontaka, Ansi Gayron, Krestel.« Mit einem fleischigen Finger deutete er von einem Punkt zum anderen – sie alle lagen innerhalb der Schwärze. »Wir haben versucht, Kontakt zu diesen Kolonien aufzunehmen – erfolglos. Kein einziger Nullraumsender scheint mehr besetzt zu sein.«

»Könnte es sich um eine … massive Sensorstörung handeln?«, fragte Chi zögernd. »Könnte irgendein Raumphänomen dafür sorgen, dass wir falsche Informationen angezeigt bekommen und der Nullraum dort gestört ist?«

»Eine Partikelwolke, wie ich sagte«, fügte Nissqua hoffnungsvoll hinzu. »Oder irgendeine exotische Energie?« Man merkte ihm deutlich an, dass er über die Alternative am liebsten gar nicht nachdenken wollte.

»Im Augenblick kann natürlich nichts ausgeschlossen werden«, gab Brokban zu. »Aber machen wir uns nichts vor. Unsere Völker erforschen seit zum Teil mehr als zweitausend Jahren den Weltraum, und noch nie ist jemand von uns auf eine ähnliche Dunkelzone gestoßen. Verbessern Sie mich, wenn ich irre.«

Niemand antwortete.

Der Barakkaraner beugte sich vor und stützte die Fäuste auf den Tisch. »Wir müssen den unangenehmen Tatsachen ins Auge sehen, geschätzte Ratsmitglieder: Ein stellares Phänomen dieser Art ist ganz sicher nicht natürlichen Ursprungs. So wie ich das sehe, lässt die massive Zerstörung, die hier zu sehen ist, nur einen Schluss zu: Eine unbekannte Macht aus den Tiefen des Abgrunds greift das Domenaion an. Und wenn wir nichts unternehmen, wird der Speer aus Finsternis, den sie in unsere Flanke treibt, bald die ersten Heimatwelten erreichen – wenn es nicht schon zu spät ist.«

»Wie meinen Sie das?«, wollte Semenoath, die Heimatwelt-Repräsentantin der Atherier, wissen.

Brokban gab einen Befehl in seine Tischkonsole ein und veränderte die Perspektive auf das Phänomen. Er hob eine einzelne Welt hervor, die am Rand der Finsternis lag. Diesmal zitterten Chis Blätter hörbar.

»Rhino«, sagte Brokban düster. »Ich habe vor einer Stunde eine Anfrage an die planetare Regierung geschickt, eine Routinesache über Schürfrechte. Bislang steht jede Bestätigung der Botschaft aus. Mir ist bewusst, dass die Rhinoa kein Mitgliedsvolk des Domenaions sind, aber anders als die Orkanoiden reden sie normalerweise mit uns. Weitere Nachforschungen stehen noch aus, aber ich fürchte das Schlimmste.«

Zwei Milliarden Lebewesen nannten die Zentralwelt des Rhinoa-Territoriums ihr Zuhause. Die Vorstellung, dass sie alle einem unbekannten Invasor aus den lichtlosen Tiefen des Alls zum Opfer gefallen sein könnten, verschlug dem Rund einen Moment lang die Sprache.

Dann schlug Thys auf den Tisch. »Spekulationen bringen uns nicht weiter. Dort draußen ist etwas, das unsere Welten entweder vom Rest des Domenaions abschneidet oder sogar zerstört, und wir müssen herausfinden, worum es sich dabei handelt. Ich schlage vor, dass wir zwei Aufklärungsmissionen in die Region entsenden, eine mit Ziel Rhino, und eine soll sich der Dunkelheit von der anderen Seite nähern, vielleicht über Ansi Gayron. Sobald wir klarer sehen, was dort vor sich geht, können wir auch handeln.«

»Die Floryll unterstützen den Vorschlag«, sagte Chi sofort. Shenavis lag zwar in sicherer Entfernung des Krisengebiets, aber man konnte nicht vorsichtig genug sein. Je schneller der Rat eine Antwort auf die unheimlichen Vorkommnisse am Rand des Abgrunds fand, desto besser.

»Ich denke, wir sind alle mit dem Plan einverstanden«, sagte A'eS'Ka ruhig.

Die Übrigen bekundeten ihre Zustimmung.

»Gut.« Sebatan Thys nickte entschlossen. »Ich werde den Hochtempel der Luminatoren persönlich informieren. Gehen wir dem Rätsel auf den Grund. Und sollte sich herausstellen, dass irgendeine feindliche Flotte für diese Gräueltaten verantwortlich ist, wird sie feststellen müssen, dass das Domenaion mehr als bereit ist, um seine Welten zu kämpfen.«

Rechts neben Chi seufzte Piter Englaard leise. »Na, dann werde ich mal das ozeanografische Institut informieren, dass sie ohne mich eröffnen müssen ...«

9

Caros
Kappak Brohta

Irgendwann endete das tosende Inferno draußen an der Mondoberfläche, und es wurde still in den Kavernen von Caros, still, dunkel und kalt. Kappak Brohta kauerte in einer Ecke des gepanzerten Katastrophenschutzraums in der untersten Ebene von Anlage B und wartete eigentlich nur noch auf den Tod. Ihre Lage war, so schien es ihm, schlichtweg hoffnungslos.

Einigen von ihnen mochte es gelungen sein, sich vor dem Angriff der schwarzen Flut in die schützenden Höhlen des Basislagers zu retten. Doch viel zu viele hatten es nicht mehr geschafft – darunter auch sein Kamerad Brokkin Arbat. Noch immer stand Brohta das grauenvolle Bild vor Augen, wie Arbat ihm die Hand entgegenreckte, während sich das Schutztor bereits wieder schloss, wie ihre Finger einander umschlossen und er ihn auf sich zu zerrte. Doch dann war direkt vor Brohta ein furchtbarer Blitz eingeschlagen, schreiend war er nach hinten getaumelt, und mit einem dumpfen Krachen hatte sich die schwere Tür geschlossen. Als er wieder klar sehen und denken konnte, hatte Brohta bloß noch ein rauchendes Stück Handschuh vor sich auf dem Boden entdeckt.

Unter der Leitung von Thuran hatten sich die etwa zehn Überlebenden der Besatzung von Bagger 288 tiefer in die Stollen zurückgezogen. Hinter und über ihnen hatte ein Sturm gebraust, der klang, als wolle er jedes Anzeichen von Leben auf Caros mit sich reißen. Brohta wusste, wie stabil Quadranstahlschutztüren waren. Trotzdem hatte ihn die nackte Angst vorwärtsgetrieben, dieses widernatürliche schwarze Wimmeln könnte das Tor einfach aus den Angeln pressen und hinunter in die Höhlen fahren, um auch dort alles und jeden zu verschlingen.

In anderen Teilen der Anlage musste das tatsächlich geschehen sein. Über den allgemeinen Werkskanal der Helmfunkgeräte vernahm Brohta panisches Kreischen, untermalt von diesem schrecklichen Brausen und dem Krachen elektrischer Entladungen. Er hatte das nur ein paar Augenblicke lang ausgehalten, bevor er sich den Helm vom Kopf gerissen und schreiend von sich geschleudert hatte. Dukk, der Neuling in ihrem Trupp, hatte sich geräuschvoll neben ihm auf den Mondsteinboden übergeben.

Ihnen folgte nichts, während sie immer tiefer in den Schoß des Mondes flohen. Doch als sie Subebene drei erreichten, spürte Brohta unvermittelt, wie sich ein elektrisches Feld aufbaute, das ihm die wenigen Haare auf dem breiten Schädel zu Berge stehen ließ. Im nächsten Moment flackerte die Beleuchtung, dann brannte knisternd eine der länglichen Deckenlampen nach der anderen durch. Aus Sicherungskästen an den Wänden schlugen Lichtbögen, und an den Wänden verlaufende Energieleitungen fingen erst an zu glühen, bevor sie stinkend vor geschmolzener Isolierung platzten. Eine der Entladungen traf Thuran und ließ ihn keuchend zu Boden gehen. Sekunden später wurde es endgültig dunkel.

Eingehüllt in Finsternis, ringsum die Flüche seiner Kameraden und in seinem Inneren seine eigene, rasende Furcht, versuchte Brohta, seine Anzuglampe zu aktivieren, doch sie reagierte nicht. Überhaupt nichts an seinem Anzug reagierte. Nicht einmal die Warnlämpchen, die glühten, wenn sonst alles kaputt war, leuchteten. Etwas unbeholfen beförderte Brohta eins der chemischen Leuchtstäbchen zutage, die für den absoluten Notfall gedacht waren, und als er es schüttelte, glomm ein sanft gelblicher Schein auf. Immerhin etwas.

Weitere Lichter begannen die Dunkelheit zu erhellen, und Brohta sah die sorgenvollen Mienen von Dukk, Shakanra und Mohdin, einem der Kriecherfahrer. Gemeinsam hatten sie Thuran geborgen, der zwar verletzt war, aber dessen dicker Anzug das Schlimmste verhindert hatte. Anschließend waren sie weitergeflohen – bis zu dem Katastrophenschutzraum, in dem sie jetzt saßen. Dort gab es zwar Lebensmittel, Decken und medizinische Ausrüstung. Aber alle Notgeneratoren waren durchgebrannt, die Funkanlage hinüber, und jedes einzelne Energiepack schien auf mysteriöse Weise entleert worden zu sein. Sie saßen fest, konnten niemanden um Hilfe rufen, und bis das nächste Versorgungsschiff eintraf, würde noch fast eine Woche vergehen. Falls das Schiff überhaupt kam und nicht direkt beim Eintritt ins System von diesem mysteriösen Feind zerstört wurde, der Gorgon verdunkelt und Caros heimgesucht hatte. Nach Brohtas Dafürhalten war dieses Szenario sehr viel wahrscheinlicher.

»Wir sind erledigt«, murmelte er, ohne jemanden anzusehen. Die anderen saßen im Schein der langsam verblassenden chemischen Leuchtstäbe um ihn herum in einer Ecke des Raums, der für viel mehr Schutzsuchende ausgelegt war. »Hier kommen wir nicht mehr lebend raus. Brokkin, Sonra, unsere halbe Truppe hat's erwischt. Und wir sitzen doch in der Falle. Wir haben keine Waffen, keinen Schutz außer diesen Toren, und die werden diese Kerle nicht ewig aufhalten. Wenn die kommen, um auch uns zu holen, ist es aus, das sage ich euch.«

»Hör auf, Brohta!«, fuhr ihn Thuran an. Er ruhte auf einer der Pritschen, die in zwei langen Reihen an den Wänden standen. »Noch sind wir nicht tot. Und so, wie ich das sehe, sind diese Ungeheuer auch längst nicht mehr hinter uns her. Der Angriff ist vorbei.«

»Ist er das, Boss?«, fragte Dukk leise. »Bloß weil es still ist, heißt das doch nicht, dass sie fort sind. Vielleicht bereiten sie sich einfach auf den nächsten Ansturm vor, um in die Tunnel vorzudringen und auch den Rest von uns umzubringen.«

»Ihr redet, als hätten wir es mit einem Feind zu tun, der in Raumschiffen gekommen ist, um das Domenaion zu erobern«, warf Shakanra ein. »Aber bei den Ahnen, ich sage euch, das war irgendetwas anderes, irgendetwas Unheiliges aus den Tiefen des Abgrunds.«

Brohta hörte Thuran stöhnen. »Erspare uns bitte deinen religiösen Unsinn, Shakanra. Normalerweise lasse ich dir ja die Freiheit, von der Dunkelheit des Abgrunds zu predigen, gegen die nur das heilige Licht der Luminatoren ankämpfen kann. Aber jetzt will ich nichts davon hören! Die Leute haben alle schon genug Angst.«

»Du hast es doch selbst gesehen, Boss!«, fuhr die violetthäutige Frau auf. »Diese schwarze Flut hat Gorgon verdunkelt. Und sie kam über Caros wie der Sturmwind der letzten Tage. Das sind keine Gegner wie die Nark oder die Atherier.«

»Ist mir egal!«, erwiderte Thuran scharf. »Hörst du? Es ist mir egal. Ich will nichts mehr davon wissen. Wenn du weiter Panik verbreiten willst, kannst du das in einem anderen Teil der Tunnel machen. Was wir jetzt brauchen, ist ein bisschen Verstand und Hoffnung. Wir sind Barakkaraner, verdammt noch mal. So leicht zwingt man uns nicht in die Knie. Wir haben kaum noch Licht? Dann machen wir eben aus Decken ein Lagerfeuer. Die Funkanlage ist kaputt? Dann setzen wir uns dran und reparieren sie. Brohta, du bist Wartungstechniker, Dukk, du hast Ahnung von Elektronik. Kümmert euch darum!«

Der Vorarbeiter keuchte und sank auf sein Kissen zurück. Der Ausbruch hatte ihn sichtlich erschöpft. Trotzdem fuhr er, wenn auch leiser, fort: »Außerdem müssen wir Kontakt zu den anderen Gruppen in der Anlage aufnehmen. Wir sind ganz bestimmt nicht die Einzigen, die sich unter die Erde retten konnten. Und irgendwann sollte jemand die Lage auskundschaften. Steht an der Oberfläche noch etwas? Sind die Angreifer weitergezogen, nachdem sie unsere Bergbauoperation erfolgreich zerstört haben? Wir brauchen Antworten. Aber das hat noch Zeit. Zuerst heißt es sammeln und die Lage bewerten.«

Brohta spürte, dass ein Funke von Zuversicht in seinem Herzen aufglomm. Es tat gut, jemanden wie den Boss zu haben, der einen klaren Kopf behielt und Befehle gab. Und vielleicht hatte er ja recht. Die unterirdische Anlage des Basislagers war groß und ziemlich gut ausgestattet. Womöglich konnten sie sogar den Fusionsreaktor wieder hochfahren, der normalerweise alles mit Energie versorgte. Oder sie fanden irgendwo noch funktionierende Energiepacks. Warum praktisch jede Energiequelle, von der Anzugbatterie über die Handlampen bis zum Heizgenerator, entleert worden war, konnte er sich nach wie vor nicht erklären. War das die Folge irgendeiner exotischen Strahlung? Und wenn ja, herrschte sie noch immer vor? Konnte man sie irgendwie nachweisen und sich vielleicht sogar davor abschirmen?

Brohta schüttelte den Kopf. »Ein Schritt nach dem anderen«, murmelte er.

»Was sagst du, Bruder?«, fragte Dukk.

»Ich sage, dass der Boss recht hat. Es hilft nicht, sich verrückt zu machen. Wir sitzen nun mal in dieser Klemme. Versuchen wir, das Beste draus zu machen. Wenn wir auch nur ein Funkgerät reparieren und eine Kommboje aus dem Arsenal hoch ins All starten können, besteht die Aussicht auf Rettung. Wir funken die Luminatoren an, und sie werden kommen und die Finsternis vertreiben. Dafür existieren sie doch, nicht wahr, Shakanra?«

Diese nickte brummend.

»So etwas wollte ich hören, Brohta«, lobte ihn Thuran. »Also, hebt eure dicken Hintern und geht an die Arbeit!«

10

Raumschiff *Leitstern*
Bendis Kahain

»Also schön, Leute, die Pause ist vorbei.« Kahain klatschte in die Hände, als er die Schiffsmesse betrat. »Wir haben einen weiteren Job zu erledigen.«

Hobric, Sariss, Randon, Umbra und Katiktak kamen auf die Beine. Sie mochten eine Bande von Gaunern und Sprücheklopfern sein, aber wenn es um die Arbeit ging, musste man sie nicht zweimal auffordern. »Noch ein Notruf?«, fragte Umbra.

»Nein, eher eine Anschlussrettung«, erwiderte Kahain. »Wir müssen einen Überlebenden dieses Schiffs finden.« Mit wenigen Worten unterrichtete er die anderen über den vermissten Orkanoiden.

»Dort draußen schwebt ein Orkanoide?« Hobric stieß einen überraschten Pfiff aus. »Dann fange ich besser schon mal an, den Backbord-Frachtraum freizuräumen.«

»Den F-Frachtraum?«, fragte Randon. »Wollen wir ihn nicht l-lieber in einem der Gästebereiche unterbringen?«

»Und wie willst du den Burschen dort hinbringen?« Hobric sah ihn übertrieben fragend an. »Sein Kopfschirm dürfte an die fünf Meter im Durchmesser haben. Keine Chance, so einen Koloss durch die Korridore der *Leitstern* zu bekommen. Der Frachtraum hat eine eigene Schleuse, die groß genug für Standardcontainer ist. Das dürfte auch für einen Orkanoiden reichen.«

»Hm, ja, verstehe.«

»Der Gedanke ist gut«, sagte Kahain. »Umbra, du überwachst das Umräumen. Du hast unsere Vorräte am besten im Blick. Hobric und Sariss helfen dir.«

»Verstanden, Captain.« Die Rhinoa deutete mit ihrer riesigen Hand über die Schulter. »Los geht's, Männer.« Sie stapfte aus dem Raum, und die anderen beiden folgten ihr.

Der Rest der Mannschaft begab sich zurück auf die Brücke. Katiktak faltete seinen vielgliedrigen Insektenkörper in den Pilotensitz, Shem Randon ließ sich an der Sensorstation nieder. eL'Ha, die während der Brückenwache auf dem Kommandostuhl gesessen hatte, um alle Systeme gleichzeitig im Blick zu haben, erhob sich und sah Kahain fragend an. »Ihr kehrt ungewöhnlich früh auf die Brücke zurück. Ist etwas vorgefallen?«

»Unser Gast in der Krankenstation ist aufgewacht«, antwortete Kahain, als er sich setzte. »Er vermisst einen Orkanoiden-Passagier, der in diesem Moment irgendwo dort draußen im All schweben muss.«

Die eN'iX neigte anmutig den Kopf. »Dann sollten wir uns beeilen, ihn an Bord zu holen.«

»Nichts anderes haben wir vor.« Kahain lehnte sich auf seinem Sessel zurück und begann, Befehle zu geben. »Katiktak, ermittle aus den wahrscheinlichen Vektoren, über die sich der Orkanoide vom Wrack entfernt hat, die Gegenden, in denen er sich jetzt aufhalten könnte. Berechne danach einen Abfangkurs. eL'Ha, such die gängigen Funkfrequenzen nach automatischen Peilsignalen oder Notrufen ab. Orkanoiden tragen zwar keine Raumanzüge, aber vielleicht hatte er ein Kommunikationsgerät bei sich, als er nach draußen gerissen wurde. Shem, du bist der Mann an der Sensoranlage. Du weißt, was zu tun ist. Gib dein Bestes, den armen Kerl zu finden.«

»N-Natürlich, Captain.« Der bebrillte Computerspezialist begann an seiner Konsole zu arbeiten.

Kahain stützte die Ellbogen auf die Lehnen seines Sessels

und verschränkte die Finger. Jetzt kam der Teil einer Rettungsmission, die ihm stets am wenigsten gefiel: die schwierige und keineswegs Erfolg versprechende Suche nach Überlebenden. Bei einer Raumhavarie wurden immer mal wieder Besatzungsmitglieder ins All gerissen. Meist waren sie ungeschützt und nach wenigen Sekunden tot. In seltenen Glücksfällen trugen sie Raumanzüge. Dann konnten sie den fast standardmäßig eingebauten Notsender aktivieren und waren relativ gut aufzuspüren. Mit etwas Pech jedoch war die Sendeantenne oder irgendein anderes Bauteil des Peilsenders beschädigt. Dann bedurfte es eines echten Spezialisten, um die schwache Energiesignatur der Anzugbatterie oder die noch viel schwächere Wärmesignatur des Überlebenden innerhalb des Anzugs aufzuspüren.

Davon, dass der Orkanoide irgendwelche Strahlung absonderte, war nicht auszugehen. Blieb zu hoffen, dass er – sofern er kein Notsignal aussandte – durch seine Haut nicht zu gut isoliert war. Ohne Abwärme, und mochte sie noch so gering sein, hatten die Sensoren der *Leitstern* praktisch keine Chance, den Verlorenen aufzuspüren.

Das Schlimmste daran war, dass alle auf der Brücke ihren Teil zum Erfolg dieser Suche beitragen konnten außer Kahain selbst. In der Frachtraumfahrt war der Kommandeur einer Besatzung oft auch der Pilot, aber auf den Brücken von Raumrettungskreuzern sowie allen größeren Militärschiffen waren diese zwei Funktionen schon vor langer Zeit getrennt worden. In Krisensituationen, so der Hintergedanke, musste jemand ohne unmittelbare Aufgabe da sein, der mit kühlem Kopf den Überblick behielt und je nach Lage die Mannschaft koordinieren konnte. Bloß machten Krisensituationen den geringsten Teil ihrer Arbeit aus. Und so saß Kahain ziemlich viel einfach herum – wenn er nicht gerade Berichte schrieb oder sonstige Bürokratie erledigte. Für gewöhnlich störte ihn das auch nicht sonderlich.

Wenn es allerdings um Leben und Tod ging, dann wünschte er sich nichts sehnlicher, als irgendetwas tun zu können.

Etwa eine Viertelstunde hielt Kahain diesem Wunsch stand, während Katiktak, eL'Ha und Randon ihrer Arbeit nachgingen. Die *Leitstern* bewegte sich in der Zwischenzeit auf der Flugbahn des Wracks zurück, bis sie die Stelle erreichten, an der sich mutmaßlich der Überfall der Piraten ereignet hatte. Da das Nark-Schiff zu diesem Zeitpunkt kaum Eigengeschwindigkeit gehabt hatte, war die Distanz nicht allzu groß. Dann lenkte Katiktak den Raumrettungskreuzer im rechten Winkel von diesem Punkt im Raum fort, bis sie in etwa den Abstand erreicht hatten, in dem die aus den Löchern im Rumpf ermittelte, annähernd ringförmige Zone rund um die Unfallstelle verlief, die der treibende Orkanoiden-Körper mittlerweile erreicht haben könnte. Katiktak ließ die *Leitstern* in eine leicht nach außen weisende Spiralbahn einschwenken, die sie einmal um den Nark-Transporter herumführen würde. Das war die Standardprozedur bei der Suche nach Überlebenden. Wurden sie dabei nicht fündig, mussten sie zu kreativeren Methoden greifen – oder anders gesagt: einen Schuss ins Blaue wagen.

Aber bis dahin würden vermutlich noch Stunden vergehen – Stunden, während denen Kahain nicht untätig herumsitzen wollte. Er kam wieder auf die Beine. »Ich bin in der Krankenstation. Mal sehen, was Doktor Rahla mir über die Behandlungsmöglichkeiten eines halb erfrorenen Orkanoiden sagen kann.«

Er hatte gerade die Tür erreicht, als ihn ein Ausruf von Randon stoppte. »C-Captain! Ich glaube, ich habe etwas. Eine Wärmesignatur.«

Kahain machte kehrt und begab sich an die Seite des Computerspezialisten. Auf den Bildschirmen waren nur kryptische Zahlen- und Messwerte zu sehen, aber wie jeder Captain besaß Kahain zumindest Grundkenntnisse in allen Brückensystemen, und so erkannte er den leichten Skalenausschlag auf der Stelle.

Da war ein kleiner Punkt draußen vor ihnen, der nicht ganz so eiskalt war wie die Leere, die ihn umgab. »Katiktak, Kurs auf eins-drei-acht plus sieben-zwei. Langsame Annäherung. Das Ziel ist nur fünfhundert Kilometer entfernt.«

»Sofort, Captain«, bestätigte der Silphi-Pilot.

»Ich habe den Punkt angepeilt«, verkündete Randon. »Dort ist tatsächlich etwas, und es ist organisch.«

Kahain ballte triumphierend die Faust. »Dann haben wir ihn. Bugkameras ausrichten und Raumsektor auf den Bildschirm legen.« Schwarzes All, erfüllt von funkelnden Sternen, wurde sichtbar. Sie blickten in Richtung galaktisches Zentrum, ansonsten hätte es sehr viel weniger Lichtpunkte in der Finsternis gegeben.

Er setzte sich wieder auf seinen Platz und wartete gespannt darauf, dass in der Schwärze der einsame, blasse Körper des Orkanoiden auftauchte. Doch bis jetzt war nichts zu sehen.

»Entfernung zum Ziel jetzt zehn Kilometer«, meldete Katiktak. »Wir verlangsamen auf Manövriergeschwindigkeit.«

»Wo i-ist er?«, fragte Randon. »Müssten wir den Körper nicht bereits sehen? Die K-Kerle leuchten doch wie W-Weltenfestgirlanden.«

»Solange er sich in diesem Tiefschlaf befindet, ist sein Metabolismus stark verlangsamt«, erwiderte Kahain. »Ich nehme an, das hat auch Folgen für seine Biolumineszenz. Zum Glück sind unsere Instrumente nicht davon abhängig, dass sie ihn sehen.«

Der Computerspezialist nickte. »Stimmt. Der Körper ist da, daran besteht k-kein Zweifel. Und er ist groß, mindestens sechs Meter lang.«

»Entfernung fünf Kilometer«, sagte Katiktak.

»Suchscheinwerfer einschalten«, befahl Kahain. »Verwende die Laserpeilung, um sie auszurichten.«

Der Silphi legte ein paar Hebel um und richtete den Bug der *Leitstern* ganz leicht neu aus. Helle, scharf gebündelte Lichtfinger durchschnitten die Finsternis, reflektiert von den Partikeln, die die Schubdüsen der *Leitstern* beim Abbremsen in die Leere vor dem Schiff schleuderten. Gleich darauf fielen sie auf den reglosen Körper.

»Da! Da ist er!«, rief Randon aufgeregt.

»Jetzt ganz vorsichtig, Katiktak«, sagte Kahain. »Wenn er noch lebt, ist er eine Menge Geld wert.«

»Das brauchst du uns nicht zu sagen, Captain.« Die langen, dürren Finger des Silphi huschten über die Kontrollen, während sich das Raumschiff behutsam näher schob.

Wie alle Angehörigen seiner Spezies erinnerte auch dieser Orkanoide an eine riesige Qualle. Ein weit ausladender Schirm umschloss die Organe und vor allem das riesige Gehirn des Geschöpfs. Die Unterseite zierte ein Ring dichter Lamellen, mithilfe derer die Orkanoiden für gewöhnlich Nährstoffe aus der Gasatmosphäre ihrer Heimat filterten. Gegenwärtig lagen sie jedoch eng am Körper an und schienen diesen zu verschließen. Ebenso wuchsen aus der Unterseite acht dicke, fleischige Tentakel, die sich an ihrer Spitze in faserartige Bündel aus feineren Tastgliedmaßen teilten. Die Gesellschaft der Orkanoiden hatte nie größere technische Errungenschaften entwickelt – zumindest nicht im praktischen Sinne –, aber das lag nicht daran, dass sie nicht imstande gewesen wären, Werkzeuge zu benutzen. Sie waren sich einfach so, wie sie waren, selbst genug. Außerdem hatten sie ja die Nark für all das, was sie als niedere körperliche Arbeit betrachteten.

Die Tentakel dieses Orkanoiden hingen als schlaffes, scheinbar lebloses Knäuel in der Schwerelosigkeit. Doch Kahain konnte ein schwaches, mehrfarbiges Glühen ausmachen, das in dem halb durchsichtigen Körper irrlichterte und davon zeugte, dass der stille Riese noch nicht ganz tot war.

»Ich h-habe noch nie einen aus der N-Nähe gesehen«, murmelte Shem Randon andächtig.

»Du wirst ihm noch viel näher kommen.« Kahain aktivierte die Bordsprechanlage. »An alle. Wir haben den Orkanoiden gefunden. Die *Leitstern* geht längsseits, sodass die Frachtraumschleuse ihm direkt gegenüber liegt. Costa, Hobric, Umbra – zieht eure Raumanzüge an und geht raus. Wir müssen ihn irgendwie vertäuen und ins Innere schleppen. Und beeilt euch! Es wäre eine Schande, wenn er direkt vor unserer Nase sterben würde.«

»Verstanden«, antwortete Costa. »Wir sind unterwegs.«

11

Raumschiff *Leitstern*
Neena Costa

Die Anzeigen der Frachtluftschleuse schalteten auf Grün, dann glitten die zwei massiven Türhälften auseinander. Die Schleuse war groß genug, um einen ganzen Standardcontainer zu fassen, der über ein Kransystem ins Innere geholt werden konnte.

Heute mussten sie eine ganz andere Fracht an Bord bringen. Und als Neena Costa die Ausmaße des Wesens sah, das keine fünfzig Meter von der Schleuse entfernt im All trieb, erkannte sie, dass sie womöglich ein Problem hatten.

»Ein Riesenbursche ist das«, fasste Hobric neben ihr ihre Gedanken in Worte. »Wie war das noch mal? Sind diese Kopfschirme starr oder können wir den ein bisschen zusammendrücken, um ihn in die Schleuse zu quetschen?«

»Orkanoidenkörper verfügen über kein Knochengerüst«, meldete sich Doktor Rahla über Funk zu Wort. Genau wie der Captain und die anderen auf der Brücke verfolgte auch die Ärztin die Rettungsoperation, um notfalls beratend eingreifen zu können. »Sie werden durch unterschiedlich stabile Knorpelstrukturen in Form gehalten, die deutlich flexibler als Knochen sind und durch ihre gitterartige Bauweise zugleich auch leichter.«

»Danke, Doc. Ein einfaches ›Nein‹ hätte mir genügt.«

»Also schön«, mischte sich Costa ein. »Sammeln wir ihn ein. Hobric, Umbra, ihr nehmt die Lastseile, ich steuere den Kran.« Sie zog den kleinen Kasten zurecht, der, durch einen Gurt mit ihr verbunden, vor den Brustkontrollen ihres Raumanzugs im Vakuum schwebte.

Ihre beiden Begleiter bestätigten und klemmten sich die hoch zugfesten grauen Taue, die in elektromagnetischen Klammern endeten, unter den Arm. Costa aktivierte die Seilwinden des Krans und begann die Taue auszurollen. Dann gab sie leichten Schub auf ihren Raketenrucksack und glitt aus der Schleuse, dem Orkanoiden entgegen.

Mit leichtem Gegenschub fing sie ihre Bewegung ab, dann packte sie einen der langen Tentakel des Wesens, um sich zu stabilisieren. So ganz aus der Nähe wirkte der Orkanoide noch eindrucksvoller. Sein sicher sieben oder acht Meter durchmessender Kopfschirm verdeckte Costa die Sicht auf die Sterne, und das sanfte, pulsierende Glühen, das durch die dicke Haut sichtbar war, erinnerte sie an den Schlag eines langsamen, sehr großen Herzens. Sie begann zu verstehen, warum jeder, der jemals einem Orkanoiden begegnet war, mit einer gewissen Ehrfurcht von diesen Geschöpfen sprach. Und dieser hier war noch nicht einmal bei Bewusstsein.

Costa rief sich zur Ordnung. Staunen konnte sie noch immer, wenn der Orkanoide in Sicherheit war. »Ich schlage vor, dass wir versuchen, ihn zu drehen, und dann die Taue unter seinem Kopfschirm hindurchschlingen«, sagte sie zu ihren Begleitern.

»Warum knoten wir sie nicht einfach an seine Tentakel?«, fragte Hobric. »Das ist einfacher.«

»Weil wir nicht wissen, wie stark man daran ziehen darf, ohne dass sie, halb erfroren, wie sie sind, abreißen. Außerdem will ich den Kopf zuerst in der Schleuse haben, denn im Frachtraum unter Schwerkraft können wir den Burschen nicht mehr wenden.«

»Da ist was dran.« Der Bergungsspezialist hob bestätigend einen behandschuhten Daumen. Sie verteilten sich um den driftenden Körper und gaben vorsichtig Schub auf ihre Raketenrucksäcke, um seine Lage zu ändern. Die feste Haut war bedeckt von einer dünnen Schicht aus Eis, die unter ihren Handgriffen brach und als feine Schleier aus Kristallen davonschwebte. Sie glitzerten im Licht der Suchscheinwerfer der *Leitstern*.

»Ob er merkt, dass wir ihn retten wollen?«, fragte Umbra.

»Ich glaube nicht, dass er im Augenblick irgendetwas wahrnimmt«, meinte Costa. »Aber wer weiß.« Sie klopfte gegen den Schirm des gewaltigen Geschöpfs. »Wenn du es uns leichter machen willst, mein Freund, dann zieh den Kopf etwas ein. Du bist zu groß für unsere Frachtschleuse.«

Hobric lachte, während er das Seil mit der Magnetklammer arretierte. »He, die XO versucht sich als Orkanoidenflüsterin.«

»Etwas mehr Respekt, Hobric«, mischte sich Kahain über Funk ein. »Du hast es hier mit einem angesehenen Wissenschaftler zu tun.«

»Aye, Captain. Einem Wissenschaftler, der hiermit übrigens verzurrt wäre. Schaffen wir ihn an Bord.«

Mit geübtem Blick überprüfte Costa den Sitz der Taue, anschließend aktivierte sie das Kransystem, und sie fingen an, den Gestrandeten auf die Schleuse zu ziehen.

Wie erwartet erwies sich der Kopfschirm des Orkanoiden als zu groß für die Schleusenluke. Er blieb stecken. Costa erhöhte ein wenig die Zugkraft des Krans, aber das hatte nur zur Folge, dass sich die Taue tief in die Haut des Quallenwesens gruben. »Hobric, Umbra, könnt ihr die überlappenden Teile des Schirms zusammendrücken?«

»Keine Chance«, erwiderte Hobric. »Er ist zu massiv. Genauso gut könnte ich versuchen, die *Leitstern* mit meinem Raketenrucksack vom Fleck zu bewegen.«

»Die Kälte muss seine Muskeln verhärtet haben«, meinte Umbra.

»Doktor, irgendeine gute Idee?«, wandte sich Costa an die

mithörende Ärztin. »Das Kransystem hat noch Reserven, so ist es nicht, aber ich möchte ungern übermäßige Kraft einsetzen. Dabei verletzen wir ihn doch sicherlich.«

»Um ein Leben zu retten, muss man oft in Kauf nehmen, den Patienten zu verletzen«, sagte Rahla. »Verletzungen heilen.«

»Wie Sie meinen, Doktor.«

»Warten Sie«, rief eine Stimme. Costa erkannte sie als die des Nark Zoarek wieder. »Vielleicht gibt es noch eine andere Möglichkeit.«

»Lassen Sie hören«, forderte sie ihn auf, weiterzusprechen.

»Wenn sich Orkanoiden erschrecken, ziehen sie instinktiv den Körper zusammen. Das habe ich mal bei einem jungen Orkanoiden beobachtet, der an Bord eines unserer Schiffe gegen eine ungesicherte Energieleitung gestoßen ist und dabei einen Schlag abbekommen hat.«

Costa runzelte die Stirn. »Was schlagen Sie vor? Soll ich ihm ins nicht vorhandene Ohr schreien? Ich bezweifle, dass ihn das sonderlich beeindrucken wird. Vermutlich wird er davon nicht einmal wach.«

»Durch Geschrei vielleicht nicht«, mischte sich Hobric ein, »aber mir gefällt der Teil mit der ungesicherten Energieleitung.«

»Du willst ihm einen Schlag verpassen?«

»Es ist eine weithin bekannte Tatsache, dass sich Muskeln unter Energieeinfluss verkrampfen.«

Costa betrachtete den riesigen Körper skeptisch. »Das muss bei der dicken Haut ein ziemlicher Schlag sein. Mit der Anzugbatterie kriegen wir das nicht hin.«

»Es gibt Hochenergieanschlüsse an der Außenhülle. Ich könnte ein Kabel von dort verlegen.«

»Und wenn wir zu viel Saft draufgeben, erleidet er am Ende einen Herzstillstand.« Costa schüttelte den Kopf. »Das ist verdammt riskant. Captain, was sagen Sie?«

»Ich gebe die Frage an den Doktor weiter«, erwiderte dieser.

»Es ist ohne Zweifel riskant, zumal ich keinerlei Erfahrungswerte mit dieser Form der Behandlung habe und mich auch nur bedingt in der Physiologie der Orkanoiden auskenne. In einem Punkt kann ich Sie jedoch beruhigen, Neena: Einen Herzstillstand wird er nicht erleiden können. Orkanoiden besitzen kein Herz in dem Sinne, wie wir es haben.«

»Na, da fühle ich mich doch gleich viel besser«, murmelte Costa.

»Versuchen wir es«, sagte Kahain. »Viele Alternativen haben wir ohnehin nicht. Hobric, verleg das Kabel. Doktor Rahla, geben Sie in der Zwischenzeit Ihr Bestes, die richtige Energiestärke zu berechnen, die wir für diese spezielle Anwendung benötigen. Und ihr zwei, Neena und Umbra, haltet euch bereit, den Orkanoiden sofort in die Schleuse zu befördern, sobald er sich zusammenzieht.«

»Verstanden, Captain«, bestätigte Costa.

Während sie und Umbra warteten, verschwand Hobric in der nächsten Personenschleuse. Wenig später kehrte er mit einer außeneinsatztauglichen Energieleitung zurück, die auf einer schweren tragbaren Trommel aufgerollt war. Damit schwebte er in Richtung Bug davon, verharrte an einer Stelle des Rumpfs und öffnete eine Wartungsklappe. Dann verband er die Trommel mit der dahinterliegenden Energiebuchse. »Die Leitung steckt«, meldete er ans Schiff.

»Wir haben die Energiestärke an die Berechnungen von Doktor Rahla angepasst«, gab Kahain zurück. »Fahrt fort.«

»Geht klar, Captain.« Hobric ließ die Trommel an dem dafür vorgesehenen Haken einrasten und machte sich auf den Weg zurück zu Costa, Umbra und dem Orkanoiden, wobei er die Energieleitung hinter sich abrollte.

Als er sie erreicht hatte, zückte er sein Multiwerkzeug und machte sich an dem Adapterkopf zu schaffen. Ein heller blauer Funke zuckte, und Hobric zog rasch die Hand mit dem Werkzeug zurück. »So, damit wäre die Leitung kurzgeschlossen. Einfach an die Haut halten, und es knallt.« Er hielt Costa sein Werk hin. »Willst du, XO, oder soll ich?«

»Tja, ich schätze, ich trage hier die Verantwortung. Also ist es wohl mein Job.« Sie nahm die Leitung entgegen und übergab Hobric im Gegenzug die Kransteuerung. »Klettere auf den Kopf des Orkanoiden, damit wenigstens einer von uns Zugang zur Kontrolle der Innenluke hat, sollte er sich beim Reinholen in der Schleuse verkeilen.«

»Schlauer Gedanke, XO«, erwiderte der Rettungsspezialist und manövrierte sich in die Mitte des Kopfschirms, wo das Zugseil des Kransystems befestigt war. Winkend signalisierte er seine Bereitschaft. Umbra tat es ihm gleich.

»Also schön.« Costa holte tief Luft. »Hoffentlich geht das gut …« Dann hob sie den Arm und presste dem bewusstlosen Orkanoiden die Energieleitung an den Kopfschirm.

12

Raumschiff *Leitstern*
Neena Costa

Der Orkanoide zuckte so heftig zusammen, dass Costa beinahe von einem herumpeitschenden Tentakel getroffen und davongeschleudert worden wäre. »Jetzt!«, schrie sie.

Der Aufforderung hätte es nicht bedurft. Hobric aktivierte bereits das Kransystem und regelte den Motor der Seilwinde bis auf Maximum hoch. Sofort wurde der riesige, quallenartige Körper ins Innere der Frachtschleuse gerissen, und Hobric ritt auf ihm wie ein tollkühner Raketen-Jockey. »Wir sehen uns drinnen!«

Umbra wollte den beiden folgen, aber Costa hielt sie zurück. »Warte. Das ist zu gefährlich. Wenn er in der Schleuse erwacht und panisch mit den Tentakeln um sich schlägt, könntest du schwer verletzt werden. Los, schnell, wir gehen über die Personenschleuse rein.«

»Wir bestätigen das«, ließ sich Kahain über Helmfunk vernehmen. »Wir schließen die Außenluke der Frachtschleuse von der Brücke aus und schalten die Energieleitung ab. Aufräumen können wir später, wenn unser Gast in Sicherheit ist.«

»Doktor Rahla hier. Ich bin auf dem Weg zum Frachtraum.«

Costa und Umbra begaben sich zurück ins Schiffsinnere, legten rasch die schweren Versorgungs- und Raketentornister ihrer Anzüge ab und eilten hinüber zum Frachtraum. Doktor Rahla und der gerettete Nark waren bereits eingetroffen, und auch Kahain war anwesend. Beim Eintreten spürte Costa, wie ihre Schritte unvermittelt leichter wurden. Jemand hatte die Gravitationsprojektoren im Frachtraum um mindestens ein Drittel heruntergeregelt, vermutlich, um das immense Gewicht des Orkanoiden zu reduzieren.

Die in den Boden eingelassene Innenluke der Schleuse war noch immer geschlossen, aber Costa sah, dass der Atmosphärenausgleich mit Notfallgeschwindigkeit vorgenommen wurde. Da die Anzeige bereits beinahe im grünen Bereich war, wandte sie sich dem Kontrollkasten zu. »Soll ich überbrücken, Captain?«

Kahain nickte. »Ja, mach das, Neena. Umbra, halte den Hauptkran bereit, um den Orkanoiden vom Schleusensystem zu übernehmen, sobald die Luke aufgeht.«

»Ist gut, Captain.« Die Rhinoa nahm die Fernsteuerung aus der Halterung an der Wand und begann, den Greifmechanismus, der normalerweise für das Verladen von Frachtcontainern verwendet wurde, über der Schleusenluke in der Mitte des Raumes zu positionieren.

Unterdessen schaltete Costa die Sicherheitsvorkehrungen an der Schleuse ab – und die aufblinkenden Alarme gleich mit –, dann gab sie den Befehl zum Öffnen der Luke. Unter metallischem Surren glitten die beiden Türhälften auseinander. Ein scharfes Zischen erklang, als mit einem heftigen Windstoß der in der Schleuse herrschende Unterdruck ausgeglichen wurde.

Im nächsten Moment tauchte Hobric aus der Luke auf. Er hatte den noch immer verkrampften Orkanoiden so weit nach oben gezogen, wie es ihm mit dem Schleusenkran möglich war. Jetzt ließ Umbra das Anschlusssystem ab, und Hobric koppelte ihre bewusstlose Fracht um, bevor er den Haken des Schleusenkrans ausklinkte. »Und anheben«, befahl er.

Elegant sprang er vom leicht milchig angelaufenen Schirm des Orkanoiden herunter, während Umbra ihren Gast in den

Frachtraum hievte und ein wenig von der Schleusenluke fortzog, damit sie die langen Tentakel daraus befreien konnten, bevor Costa die Öffnung im Boden wieder schloss.

»Sollen wir ihn absetzen oder lieber in der Schwebe halten?«, fragte Kahain den Nark.

»Lassen sie ihn auf jeden Fall ab«, erwiderte Zoarek. »Sie sehen doch, wie sich diese Taue in sein Fleisch schneiden. Was ist das überhaupt für ein behelfsmäßiges System? Haben sie keine Tragegurte an Bord, um empfindliche Lasten zu heben?«

Kahain bedeutete Umbra, der Weisung von Zoarek Folge zu leisten. »Wir sind zwar Raumretter«, sagte er zu Zoarek, »aber zugegeben nicht gerade auf die Rettung von Orkanoiden spezialisiert.«

Doktor Rahla trat näher und legte einige Sensoren auf der festen Haut des Geschöpfs an, das riesig und reglos vor ihnen ruhte. Man konnte unmöglich sagen, wo bei dem Orkanoiden vorne und hinten war, denn er besaß keine erkennbaren Sinnesorgane, die ein Gesicht – wie exotisch auch immer – gebildet hätten. Er war bloß ein riesiger Berg aus halb durchsichtigem Fleisch, der einen Geruch von Eisen und Ozon verströmte und in dessen Tiefe schwach und irgendwie erratisch Lichtfelder pulsierten. »Die bioelektrischen Werte sind sehr schwach«, verkündete sie. »Ich bin mir nicht ganz sicher, ob das von der Hibernation stammt oder durch den Energieschlag verursacht wurde.«

»Sie müssen versuchen, ihn aufzuwecken«, sagte Zoarek. »Von selbst fällt es ihnen schwer, aus dem Tiefschlaf zu erwachen. Und die äußerlichen Erfrierungen kann sein Körper nur dann wirksam bekämpfen, wenn er wieder richtig aktiv ist.«

»Wie stellen wir das an?«, fragte Kahain. »Spielen wir ihm laute Musik vor? Erhöhen wir die Temperatur im Frachtraum? Halten wir ein mit Ammoniak getränktes Tuch unter seine Nahrungslamellen?«

Der Nark warf ihm einen mürrischen Blick zu. »Sie wissen auch gar nichts über Orkanoiden, oder?«

»Wie ich sagte: Nicht unser Spezialgebiet.«

Zoarek ging auf den Passagier zu und hob eine Faust. »Sie müssen ihn schlagen«, erklärte er.

»Wir sollen ihm eine verpassen?«, fragte Hobric ungläubig.

»Ah, natürlich. Ein physischer Stimulus.« Doktor Rahla neigte beipflichtend den Kopf. »Das ist keine unübliche Vorgehensweise, um einen Bewusstlosen zu wecken.«

Unterdessen hatte Zoarek der fleischigen Masse einige schwungvolle Hieb versetzt. Sah man davon ab, dass ihn rasch die Kräfte zu verlassen schienen, geschah nichts.

»Hören Sie auf«, unterbrach ihn Kahain. »Sie sind selbst noch schwach. Überanstrengen Sie sich nicht. Wir haben Leute für so etwas.«

»Ich bin nicht schwach«, knurrte der Nark mit streitlustig gespreizten Stirnschuppen und schlug erneut zu. Zwei Hiebe später lehnte er sich keuchend an den Leib des Orkanoiden. »Aber Ihre Leute könnten mir trotzdem helfen. Dafür werden Sie doch gut bezahlt, oder?«

»Wenn's denn so wäre«, murmelte Hobric nicht sehr leise.

Costa winkte Umbra näher. »Das klingt nach einem Job für dich.«

»Genau, Graue«, pflichtete ihr Hobric bei. »Verpass dem Burschen ein paar Backpfeifen nach Rhinoa-Art.«

Umbra rieb sich die mächtigen Hände. »Befehl ist Befehl«, grollte sie.

»Aber übertreiben Sie es nicht«, mahnte Rahla. »Wir wollen ihn wecken, nicht verletzen.«

Umbra schnaubte. »Ich werde ganz sanft sein.« Testweise strich sie über das kalte, mittlerweile feucht glänzende Fleisch des Orkanoiden. Sie sah ein wenig wie ein Künstler aus, der Maß nahm, bevor er den Pinsel auf der Leinwand ansetzte. Dann schoss ihre Faust nach vorn und traf mit einem satten Klatschen. Der Einschlag breitete sich wellenförmig auf der Haut des Orkanoiden aus und ließ das halbe Geschöpf erzittern.

»Vorsicht!«, warnte Costa instinktiv.

Zoarek jedoch schien weniger besorgt. »Gut so«, rief er. »Noch einmal.«

Umbra kam dem Wunsch nach. Den schweren, gehörnten Schädel leicht gesenkt, schritt sie um den bewusstlosen Orkanoiden herum und traktierte ihn mit Schlägen, die einem Menschen den Brustkorb zertrümmert hätten.

Auch diese Therapie zeigte keine unmittelbare Wirkung. Costa begann sich zu fragen, ob der Nark sie hinters Licht geführt hatte und sie in Wahrheit gerade Zeugen einer brutalen Misshandlung wurden. Andererseits ergab das wenig Sinn. Hätte Zoarek den Orkanoiden umbringen wollen, hätte er einfach nicht erwähnt, dass er an Bord des anderen Raumschiffs gewesen war.

Ein bläuliches Flackern im Inneren des Körpers weckte ihre Aufmerksamkeit, und nicht nur ihre.

»Doktor?«, fragte Kahain.

Rahla überprüfte erneut ihren medizinischen Scanner. Ihre geschlitzte Oberlippe kräuselte sich leicht, das Atherier-Äquivalent eines Lächelns. »Ich messe erhöhte bioelektrische Aktivität. Es funktioniert. Er scheint zu erwachen.«

Hobric stieß ein begeistertes Heulen aus, und auch Costa spürte, wie ihr eine Last von den Schultern genommen wurde. Natürlich versuchte sie, bei jeder Raumrettung so viel professionelle Distanz wie möglich zu wahren. Dennoch hätte es ihr ganz schön den Abend verdorben, wenn der Orkanoide vor ihren Augen hier im Frachtraum gestorben wäre.

»Gut gemacht, Umbra«, lobte Kahain. »Ich glaube, das reicht jetzt.« Eine zunehmende Leuchtaktivität im Inneren des Orkanoiden-Körpers unterstrich seine Worte. Der Captain wandte sich an ihren anderen Gast. »Jetzt wäre wohl der richtige Zeitpunkt, uns zu verraten, wie Ihr Passagier heißt.«

»Sie wissen, dass das nicht so einfach zu sagen ist«, entgegnete Zoarek. »Wir nennen ihn nach dem Bild, das er uns zeigt, wenn er sich meint: Dreistern-auf-Blau.«

Costa nickte beiläufig. Auch ihr war das Problem bekannt, das bei der Kommunikation mit Orkanoiden auftrat. Orkanoiden besaßen keinen Sprechapparat wie die meisten humanoiden Wesen. Die einzigen Laute, die sie bilden konnten, waren durch Körperritzen gepresste, weithin hallende, an antike Kriegshörner erinnernde Fanfarenstöße. Diese wurden jedoch vor allem zu Orientierungszwecken ausgestoßen oder um Warnungen und ferne Grüße zu äußern. In direktem Kontakt miteinander kommunizierten sie vor allem mithilfe unglaublich schneller und komplexer Lichtmuster, die sie in ihrem Inneren erzeugten. Bis heute gab es keinen Computer im Domenaion, der imstande war, diese Muster in sinnvolle Sprache umzuwandeln. Die Syntax war einfach zu fremd. Und so beschränkte sich eine auf Lichtkommunikation basierende Unterhaltung meist auf die grundlegendsten Begrifflichkeiten wie Begrüßungen oder das Äußern von Gefühlszuständen.

Dass man dennoch komplexere Gespräche mit Orkanoiden führen konnte, lag daran, dass sie neben der Lichtkommunikation imstande waren, sich auf telepathischem Weg in Bildern auszudrücken. Costa hatte es nie aus erster Hand erlebt, aber man hatte ihr erzählt, dass es zunächst ausgesprochen verwirrend war, wenn plötzlich, begleitet von einem dumpfen Druck hinter der Stirn, Bilder im eigenen Geist aufstiegen, die nicht von einem selbst stammten. Die Aussagen, die ein Orkanoide mit diesen Bildern treffen wollte, ließen oft mehrere Interpretationen zu; dennoch war das noch der leichte Teil des Austauschs. Passende Antworten in Bildern zu formulieren und sie zu vermitteln stellte für Ungeübte eine extreme Herausforderung dar.

Auch deshalb bedienten sich die Orkanoiden der Nark, die für sie als Dolmetscher fungierten.

Kahain ließ sich davon nicht abschrecken. Er trat auf das riesige Geschöpf zu und baute sich, die Hände in die Hüften gestemmt, vor ihm auf. »Dreistern-auf-Blau, können Sie uns verstehen?«, rief er, wobei Costa annahm, dass er die Worte nur aussprach, damit sie ihm dabei halfen, sich auf das Bild in seinem Geist zu konzentrieren, das er zu übermitteln versuchte. »Ich bin Helfende-Hand-zwischen-den-Sternen, und Sie befinden sich auf unserem Raumschiff.« Wie um seine Worte zu unterstreichen, streckte er erst die rechte Hand aus, dann deutete er auf den sie umgebenden Frachtraum.

Costa gefiel diese Selbstbeschreibung. Es war klar, dass ein Eigenname wie Bendis Kahain dem Orkanoiden nicht so leicht zu vermitteln gewesen wäre, auch wenn diese eigentlich nach Jahren des Kontakts mit den anderen Völkern wussten, dass praktisch alle dazu neigten, mehr oder weniger sinnlose Lautfolgen zu verwenden, um sich selbst zu identifizieren.

»K-kann er das überhaupt sehen?«, fragte plötzlich eine Stimme neben Costa zögernd.

Sie drehte sich um und gewahrte Shem Randon neben ihr. Sie hatte gar nicht bemerkt, dass der Sensorspezialist in den Frachtraum gekommen war. Hinter ihm sah sie auch Sariss und Katiktak stehen. Offenbar wollten sie alle einen Blick auf ihren außergewöhnlichen Gast werfen – zumindest alle bis auf eL'Ha, deren Bewusstsein zu abgeklärt war, um über etwas zu staunen, dass jeder von ihnen im Prinzip bereits seit Kindesbeinen kannte.

»Was meinst du?«, fragte Costa leise.

»Die Bewegungen des C-Captains? Woher weiß er, d-dass er auf der richtigen Seite steht?«

»Und sich nicht mit dem Hintern des Burschen unterhält, meinst du?«, mischte sich Hobric grinsend ein.

Randon nickte.

»Die Sinneszellen der Orkanoiden sind auf dem ganzen Kopfschirm verteilt, Spezialist Randon«, erklärte Doktor Rahla, ohne von ihrem medizinischen Scanner aufzuschauen. »Hatten Sie etwa keinen Biologieunterricht an der Akademie?«

Randon stammelte etwas Unverständliches, dann jedoch übertönte ihn unvermittelt ein sonores Orgeln, das so laut war, dass sich Costa und alle anderen instinktiv die Ohren zuhielten. Gleichzeitig flammten grelle Lichtfelder im Inneren des Orkanoiden auf, die den Frachtraum in kräftiges Blau, Rot und Violett tauchten. Zoarek sprang vor, riss die Arme hoch und schrie etwas in seiner Muttersprache, und noch während sich Costa fragte, ob der offensichtlich aus dem Tiefschlaf gerissene Dreistern-auf-Blau den kleinen Mann vor sich überhaupt wahrgenommen haben konnte, ließen Licht und Lärm nach.

Übrig blieben ein dumpfes, leicht an- und abschwellendes Brummen sowie ein vielfarbiges Flackern, das eindeutig geistige Aktivität vermittelte. Die vorherrschenden Grüntöne glaubte Costa dabei mit einem Gefühl der Neugierde in Verbindung zu bringen, wobei in der Tiefe des Körpers auch verwirrtes Dunkelrot flackerte.

Vor ihr straffte sich Kahain und setzte erneut an. »Ich bitte um Entschuldigung, wenn ich Sie erschreckt habe, Dreistern-auf-Blau. Ich wiederhole es noch einmal: Ich bin Helfende-Hand-zwischen-den-Sternen, und Sie befinden sich auf unserem Raumschiff. Können Sie sich daran erinnern, was geschehen ist? Dass Sie von Raumpiraten angegriffen und aus Ihrem Schiff ins All gerissen wurden?«

Ein dunkles Orgeln antwortete ihm, und die Lichtfelder im Leib des Orkanoiden flackerten. Plötzlich verspürte Costa einen Druck hinter der Stirn, als bahne sich ein Kopfschmerz an. Gleich darauf schien die Welt ringsum zu verblassen, und stattdessen stieg das Bild des Nark-Raumschiffs vor ihrem inneren

Auge auf. Sie sog scharf die Luft ein, als ihr klar wurde, dass Dreistern sie in diesem Moment telepathisch berührte. Leise Laute der Überraschung verrieten ihr, dass sie nicht die Einzige war.

Das Raumschiff war bereits tot und von einer Wolke aus Trümmern umgeben. Dieses Bild kannte Costa. Neu für sie war allerdings das schlanke, schwarze Schiff mit dem scharf nach vorn gezogenen Bug, den jemand mit einem riesigen Raubtierrachen bemalt hatte. Stummelflügel, auf denen Kanonenstellungen angebracht waren, und die Öffnungen von Torpedoschächten unterstrichen die aggressive Natur des Raumfahrzeugs. Die Bauweise schien menschlich zu sein, aber bevor sich Costa den Angreifer genauer ansehen konnte, verblasste der Eindruck auch schon wieder. Er wurde durch eine triste, leblose Einöde ersetzt, über der sich ein grau bewölkter Himmel spannte. Costa glaubte fernen Donner zu hören, und Regen prasselte auf das Niemandsland hernieder. Gleich darauf verging auch dieses Bild. Costa fühlte sich auf einmal unglaublich leer.

»Dreistern-auf-Blau erinnert sich an alles«, verkündete Zoarek überflüssigerweise, »und es schmerzt ihn zutiefst.«

»Danke, ich glaube …« Kahain räusperte sich unbehaglich. »Ich glaube, das haben wir alle verstanden.« Er wandte sich wieder an ihren Gast. »Wir fühlen mit Ihnen. Wenn Sie später dazu bereit sind, erzählen Sie uns alles über den Angriff, was Sie wissen. Wir werden dann die Luminatoren unterrichten, damit sie das Piratenschiff jagen können.«

Dreistern schien seine Zustimmung zu äußern.

»In der Zwischenzeit werden wir Sie zu Ihrer Heimatwelt zurückbringen, wenn Sie dies wünschen«, fuhr Kahain fort. »Sicher wird man dort hocherfreut sein, zu erfahren, dass Sie noch am Leben sind.« Das hofften zumindest alle an Bord der *Leitstern*.

Dreistern gab ein Geräusch von sich, das vage nach Protest

klang. Erneut verstärkte sich der Druck hinter Costas Stirn, und das Abbild einer Raumstation inmitten einer sternenlosen Schwärze erschien. Der Orkanoide präsentierte sich selbst, wie er lebhaft glühend darauf zuschwebte. »Was ist das?«, fragte sie.

»Unser Ziel«, erwiderte Zoarek. »Die Außenrand-Forschungsstation Tiefe Arjon. Dreistern-auf-Blau wollte dort eine Wissenschaftlerin besuchen. Eine Atherierin.«

»Und er will noch immer dorthin?«

»Ja.«

Kahain schüttelte den Kopf. »Bei allem gebotenen Respekt, wir sind ein Rettungsschiff, kein Passagiertransporter. Wir bringen Sie beide gern zurück in Ihr Heimatsystem, aber bis zu einer Außenrand-Forschungsstation können wir nicht fliegen. Das wäre zu weit von dem Raumquadranten entfernt, der uns als Operationsgebiet zugewiesen wurde.« Dass sie außerdem von Paladin-Admiral Corn angewiesen worden waren, sich bei der Nark-Regierung zu melden, erwähnte er nicht.

Zoarek wandte sich an Dreistern und schien ihm das Gesagte noch einmal in mentalen Bildern zu erklären. Costa wollte nicht warten, bis der Orkanoide erneut antwortete. Ihr Schädel brummte jetzt schon. »Captain, wenn es recht ist, gehe ich auf die Brücke und bereite unseren Abflug vor.«

»In Ordnung«, sagte Kahain. »Ihr könnt alle wieder auf eure Stationen gehen – nur Sie hätte ich gern weiter bei dem Gespräch dabei, Doktor. Nur zur Sicherheit. Oh, und übrigens: Gute Arbeit, Leute.«

Katiktak war noch immer damit beschäftigt, die Quantentransits nach Aonark zu berechnen, als Kahain bereits auf die Brücke zurückkehrte.

»Konntest du unseren Gast von seinen Reiseplänen abbringen?«, fragte Costa, während sie ihren Sitzplatz auf dem Kommandostuhl räumte.

»Für den Moment, ja. Er besteht allerdings darauf, dass wir uns bei Tiefe Arjon melden, um sie von dem Zwischenfall zu unterrichten und sie zu informieren, dass sich seine Ankunft verspäten wird.« Kahain reichte ihr eine Datentafel. »Hier ist die Komm-Kennung drauf.«

»Das sollten wir hinbekommen.« Costa wandte sich an eL'Ha und reichte die Tafel weiter. »Kümmere dich bitte darum.«

»Selbstverständlich.« Die eN'iX warf einen kurzen Blick auf die Anzeige, dann rotierten die blauen Lichtringe an ihren Schädelseiten, während sie sich mit dem Kommunikationssystem der *Leitstern* verband.

Einen Augenblick lang herrschte Schweigen auf der Brücke. eL'Ha legte leicht den Kopf schief. Ihre Finger huschten über die Kontrollen, als sie einige Eingaben manuell vornahm.

Costa wechselte einen Blick mit Kahain. »Stimmt etwas nicht, eL'Ha?«

Die silberhäutige Frau drehte sich zu ihnen um. »Es ist eigenartig. Ich erhalte kein Bestätigungssignal von Tiefe Arjon. Keine automatische Antwort, dass alle schlafen. Keinen Hinweis auf eine Systemwartung. Einfach gar nichts.«

»Könnte ihre Funkantenne beschädigt sein?«, fragte Kahain.

»Das ist möglich, Captain. Allerdings habe ich die Betriebsdaten von Tiefe Arjon aufgerufen. Die Station ist ein wissenschaftlicher Beobachtungsposten. Sie verfügt über sehr viele Antennen. Dass über keine von ihnen irgendeine Art von Antwort auf meine Kommunikationsaufforderung geschickt wurde, ist äußerst ungewöhnlich.«

»Also wenn Sie m-mich fragen, Captain, klingt das sehr nach einem t-technischen Notfall. Immerhin ist die Besatzung von T-tiefe Arjon ganz allein da draußen.« Randon warf einen vielsagenden Blick über den oberen Rand seiner Datenbrille.

Costa sah regelrecht, wie es in Kahain arbeitete. Sie konnte sich vorstellen, vor welchem Dilemma er stand. Einerseits wollte er Dreistern-auf-Blau möglichst rasch zurück zu seinen Leuten bringen, damit sie ihre Belohnung für den Einsatz bekamen. Andererseits hatte Corn ihnen auch befohlen, sich auf Aonark wegen der versuchten Plünderung zu verantworten. Das machte diesen Flug nicht mehr ganz so attraktiv, denn wer wusste schon, wie verschnupft die notorisch schlecht gelaunten Nark darauf reagieren würden.

Schließlich schien der Captain zu einem Entschluss gekommen zu sein, denn er nickte langsam. »Ich glaube, du hast recht, Shem. Das klingt eindeutig wie ein Notfall. Und ich gehe davon aus, dass Dreistern-auf-Blau darauf bestehen wird, der Sache nachzugehen. Im Lichte des heiklen Verhältnisses zwischen dem Domenaion und den Orkanoiden sollten wird diesem nachdrücklichen Wunsch wohl doch besser Folge leisten.« Er erhob sich von seinem Platz, auf dem er sich gerade erst niedergelassen hatte. »Katiktak, Kursänderung. Berechne einen Quantentransit zu Tiefe Arjon. eL'Ha, unterrichte das Hauptquartier darüber, dass uns besondere Umstände dazu zwingen, das Operationsgebiet zu verlassen. Vielleicht können Captain Brekken und die *Thena Siola* für uns einspringen.« Er wandte sich ab und marschierte zur Tür.

»Und du, Captain?«, fragte Costa.

Kahain lächelte hintergründig. »Ich überbringe unserem Gast die erfreuliche Botschaft, dass wir seinen Freunden einen Besuch abstatten werden.«

13

Raumschiff *Arek-Kama-7-7*, Ansi-Gayron-System
Kalvena Leen

Im einen Moment war das All unweit des Gasriesen Gorgon im Ansi-Gayron-System vollkommen leer. Im nächsten entstand ein kugelförmiges Raumphänomen aus dem Nichts, während sich ein Nullraumtunnel öffnete, der die Ankunft eines Raumschiffs ankündigte, das einen Quantentransit vollzog.

Tatsächlich handelte es sich aber nicht um ein Schiff, das von einem mehrere Lichtjahre entfernten Startpunkt nahte, sondern um gleich zwei. Eines war eindeutig atherischer Bauart, denn es erinnerte an einen Wassertropfen, um dessen Spitze am Heck ein Ring aus Schubaggregaten gruppiert war. Das andere Schiff entstammte menschlicher Fertigung, wie unschwer an den eher martialischen Linien zu erkennen war. Beide Raumfahrzeuge waren verhältnismäßig klein und wiesen nicht nur stark überdimensionierte Antriebe auf, sondern auch Batterien aus Sensorfühlern und Antennen, die sich im Fall des atherischen Schiffs elegant nach hinten erstreckten, bei seinem menschlichen Begleiter dagegen speerförmig aus dem Bug sowie der Rumpfober- und -unterseite herausstachen. Man musste kein Spezialist sein, um zu erkennen, dass beide Raumfahrzeuge für Erkundungseinsätze gebaut worden waren.

Im Cockpit des Menschenschiffes, des Luminatoren-Spähers *Arek-Kama-7-7*, legte Doppelstern-Ritterin Kalvena Leen, der Captain der vierköpfigen Besatzung, einen Schalter um und öffnete damit die Richtfunkverbindung zu ihrem Flügelmann. »*Arek-Kama-7-7* ruft *Tauriana-D*. Wie ist Ihr Status?«

»Wir sehen alle noch so gut aus wie vor dem Transit, insofern kein Grund zur Klage auf unserer Seite«, gab eine Männerstimme zurück, die Leen als die von Doppelstern-Ritter Oanamon identifizierte.

Leens Mundwinkel zuckten. »Das ist erfreulich zu hören.« Für einen Ritter und einen Atherier pflegte Oanamon einen ziemlich lockeren Umgangston, und es war bekannt, dass er ein gesundes Selbstbewusstsein hatte. Das konnte er sich allerdings auch leisten. Leen führte diese Mission, weil sie mehr Dienstjahre in den Rängen des Ordens aufweisen konnte – aber sie war nicht zu stolz, um zuzugeben, dass Oanamon der bessere Pilot von ihnen beiden war und obendrein eine wirklich fähige Besatzung um sich versammelt hatte. Sie war froh, die *Tauriana-D* bei dieser Mission dabeizuhaben.

»Also schön, Luminatoren, ihr wisst, weswegen wir hier sind. Ein unbekannter Feind sucht diesen Teil des Domenaions heim, und es ist unsere Aufgabe, herauszufinden, was hier vor sich geht. Haltet die Augen offen und achtet auf jede noch so kleine Abweichung auf den Instrumenten. Wir wollen nicht überrascht werden – zumal nicht auszuschließen ist, dass der Feind Funk und Sensoren stören kann. Wir beginnen mit passiver Ortung. Mit etwas Glück erledigen wir unseren Auftrag, ohne dass unser Gegner überhaupt merkt, dass wir hier waren. *Tauriana-D*, Sie konzentrieren sich auf die Umgebung, wir nehmen die Bergbaukolonie unter die Lupe.«

»Verstanden, *Arek-Kama-7-7*.« Wenn er wollte, konnte Oanamon auch durch und durch dienstbeflissen sein.

Leen zog die *Arek-Kama* in eine weite Kurve und nahm ihre Umgebung in Augenschein. Diese Vorgehensweise war im Weltraum normalerweise eher unergiebig, denn außer Sternen ließ sich selten etwas mit bloßem Auge erkennen. Selbst große

Schiffe schrumpften bei den vorherrschenden Entfernungen schnell zu Stecknadelköpfen zusammen, die man bestenfalls bemerkte, wenn sich das Sonnenlicht auf ihren metallenen Rümpfen spiegelte. Und gerade Militärschiffe wiesen in vielen Fällen eine Lackierung auf, die auch das verhinderte.

Aber Leen suchte auch nicht nach Schiffen, sondern nach einem ganz speziellen Raumphänomen. Der Einsatzbesprechung zufolge sollten sich die *Arek-Kama* und die *Tauriana* von der Flanke der Zone nähern, in der allem Anschein nach und zugleich auf völlig unerklärliche Weise bereits mehrere Sterne erloschen waren – darunter auch Ansi Gayron selbst. Das Oberkommando nahm an, dass zumindest die Hauptstreitmacht der Gegner in der Zwischenzeit weitergeflogen war, aber vielleicht gelang es den Spähern, Aufzeichnungen von einigen Nachzüglern oder Systemwachen vorzunehmen, um sich so ein Bild vom Feind zu machen. Ein nicht weniger wichtiger Teil ihrer Mission bestand darin, herauszufinden, was mit der Bergbausiedlung auf dem Mond Caros, der einen der drei Gasriesen des Ansi-Gayron-Systems umkreiste, geschehen war. Rettungskräfte standen nur einen Quantentransit entfernt bereit, um zu helfen, wo noch geholfen werden konnte. Aber angesichts eines Feindes, der ganze Sonnen verschlingen konnte, war die Führung der Raumflotte verständlicherweise vorsichtig damit, größere Verbände in die schwarze Zone einfliegen zu lassen.

»Äh, korrigiert mich, wenn ich falsch liege«, meldete sich Spezialistin 3. Klasse Jemma Aubrin, die im hinteren Teil des Cockpits saß, »aber müsste auf etwa zwei-fünf-null nicht Gorgon liegen?«

»Sagen Sie es mir«, erwiderte Leen. »Sie sitzen an den Sensoren.«

»Wenn unsere Zielkoordinaten korrekt waren, dann, ja, sollte Gorgon klar und deutlich neben uns im All hängen.«

Leen überprüfte ihre Anzeigen. »Wir sind genau an der Stelle rausgekommen, wo wir rauskommen sollten.«

»Tja, in dem Fall haben wir entweder einen sehr großen schwarzen Fleck auf der Cockpitscheibe, oder Gorgon ist … verschwunden.«

Leen zog das Spähschiff weiter herum, bis der Bug auf die Stelle deutete, wo eigentlich der Gasriese zu sehen sein sollte. Sie wollte gerade etwas sagen, als die Stimme von Oanamon im Cockpit erklang. »*Tauriana-D* an *Arek-Kama-7-7*. Ist euch auch schon aufgefallen, dass Ansi Gayron nicht nur seine Sonne, sondern auch alle Gasriesen eingebüßt hat?«

Leen bestätigte die Verbindung und antwortete auf der gleichen verschlüsselten Frequenz. »Wir haben es ebenfalls gerade bemerkt.«

»Was, beim Abgrund, ist hier passiert?« Der Atherier klang aufrichtig fassungslos.

»Das wüssten wir alle gern. Also suchen Sie weiter nach Spuren, die Licht ins Dunkel bringen. Wir fliegen nach Caros.«

»Verstanden«, bestätigte Oanamon. »Und, Ritterin: Seien Sie vorsichtig.«

»Sind wir Späher das nicht immer?«

Der Atherier lachte auf seine typisch nasale Art. Dann unterbrach er die Verbindung.

Leen richtete ihre Aufmerksamkeit auf den Punkt im All, an dem sich ihrem Navigationscomputer zufolge Gorgon befinden sollte. Nichts als Dunkelheit empfing sie dort. Sie warf einen kurzen Blick über die Schulter. »Aubrin, ist dort wirklich gar nichts mehr? Ist Gorgon vollständig verschwunden?«

»Negativ, Ritterin.« Die junge Frau mit der ungewöhnlich hellen Haut und dem kupferroten Haar, das sie militärisch kurz trug, veränderte einige Einstellungen an ihrer Instrumententafel. »Die Sensoren empfangen durchaus das Bild eines Himmelskörpers an der Stelle. Aber das ist kein Gasriese mehr – nicht einmal annähernd. Stattdessen sieht es so aus, als wäre Gorgon seiner kompletten Gashülle beraubt worden. Lediglich der Kern aus Metall und Gestein scheint noch vorhanden zu sein. Selbst Eis messe ich dort so gut wie keins mehr.«

»Welcher Feind saugt denn einem Gasriesen die Atmosphäre ab?«, fragte Zeo Bekelai, und ein herber Duft, der an regennasse Föhren erinnerte, begleitete seihre Frage. Dier Floryll, dier neben Leen an der Waffenkontrolle saß, trug zwar wie sie alle einen Raumanzug und hatte die Kopfblätter eingerollt, damit sie unter den Spezialhelm passten, aber trotzdem durchwehte das kleine Schiff immer mal wieder ein Hauch von grün blühender Natur. Anfangs hatte das vor allem Aubrin, die den Großteil ihres Lebens im All verbracht hatte, irritiert. Mittlerweile genossen sie alle diese beiläufige Würze in der ansonsten eher schal riechenden, wiederaufbereiteten Luft.

»Jemand, der enorme Mengen an Treibstoff braucht«, schlug Morram vor, der vierte ihrer kleinen Besatzung. Der violetthäutige, glatzköpfige Barakkaraner diente als Bordtechniker und schraubte eigentlich die meiste Zeit an irgendeinem System draußen auf dem Korridor, in den Schlafkammern oder dem engen Maschinenbereich herum. Im Augenblick nahm er jedoch den letzten Sitzplatz neben Jemma Aubrin ein und bemühte sich, ihr Emissionsprofil so niedrig wie möglich zu halten, damit es dem Feind schwerer fiel, sie aufzuspüren.

»Ich kann mir keine Flotte vorstellen, die Gasriesen oder gar Sonnen anzapft und sogar erschöpft, um aufzutanken«, erwiderte Zeo. »Das müssten Tausende von Kampfschiffen sein, die größer sind als unsere größten Schlachtkreuzer.«

»Gibt einem zu denken, nicht wahr?«, meinte Leen grimmig. Sie lenkte die *Arek-Kama* auf ihr Ziel zu und erhöhte den Schub. »Wie sieht es mit den Monden aus, vor allem mit Caros? Irgendwelche Anzeichen dafür, dass dort unten noch jemand lebt?«

»Ich überprüfe gerade die Funkfrequenzen.« Aubrin klang angespannt.

Ein Moment der Stille schloss sich an, während dessen nichts als das Fauchen der Triebwerke sowie das Klicken und Surren der Cockpitsysteme zu hören war. Im Grunde kannte Leen die Antwort auf ihre Frage bereits. Eine Katastrophe wie die Auslöschung von Gorgon konnte nichts auf den kleinen Monden, die ihn umkreisten, überlebt haben. Allein die Veränderung der Schwerkraftverhältnisse musste die felsigen Trabanten bis zum Kern erschüttert, wenn nicht gar zerrissen haben.

Trotzdem gestattete sie sich immer einen Rest von Hoffnung. Bergleute waren robust, und Barakkaraner, die ihres Wissens die gesamte Bevölkerung auf Caros gestellt hatten, ganz besonders. Vielleicht hatten sie sich tief genug eingraben können, um die Verheerung des Ansi-Gayron-Systems zu überstehen.

»Es tut mir leid, Ritterin«, sagte Aubrin und verpasste dieser Hoffnung damit einen merklichen Dämpfer. »Ich kann keinerlei Funkverkehr auffangen, weder Notrufe von den Kolonisten noch automatisierte Signalbojen. Caros existiert nach wie vor, aber der Mond scheint ohne jedes Leben zu sein.«

Leen versuchte nicht daran zu denken, wie viele Tote das bedeutete. Caros mochte nur ein Bergbauaußenposten des Domenaions gewesen sein, keine der wirklich großen Kolonien; dennoch hatten dort Tausende Männer und Frauen gelebt. Ganz zu schweigen davon, dass ihr unheimlicher Feind noch zahlreiche weitere Systeme angegriffen hatte, darunter auch solche mit stark belebten Welten. Wenn das Bild, das sich dort bot, diesem hier glich, gingen die Todesopfer schon jetzt in die Millionen. Ihre Eingeweide verhärteten sich zu einem schmerzhaften Knoten, während sie darüber nachdachte, und Leen zwang sich, aus dieser tückischen Gedankenspirale auszubrechen, bevor sie mit voller Wucht in der grauenvollen Finsternis aufschlug, die sie am unteren Ende erwartete.

Sie holte tief Luft. »Wir fliegen trotzdem nach Caros, nehmen zwei Umkreisungen vor und untersuchen den Mond dabei mit unseren Sensoren. Jeder Hinweis, den wir über die Art des Angriffs in Erfahrung bringen können, mag dabei helfen, zu verhindern, dass sich das wiederholt, was hier geschehen ist. Und wenn auch nur die geringste Aussicht besteht, dass dort unten noch jemand lebt, der Antworten auf unsere Fragen hat, müssen wir ihn da rausholen.«

14

Caros
Kappak Brohta

»Es ist doch alles hoffnungslos! Nichts funktioniert in diesen unseligen Tunneln.«

Frustriert schlug Kappak Brohta mit der Faust auf die Arbeitsplatte, auf der das zerlegte Komm-Gerät lag, das er gerade zusammen mit Dukk zu reparieren versuchte. Dabei hatte er soeben feststellen müssen, dass auch dem kleinen Laserschweißgerät, das er für seine Arbeit einsetzen wollte, jegliche Energie fehlte. Ohne das richtige Werkzeug allerdings war der Versuch, all die durchgebrannten Bauteile des Komms zu ersetzen oder zu überbrücken, ein praktisch unmögliches Unterfangen. Und ohne bojengestütztes Komm-Gerät würde jeder Hilferuf, den sie aussenden konnten, ungehört im All verschwinden.

Brohta warf das nutzlose Laserschweißgerät von sich und fuhr sich seufzend mit einer Hand über das breite Gesicht. »Was machen wir jetzt?«, fragte er Dukk.

Der kratzte sich mit seinen dicken, kurzen Fingern am Hinterkopf. »Wir könnten eins der Autogenschweißgeräte aus dem Lager holen und versuchen, die Düse so umzubauen, dass sie für Feinarbeiten geeignet ist. Natürlich müssten wir auch die Druckventile austauschen, damit wir den Gasaustritt besser justieren können.«

»Du willst mit einem Autogenschweißgerät das Komm reparieren?« Brohta fragte sich, ob Dukk den Verstand verloren hatte. »Bruder, damit schweiße ich Stahlträger am Bagger! Das können wir niemals so weit herunterregeln, dass es nicht die halbe Platine schmilzt, sobald wir die Gasflamme darauf richten.«

»Wir müssen eben sehr vorsichtig sein«, beharrte Dukk. »Was bleibt uns denn sonst? Wir haben schließlich keine Möglichkeit, die Energiepacks der Werkzeuge wieder aufzuladen.«

Brohta ließ seinen Blick durch die Werkstatt schweifen, in der sie saßen. Der Fusionsreaktor war noch immer außer Betrieb, sodass weder die Deckenlampen noch die Blockheizungen an den Wänden funktionierten. Infolgedessen trugen sie alle mittlerweile eine Kleiderschicht extra, und für Licht sorgten Gasflaschen, auf die Brenner geschraubt worden waren. Immerhin war es ihnen und der Gruppe von Bagger 142 gelungen, einen ausrangierten Generator aus den Anfangszeiten der Kolonie, für den auch noch einige sehr alte Fässer mit Treibstoff existierten, wieder in Betrieb zu nehmen. So hatten sie zumindest Energie für die Atmosphärenumwälzer, die überlebenswichtig waren, um die Luft in der unterirdischen Anlage frei von gesundheitsschädlichen Caros-Gasen zu halten.

Insgesamt hatten sich nun an die siebzig Barakkaraner in der unterirdischen Anlage zusammengefunden – und es wurde vermutet, dass weitere Überlebende hinter eingestürzten Bereichen warteten. Auf der einen Seite war diese Zahl durchaus erfreulich und mehr, als Brohta in den dunkelsten ersten Momenten nach dem Angriff gedacht hatte. Wenn man bedachte, wie viele Mitarbeiter die *Caros-Erzgesellschaft* hier auf dem Mond beschäftigt hatte, war sie jedoch absolut niederschmetternd. Hunderte Arbeiter mussten den Tod gefunden haben, als die schwarze Flut über die Mondoberfläche gerauscht war. Oder sie würden ihn noch finden, wenn sie ohne jede Energie für ihre Anzugheizungen und die Kriecher weit draußen bei den Förderstellen festsaßen.

Brohtas Blick fiel auf den ausgebauten, weil beschädigten

Dynamo eines Windrads, der in einer Ecke lag. Die Windräder hatten überall auf der Mondoberfläche rund um die Anlagen der *Caros-Erzgesellschaft* gestanden, um das raue Klima von Caros zur Stromerzeugung zu nutzen. Nach dem Angriff stand vermutlich kein einziges dieser Räder mehr, aber es gab Ersatzteile hier unten in den Lagern. Der Gedanke sorgte dafür, dass sich seit Langem mal wieder ein Lächeln auf Brohtas Miene schlich. »Ich glaube, ich habe eine Idee, wie wir unser Energieproblem beheben können«, verkündete er, bevor er sich von der Werkbank abwandte und Dukk mit einer auffordernden Geste anblickte. »Komm. Wir müssen mit … wie hieß der Kerl unter den Überlebenden noch mal, der zur Logistik gehört?«

»Äh, Bakkrin.«

»Dann müssen wir mit Bakkrin reden.«

Dukk sah ihn verwirrt an. »Was willst du denn von dem?«

Doch Brohta war schon an der Tür. »Ich erkläre es dir unterwegs.«

Sein Plan war so einfach, dass er sich fragte, warum noch keiner von ihnen bisher darauf gekommen war. Als einzige Erklärung kam Brohta Stress in den Sinn – und ihre außergewöhnliche Situation. Seine Idee sah vor, zwei oder drei der Ersatzdynamos für die Windräder zu nehmen und mit behelfsmäßigen Apparaten zu koppeln, die durch Körperkraft angetrieben werden konnten. Die Fitnessgeräte des Freizeitbereichs wären optimal dafür gewesen, aber die waren mit den oberirdischen Gebäuden dahingegangen, weil die Planer seinerzeit der Ansicht waren, es könnte die trainierende Belegschaft erfreuen, während der Körperertüchtigung auf die wütende Kraft von Gorgon zu schauen. Aber im Grunde funktionierte alles, was sich drehen ließ, und wenn es sich um einen in einer Halle horizontal aufgebauten Windradkopf handelte, an dessen Flügeln sich jeweils fünf Mann abmühten, um ihre Kraft an den Dynamo weiterzugeben. Die so erzeugte Energie würde kaum reichen, um größere Anlagen zu betreiben. Aber die kleinen Energiepacks des Laserschweißers und ähnlicher Instrumente ließen sich damit womöglich aufladen.

»Das könnte wirklich klappen«, meinte Dukk, nachdem Brohta seine Ausführungen beendet hatte. Er klang beeindruckt. »Lass uns nachschauen, ob Bakkrin in der Hauptmesse ist.« Die Hauptmesse, ein großer Aufenthaltsbereich auf dieser Ebene der unterirdischen Anlage, diente als Operationszentrale, in der die Bemühungen der Überlebenden, auch weiterhin am Leben zu bleiben, gesteuert wurden. Auch Boss Thuran hielt sich dort mittlerweile die meiste Zeit auf, denn nach einem Schichtleiter, der allerdings erst seit ein paar Wochen auf Caros weilte, war er so etwas wie der ranghöchste Barakkaraner vor Ort – und seine langjährige Erfahrung wie auch sein guter Ruf unter den Arbeitern sprachen zusätzlich für ihn.

Die Korridore, durch die sie liefen, waren ziemlich leer. Genau wie Brohta und Dukk mit der Reparatur des Komm-Geräts beschäftigt gewesen waren, hatten auch die meisten anderen Überlebenden eine Aufgabe zu erfüllen, der sie in einer der zahlreichen Kammern und Hallen unter der Erde nachgingen. Diese Arbeit hatte, neben dem reinen Überlebensaspekt, auch den Zweck, die Leute beschäftigt zu halten. Wer herumsaß und grübelte, der kam nur auf dumme Gedanken, etwa den, dass dieser Mond ihr Grab werden könnte. Brohta wusste das, ihm war es schließlich nicht anders ergangen.

Sie hatten die Messe gerade erreicht, als plötzlich hinter ihnen auf dem Korridor aufgeregtes Geschrei zu hören war. »Es kommt ein Schiff!«, rief Shakanra, die mit einem Makrofernglas in der Hand angerannt kam. »Ich habe hoch in der Atmosphäre einen Lichtpunkt entdeckt, der eindeutig näher kommt!« Shakanra gehörte zu den drei Leuten, die auf sehr altmodische Art und Weise – mit Ferngläsern durch in Hügelflanken eingelassene Panzerfenster – den dunklen Himmel beobachteten, um ihre Gruppe über irgendwelche verdächtigen Bewegungen über ihnen aufmerksam zu machen. Vor allem galt die Sorge der Rückkehr der schwarzen Flut, aber auch mögliche Retter wollte niemand verpassen. Retter wie diejenigen, die unverhofft früh im System aufgetaucht waren.

Shakanras Worte versetzten die Anwesenden in Aufregung. »Wir müssen auf uns aufmerksam machen«, rief Glakdan, der Schichtleiter. Er gewahrte Brohta und Dukk und wandte sich an sie. »Ist das Komm-Gerät einsatzbereit?«

»Tut mir leid, Boss«, erwiderte Brohta. »Ohne Energiewerkzeuge war da nichts zu machen. Und wir haben gerade erst eine Lösung dafür gefunden, wie wir die Energiepacks wieder aufladen könnten.«

»Aber was machen wir dann?« Glakdan sah sich hilfesuchend um. »Ein Signalfeuer bemerken sie bei dem vielen Staub in der Atmosphäre doch nie.«

»Könnten wir nicht ein paar Tonnen Bohrsprengstoff hochjagen?«, schlug jemand vor. »Das sollte deren Sensoren nicht entgehen.«

»Wir können nicht über den Tunneln Tonnen mit Bohrsprengstoff zünden!«, ereiferte sich sein Nachbar. »Das würde hier alles zum Einsturz bringen.« Es war Bakkrin, wie Brohta beiläufig erkannte.

»Das müssen wir auch gar nicht«, mischte sich Thuran ein. »Wir müssen überhaupt kein Signal senden. Wenn die Retter bereits in die Atmosphäre eingetreten sind, wollen sie auch hierher. Dieser Ort ist das Basislager, dessen Koordinaten sind bekannt. Wenn jemand Antworten auf die Frage will, was hier geschehen ist, sucht er sie an diesem Ort.«

»Trotzdem müssen wir auf uns aufmerksam machen«, beharrte Glakdan. »Sonst denken die noch, hier wären alle tot, und fliegen wieder ab. Dann würden wir ganz schön im Geröll stecken.«

»Also muss einer von uns raus«, sagte Thuran.

»Wir haben keinen einzigen funktionierenden Schutzanzug mehr«, bemerkte Bakkrin. »Also, Schutz bieten sie noch, aber ohne Energie funktioniert weder die Heizung noch die Atemgaskontrolle.«

»Eine Weile kommt man da draußen auch ohne aus. Das mag nicht gesund sein, aber besser, als hier drinnen zu verdursten oder zu verhungern.«

»Wenn man's so nimmt ...«

»Ich mach es!«, meldete sich Brohta, ein wenig zu seiner eigenen Überraschung, zu Wort.

»Brohta?« Thuran sah ihn prüfend an.

Der schlug sich mit der Faust auf die Brust, um sich selbst in seiner Entscheidung zu bestärken. »Ich gehe raus.« Er deutete an sich herunter. »Ich trage eh noch meinen halben Anzug. Muss nur noch den Helm und die Handschuhe holen.«

»Vielleicht sollte er wenigstens irgendetwas mit nach draußen nehmen, um auf uns aufmerksam zu machen«, gab Shakanra zu bedenken. »Es ist ziemlich finster, seit Gorgon sich verdunkelt hat. Es wäre eine Schande, wenn unsere Retter Brohta in den Trümmern übersehen.«

»Mir fällt gerade etwas ein«, sagte Bakkrin. »Wir müssten im Lager noch Signalraketen haben. Die gehören zur Standardausrüstung von Kriechern.«

»Signalraketen klingen gut«, erwiderte Brohta. »Davon nehme ich welche.«

Thuran nickte den beiden Männern zu. »Dann los. Und beten wir, dass es keine Plünderer sind, die uns zuerst gefunden haben.«

15

Raumschiff *Arek-Kama 7-7*
Kalvena Leen

Vorsichtig näherten sie sich dem früheren Gasriesen und seinen Monden. Unterwegs befahl Leen Aubrin, auf aktive Ortung umzuschalten, um nach Feinden Ausschau zu halten, die ihnen in Planetennähe auflauern mochten. Nichts tauchte auf den Sensoren auf. Stattdessen stießen sie auf etliche Asteroiden, die weit verstreut im Raum trieben und die es laut Computer hier eigentlich nicht geben dürfte. Außerdem fehlten fünf der einst siebzehn Monde von Gorgon, die zwei innersten und drei, auf denen es starke geothermische Aktivität gegeben hatte. Es fiel nicht schwer, eins und eins zusammenzuzählen.

Caros war eine schwarze Kugel inmitten des schwarzen Alls. Ohne das Licht der Sonne Ansi Gayron und ohne die Gasatmosphäre von Gorgon, die dieses reflektierte, war der Mond mit bloßen Augen praktisch erst auszumachen, als seine gewaltige Masse die Sterne in Richtung galaktisches Zentrum zu verdecken begann. Doch Leen flog schon seit Minuten mit Sichtunterstützung, sodass nicht nur alle Hindernisse, die von den Sensoren wahrgenommen wurden, als farbige Objekte in ihr Helmvisier eingeblendet waren, sondern auch deren Flugrichtung, Masse und weitere Analysedaten. Aufgrund der vielen Trümmer war der Weltraum daher ringsum ungefähr so bunt wie die Amüsiermeile am Rand eines Raumhafens.

Sie näherten sich der dunklen, zerklüfteten Mondoberfläche bis auf einen Kilometer, dann verlangsamte Leen und steuerte die *Arek-Kama* darüber hinweg auf die Koordinaten zu, an denen sich die Bergbaukolonie befinden sollte. Auf den Falschfarbenanzeigen war zunächst nichts als totes, felsiges Ödland zu sehen. Dann tauchten erste Grabungsstätten des Tagebaus auf, der auf Caros betrieben worden war. Leen erblickte riesige Fördermaschinen, die sich tief ins Gestein gefressen hatten. Dazwischen verlief ein Netzwerk aus behelfsmäßig angelegten Straßen, außerdem war ein Schienenband zu erkennen, das zwischen den Hügeln verschwand.

Auf den ersten Blick wirkte alles intakt, wenn auch völlig verlassen. Als sie jedoch näher flogen und die starken Rumpfscheinwerfer aktivierten, wurde deutlich, dass dieser Eindruck trog. Die Fördermaschinen waren kaum mehr als metallene Gerippe, die aussahen, als hätte ein rasender Sandsturm alles, was weniger stabil als ein meterdicker Quadranstahlträger war, mit sich fortgerissen. Einige Trümmer auf dem Boden legten zudem den Verdacht nahe, dass es noch mehr Strukturen gegeben hatte, Wohncontainer vielleicht, Lagerhallen und kleine Felder aus Windrädern. Nichts davon hatte den Angriff überstanden.

»Hier finden wir niemanden mehr«, meinte Morram düster. Auch er wusste, dass an diesem Ort fast ausschließlich Angehörige seines Volkes gearbeitet hatten. Dadurch war diese Mission für ihn noch schwerer als für den Rest von ihnen.

»Wenn wir der Straße in Richtung eins-drei-sieben folgen, sollten wir in etwa einer Minute die Hauptkolonie erreichen«, sagte Aubrin. »Immer noch keine Notrufe oder messbaren Energiesignaturen.«

»Vielleicht haben sie Angst und halten deswegen still«, mutmaßte Zeo. »Nach so einem Angriff wäre das eine verständliche Reaktion. Wenn wir uns identifizieren, meldet sich womöglich jemand.«

Leen wog das Risiko ab. Verschlüsselter Richtfunk, wie sie ihn zur Direktkommunikation mit Oanamons Leuten verwendet hatten, kam hier nicht infrage, denn die Bergleute verfügten über keine passenden Empfangsgeräte. Wenn die *Arek-Kama* die Kolonie rufen wollte, musste sie das offen tun und würde ihre Anwesenheit damit weithin verraten. Doch bis jetzt hatten sie zwar viele Spuren des Feindes gefunden, allerdings keinen einzigen Hinweis darauf, dass er sich noch im System aufhielt. Auch die *Tauriana-D* hatte nichts gemeldet. »In Ordnung, öffnen Sie eine Verbindung auf allen gängigen Frequenzen, Aubrin.«

»Ja, Ritterin.« Die Sensortechnikerin machte sich an ihrer Konsole zu schaffen. »Kanal ist offen.«

Leen hob die Stimme. »Bergbaukolonie Caros, hier spricht *Arek-Kama-7-7* vom Orden der Luminatoren. Wir suchen nach Überlebenden. Bitte melden Sie sich.«

Sie überflogen jetzt die Kolonie – oder das, was davon übrig geblieben war. Alle oberirdischen Strukturen waren verwüstet und dem Erdboden gleichgemacht worden. Eigenartigerweise gab es keine Einschlagkrater, die ein Hinweis auf den Einsatz von Raketen oder Bomben gewesen wären. Leen glaubte zwar Brandspuren von Energiewaffen zu erkennen, aber diese waren nicht ausgeprägt genug, um die Zerstörung der Bauwerke zu erklären. Genau wie an der Abbaustätte wirkte es vielmehr so, als wäre alles von einer gewaltigen Kraft fortgerissen und zerkleinert worden. Über was für eine Waffentechnologie verfügte der Feind?

»Bergbaukolonie Caros, hier spricht *Arek-Kama-7-7* vom Orden der Luminatoren«, wiederholte sie. »Wir suchen nach Überlebenden. Bitte melden Sie sich.«

Wie schon zuvor erhielt sie keine Antwort.

Zeo deutete mit seihren schlanken, in speziell angepassten Handschuhen steckenden Gliedmaßen in die Tiefe. »Das dort unten sieht nach Panzertoren aus, die zu einem unterirdischen Komplex führen.«

Leen brachte das Spähschiff über der Stelle zum Stehen und drehte es, um sich die Stelle genauer anzuschauen. Aubrin richtete die Außenkameras darauf und vergrößerte die Ansicht. Tatsächlich waren zwei tunnelartige Eingänge zu erkennen, die durch massive Stahltore verschlossen waren. Zumindest galt das für einen der Eingänge. Das Tor des anderen war auf bizarre Weise eingedellt worden, sodass ein großer Riss zwischen Tür und Rahmen entstanden war. Es sah beinahe so aus, als wäre es von einem feindlichen Raumjäger gerammt worden, aber Leen konnte keine Trümmer ausmachen.

»Sieht alles verdammt tot aus«, bemerkte Morram.

»Zumindest empfangen wir nach wie vor keine Antwort auf unsere Rufe«, fügte Aubrin hinzu.

»Sie könnten ein Problem mit der Funkanlage haben«, sagte Leen. »Viel ist von den oberirdischen Aufbauten ja nicht übrig geblieben. Aber hinter diesem einen intakten Tor könnten sich Überlebende aufhalten.«

»Also landen wir und versuchen von außen, den Öffnungsmechanismus kurzzuschließen?«, fragte Zeo.

»Das war mein Plan.«

»Davon möchte ich abraten, Ritterin«, sagte Morram. »Wenn die Energie innerhalb des Komplexes ausgefallen ist, wird wahrscheinlich die Luftschleuse nicht funktionieren. Sobald wir das Panzertor öffnen, besteht die Gefahr, dass die Atmosphäre ungehindert entweicht. Wir müssten vorher ein Schutzfeld installieren, und dazu fehlt uns die Ausrüstung. Wir sind nur ein Späher, kein …«

»Da unten tut sich etwas!«, rief Aubrin aufgeregt. Sie lenkte die Aufmerksamkeit der anderen auf die Bildschirme. Zu ihrer Überraschung sah Leen, wie sich das Panzertor zu bewegen begann. Eine Wolke rasch gefrierenden Gases, vermutlich die Luft aus der Luftschleuse, die nicht mehr abgepumpt werden konnte, entwich explosionsartig. Dann wurde der Schlitz langsam breiter.

»Ich lande das Schiff«, sagte Leen und ging in einiger Entfernung zum Eingang in den Sinkflug über.

Mit fauchenden Schubdüsen, die feinen Mondstaub aufwirbelten, setzten sie auf einem Feld auf Permabetonplatten auf, und Leen schaltete die Triebwerke aus. Der Spalt in dem Panzertor war mittlerweile so breit, dass er einen Barakkaraner durchlassen konnte. Und tatsächlich trat gleich darauf eine Gestalt ins Freie. Dem gedrungenen Körperbau und dem klobigen, gelbgrauen Raumanzug nach zu urteilen handelte es sich um einen der Bergleute. Die Gestalt ließ das halbe Dutzend kurzer Stäbe fallen, das sie unterm Arm getragen hatte und bei dem es sich, wenn Leen sich nicht irrte, um chemische Signalfeuer handelte. Dann begann der Barakkaraner hektisch zu winken und auf die *Arek-Kama* zuzulaufen.

»Morram, aktivieren Sie die Schleuse für unseren Gast und nehmen Sie ihn dort in Empfang«, befahl Leen.

Der Bordtechniker brummte eine Bestätigung und kam auf die Beine. Leen richtete ihre Aufmerksamkeit auf das Panzertor, aber nach der ersten Gestalt tauchte keine weitere auf. Entweder hatten sie soeben den einzigen Überlebenden der Katastrophe gefunden, oder die übrigen warteten tiefer im Berg.

Aubrin erfasste die Gestalt mit der Außenkamera und zoomte den Helmbereich näher. Unter der schmutzigen Sichtscheibe war das breite, purpurhäutige Gesicht eines Mannes zu sehen, auf dem sich eine fast irrwitzige Erleichterung widerspiegelte. Das wunderte Leen nicht. Allerdings fiel ihr auf, dass nicht die Helmbeleuchtung sein Gesicht erhellte, sondern ausschließlich die Scheinwerfer der *Arek-Kama*. Die Helmlampen waren aus, und das Gleiche galt für alle Kontrolllämpchen auf der Brustplatte seines Anzugs.

»Der Anzug …«, bemerkte Zeo.

»Ich sehe es«, sagte Leen. »Er ist nicht funktionstüchtig. Der Verrückte ist ohne Atemgaspumpe und Heizung dort draußen unterwegs.« Das erklärte womöglich, warum niemand auf ihre Rufe geantwortet hatte. Auch innerhalb der Stollen schien jegliche Energie ausgefallen zu sein.

Der Mann geriet ins Straucheln, und Leen sah, wie sich der Ausdruck auf seiner freudigen Miene in Überraschung veränderte.

»Er überanstrengt sich und verbraucht dabei zu viel Sauerstoff«, sagte Aubrin. »Wenn er nicht langsamer wird, schafft er es nicht bis zu uns, sondern wird vorher bewusstlos.«

»Nicht, wenn ich es verhindern kann.« Leen legte ein paar Schalter vor sich um und aktivierte die Triebwerke. »Festhalten, Morram!«, schrie sie über die Schulter. »Wir kommen unserem Freund ein bisschen entgegen.« Sie gab Schub und zwang das Schiff in die Höhe. Die *Arek-Kama* glitt dem Bergmann entgegen, dann kam sie mit einem etwas zu heftigen Schlag, der sicher nicht gut für die Landestützen war, wieder auf dem Boden auf. Staub hüllte den Mann ein, der schützend die Arme hochgerissen hatte.

»Ich hole ihn«, verkündete Morram von hinten. Ein Summen und Zischen kündete von der Aktivierung der Außenschleuse. Gleich darauf eilte der Bordtechniker in seinem gepanzerten Luminatoren-Schutzanzug am Cockpit vorbei und auf den Überlebenden zu. Er gestikulierte und packte ihn am Arm, um ihn auf die *Arek-Kama* zuzuziehen. Sie verschwanden neben dem Rumpf des Spähschiffs, dann war erneut das Geräusch der Schleuse zu vernehmen.

»Ritterin, ich habe ihn«, verkündete Morram. »Er heißt Kappak Brohta und will dringend mit Ihnen reden.«

»Verstanden, ich komme.« Leen schnallte sich von ihrem Sitz los und erhob sich. Sie wollte gerade das Cockpit verlassen, als der Notruf eintraf.

16

Raumschiff *Arek-Kama 7-7*
Kalvena Leen

Das Alarmsignal, das an der Funkanlage aufblitzte, ließ keinen Interpretationsspielraum. Sofort glitt Kalvena Leen wieder auf den Pilotensitz. Sie stellte die Verbindung zur Kommboje her, die irgendwo im All über ihren Köpfen aufgetaucht sein musste. »Hier *Arek-Kama-7-7*. Wir hör…«

»Sie müssen sofort verschwinden, Leen, hören Sie!«, unterbrach sie die Stimme von Oanamon. »Wo immer Sie gerade sind, berechnen Sie einen Nottransit und springen Sie weg!« Im Hintergrund war lautes Donnern und Dröhnen zu hören, das die Stimme des Ritters beinahe übertönte. Außerdem glaubte Leen Schreie zu vernehmen sowie das stakkatoartige Jaulen von Plasma-Impulskanonen, das durch den Rumpf hallte.

»Was ist los bei Ihnen, Oanamon?«, rief Leen. »Ich kann Sie kaum verstehen. Bericht!«

»Wir haben den Feind gefunden«, schrie der Atherier. Er klang panischer, als Leen ihn je erlebt hatte. »Er ist hier. Er löscht gerade die Reste der Sonne aus. Und dann hat er uns entdeckt.«

»Halten Sie durch. Ich rufe Verstärkung.« Mit einem befehlenden Handzeichen signalisierte sie Aubrin, dass sie sich darum kümmern sollte.

»Nein. Bleiben Sie weg! Fliehen Sie! Niemand …« Mit einem scharfen Krachen brach die Verbindung ab.

»Aubrin!«, rief Leen über die Schulter, aber die Sensortechnikerin sprach gerade in ihre eigene Komm-Einheit. »… *Arek-*

Kama-7-7. Wir haben Feindkontakt im Ansi-Gayron-System. Ich wiederhole: Wir haben Feindkontakt im Ansi-Gayron-System. Erbitten Verstärkung bei den Raumkoordinaten …«

Leise fluchend wandte Leen sich ab und wollte versuchen, die Verbindung zur *Tauriana-D* wiederherzustellen, doch sie sah, dass die behandschuhten Zweigfinger von Zeo bereits über die Kontrollen huschten. Dier Floryll-Bordschützis sah sie mit seihren weit auseinander stehenden, schwarzen Augen an und schüttelte in einer sehr menschlichen Geste den Blütenkopf. »Ihre Komm-Anlage muss zerstört worden sein.«

Leen fluchte erneut und schlug mit der Faust auf die gepolsterte Armlehne ihres Sitzes.

Hinter ihnen polterte es, als Morram wieder im Cockpit auftauchte. »Was ist los?«

»Ein Notruf von der *Tauriana-D*«, erwiderte Leen, während sie bereits den Antrieb startete. »Setzen Sie sich. Wir müssen losfliegen und schauen, was passiert ist.«

»Verstanden.« Der Bordtechniker ließ sich an seiner Station nieder.

»He, was wird aus meinen Leuten?«, meldete sich eine zweite Stimme zu Wort. »Ich bin nicht der einzige Überlebende auf Caros.« Ein rascher Blick über die Schulter zeigte Leen, dass der Bergmann namens Brohta Morram gefolgt war.

»Müssen warten«, gab sie knapp zurück. »Ich nehme nicht an, dass sie in akuter Lebensgefahr schweben.«

»Äh, nun ja, nein.«

»Gut. Unsere Leute schon. Also gehen Sie nach hinten und schnallen Sie sich an. Das könnte holprig werden.« Leen zog das Spähschiff steil in die Höhe und gab vollen Schub. Dröhnend jagten sie hinaus in den Weltraum.

»Was genau haben Sie vor, Ritterin?«, fragte Zeo.

»Ich will wissen, was die *Tauriana-D* angegriffen hat«, gab Leen grimmig zurück.

»Aber Ritter Oanamon hat uns eindringlich zur Flucht geraten.«

»Und wir werden auch verschwinden. Sobald wir etwas vorzuweisen haben. Wir wurden hergeschickt, um Informationen zu sammeln. Im Augenblick haben wir noch nicht viel vorzuweisen, außer Kamerabilder von Ruinen.«

»Wenn wir vernichtet werden, haben wir gar nichts vorzuweisen«, gab Zeo zu bedenken.

Leen biss die Zähne zusammen. Ehrie Stellvertreteris mochte Talent und Erfahrung haben, aber für enien Bordschützis war sier manchmal enervierend vorsichtig. »Wir sind ein kleines, schnelles, sensorgeschütztes Schiff. Ich glaube nicht, dass uns der Feind so einfach aufspüren und abfangen kann.«

»Die *Tauriana-D* wurde aufgespürt.«

»Offenbar hat sich Oanamon zu nah herangewagt.«

»Mit Verlaub, Ritterin, wir wissen nichts über den Feind – außer dass er Gasriesen und Sterne zum Frühstück verspeist.«

»Zur Kenntnis genommen, Ritteris.«

Der bittere Kräutergeruch von Zorn hing plötzlich in der Luft. Leen ahnte, dass Zeo am liebsten die Blütenblätter ausgerollt hätte, aber das ließ seihr Helm nicht zu. Sie warf Zeo einen raschen Blick zu. »Ich bin nicht lebensmüde, Zeo«, sagte sie, um einen versöhnlichen Tonfall bemüht. »Wir machen nur ein paar Aufnahmen mit den aktiven Sensoren auf weite Entfernung, dann verschwinden wir.«

Zeo neigte knapp den Kopf, und der Geruch ließ nach. Vier seihrer sechs Hände legten sich auf die Waffenkontrollen, die zwei übrigen wandten sich dem Navigationscomputer zu. »Ich starte die Berechnungen für den Sprung zurück zum Einsatzstartgebiet.«

»Sehr gut«, sagte Leen. Manchmal beneidete sie dien Floryll wirklich um seihre Fähigkeit, mehrere unterschiedliche Aufgaben parallel durchzuführen.

Mit hoher Geschwindigkeit entfernte sich die *Arek-Kama* von Caros, um einen ungehinderten Blick in Richtung Systemzentrum werfen zu können.

»Sie hätten mich auf der Planetenoberfläche zurücklassen sollen«, klagte der Bergmann Brohta von hinten. »Meine Leute werden sich fragen, wohin ich verschwunden bin. Ich habe ihnen versprochen, mit Hilfe zurückzukehren.«

»Und das werden Sie«, rief Leen, ohne den Blick von den Instrumenten zu nehmen, »sobald wir hier fertig sind und das System sicher für den Einsatz von Hilfsschiffen ist.« Es widerstrebte ihr, die Überlebenden zurückzulassen. Aber es war niemandem damit geholfen, Hilfsschiffe in eine akute Gefahrenzone fliegen zu lassen. Das bedeutete nur noch mehr Tote. Und davon hatte es schon genug gegeben.

Sie versuchte sich einzureden, dass die Mannschaft der *Tauriana-D* nicht dazu zählte. Oanamons Leute mochten die Komm-Anlage verloren haben, aber sie waren nicht so leicht umzubringen. Das wusste jeder in der Flotte. Allerdings hatten sie auch noch nie einem solchen Feind gegenübergestanden.

Als sie freien Sensorblick auf Ansi Gayron hatten – oder vielmehr den Teil des Raums, wo sich der Stern früher befunden hatte –, befahl Leen Aubrin, alle Sensoren auf die letzte bekannte Position der *Tauriana-D* zu richten. »Ich schalte auf aktive Ortung um«, verkündete die Sensortechnikerin. »Volle Erfassung.«

»Wir setzen zusätzlich eine Sensorboje ein«, sagte Leen. »Konventionelle Ortung dauert zu lang.« Sie wollte keine Dreiviertelstunde warten, bis die Ortungsstrahlen ihren Weg von Gorgon bis zur Sonne und wieder zurück gefunden hatten.

»Sofort, Ritterin.« Aubrin gab den entsprechenden Befehl ein, und eine mattschwarze, mit Antennen übersäte Kugel schoss aus dem Rumpf der *Arek-Kama*. Auf einen weiteren Befehl hin erzeugte der Transitgenerator des Spähschiffs einen kaum sichtbaren Nullraumtunnel, der die Strecke bis zur *Tauriana-D* überbrückte, und Aubrin lenkte die Boje hindurch. Solange sie den Tunnel offen hielten, konnten sie die Daten, die die Boje sammelte, in Echtzeit empfangen; ein Vorgehen, das gewiss nicht unauffällig war, aber sehr effektiv.

»Die Boje hat ihr Ziel erreicht«, verkündete Aubrin. »Wir bekommen Daten rein und …« Sie brach ab. »Oh mein Licht!«, hauchte sie bestürzt.

»Meldung, Aubrin!«, herrschte Leen sie an.

»Wir … ich … sehen Sie selbst, Ritterin. Ich übermittle die Daten.«

Auf einem der Bildschirme vor Leen erschien ein Stück Weltraum, aufgenommen von einer der Kameras der Sensorboje. Wie Leens Helmvisier auch versah die Software der Boje Objekte im All mit Farbmarkern. Und das All war rot vor Feindkontakten!

Neben ihr entfuhr Zeo eine schwere Wolke säuerlichen Blütendufts. Morram stieß einen Fluch aus, für den ihn Leen normalerweise getadelt hätte. Doch sie selbst war kein bisschen weniger fassungslos als ihre Gefährten. Ihr Herzschlag beschleunigte sich, und plötzliche Angst schnürte ihr die Kehle zu. Sie musste sich räuspern, bevor sie ihre Stimme wiederfand. »Wie viele sind es?«

»Der Computer kann keine verlässliche Schätzung abgeben«, erwiderte Aubrin. »Die Boje kann die Feinde nicht alle erfassen. Aber einer ersten Hochrechnung zufolge sind es … es sind …«

»Nun sagen Sie schon.«

»Mehr als fünfhunderttausend Einzelkontakte.«

Regelrecht betäubt schüttelte Leen den Kopf. »Das ist Irrsinn. Wie sollen wir das überleben?«

Niemand im Cockpit hatte eine Antwort auf die Frage.

Leen atmete tief durch und straffte sich. »In Ordnung. Boje

zurückholen, Aubrin. Wir müssen zurück zum Sammelpunkt und dort Meldung erstatten. Der Rat muss umgehend ...«

»Ritterin!«, unterbrach sie Aubrin. »Es geschieht etwas. Ich messe Energiestöße von einigen der Objekte.«

Das Geschehen auf dem Bildschirm stützte ihre Aussage, denn plötzlich gleißten violette Blitze auf, und im nächsten Moment waren die farbmarkierten Objekte aus dem Kamerafeld verschwunden. »Was hat das zu bedeuten?«, entfuhr es Leen. »Sind das Quantentransits? Flüchten die?«

»Negativ, Ritterin. Ich ... ich fürchte, genau das Gegenteil ist der Fall. Ich weiß nicht, was für eine Antriebstechnologie das ist, aber die Objekte kommen durch den Normalraum direkt auf uns zu – und sie sind unfassbar schnell!«

»Wie schnell?«

»Überlichtgeschwindigkeit. Wie schnell genau, kann ich nicht sagen.«

»Wie können wir sie überhaupt orten, wenn sie überlichtschnell fliegen?«, fragte Zeo.

»Kann ich nicht mehr«, gab Aubrin zurück. »Ich konnte nur den Beschleunigungsvektor erfassen und ...«

Leen unterbrach sie. »Darüber reden wir später. Die löschen Sterne aus, also müssen wir mit allem rechnen. Wir springen weg. Aubrin, Nullraumtunnel zur Sensorboje kollabieren. Wir haben keine Zeit, sie zurückzuholen. Zeo, sind die Berechnungen für den Sprung zurück zum Einsatzstartgebiet fertig?«

»Ja, Ritterin. Wir können springen, wann immer Sie wollen.«

Leens Finger huschten über die Kontrollen. »Sprunggenerator ausgerichtet und aktiviert. Leite Transit ein.«

»Zu spät!«, schrie Aubrin.

Überall um sie herum blitzte es hell im All auf. Der Annäherungsalarm gellte, und die Sensoranlage füllte Leens Helmvisier mit roten Feindmarkierungen. Und sie waren nicht etwa tausend oder auch nur hundert Kilometer entfernt, sondern keine zwei Schiffslängen vor, hinter und neben ihnen aufgetaucht.

»Ausweichmanöver!«, schrie Leen, auch wenn sie selbst nicht wusste, wohin sie ausweichen sollten. Sie zog die *Arek-Kama* nach links und rammte damit eins der Feindschiffe, die an unförmige Torpedos von gut zwanzig Metern Länge erinnerten und eine eigentümlich texturierte, graue Rumpfpanzerung aufwiesen. Tentakelartige Auswüchse gingen vom Heck der Flugobjekte aus, zwischen denen helle, violette Energieentladungen zuckten.

Ein Schlag traf das kleine Spähschiff, dann ein zweiter. Die Cockpitbeleuchtung flackerte. »Feuer frei, Zeo! Wir müssen durchbrechen!«

Die *Arek-Kama* wurde heftig erschüttert, als sie einen weiteren Feind rammte. Im nächsten Augenblick erblühten zahlreiche lautlose Explosionen vor ihnen im All, als Zeo Bekelai in rasender Geschwindigkeit die zwei Raketenlafetten leerte.

Leen sah eine Lücke und zog das Schiff herum, doch im nächsten Moment erhellte ein regelrechtes Blitzgewitter den Weltraum und füllte die Leere mit weiteren Feinden, unzähligen weiteren Feinden. Die *Arek-Kama* geriet ins Zentrum eines wahren Feuersturms. Wieder flackerten alle Lichter im Cockpit, dann fiel die Energie aus.

17

Raumschiff *Lichtbringer*, im freien Raum unweit von Ansi Gayron
Anterion »Eisenhand« Corn

»Hier spricht Spezialistin 3. Klasse Aubrin vom Luminatoren-Spähschiff *Arek-Kama-7-7*. Wir haben Feindkontakt im Ansi-Gayron-System. Ich wiederhole: Wir haben Feindkontakt im Ansi-Gayron-System. Erbitten Verstärkung bei den Raumkoordinaten …«

Paladin-Admiral Corn, der einige Schritte vor seinem erhöhten Kommandothron im Zentrum der weitläufigen Brücke der *Lichtbringer* stand, hatte genug gehört. Die sich anschließende Zahlenreihung war ohnehin nur für den Navigator interessant. Außerdem wusste er auch so, dass der Zielpunkt ihres Transits in der Nähe des Bergbaumondes Caros liegen musste. Schließlich hatte Corn den Spähern persönlich ihre Befehle erteilt, nachdem der Hochtempel die *Lichtbringer* auf Bitten des Rats der Domänen von ihrer diplomatischen Mission zu den Silphi abgezogen hatte, um sich der mysteriösen Dunkelheit anzunehmen, die in das Domenaion eingefallen war. Nun schwebte das Flaggschiff des Luminatoren-Ordens gemeinsam mit einer kleinen Flotte Hilfsschiffe etwa ein Lichtjahr spinwärts von Ansi Gayron entfernt im freien Raum und erwartete die Rückmeldung ihrer Vorhut. Corn hatte gehofft, den Feind noch nicht so schnell stellen zu müssen. Diese Hoffnung hatte sich zerschlagen.

»Ritter Levant, bestätigen Sie der Relaisstelle den Empfang des Notrufs. Informieren Sie dann den Hochtempel darüber, dass wir ins Ansi-Gayron-System springen. Ritterin Shaymala,

Vorbereitung des Quantentransits zu den übermittelten Koordinaten. Gefechtsalarm auslösen. Alle Kampfstationen besetzen.«

Während überall im Schiff Alarmsirenen gellten und hektische Aktivität auf der Brücke ausbrach, beugte sich sein Erster Offizier, der neben ihm stand, zu ihm herüber. »Ist es klug, dorthin zu springen, mein Lord?«, fragte Hamnion Garla. »Die Spähschiffe sind wahrscheinlich schon zerstört, und wir wissen so gut wie nichts über die feindlichen Kräfte, denen wir uns gegenübersehen.«

Corn warf seinem Ersten Offizier einen grimmigen Blick zu. »Wir sind die *Lichtbringer*, Paladin Garla, das Flaggschiff des Luminatoren-Ordens, der Erste Wächter gegen die Finsternis, die zu bekämpfen der Orden geschworen hat. Wir fürchten uns nicht vor dem Feind. Und wir lassen niemals unsere Leute im Stich. Oder sehen Sie das anders?«

Garla straffte sich. »Nein, mein Lord, natürlich nicht.«

»Gut. Weitermachen. Ich will auf alles vorbereitet sein, was uns erwartet.«

»Die Transitlösung liegt vor«, meldete Ritterin Shaymala, eine zierliche Corallierin, deren Hinterkopf in einer prachtvollen Schädelschale auslief, die an ein von malvenfarbenen Äderchen durchzogenes Schneckenhaus erinnerte.

»Transitsignal geben«, befahl Corn, setzte sich auf seinen Kommandothron und legte den Sicherheitsharnisch an. Überall auf der Brücke taten es ihm die Offiziere und Spezialisten gleich.

Der charakteristische Dreiklang der Transitwarnung erklang, und eine Computerstimme wies die Besatzungsmitglieder an, alles zu sichern und sich anzuschnallen. Das normale Prozedere sah vor, danach zumindest zwei Minuten Zeit zu geben, um der Aufforderung Folge zu leisten. Da er jedoch zuvor schon Gefechtsalarm gegeben hatte und die Zeit drängte, verkürzte Corn – durchaus nicht zum ersten Mal in seiner Zeit als Kommandeur dieses Schiffs – den Countdown auf eine Minute und nickte Shaymala zu. »Nullraumtunnel öffnen und Transit einleiten.«

»Jawohl, mein Lord.«

Die Hyperfusionsreaktoren tief im Inneren der *Lichtbringer* erwachten zu vollem Leben, um den gewaltigen primären Transitgenerator mit Energie zu versorgen. Dieser begann die Grenzen der Realität aufzubrechen. Auf dem Brückenbildschirm manifestierte sich sein Wirken in Form einer riesigen, kugelförmigen Blase im All, auf deren Oberfläche Sterne schillerten und sich verbogen, während die Raumzeit durchbohrt wurde und ein Nullraumtunnel entstand. Darin waren Geschwindigkeiten möglich, die sich in etwa so von denen im Normalraum unterschieden wie ein Datenfeed von einem Kuriergleiter.

Corn hasste diese Art der Fortbewegung. Er hasste es, an einem Punkt der Galaxis in subatomare Teilchen zu zerfallen und als Strom aus Quanteninformationen in unfassbarer Geschwindigkeit zu einem anderen Punkt zu reisen, um dort wieder zusammengesetzt zu werden. Die gängige Wissenschaftslehre behauptete, dass alles, was auf einer Seite in den Nullraum eintrat, auch das war, was auf der anderen Seite wieder auftauchte. Corn teilte diese Überzeugung nicht ganz.

Doch ganz gleich, ob er nach wie vor der Mann war, der vor vierzig Jahren dem Orden der Luminatoren die Treue geschworen hatte, oder lediglich dessen hundertste Kopie, die mittlerweile nur noch ein blasses Abbild des Originals darstellte: Er hatte eine Aufgabe und musste seine Pflicht erfüllen.

Der Paladin-Admiral atmete tief aus und zwang sich, die Hände ruhig auf den Seitenlehnen des Kommandothrons liegen zu lassen, statt die Finger in das flache, hellgraue Polster zu graben. Mit stoischer Miene sah er zu, wie die *Lichtbringer* sich der Blase näherte. In ihrem Zentrum, ihrem Zielpunkt, der sich durch bizarre optische Effekte bereits am Eingang des Tunnels widerspiegelte, schien Finsternis zu wimmeln, in der violette

Blitze irrlichterten. Einen Augenblick lang überkamen Corn Zweifel, aber es war zu spät, um sie in Worte zu kleiden.

Die *Lichtbringer* drang in die Nullraumblase ein, und wie immer hörte sein Gehirn so plötzlich auf zu arbeiten, dass er nicht mal wahrnahm, wie sich alles um ihn auflöste.

Die Rückkehr in den Normalraum unterschied sich ebenso wenig von all den anderen, die Corn in seiner Laufbahn erlebt hatte. Ruckartig und mit einer Art Schockgefühl, so als habe ihm jemand unvermittelt einen eiskalten Eimer Wasser übergeschüttet, kehrte sein Bewusstsein zurück. Rasch sah er an sich herunter. Das war eine unnötige, aber instinktive Handlung. Seine Arme und Beine befanden sich immer noch dort, wo sie sein sollten.

Bevor er auch nur den Kopf wieder heben und einen Lagebericht seiner Brückenoffiziere einfordern konnte, ertönte der Annäherungsalarm des Bordcomputers, der nach einem Transit deutlich schneller wieder einsatzbereit war als die lebende Besatzung der *Lichtbringer*, so gut ausgebildet sie auch sein mochte.

Der Computer legte auch automatisch das Hindernis auf den Brückenbildschirm. Wie schon in der Nullraumblase angedeutet, handelte es sich um unzählige fremdartige Flugobjekte, deren schlanke, lang gestreckte Silhouetten von violetten Blitzen erhellt wurden, die sich willkürlich an der Außenhaut zu bilden schienen. Von einem Augenblick auf den nächsten war das leise Hämmern von Einschlägen auf den gepanzerten Rumpf der *Lichtbringer* zu vernehmen.

»Wir werden angegriffen!«, rief Knappe Talvi. »Der Computer zählt mindestens hundertfünfzig Feinde. Sie haben etwa die Größe von Sturmfähren. Bewaffnung und Panzerung unklar. Die Zusammensetzung deutet auf Biotechnologie hin.«

»Nahbereichsabwehr aktivieren«, befahl Corn. »Verschaffen Sie uns etwas Raum zum Handeln, Ritter Dhuran.«

»Ja, mein Lord«, erwiderte der barakkaranische Waffenoffizier.

Im nächsten Moment erfüllte ein Sperrfeuervorhang aus den Plasma-Impulskanonen den Raum vor der Kamera, die den Brückenbildschirm mit Bildern versorgte. Außerdem erblühten Explosionen von Anti-Jäger-Raketen an den feindlichen Flugobjekten. Der Effekt war erstaunlich. Ein oder zwei Dutzend der Feindmaschinen zerplatzten einfach wie überreife Früchte, deren Fetzen als gefrorene Brocken im All davonflogen. Dann jedoch veränderte sich das energetische Irrlichtern auf den Außenhüllen der Flugobjekte und gewann die Qualität einer flirrenden Schutzhülle, die die Schiffe komplett einschloss. Von diesem Moment an schienen die Waffen der *Lichtbringer* kaum noch einen Effekt zu haben. Plasmaschüsse wurden vollständig absorbiert. Von Raketen getroffene Feinde warf der physische Einschlag sowie die darauffolgende Explosion zwar aus der Bahn, dennoch wurden die Schiffe dadurch nicht zerstört, sondern allem Anschein nach lediglich für eine Weile kampfunfähig gemacht.

Im Gegenzug drehten die eigenartigen Raumgefährte in eleganten Driftmanövern der *Lichtbringer* immer wieder ihre Bugpartie zu, und gleißende Blitze schlugen daraus hervor, die mit unerbittlicher Gewalt auf die Panzerplatten des Superschlachtschiffs hämmerten. Selbst die Brücke, die tief im Herzen des Flaggschiffs verborgen lag, wurde davon erschüttert, und schreiende Offiziere gaben Schadensmeldungen aus praktisch allen Rumpfsektionen. Gleichzeitig wurde die Zahl ihrer Gegner immer größer, wie Talvi, die im Sekundentakt neu auftauchende Feindschiffe zu orten schien, panisch berichtete.

»Mein Lord, wir werden in unsere Einzelteile zerlegt«, rief Hamnion Garla.

»Wo sind die Späher?«, verlangte Corn zu wissen. »Haben wir Kontakt zu den Spähern?«

»Negativ«, erwiderte Talvi. »Ich … Halt, wartet! Der Computer hat das Kennungssignal eines Schiffs aufgefangen, der *Arek-Kama-7-7*. Sehr schwach und …«

»Anpeilen und Kurs setzen!«, bellte Corn. Er ballte seine Eisenhand zur Faust. »Wir holen sie ab.«

»Das wird uns umbringen«, warnte Garla.

»Nein, heute nicht.« Corns Miene verhärtete sich. »Plasma-Impulsfeuer einstellen. Volle Abwehr mit Raketen und Raumbomben. Flugsteuerung, lassen Sie den Rumpf der *Lichtbringer* um die Hochachse rotieren, während sie sich dem Ziel nähern.«

Der Ritter, der an den Kontrollen saß, drehte sich ungläubig um. »Mein Lord?«

»Sie haben mich gehört«, erwiderte Corn scharf. »Wir setzen die Masse der *Lichtbringer* als Schläger ein, um uns dieser lästigen Insekten zu entledigen. Los!«

»Ja, mein Lord.« Eilig wandte sich der junge Mann wieder seiner Konsole zu.

Corn spürte, wie die machtvollen Manöverdüsen des Schiffs zum Leben erwachten, um mehr als eine Million Tonnen Masse in etwas zu verwandeln, das frivole Seelen wohl eine gigantische Weltraumsense genannt hätten, die gleichzeitig aus allen Rohren Raketen und Bomben abfeuerte und so in einem Feuerwerk aus Explosionen durch die Reihen der Feinde mähte.

Jedes kleinere Schiff wäre bei diesem Unterfangen zerfetzt worden. Und auch die *Lichtbringer* bezahlte ihren Preis dafür, sich mit purer Gewalt ihren Weg zu bahnen. Die Schadensmeldungen nahmen dermaßen überhand, dass Corn seinen Leuten mit einer Geste Einhalt gebot. »Sagen Sie mir, wenn wir drohen, zerstört zu werden. Oder wenn wir nicht mehr springen können. Alles andere will ich erst nach unserer Rückkehr zum Sammelpunkt hören.«

Sofort wurde es ruhiger, doch das Hämmern der Feindwaffen auf den Rumpf der *Lichtbringer* war dadurch nur umso besser zu hören. Auf dem Brückenbildschirm wirbelten die Sterne, und ganze Geschwader von Feindmaschinen wurden davongeschleudert. Einige schienen durch den Aufprall auf den Panzerplatten des Luminatoren-Flaggschiffs zerschmettert zu werden, die meisten jedoch waren nach wie vor von der schillernden Hülle umgeben, sodass Corn davon ausging, dass sich ihre Piloten bald wieder fangen und in den Kampf zurückkehren würden. Es war ein Kampf, den die *Lichtbringer* unmöglich gewinnen konnte. Sie konnte nur durchhalten und mit so vielen Informationen wie möglich – und einem geretteten Spähschiff – zurückkehren.

»Wie weit zum Ziel?«, fragte er.

»Noch zwanzig Kilometer«, informierte ihn Talvi.

»Fluglage stabilisieren. Backbordhangar öffnen. Und rufen Sie die *Arek-Kama*. Wenn sie können, sollen sie an Bord kommen. Sonst ziehen wir sie rein. Danach springen wir sofort. Quantentransit zurück zum Sammelpunkt vorbereiten.«

Von allen Seiten kamen die Bestätigungen seiner Leute. Grimmig, aber zufrieden lehnte sich Corn auf seinem Kommandothron zurück.

»Hangar ist geöffnet«, meldete eine Flugoperatorin.

»Keine Antwort von der *Arek-Kama*«, fügte Ritter Levant hinzu. »Wir scheinen nur noch automatisierten Kontakt zu haben.«

»Magnetgreifer«, befahl Corn.

Einer der Technikspezialisten gab Befehle in seine Konsole ein. »Richte Magnetgreifer aus. Ziel erfasst … Greifer abgefeuert … Ziel getroffen. Ich hole sie rein, mein Lord.«

»Sehr gut. Nullraumtunnel öffnen. Ich will …«

Das dumpfe, durch den Schiffsrumpf dröhnende Donnern einer Explosion unterbrach ihn. Die Brücke wurde so heftig erschüttert, dass die Besatzungsmitglieder, die nicht saßen, ins Straucheln gerieten. Ein paar, die nichts zum Festhalten fanden, stürzten zu Boden. Gleichzeitig flackerte die Brückenbeleuchtung, wechselte für einen Moment auf das blutige Rot der Notbeleuchtung, doch dann stabilisierte sich die Energieversorgung wieder.

»Was war das?«, schrie Corn. »Sie sollten mir doch sagen, wenn das Schiff zerstört wird!«

»Mein Lord, der Angriff war nicht vorherzusehen«, rief Ritter Naktaki, der eine der Technikkontrollen bemannte. »Wir hatten plötzlich einen massiven Energieabfall in Hyperfusionsreaktor 2. Die Abschirmung hat versagt.«

Corn verbat sich, darüber nachzudenken, wie viele Leben die Explosion gekostet hatte. Das hatte Zeit bis später. »Können wir trotzdem springen?«, stellte er die vordringliche Frage.

»Ja, mein Lord. Noch können wir.«

»Status der *Arek-Kama*?«

»Fast an Bord. Noch eine Minute.«

»Mein Lord.« Paladin Garla sah ihn eindringlich aus seinen großen, schwarzen Augen an. »Wir haben keine Zeit mehr.«

Corn biss die Zähne zusammen, dann nickte er. »Hangartor schließen und Transittunnel öffnen. Wir nehmen die *Arek-Kama* im Schlepptau mit durch den Nullraum.« Er hoffte, dass das Wrack und seine Besatzung das überstehen würden, aber ihm blieb tatsächlich keine andere Wahl mehr.

Auf dem Brückenbildschirm, der mittlerweile heftige Bildstörungen aufwies, wurde die charakteristische Blase sichtbar, die sie in Sicherheit bringen würde. Corn sah, wie sich Feindschiffe auflösten, als die Raumzeitanomalie sie berührte. Es bereitete ihm grimmige Befriedigung, zu sehen, wie die exotischen Flugobjekte ausgelöscht wurden. Im Normalraum mochten ihre Gegner so gut wie unzerstörbar sein, aber den völlig anderen Bedingungen des Nullraums schienen sie genauso ausgeliefert zu sein wie jedes gewöhnliche Schiff, das in die interdimensionalen Scherkräfte an der Peripherie einer Nullraumblase geriet.

Viel Zeit blieb ihm nicht, diesen kleinen Triumph zu genießen. Gleich darauf trat die *Lichtbringer* in den Nullraum ein, und der Verstand von Paladin-Admiral Corn löste sich einmal mehr auf.

18

Raumschiff *Leitstern*, im Anflug auf Tiefe Arjon
Bendis Kahain

Bendis Kahain hatte in seinem Leben schon viel Zerstörung gesehen: Außenposten auf Asteroiden, die von Raumpiraten überfallen worden waren, Mondkolonien, denen ein Sturm oder Vulkanausbruch schwer zugesetzt hatte, Raumschiffe, deren Antriebssektion explodiert war. Einmal hatte die *Leitstern* den Notruf eines Großfrachters erhalten, dessen Transitgenerator ausgefallen war, während das Schiff gerade aus dem Nullraum austrat. Die kollabierende Nullraumblase hatte zwei Drittel des riesigen Raumgefährts praktisch in seine Atome zerlegt. Das Schiff, das über alle Decks wie mit einem Eiskugelschaber ausgeschält wirkte, war ein bizarrer Anblick gewesen. Aber noch nie war etwas so Großes wie eine ganze Forschungsstation so vollständig ausgelöscht worden.

Stumm betrachtete Kahain die Bilder, die eL'Has Drohnen von dem Trümmerfeld herüberschickten. Von Tiefe Arjon war nicht viel mehr übrig geblieben als ein Gerippe aus halb zerfetzten Stahlstreben, das von einer Wolke Kleinstpartikeln umgeben war, die im Licht der Rumpfscheinwerfer trügerisch hübsch glitzerten.

»Keinerlei biologische Rückstände, keinerlei Restenergie«, meldete eL'Ha ruhig, während sie FABS 1 und 2 wie kleine Trabanten um die Überreste der Station kreisen ließ. »Dort draußen befinden sich nur noch metallische Trümmer der Stationsstruktur sowie Kleinstpartikel aus verschiedenen nichtorganischen

Elementen.« Die eN'iX war wie immer die Einzige an Bord, die keinerlei Regung im Angesicht der Katastrophe zeigte.

»Danke«, brummte Kahain.

»K-Könnte die Besatzung mit der Notfähre entkommen sein?«, fragte Randon.

»Möglich wäre es«, meinte Kahain. »Haben wir eine Besatzungsliste? Dann können wir eine Anfrage losschicken, um herauszufinden, ob sie sich irgendwo gemeldet haben.«

»Negativ«, erwiderte eL'Ha. »Wenn du möchtest, Captain, setze ich mich mit der Betreibergesellschaft von Tiefe Arjon in Verbindung und fordere eine an.«

»Ich schätze, die sollten sowieso erfahren, dass ihre Station zerstört wurde«, warf Costa ein.

Kahain nickte. »Auch darum kann sich eL'Ha kümmern.«

»Natürlich, Captain. Ich hole vorher die Drohnen zurück. Wir werden keine weiteren Erkenntnisse aus den Trümmern ziehen können.«

»Einverstanden.« Nachdenklich starrte Kahain auf den Brückenbildschirm. »Wer, bei allen Sternen, ist dafür verantwortlich? Wer tut so was?«

»Vielleicht sollten wir einen der Metallträger der Station an Bord holen«, sagte Costa. »Wenn wir die Kampfspuren analysieren, könnte uns das einen Rückschluss auf die eingesetzten Waffen ermöglichen. Dann hätten wir zumindest eine Ahnung, ob es sich bei den Angreifern um Piraten gehandelt hat oder um ein militärisches Schiff.«

»Warum sollte ein Militärschiff der Silphi, Corallier oder Nark eine Forschungsstation angreifen?«, fragte Kahain. »Das ergibt keinen Sinn. Das Domenaion hat keinen Streit mit ihnen.«

Costa zuckte mit den Achseln. »Militärische Operationen müssen für Außenstehende nicht unbedingt Sinn ergeben. Was das betrifft, könnten auch die Floryll, die Barakkaraner oder die

Atherier hinter dem Angriff stecken. Wer weiß, welche Aufgabe diese angebliche Forschungsstation wirklich hatte.«

»Irgendwie überzeugt mich das nicht ... Wir haben im Laufe der Jahre so gut wie jede Form von Zerstörung gesehen: Raumbomben, Raketeneinschläge, Plasma-Impulsverbrennungen, Projektiltreffer von Magnetbeschleunigerkanonen. So sah nichts davon aus.«

Stirnrunzelnd sah ihn Costa an. »Worauf willst du hinaus? Dass wir es hier mit einer völlig neuen Bedrohung zu tun haben?«

Wieder blickte Kahain auf den Bildschirm, auf dem das treibende Stationswrack zu sehen war. Dahinter lag die scheinbar unendliche Schwärze des Abgrunds. »Mein Verstand sagt, dass es eine bessere Erklärung geben muss, aber ... fürchtet nicht jeder Einzelne im Domenaion schon immer den Gedanken, dass dort draußen etwas leben könnte? Gibt es deswegen nicht den Orden der Luminatoren, die Krieger des Lichts und Beschützer vor der Dunkelheit?«

eL'Ha drehte ihren Stuhl zu ihnen um. »Diese Furcht ist irrational. Mein Volk hat sich ausführlich mit der Frage beschäftigt, ob etwas in der Sternenleere existieren kann, das für das Domenaion zur Gefahr werden könnte. Da jedes Leben Energie braucht und Energie ihren Ursprung letztlich so gut wie immer in Sternen hat, kann eine Region des Weltraums ohne Sterne kein Leben hervorbringen. Wir ...«

»Ja, schon gut.« Abwehrend hob Kahain die Hand. »Darüber haben wir oft genug gesprochen.«

»Da bin ich mir nicht sicher, Captain«, entgegnete die eN'iX. »Wie es scheint, haben meine Worte bislang nicht bewirkt, dass du oder Shem oder Venk ihre Gefühle gegenüber der Sternenleere geändert hätten.«

»He, i-ich habe doch gar nichts gesagt«, protestierte Randon.

»Tja, so sind wir Menschen nun mal«, erklärte Kahain der

silberhäutigen Frau. »Manchmal ist unser Bauchgefühl stärker als unser Kopf. Und mein Bauchgefühl sagt mir, dass hier etwas überhaupt nicht stimmt.« Er musste an die *Lichtbringer* denken, die sich nur wenige Quantentransits entfernt in irgendeiner Mission herumtrieb, über die der Paladin-Admiral nicht hatte reden wollen.

Seufzend schüttelte Kahain den Kopf. »Aber herauszufinden, was hier passiert ist, gehört nicht zu unseren Aufgaben. Dafür gibt es die Luminatoren. Deshalb bergen wir jetzt bloß ein paar Trümmer, danach informieren wir die Betreibergesellschaft über den Verlust ihrer Station und versuchen zu klären, ob die Überlebenden irgendwo gestrandet sind. eL'Ha, Neena, kümmert euch darum. Ich werde unsere Gäste über die Zerstörung von Tiefe Arjon in Kenntnis setzen und ihnen unser Bedauern ausdrücken.«

»Dieser Dreistern-auf-Blau ist wirklich vom Pech verfolgt«, bemerkte Katiktak. »Erst wird sein Transportschiff von Raumpiraten überfallen, dann ist sein Reiseziel plötzlich nur noch eine Partikelwolke im All ... Wir hoffen, wir erreichen Aonark, bevor ...«

An der Funkkonsole ging das Warnsignal für eine eintreffende Kommunikation an.

Katiktaks Fühler bogen sich misstrauisch nach vorn. »... noch mehr ...«

»Es ist das Hauptquartier«, meldete eL'Ha. Sie gab einen Laut der Überraschung von sich. »Eine Prioritätsnachricht von Direktor Jaksam persönlich.«

»... passiert«, beendete der Silphi-Pilot seinen Satz düster.

»Nur Audio- oder auch Bildübertragung?«

»Bildübertragung.«

»In Ordnung.« Kahain ließ einen raschen Blick über die Brücke schweifen. »Katiktak, Nahrungsriegel von der Konsole. Und, Shem, stell mal den Mülleimer außer Sicht.«

»Ja, Captain.« Eilig leisteten beide der Aufforderung Folge.

Kahain setzte sich auf seinem Sessel gerade hin. »Verbindung öffnen, eL'Ha.«

Ein glatzköpfiger Barakkaraner mit dunkelvioletter, faltiger Haut und einem prächtigen weißen Backenbart, der die Breite seines fleischigen Gesichts noch betonte, erschien auf dem Bildschirm. Er trug das Hemd eines Bürokraten, hatte aber die Hemdsärmel hochgekrempelt. Die obersten zwei Kragenknöpfe standen offen, sodass man eine Halskette erkennen konnte, an der ein Anhänger befestigt war, der wie ein Stück Raumschifftrümmer aussah. Tatsächlich war er genau das: ein Stück des ersten Schiffs, dessen Mannschaft Huran Jaksam vor mehr als fünfunddreißig Jahren, zu Beginn seiner Karriere bei der Raumrettung, vor dem Tod bewahrt hatte. Der Direktor, der seit inzwischen fast fünfzehn Jahren im planetaren Hauptquartier der Organisation auf Norton saß, behielt es als Erinnerung daran, wie hart und gefährlich das Leben dort draußen in der Kälte war.

»Captain Kahain«, grüßte er. Seine Stimme klang rau vom Simmerstaub, den er bekanntermaßen in ungesunder Menge inhalierte. »Wo hält sich die *Leitstern* im Augenblick auf?« Jaksam war noch nie ein Mann der unnötigen Vorrede gewesen, und auch heute kam er gleich zur Sache.

»An der randwärtigen Kante von Sektor 87«, erwiderte Kahain. »Wir haben die Funkstille einer Forschungsstation untersucht, Tiefe Arjon. Eine entsprechende Meldung müsste der Zentrale eigentlich vorliegen. Dabei haben wir herausgefunden, dass die Station von einer unbekannten Macht zerstört wurde. Der Bericht dazu folgt in der nächsten regulären Sendung. Unser nächstes Ziel ist nun Aonark. Wir haben einen Orkanoiden und einen Nark-Überlebenden von einem Piratenangriff in Sektor 72 an Bord.«

»Verschieben Sie das, Captain. Sie müssen zu den Koordinaten unweit des Ansi-Gayron-Systems, die ich Ihnen übermitteln werde. Sie sind das Schiff, das am schnellsten dort sein kann.«

»Verstanden, Direktor. Darf ich fragen, was passiert ist?«

»Das Flaggschiff der Luminatoren, die *Lichtbringer*, wurde bei einem Kampfeinsatz stark beschädigt und ist transituntauglich. Sie hat zwar Begleitschiffe vor Ort, aber keins, das imstande ist, eine ausreichend große Nullraumblase zu öffnen, um das Schiff zu einem Ordensraumdock zu bringen.« Das war einer der Vorteile von Schiffen der Raumrettung: Ihre Transitgeneratoren waren vollkommen überproportioniert für ihre eigene Schiffsklasse, eben um gegebenenfalls auch havarierte Großschiffe abschleppen zu können.

Kahain hob die Augenbrauen. »Die *Lichtbringer* wurde in die Knie gezwungen? Mit wem hat die sich denn angelegt?« Er musste an Tiefe Arjon denken und daran, dass sie hinter seiner Zerstörung einen militärischen Angriff vermutet hatten. Hatten sie die Kriegserklärung irgendeines Volkes dieser Raumregion verpasst?

»Darüber weiß ich nichts«, knurrte Jaksam. »Wir wurden nur zu Hilfe gerufen, weil es offenbar dringend ist, dass die *Lichtbringer* und ihre Besatzung zum Orden zurückkehren. Die Flottenwerft über Eurida dürfte der nächstbeste Anlaufhafen sein. Melden Sie sich, sobald Sie dort eingetroffen sind.«

»Verstanden. Sonst noch etwas?«

»Nein, das wäre alles, Captain. Viel Erfolg.«

»Danke, Direktor. *Leitstern* Ende.«

eL'Ha schloss die Verbindung.

»Wir würden ja Schadenfreude darüber empfinden, dass der unfreundliche Paladin-Admiral einen Schlag auf das Riechorgan bekommen hat«, bemerkte Katiktak, »aber irgendwie verspüren wir zu viel Respekt vor demjenigen, der den Schlag ausgeführt hat.«

»Ja, ich weiß, was du meinst«, murmelte Kahain. Dieser

mysteriöse Kampf der *Lichtbringer* war wirklich ausgesprochen besorgniserregend. Vielleicht wurde es Zeit, ein paar private Nachforschungen anzustellen. »Also schön, Planänderung. eL'Ha, deine Aufgaben bleiben bestehen: Du holst die FABS an Bord …«

»Das ist bereits so gut wie erledigt«, sagte die silberhäutige Frau.

»Gut. Danach kümmerst du dich um die Abwicklung des Einsatzes mit den Stationsbetreibern.«

»Wie besprochen, Captain.«

»Shem, ich möchte, dass du die Fühler ins galaktische Informationsnetz ausstreckst. Gibt es noch mehr Vorfälle in der letzten Zeit, die eindeutig nicht auf das Konto von Raumpiraten gehen? Wenn ja: Wann, wo und was weiß man darüber?«

»Ich ma-mache mich sofort an die Arbeit«, gab Randon zurück.

Kahain erhob sich. »Katiktak, Kurs zu *Lichtbringer* berechnen. Kürzestmögliche Transitroute. Wir springen, sobald der Kurs anliegt. Neena, du übernimmst die Brücke. Wartet nicht auf mich. Ich …« Er holte tief Luft und atmete anschließend geräuschvoll aus. »… werde dann jetzt mit Dreistern-auf-Blau sprechen.«

19

Raumschiff *Leitstern*, am Sammelpunkt unweit von Ansi Gayron
Bendis Kahain

Sie benötigten nur zwei Transits, um ihr Ziel zu erreichen, ein Umstand, den sie vor allem Katiktaks Talent verdankten, die Standardberechnungen des Navigationscomputers zu optimieren. Als sie im freien Raum etwa ein Lichtjahr vom Ansi-Gayron-System entfernt aus dem Nullraum traten, wurden sie von einem Anblick begrüßt, der Kahain einen Schauer über den Rücken jagte.

Umgeben von vier kleineren Begleitschiffen, zwei davon zivile Großfrachter, die auch gern bei Evakuierungen größerer Menschengruppen zum Einsatz kamen, hing die *Lichtbringer* im All. Der massive Rumpf sah aus, als wäre Paladin-Admiral Corn mit vollem Schub durch ein Asteroidenfeld geflogen, und aus zahllosen kleinen Hüllenbrüchen leckte Atmosphäre. Besonders schlimm hatte es die Hecksektion getroffen. Zwei der drei Primärtriebwerke hinterließen eine Spur aus Rauch im All, und darüber hinaus war ein Großteil der Sektion dunkel, als wäre die Energie ausgefallen. Die *Lichtbringer* war ein gewaltiges Schiff, das Kahains Erfahrung nach so gut wie allem standzuhalten vermochte. In ihrem jüngsten Gegner hatte sie allerdings ihren Meister gefunden.

»Wir werden vom Paladin-Admiral gerufen«, informierte ihn eL'Ha, die bis jetzt erfolglos damit beschäftigt gewesen war, nach Überlebenden der Katastrophe von Tiefe Arjon zu fahnden.

Kahain befahl ihr, die Verbindung zu öffnen. Ein Bild von

der Brücke der *Lichtbringer* bekamen sie nicht zu sehen, aber das merkliche Hintergrundrauschen auf dem Komm-Kanal unterstrich den desolaten Zustand des Luminatoren-Flaggschiffs.

»Captain Kahain, ich hätte nicht damit gerechnet, dass wir uns so rasch wieder treffen«, war die Stimme von »Eisenhand« Corn zu vernehmen.

»Ich auch nicht, Admiral. Seien Sie froh, dass wir bis jetzt keine Zeit hatten, nach Aonark zu fliegen. Dann müssten Sie länger auf den Abschleppdienst warten.«

Ein mürrisches Knurren war zu hören. »Sparen Sie sich Ihre Schadenfreude, Captain«, sagte Corn. »Wir stecken in Schwierigkeiten – und mit ›wir‹ meine ich das ganze Domenaion.«

Diese Worte ließen Kahain aufmerken, und er beugte sich auf seinem Kommandostuhl etwas nach vorn. »Möchten Sie uns vielleicht ein bisschen mehr über denjenigen erzählen, der Ihr Schiff dermaßen zugerichtet hat?«

»Nein«, kam die prompte Abfuhr. »Zuerst muss ich dem Orden und dem Rat der Domänen Bericht erstatten. Das Letzte, was ich gebrauchen kann, sind Gerüchte, die von Zivilisten verbreitet werden.«

»Mit Verlaub, Admiral, aber diese Gerüchte gibt es bereits.« Kahain warf Randon einen kurzen Blick zu. »Gerüchte von Kolonien, die sich nicht mehr melden. Gerüchte von Sternen, die vom Nachthimmel verschwinden. Was immer hier vor sich geht, die Leute verdienen eine offizielle Erklärung vom Rat, damit sie diese Gerüchte einordnen können.«

»Der Rat tappt genauso im Dunkeln wie alle anderen«, erwiderte Corn. »Deswegen wurde eine Aufklärungsmission ins Ansi-Gayron-System geschickt. Die ging spektakulär schief – oder war enorm erfolgreich, wie man es nimmt. Auf jeden Fall sind wir jetzt deutlich schlauer. Und deswegen muss ich sofort nach Norton.«

Diese Aussage überraschte Kahain. Norton gehörte zu den

Hauptwelten der Menschheit und lag tief im Herzen des Domenaions. Die *Lichtbringer* bis dorthin zu überführen würde die Transitgeneratoren der *Leitstern* bis an die Grenze beanspruchen. »Uns wurde gesagt, wir sollten Sie zur Flottenwerft über Eurida bringen.«

»Wer immer den Befehl gab, ich hebe ihn hiermit Kraft meiner Autorität als Kommandant der Verteidigungsflotte auf. Ich muss persönlich beim Rat der Domänen vorsprechen. Außerdem können die Werften über Norton die *Lichtbringer* schneller instand setzen als die über Eurida. Und Schnelligkeit hat jetzt oberste Priorität. Also tun Sie mir einen Gefallen, Captain, und machen Sie sich an die Arbeit.« Den letzten Worten lag die Schärfe eines Befehls inne.

Kahain biss die Zähne zusammen. Der Paladin-Admiral hatte ihm nichts mehr zu sagen. Aber natürlich hatte er recht. Reden konnten sie später immer noch. Daher gab er nach. »Verstanden. Ich hoffe, Ihr Schiff ist noch stabil genug für eine schnelle Transitfolge.«

»Keine Sorge. Unsere Transitgeneratoren wurden beschädigt, aber ansonsten ist die *Lichtbringer* recht gut in Schuss.«

»Von hier außen sieht das anders aus.«

»Das mag sein. Aber sie ist robust, das wissen Sie doch. Also, fliegen wir, Captain.«

»Halten Sie sich bereit. Wir berechnen den Transit und melden uns, sobald wir die erste Nullraumblase für Sie öffnen. *Leitstern* aus.« Kahain ließ eL'Ha den Kanal schließen.

»Wenn selbst der P-Paladin-Admiral sagt, dass die Lage ernst ist, muss es schlimm sein, oder?«, fragte Randon zaghaft. Der Sensorspezialist blickte Kahain unbehaglich durch die runden Gläser seiner Datenbrille an. »Meinst d-du, es wird Krieg geben, Captain?«

»Ich will es nicht hoffen«, brummte Kahain. »Wir haben selbst in Friedenszeiten genug zu tun.«

»Es gefällt mir überhaupt nicht, über die Situation im Unklaren gelassen zu werden«, warf Costa ein, die an der im Augenblick abgeschalteten Waffenkonsole saß. »Wer weiß, welche Informationen über diese Bedrohung der Rat an die Öffentlichkeit gibt und was er lieber für sich behält – bis es zu spät ist.«

»Ja, mir gefällt das auch nicht.« Nachdenklich legte Kahain die Fingerspitzen zusammen und betrachtete über seine Hände hinweg den Brückenbildschirm, der noch immer die *Lichtbringer* und ihre kleine Flotte zeigte. »Shem, hältst du es für möglich, dich in den Hauptcomputer der *Lichtbringer* zu hacken? Ich würde mir gern die Sensoraufzeichnungen des Kampfs im Ansi-Gayron-System ansehen.«

»Äh … ähm … d-das halte ich für ziemlich gefährlich, Captain«, erwiderte der jüngere Mann nervös. »Sie mag b-beschädigt sein, aber sie ist immer noch d-das Flaggschiff des Luminatoren-Ordens. Die Sicherheitssysteme d-dürften außergewöhnlich effektiv sein.«

»eL'Ha?«

»Ich stimme Shem zu, Captain. Ich möchte nicht ausschließen, dass es mir möglich sein könnte, die gewünschten Informationen aus dem Bordsystem der *Lichtbringer* zu extrahieren. Aber es besteht eine hohe Wahrscheinlichkeit, dass mein Eindringen entdeckt wird. Ich nehme nicht an, dass du Paladin-Admiral Corn diesen Umstand erklären möchtest.«

»Nein, eigentlich nicht.« Kahain seufzte. »Verdammt.«

Randon räusperte sich. »Vielleicht gibt es noch eine andere M-Möglichkeit.«

Fragend blickte ihn Kahain an.

Mit einer raschen Bewegung auf dem Steuerpad seiner Konsole vergrößerte Randon einen Ausschnitt der Ansicht, die den Brückenbildschirm ausfüllte. Ein kleines Schiff sprang in den Fokus, das Kahain bislang nicht wahrgenommen hatte. Es parkte in einem der Seitenhangars der *Lichtbringer*, dessen Tor sich allerdings nach der Landung – vermutlich aufgrund eines Defekts – nur zu einem Drittel geschlossen hatte. Dem Aussehen nach handelte es sich um ein Spähschiff der Luminatoren, und es sah noch schlimmer zugerichtet aus als das Flaggschiff.

Kahain nickte anerkennend. »Einer der Aufklärer, die sie bei dieser Mission eingesetzt haben.«

»Richtig. Der d-dürfte deutlich leichter zu hacken sein.« Randon grinste vielsagend.

»Das kann ich bestätigen«, fügte eL'Ha hinzu.

Auch Kahains Mundwinkel verzogen sich zu einem kleinen Lächeln. »Gute Arbeit, Shem. Mach dich gleich an die Arbeit.«

»Wir haben die Berechnungen für den ersten Transit fertig«, warf Katiktak mit klackenden Kieferwerkzeugen ein. »Wir schätzen, dass wir vier Transits durchführen können, bevor die Generatoren eine Pause zum Abkühlen brauchen.«

»Dann werden wir diese Pause nutzen, um zuzuschlagen«, sagte Kahain. »eL'Ha, informiere die *Lichtbringer* und ihre Begleitflotte, dass wir bereit zum Sprung sind.«

»Sofort, Captain.«

Sie sahen zu, wie zwei der Begleitschiffe in Nullraumblasen verschwanden. Die anderen beiden würden die Nachhut bilden. Auf Kahains Befehl hin aktivierte Katiktak die Notenergie und schaltete den zweiten, deutlich stärkeren Transitgenerator hinzu, der in einer gepanzerten Kuppel unter dem Rumpf der *Leitstern* untergebracht war. Vor ihnen im All entstand ein riesiges Portal, das beide Schiffe aufnehmen würde, wobei die *Leitstern* der *Lichtbringer* den Vortritt überließ, während sie die Passage offen hielt. Mit qualmenden Triebwerken schob sich das riesige Schiff über die Schwelle in den Nullraum, wie ein verletztes, sehr großes Tier, das sich zurück in seine Höhle schleppte. Als das Flaggschiff des Luminatoren-Ordens verschwunden war, folgte ihr der kleine Raumrettungskreuzer in absoluter Lehrbuchdistanz in den Transit, um sich auf den Weg nach Norton zu machen.

Kahain nahm das alles nur mit routinierter Beiläufigkeit wahr. Seine Gedanken drehten sich bereits um die Frage, was sie wohl entdecken würden, wenn sie einen verstohlenen Blick in die Sensorlogbücher dieses kleinen, fast völlig zerstörten Spähraumschiffs warfen.

20

Raumschiff *Lichtbringer*
Kalvena Leen

Nachdem der Nullraum sie alle zum vierten Mal wieder ausgespuckt hatte, informierte eine freundliche Stimme die Besatzung der *Lichtbringer*, dass sie ihre Reise erst in einer Stunde fortsetzen würden, weil die Transitgeneratoren ihres Hilfsschiffs von der Raumrettung abkühlen mussten.

Kalvena Leen, die mit ihren Leuten in einer der Mannschaftsmessen der *Lichtbringer* saß, hatte damit gerechnet. Die Kreuzer der Raumrettung waren robust und stark wie Hochland-Masthons. Aber genauso wenig wie ein Hochland-Masthon auf Dauer einen zwölfachsigen Schwerlastzug zu ziehen vermochte, konnte ein Raumrettungskreuzer ein Ungetüm wie die *Lichtbringer* ohne Pause den gesamten Weg vom Ansi-Gayron-System bis nach Norton bringen. Diese Unterbrechung war ihr allerdings ganz recht, denn sie hatte vor, die Zeit zu nutzen. Leen schnallte sich von ihrem Platz los.

»Ritterin?« Fragend pendelten Zeo Bekelais perlenartige, schwarze Augen auf ihren grünen Stilen in ihre Richtung.

»Ich will wissen, was es war«, erwiderte Leen grimmig. »Ich will wissen, was die *Tauriana-D* zerstört und auch die *Arek-Kama* beinahe zerfetzt hätte.« Keiner von ihnen hatte den Feind bei all dem Chaos im Ansi-Gayron-System so richtig zu Gesicht bekommen. Und auch nach ihrer Rettung durch die *Lichtbringer* hatten sie keine Gelegenheit gehabt, die Sensordaten auszuwerten. Die *Arek-Kama* war in kritischem Zustand gewesen.

Ein Energieschlag des Feindes hatte die Cockpitscheibe beschädigt, und ein plötzlicher Energieabfall hatte alle Sicherungssysteme ausfallen lassen. Es grenzte an ein Wunder, dass sie noch lebten – zumindest die von ihnen, die noch lebten. Morram hatte es nicht geschafft. Ein Ausläufer des Energieschlags hatte ihn getroffen und sofort getötet.

»Wir schulden diesen Mistkerlen etwas«, fuhr Leen fort. »Und wenn unsere Sensordaten irgendetwas dazu beitragen, denen eine Lektion zu erteilen, dann will ich sie so schnell wie möglich aus der *Arek-Kama* bergen.« Ihr Zorn richtete sich teilweise auch gegen sich selbst. Hätte sie Oanamons Warnung beherzigt und wäre geflohen, als sie noch Gelegenheit dazu hatten, wäre Morram noch am Leben. Aber dann wären sie mit leeren Händen zurückgekehrt – sah man mal von diesem Bergmann Brohta ab, der gerade in der medizinischen Abteilung des Schiffs behandelt wurde, weil er von einem herumfliegenden Metallsplitter am Oberarm getroffen worden war.

Jemma Aubrin stand ebenfalls auf. »Ich komme mit, Ritterin«, sagte sie. »Die Sensoren sind meine Aufgabe.«

»Nein, Sie und Zeo bleiben hier. Ich möchte so wenig Aufmerksamkeit wie möglich erregen, sonst könnte noch jemand auf die Idee kommen, die Daten zu konfiszieren, bevor wir sie gesehen haben.«

Die Blütenblätter ehriers Ersten Offizieris rollten sich erstaunt aus. »Sie klingen bemerkenswert bereit zum Ungehorsam für eine Ritterin.« Der mitschwingende Duft verriet ihr, dass sier seihre Worte nicht als Vorwurf meinte, sondern eher belustigt.

»Ich habe nicht vor, Daten zu unterschlagen«, stellte Leen klar. »Ich will bloß nicht das Opfer irgendeiner Geheimhaltungsstufe werden, mit der alles Wissen über diese seltsamen Feinde von einem Moment zum anderen belegt werden könnte.«

»Das will wohl niemand an diesem Tisch«, pflichtete dier

Floryll ihr bei. Sier hob seihren Becher mit Nährstofflösung. »Dann trinken Spezialistin Aubrin und ich in der Zwischenzeit noch etwas und erwarten gespannt Ihre Rückkehr.«

Leen nickte. »Es sollte nicht allzu lang dauern.«

Sie verließ die Messe und machte sich durch die Korridore der *Lichtbringer* auf den Weg zu dem Hangar, in dem die *Arek-Kama* geparkt stand. Der Kampf hatte von dem Luminatoren-Flaggschiff sichtlich seinen Tribut gefordert. Überall nutzten Techniker und Wartungspersonal die Pause bis zum nächsten Transit, um Reparaturen an explodierten Leitungen, abgeplatzten Wandverkleidungen und überlasteten Systemen durchzuführen. Auch das alles war nur geschehen, weil sie nicht auf Oanamons Warnung gehört hatte.

Wie viele Leute sind deswegen gestorben?, fragte sie sich. War der Preis für das bisschen an Informationen, diese paar Minuten an Sensordaten, nicht doch zu hoch? Paladin-Admiral Corn hatte kein Wort darüber verloren, als er sie nach ihrer Flucht aus dem Ansi-Gayron-System in Empfang genommen hatte. Er hatte ihnen keinen Vorwurf gemacht. Zugegeben, bis jetzt lag ihm auch noch kein Abschlussbericht der Aufklärungsmission vor, daher wusste er vom Schicksal der *Tauriana-D* nur das Allernötigste: nämlich, dass sie zerstört worden war. Leen konnte nicht abschätzen, wie er reagieren würde, wenn er erfuhr, dass ihre Fehleinschätzung der Gefahrensituation – und das schon auf Caros – den Rettungseinsatz ausgelöst hatte. Sie hoffte inständig, dass die gesammelten Daten über den Feind von Nutzen waren.

Im Schleusenbereich des Hangars legte sie ihren Raumanzug an, den sie dort in einen Spind gehängt hatte. Die beschädigte Cockpitscheibe war behelfsmäßig geflickt worden, und es gab einen stabilen Zugangsschlauch von der Schleuse zum Schiff, sodass man im Grunde auch ohne spezielle Schutzkleidung hätte an Bord gehen können. Aber Leen wollte nichts riskieren.

Dass sie überhaupt noch am Leben war, grenzte an ein Wunder. Dieses Geschenk würde sie nicht durch Leichtsinn aufs Spiel setzen – zumindest heute nicht.

In der Schleuse stand ein Wartungstechniker und arbeitete an einem geöffneten Paneel. Die Umgangsformen der Luminatoren sahen vor, dass sich Untergebene, die mit einer Aufgabe betraut waren, nicht von ihrer Beschäftigung ablenken lassen sollten, wenn vorgesetzte Offiziere den Raum betraten. Erst wenn sie angesprochen wurden, waren Haltung und der korrekte Salut angebracht. Daher warf der Mann Leen nur einen kurzen Blick zu, als sie an ihm vorbeiging, sagte aber nichts. Falls er der Ansicht war, dass das beschädigte Spähschiff lieber von niemandem betreten werden sollte, behielt er diese Meinung für sich.

Leen schritt durch den Zugangstunnel und kletterte an Bord. Auch hier waren Leitungen und Wandkonsolen verschmort. Sie erinnerte sich an den beißenden Gestank, der im Korridor zum Cockpit gehangen hatte, als sie im Anschluss an den Not-Transit auf der *Lichtbringer* gelandet und in Sicherheit gestolpert waren.

Die *Arek-Kama* lief im Augenblick auf Reserveenergie. Das genügte zumindest, um die Rechner im Cockpit aus dem Ruhemodus zu holen und grundlegende Funktionen aufzurufen. Viel wollte Leen der Sensorkonsole gar nicht abfordern. Sie hatte einen tragbaren Datenspeicher bei sich, auf den sie die Sensorprotokolle und Bilddaten zu kopieren gedachte. Das sollte kein Problem darstellen.

Sie schob den auf seiner Schiene befestigten Sessel der zierlicheren Aubrin ein wenig zurück und ließ sich darauf nieder. Dann aktivierte sie das Terminal. Eigentlich sollte das Sicherheitssystem sie jetzt nach dem Passwort fragen, aber aus irgendeinem Grund war die Systemoberfläche bereits zu sehen. Dass Aubrin vergaß, ihre Konsole zu sperren, wenn sie diese verließ, war ungewöhnlich. Andererseits war die Atmosphäre aus dem Cockpit entwichen, und mit Morram, dessen getrocknetes Blut noch immer die Instrumente besudelte, hatte ein Toter praktisch auf Aubrins Schoß gelegen, als sie von hier verschwunden waren. Unter diesen Umständen war Leen bereit, Nachsicht walten zu lassen.

Sie schob den Datenspeicher in den vorgesehenen Schlitz und rief die Datensektionen auf, die sie übertragen wollte. Auf den entsprechenden Befehl hin nahm der Computer die Arbeit auf. Da die *Arek-Kama* eine Unmenge an Daten im Ansi-Gayron-System gesammelt hatte, dauerte das Kopieren ein paar Minuten. Die Ritterin lehnte sich auf Aubrins Sessel zurück und ließ den Blick durchs Cockpit schweifen.

Von innen wirkte der Schaden gar nicht so schlimm. Morrams Blut ließ sich wegwischen, die Cockpitscheibe reparieren und das herausgesprengte Wandpaneel ersetzen. Trotzdem gab sich Leen keinen Illusionen hin. Sie hatte durch die Hangarfenster gesehen, wie das Spähschiff von außen aussah. Es war kaum noch wiederzuerkennen. Vielmehr wirkte es wie ein pockennarbiger Asteroidenklumpen, der sich an Bord der *Lichtbringer* verirrt hatte. Es stand außer Zweifel: Die *Arek-Kama* würde eine ganze Weile nicht mehr fliegen – wenn der Orden sie überhaupt reparierte. Vermutlich wäre es einfacher, sie auszuschlachten und den Rest zu verschrotten. Noch ein Opfer ihrer Fehleinschätzung. Frustriert ballte Leen die behandschuhte Hand zur Faust.

Sie wollte damit gerade auf die Sitzlehne schlagen, als ihr ein leuchtendes Lämpchen auf der rechten vorderen Konsole auffiel. »Was ist das denn?« Stirnrunzelnd sah sie es an. Das Lämpchen gehörte zur Komm-Anlage der *Arek-Kama*, und es bedeutete, dass ein Kanal geöffnet war. Ein Datenkanal, um genau zu sein. Das ergab keinen Sinn. Zum einen erinnerte sie sich noch ganz genau, dass sie die Verbindung zur Sensorboje vor dem

Angriff der schwarzen Jägerflotte gekappt hatten. Zum anderen waren alle Antennen des Schiffs zerstört worden, also sollte eine Komm-Anfrage von außen überhaupt nicht mehr möglich sein.

Sie erhob sich und zwängte sich an den hinteren Stationen vorbei nach vorn zu ihrem eigenen Platz. Möglicherweise griffen ja die Komm-Techniker der *Lichtbringer* in diesem Moment von außen auf die Systeme der *Arek-Kama* zu. Das war durchaus denkbar, immerhin funktionierte die Nahbereichskommunikation auch ohne die diversen Verstärkerantennen, die Teil der Hülle gewesen waren.

»Mal sehen …« Leen aktivierte den Bildschirm und rief das Komm-Protokoll auf. Dann zögerte sie. Bis jetzt dürfte ein Operator auf der anderen Seite der Verbindung nicht bemerkt haben, dass sie ebenfalls an Bord war, zumindest nicht, wenn er keine Systemoperationen des Bordcomputers überwachte, die für seine eigene Arbeit höchstwahrscheinlich belanglos waren – wie etwa einen Kopiervorgang an der Sensorkonsole. Aber forschte sie nun genauer nach, würde sie ihre Anwesenheit an Bord verraten.

Natürlich hatte ihr niemand verboten, sich auf der *Arek-Kama* aufzuhalten, und sie hatte sich auch nicht an Bord geschlichen. Nach wie vor war sie der Captain des kleinen Schiffs, und das gab ihr jedes Recht, hier zu sein. Aber wenn nun doch jemand überprüfte, was sie an Bord getrieben hatte, war sie ihre wertvollen Sensordaten womöglich schneller wieder los, als sie sie kopiert hatte.

Sie schloss das Komm-Protokoll wieder und schaltete den Bildschirm aus. Sollten die Techniker doch die Daten der *Arek-Kama* auslesen. Paladin-Admiral Corn wollte schließlich auch alle verfügbaren Informationen über ihren neuen Feind zusammentragen. Und es gab nichts, was Leen zu verheimlichen hatte – mal abgesehen von ihrer kleinen und womöglich nicht ganz den Dienstvorschriften entsprechenden Datenakquise.

Ein Ping im hinteren Teil des Cockpits informierte sie darüber, dass eben jene nun beendet war. Sie wandte sich von ihrem Platz ab, begab sich zurück zu Aubrins Konsole und warf den Datenspeicher aus. Nachdem sie ihn in die Tasche ihres Raumanzugs gesteckt hatte, leerte sie den Zwischenspeicher der Konsole, um ihre Anwesenheit zumindest oberflächlich zu verwischen. Einer professionellen Untersuchung des Systems würde diese Maßnahme nicht standhalten, aber zumindest hinterließ sie kein großes Schild mit dem Hinweis darauf, dass eine Sicherheitskopie der Sensordaten angefertigt worden war.

Als sich Leen aus dem Cockpit zurückzog, fiel ihr auf, dass das Lämpchen der Komm-Anlage nicht mehr leuchtete. In diesem Moment kam ihr der Gedanke, dass sie mit ihrem letzten Eingriff ins System womöglich auch die Operation des externen Gasts auf der *Arek-Kama* gestört hatte. Leise fluchend beeilte sie sich, von Bord zu kommen. Sie erwartete halb, von einer Abteilung Soldaten empfangen zu werden, die geschickt worden war, um den mysteriösen Saboteur zu stellen. Doch bis auf den Techniker, der noch immer in der Schleuse arbeitete, war alles ruhig – und blieb es auch, während sich Leen des Raumanzugs entledigte und danach zügigen Schrittes den Hangarbereich verließ.

21

Raumschiff *Leitstern*
Bendis Kahain

»Puh, d-das war knapp.« Randon nahm die Datenbrille ab und fuhr mit seinem Sitz ein Stück von der Konsole zurück.

»Wurdet ihr bemerkt?«, fragte Kahain, der hinter ihm und eL'Ha stand und beiden bei der Arbeit über die Schulter blickte.

»Negativ«, antwortete die eN'iX. »Wer auch immer am System der *Arek-Kama-7-7* gearbeitet hat, er hat nicht versucht, aktiv gegen uns vorzugehen. Da diese Person obendrein bemüht zu sein schien, ihr Vorgehen nachträglich zu verbergen, nehme ich an, dass sie ebenso widerrechtlich auf die Sensordaten zugegriffen hat wie wir.«

»Interessant. Offenbar glauben noch andere, dass man Informationen vor uns verheimlichen könnte. Auch wenn es nur eine Frage der Zeit sein dürfte, bevor ein Kampf wie derjenige der *Lichtbringer* die Runde macht.« Kahain richtete sich auf und klopfte auf die Rücklehne von Randons Sitz. »Gute Arbeit, ihr zwei.«

»Danke, Captain.« Randon grinste selbstzufrieden.

eL'Ha dagegen beachtete das Lob gar nicht. »Möchtest du, dass ich die letzten Bilddaten der *Arek-Kama-7-7* auf den Brückenbildschirm lege?«, fragte sie Kahain stattdessen.

Dieser wandte sich an Katiktak. »Wie viel Zeit bleibt uns noch bis zur nächsten Transitetappe?«

»Eigentlich sind wir in fünf Minuten mit den weiteren Berechnungen fertig«, gab der insektoide Pilot zurück, »und die

Transitgeneratoren befinden sich auch wieder im grünen Bereich.« Er drehte sich auf seinem Sitz um und neigte vielsagend den kahlen, grünen Kopf. »Es wäre allerdings möglich, dass wir ein Computerproblem haben, das die Berechnungen verlängert. Nichts, was wir nicht in den Griff bekommen, selbstverständlich. Aber etwas, das uns ein wenig Zeit kostet.«

Auf Kahains Lippen zeigte sich ein Lächeln. »Wie ärgerlich. Bitte, eL'Ha, teile unseren Freunden doch mit, dass wir noch eine halbe Stunde länger brauchen, bevor es weitergeht. Das wird die zwar stören, aber nicht so sehr, dass sie uns deswegen ein Inspektionsteam an Bord schicken.«

»Wie du wünschst, Captain.«

Kahain legte einen Schalter am Komm-Gerät seines Kommandosessels um und aktivierte so die Bordsprechanlage. »Neena, Sariss, kommt bitte auf die Brücke.« Sein Erster Offizier und sein Bordtechniker sollten sehen, was dem kleinen Spähschiff widerfahren war.

Es dauerte nicht lange, und die beiden tauchten in der Tür auf. »Captain«, begrüßte ihn Costa, und der Sleen tippte sich mit zwei Fingern an die geschuppte Schläfe.

»Kommt her«, sagte Kahain. »Ich will euch etwas zeigen.« Er erklärte den beiden, was Shem und eL'Ha in der letzten halben Stunde getan hatten. Dann bat er die eN'iX, die Bildaufzeichnungen des Aufklärungseinsatzes abzuspielen. »Wir fangen hinten an, vielleicht zehn Minuten bevor die Aufzeichnungen enden.«

Zunächst war das All einfach schwarz und leer, sah man von ein paar Sternen ab, die als ferne Lichtpunkte erkennbar waren. Ansi Gayron war nicht darunter.

»Ich analysiere multiple Sensordatenströme«, verkündete eL'Ha. »Wenn ich es richtig verstehe, ist die *Arek-Kama-7-7* kurz zuvor von einem Bergbaumond namens Caros gestartet, der einen der Gasriesen des Ansi-Gayron-Systems umkreist.

Eine Sensorboje wurde durch einen Nullraumkanal ins Systeminnere geschickt. Ah, Captain, ich habe eine zweite Bildquelle. Ich lege sie neben die erste.«

Die Ansicht auf dem Brückenbildschirm teilte sich – und als Kahain sah, was die Kamera der Sensorboje aufgenommen hatte, lief ihm ein Schauer über den Rücken.

Zehn Minuten später endeten die Sensoraufzeichnungen abrupt, wahrscheinlich, weil die Angreifer auch die letzte Außenantenne zerstört hatten. Kahain wechselte grimmige Blicke mit den anderen. »Kommentare?«, fragte er.

»D-Diese B-Bilder werden die nie freigeben«, meinte Randon erschüttert. »Das wird d-doch eine ausgewachsene P-Panik auf den Heimatwelten auslösen.«

»Ja, gut möglich«, pflichtete ihm Kahain bei. »Also behalten wir wohl besser für uns, dass wir sie kennen. Hat jemand eine Ahnung, was genau wir da gesehen haben?«

»Eine ziemlich große Feindflotte, würde ich sagen«, knurrte Costa.

»Ha!«, entfuhr es Sariss. »Das nenne ich mal eine Untertreibung. Das ist doch keine Flotte mehr, das ist schon eine ausgewachsene Invasion!«

Kahain musste an die Gerüchte denken, die Randon aus dem Datennetz gefischt hatte, über Kolonien, die verstummt waren, und über Sterne, die vom Himmel verschwanden. Er nickte langsam. »Ja, so sieht es aus. Und es ist ein Feind, wie ihn das Domenaion noch nie erlebt hat.«

»Aber was wollen die von uns?«, fragte Costa in den Raum hinein, ohne jemanden unmittelbar anzusprechen. »Wenn alles – oder auch nur die Hälfte – von dem stimmt, was Shem und diese Luminatoren-Aufklärer herausgefunden haben, steckt hinter all den Angriffen kein wirkliches Ziel. Wir haben keinerlei Hinweise darauf, dass sie je versucht hätten, mit uns zu verhandeln, uns irgendwelche Bedingungen für eine Kapitulation zu stellen. Es scheint auch nicht so, als hätten sie Außenposten errichtet oder als würden sie den eroberten Raum irgendwie nutzen.«

»D-Das ist so nicht ganz richtig«, widersprach ihr Randon. »Genau genommen wissen wir g-gar nichts über die Angreifer, weder im einen noch im anderen Sinne.«

»Wie meinst du das?«, fragte Costa.

Randon blickte eL'Ha hilfesuchend an. »Willst d-du es erklären?«

»Natürlich.« Die silberhäutige Frau drehte ihren Stuhl, sodass sie alle anblicken konnte. Ihrer Miene nach zu urteilen schien die ganze Tragödie auf sie vor allem wissenschaftliche Faszination auszuüben. »Ungeachtet aller Recherchen konnten wir bis gerade eben keinen Hinweis auf die Aggressoren im Datennetz finden. Es gibt die Hinweise auf Kolonien, die sich nicht mehr melden, und auf eigenartige Sonnenverdunklungen am Sternenhimmel. Allerdings wird nichts davon unmittelbar mit dieser Invasionsflotte in Verbindung gebracht.«

»Und das heißt?«, hakte Costa nach.

»Zum einen, dass der Feind so schnell zuschlägt, dass praktisch keine Zeit bleibt, um Hilfe zu rufen. Vielleicht bedienen sich die Aggressoren auch systemweiter Störfelder und unterbinden dadurch gewöhnliche Kommunikation. Das wäre sehr effektiv, um Verteidigungsmaßnahmen zu erschweren. Zum anderen bedeutet es aber auch, dass wir schlichtweg nicht wissen, wie sie bei den jeweiligen Angriffen vorgegangen sind oder wie die gegenwärtige Lage in den besagten Kolonien ist. Die Kommunikationsblockade scheint in den betroffenen Systemen nach wie vor absolut zu sein – zumindest, was frei zugängliche Quellen im Datennetz betrifft. Es ist also durchaus möglich, dass die Aggressoren die Systeme besetzt halten. Womöglich leben die Kolonisten noch. Sie könnten versklavt worden sein. Wir haben einfach keine Informationen darüber.«

»Das stimmt auch wieder nicht ganz.« Kahain deutete auf Randons Konsole. »Wir haben die Sensoraufzeichnungen von Caros. Bitte, eL'Ha, geh im Zeitindex zurück bis zu dem Punkt, an dem das Spähschiff die Mondkolonie kontrolliert hat. Das war doch seine Aufgabe, nehme ich an.«

»Das ist korrekt.« Das blaue Licht ihrer ringförmigen Akustiksensoren rotierte kurz, während sie die gewünschten Daten aufrief.

Auf dem Bildschirm wurden die Aufzeichnungen der vollständig ausgelöschten Tagebaukolonie sichtbar. Die Scheinwerfer des Spähraumschiffs glitten über zerfetzte Unterkünfte, Wracks von bodengebundenen Erztransportern und die blanken Gerippe von riesigen Grabungsbaggern, die vom böigen, staubgeschwängerten Wind umweht wurden. Es sah aus wie das Schlachtfeld eines Krieges, der bereits mehr als hundert Jahre her war.

»Uns scheint, als wäre das die Antwort auf unsere Fragen«, warf Katiktak ein, und seine Fühler bebten leicht.

»Keine Gnade, keine Gefangenen«, murmelte Costa düster.

Kahain schüttelte den Kopf. »Ich verstehe es nicht. Was wollen die hier? Niemand zerstört ganze Kolonien aus reiner Freude an der Zerstörung.«

»Vielleicht haben sie sie vorher komplett ausgeplündert und wollten dann nichts zurücklassen, das unseren Truppen nutzen könnte, wenn sie versuchen, in den eroberten Systemen wieder Fuß zu fassen.«

»Es ergibt trotzdem keinen Sinn. Man verbrennt das Land, wenn man sich vor einer Übermacht zurückzieht, nicht wenn man in der Übermacht ist und vordringt.«

Costa schenkte ihm einen säuerlichen Blick. »Offensichtlich haben wir die Motive dieser Fremden noch nicht verstanden.«

Die Komm-Konsole gab einen Signalton von sich. »Captain, die *Lichtbringer* ruft uns«, verkündete eL'Ha.

»Ich kann mir vorstellen, was Corn von uns will«, brummte Kahain. Er wandte sich an Katiktak. »Ich schätze, unser Computerproblem sollte mittlerweile behoben sein.«

»Auf deinen Befehl, Captain, können wir den Transit einleiten.«

Kahain seufzte und nickte. »Na schön. Wir haben einen ersten Eindruck der Gefahr bekommen. Belassen wir es dabei, bis wir die *Lichtbringer* und den Paladin-Admiral auf Norton abgeliefert haben.« Er warf einen letzten nachdenklichen Blick auf den Brückenbildschirm, der im Licht der Landescheinwerfer der *Arek-Kama-7-7* die fahlen Überreste der Caros-Minenkolonie zeigte. Und irgendwie konnte er sich des unguten Gefühls nicht erwehren, dass sie etwas Entscheidendes übersahen.

22

Raumschiff *Lichtbringer*, im Orbit von Norton
Kalvena Leen

Norton, die bedeutendste Welt der Menschen im Domenaion, war ein strahlendes Juwel in der Schwärze des Alls. Planetenumspannende Ozeane, wie auf vielen anderen Welten, die intelligentes Leben hervorgebracht hatten, gab es keine. Stattdessen verteilte sich das Wasser auf Millionen von Seen, manche von ihnen von gewaltigen Ausmaßen, die durch ein dichtes Netzwerk aus natürlichen und künstlichen Flüssen miteinander verbunden waren und, gemeinsam mit den weiten Wäldern Nortons, für einen Flickenteppich aus Grün und Blau sorgten.

Da der Planet insgesamt eher kühl war, sammelte sich ein Großteil der Zivilisation in Äquatornähe in einem bis hinaus ins All sichtbaren Gürtel aus Megastädten, die auf der Nachthälfte zu einem funkelnden Band aus Licht wurden. Dieses Band fand seine Fortsetzung in Gestalt der zahlreichen Orbitaleinrichtungen, die in geostationären Orbits um Norton kreisten: Schiffswerften, Luxushotels, Fabriken und Waffenplattformen. Diese Mischung aus hochtechnisierten Zentren und naturbelassener Leere war das Ergebnis jahrhundertelanger Planetenentwicklung – die nicht zuletzt alle Schwerindustrie auf die zahlreichen Monde des Systems und die unmittelbaren Nachbarplaneten ausgelagert hatte –, und der Eindruck, der dadurch entstand, verfehlte selten seine Wirkung.

»Wunderschön«, murmelte Jemma Aubrin. »Ich bin viel zu selten hier.«

Kalvena Leen konnte ihr da nur zustimmen. Sie stand neben ihrer Sensorspezialistin an einem der wenigen noch intakten Panoramafenster, dessen Panzerläden für den Anflug der *Lichtbringer* geöffnet worden waren. »Es tut immer gut, nach Hause zu kommen. Ich wünschte mir nur, der Anlass wäre erfreulicher.« Grimmig dachte sie an Morram, der in der Kühlkammer der Medizinischen auf Eis lag, bis entschieden worden war, ob er zurück nach Barakkar überführt oder auf dem Ordensfriedhof auf Belux beigesetzt werden würde. Sie dachte an ihr zerschossenes Schiff im Hangar der *Lichtbringer*, an die zurückgelassenen Kolonisten auf Caros und an die furchterregend große Flotte kaum zerstörbarer Feindraumschiffe.

»Wissen Sie schon, wie es jetzt für uns weitergeht, Ritterin?«, fragte Zeo Bekelai.

»Nicht im Geringsten«, entgegnete Leen, »aber ich beabsichtige, Paladin-Admiral Corn oder Paladin Garla diese Frage zu stellen, sobald ich sie sehe.«

Zeo verdrehte eins seihrer Augen und schielte ihr über die Schulter. »Was für ein glücklicher Zufall, dass sie gerade beide den Korridor herunter auf uns zukommen.«

Überrascht drehte sich Leen um. Der entschlossene Schritt und der ernste Blick, mit dem der Paladin-Admiral ihnen entgegensah, ließ kaum Zweifel daran, dass der Mann mit der Eisenhand tatsächlich zu ihnen wollte. Sofort nahm Leen Haltung an.

»Oje«, flüsterte Aubrin. »Ob unser Kopieren der Einsatzdaten aufgefallen ist?«

»Seien Sie bloß still, Jemma«, zischte Leen. »Ich regle das.« Sie glaubte nicht, dass Corn sie deshalb aufsuchte. Wenn er sie hätte maßregeln wollen, hätte er sie zu sich in sein Büro bestellt – oder viel eher noch die ganze Angelegenheit derm Sicherheitschefis der *Lichtbringer* überlassen.

»Ritterin Leen?«, begrüßte Corn sie in leicht fragendem

Tonfall, obwohl er sich zweifellos vorher von einem Untergebenen hatte aufklären lassen, wer sie war.

»Ja, mein Lord«, erwiderte sie zackig.

»Ich brauche Ihre Hilfe.«

Verblüfft sah sie ihn an. »Mein Lord?«

»Ich bin auf dem Weg zum Rat der Domänen, um den Ratsmitgliedern einen Bericht der Zwischenfälle im Ansi-Gayron-System zu geben. Fühlen Sie sich trotz der Erlebnisse der letzten Stunden imstande, Ihre Erfahrungen während der Aufklärungsmission zu präsentieren?«

Einen Moment lang staunte sie, dass der Paladin-Admiral sie wirklich fragte, ob sie imstande wäre, ihre Pflicht zu tun. Andererseits waren schon ganz andere Krieger nach einer Schlacht zusammengebrochen, und vermutlich wollte er sich nicht blamieren, indem er ein stammelndes Häufchen Elend auf die *Domenaion Eins* brachte.

Sie hob das Kinn. »Ich bin voll einsatzfähig und stehe Euch zu Diensten, mein Lord.«

Er nickte. »Schön zu hören, Ritterin. Dann kommen Sie gleich mit. Sie können sich während des Transferflugs vorbereiten.«

»Danke, aber das wird nicht nötig sein. Die Ereignisse …« Sie stockte kurz. »Nun, ich habe sie noch ziemlich klar vor Augen.«

Corn musterte sie einen Moment lang schweigend, bevor er erneut leicht nickte. »Ja, das dachte ich mir fast. Also, gehen wir.«

Leen zögerte. »Mein Lord, gestattet Ihr mir eine Frage?«

Der Paladin-Admiral hatte sich bereits abgewandt, drehte sich nun aber wieder um. »Was gibt es noch?«

»Wie geht es mit meinem Schiff und meiner Mannschaft weiter?« Sie deutete auf Aubrin und Zeo.

Corn warf seinem Ersten Offizier einen fragenden Blick zu.

»Das Spähschiff wurde irreparabel beschädigt«, informierte ihn der Atherier steif. »Ich empfehle eine Übergabe an die Ordenswerft hier auf Norton zwecks Ausschlachtung.«

»Da haben Sie Ihre Antwort, Ritterin«, sagte Corn. »Was das andere betrifft: Machen Sie den Politikern mit Ihrem Bericht deutlich, dass es nichts bringt, mit diesem Feind zu verhandeln, sondern dass wir das Mandat zum massiven Gegenschlag brauchen – dann finde ich ein Schiff für Sie, das Sie bei diesem Einsatz fliegen können.«

Leen salutierte. »Verstanden, mein Lord.« Sie verabschiedete sich von Aubrin und Zeo, danach folgte sie den beiden Offizieren und ihrem Stab. Während sie zum Hangar mit den Transferfähren gingen, wurde Leen nervös. Sie hatte noch nichts gegessen, seit sie aus dem Transit gekommen waren. Außerdem trug sie nach wie vor den schmutzigen, verschwitzten Fliegeroverall ihres letzten Einsatzes. Sie malte sich aus, wie die Ratsmitglieder die Nase rümpften oder auf andere Weise ihre Missbilligung zum Ausdruck brachten, sobald sie die Ratskammer betrat, und diese Vorstellung machte sie nur noch nervöser.

Sie erreichten einen großen Hangar an Steuerbord, in dem eine schnittige Admiralsfähre stand. Das Schiff musste kurz zuvor von Norton eingetroffen sein, denn es sah viel zu sauber aus, um während des Gefechts an Bord gewesen zu sein. Nachdem sie eingestiegen waren, wies ihr der atherische Erste Offizier unvermittelt eine Gastkabine am Bug zu. »Sie haben eine halbe Stunde, während wir zur *Domenaion Eins* übersetzen und darauf warten, vom Rat empfangen zu werden. Ich empfehle Ihnen, die Zeit zu nutzen, Ritterin Leen.«

»Jawohl, Paladin.« Sie trat ein, und die Tür schloss sich hinter ihr. Als sie sich umschaute, musste sie feststellen, dass sie die Weitsicht des Paladin-Admirals – oder seines Stabs – unterschätzt hatte. Es lag nicht nur eine Datentafel bereit, die zweifellos ihre Sensordaten enthielt, sondern auch eine frische Uniform in ihrer Größe. In einer in die Kabinenwand eingelassenen Kühlbox erwarteten sie ein halbes Dutzend selbsterhitzende Einsatzmahlzeiten in verschiedenen Geschmacksrichtungen, und in einer Ecke befand sich eine Waschgelegenheit. Vermutlich war die Kabine normalerweise für wichtige Gäste reserviert. Vielleicht reiste sogar der Paladin-Admiral selbst gelegentlich darin.

Leen verschwendete keine weitere Zeit mit Nachdenken, sondern tat, was Paladin Garla ihr aufgetragen hatte. Rasch wusch sie sich und wechselte die Uniform. Gleichzeitig erhitzte sie eines der Fertiggerichte, das sie zu sich nahm, während sie erneut die Sensordaten der *Arek-Kama* durchging und ein paar wichtige Punkte markierte.

Nur einmal zog es ihren Blick durch das Bullauge über dem kleinen Schreibtisch nach draußen, als sie zum Landeanflug auf die *Domenaion Eins* ansetzten. Leen kannte das Ratsschiff. Kaum ein Kind wuchs innerhalb des Sternenbunds auf, ohne zu irgendeinem Zeitpunkt seiner Ausbildung eine Exkursion dorthin zu unternehmen. Trotzdem konnte sie sich eines Anflugs von Ehrfurcht nicht erwehren. Die *Lichtbringer* war bereits ein Titan unter den Raumschiffen, doch die *Domenaion Eins* war noch mindestens zehnmal größer, eine fliegende Stadt im All, majestätisch und …

Leens Miene verdüsterte sich, als sie den Gedanken laut zu Ende führte: »… vollkommen hilflos, wenn diese Flotte aus fünfhunderttausend Schiffen sie erreicht.« Der Admiral hatte recht. Sie durften auf keinen Fall warten, bis die Gefahr tiefer ins Herz des Domenaions vorgestoßen war. Sie mussten sie stoppen. Nur wie stoppte man etwas, das nicht einmal vor Gasriesen und Sternen Halt machte?

23

Ratsschiff *Domenaion Eins*, im Orbit von Norton
Chi Margolis

Chi Margolis war überhaupt nicht glücklich darüber, dass A'eS'Ka schon wieder eine Dringlichkeitssitzung einberufen hatte. Sier hatte gerade seihre Wurzeln in ein besonders exquisites Nährstoffbad getaucht, als der Anruf aus dem Rat kam. Also hatte sier seihr Mahl unterbrochen, war einmal mehr in seihre Transportkapsel gestiegen, und nun saß sier hier zwischen einem mürrisch dreinblickenden Piter Englaard und enierm nervös wirkenden Kem Saidariel und erwartete den nächsten Krisenbericht.

Eigentlich wollte Chi ihn überhaupt nicht hören. Sier wollte nicht berichtet bekommen, dass sich diese Finsternis, die sich in die Flanke des Domenaions gefressen hatte wie ein Rotrostpilz ins Blattwerk eines geschwächten Floryll-Leibes, immer weiter ausbreitete. Es bereitete ihrm Stress, und Stress ließ Blütenblätter vorzeitig welken. Vielleicht fielen ihrm sogar welche aus, ein furchtbarer Gedanke. Es würde Wochen an heilenden Nährstoffbädern und kräftigem Sonnenlicht kosten, neue wachsen zu lassen. Und Sonnen schienen ja zu den bevorzugten Zielen des Feindes zu gehören.

»Geehrte Ratsmitglieder, die Lage ist ernst«, eröffnete A'eS'Ka die Sitzung. »Wir hatten befürchtet, dass das eigenartige Raumphänomen, das sich im Hoheitsgebiet des Domenaions ausbreitet, keine harmlose Ursache haben könnte. Nun haben wir Gewissheit. Wie ich Sie schon per Komm informieren ließ, sind die Aufklärungsmissionen, die wir ausgesandt haben, um Rhino und Ansi Gayron zu überprüfen, vorbei. Lassen Sie es mich an dieser Stelle nun deutlicher formulieren: Die Aufklärungsmission, die wir nach Rhino geschickt haben, antwortet nicht mehr, und die, die nach Ansi Gayron geflogen ist, musste von der *Lichtbringer* gerettet werden. Viel mehr weiß ich bis jetzt selbst nicht. Daher habe ich Paladin-Admiral Corn, den Oberbefehlshaber der Flotte des Luminatoren-Ordens, gebeten, dieser Sitzung beizuwohnen und uns alle darüber in Kenntnis zu setzen, was dort draußen vor sich geht. Danach gilt es zu besprechen, wie wir mit der Situation weiter umgehen.«

»Klingt das nur für mich so, als steuerten wir auf einen Krieg zu?«, fragte Thys grollend und – wie Chi fand – weitgehend rhetorisch in die Runde. »Ich denke nicht«, gab sich der Heimatwelt-Repräsentant der Menschen gleich selbst die Antwort.

»Wir wollen nichts überstürzen«, ermahnte ihn Semenoath milde. »Hören wir uns doch erst einmal an, was der Paladin-Admiral zu berichten hat.«

A'eS'Ka neigte beipflichtend den Kopf und legte einen ihrer schlanken Finger auf eines der Sensorfelder, die vor ihr ins Rednerpult eingelassen waren. »Der Paladin-Admiral kann nun hereinkommen«, informierte sie die Ordonanz am anderen Ende der Komm-Leitung.

Es dauerte nur einen Moment, dann öffnete sich die Tür an der Stirnseite der Ratskammer. Die Ratswachen standen stramm, als der Paladin-Admiral begleitet von einer drahtigen Menschenfrau in Uniform den Raum betrat. Chi hätte einen Blick auf die Datentafel werfen können, die vor ihrm auf dem Tisch lag, aber sier nahm an, dass die Luminatorin ihnen gleich vorgestellt werden würde. Abgesehen davon spielte es im Grunde auch keine Rolle, wer sie war. Sie sah nicht so aus, als hätte sie eine Lösung für ihre Probleme parat.

Corn war, soweit Chi das beurteilen konnte, durch und

durch der typische menschliche Militärangehörige. Seine Statur war kräftig, das Kinn kantig und die Haare auf seinem Kopf ein streng getrimmter, silbergrauer Rasen. Es erschien Chi vielsagend, dass sich der Paladin-Admiral dagegen entschieden hatte, für den Auftritt im Rat die bekannte weißgoldene Galauniform mit dem funkelnden Brustharnisch der Luminatoren zu wählen. Stattdessen trug er makellos saubere, steingraue Dienstkleidung, über die er seine breite Admiralsschärpe geschlungen hatte.

»Willkommen, Paladin-Admiral«, begrüßte ihn A'eS'Ka.

»Ratsvorsitzende.« Er salutierte nach Luminatoren-Art vor ihr, bevor er sich auch dem Tisch zuwandte. »Ratsmitglieder.«

»Sie haben schlechte Neuigkeiten für uns, das sehe ich doch an ihrer Miene«, rief Thys mit der ihm eigenen Ungeduld, was jedwedes Zeremoniell betraf. »Also erzählen Sie uns, was Ihnen da draußen begegnet ist.«

»Das habe ich vor.« Corn deutete auf die Frau, die ihn begleitete und mit der steinernen Miene von jemandem, der mit aller Macht seine Nervosität zu verbergen versucht, ihre Datentafel umklammerte. Den Abzeichen an ihrem Kragen nach zu urteilen handelte es sich um eine Doppelstern-Ritterin. Chi tippte darauf, dass sie die Aufklärungsmission angeführt hatte.

Und sier lag richtig, wie sich gleich darauf herausstellte. »Ritterin Leen hat die Lage im Ansi-Gayron-System für uns ausgekundschaftet. Sie hat alles Wichtige für Sie zusammengestellt.« Er nickte ihr auffordernd zu. »Bitte.«

Die Ritterin hob ihre Datentafel und blickte zu den Ratsdienern auf der Galerie. »Könnte jemand diese Tafel mit dem Wandbildschirm verbinden? Ich habe zehn Ausschnitte unserer Sensordaten markiert, die ich gern präsentieren würde.«

Eine Barakkaranerin stand auf und kam eine der Treppen herunter. »Ich kümmere mich darum«, sagte sie und nahm die Tafel an sich. Dann kehrte sie zu ihrem Platz zurück und nahm einige Einstellungen an ihrem Kontrollpult vor. Der große Bildschirm an der rückwärtigen Wand der Kammer erhellte sich. Er zeigte eine Trümmerlandschaft.

Zu Bildern, die Chis schlimmste Befürchtungen im Hinblick auf diese Krise bestätigten, schilderte die Ritterin ihre Mission ins Ansi-Gayron-System, beginnend mit der Untersuchung des Mondes Caros, der nicht nur seine Bergbaukolonie verloren hatte, sondern anscheinend auch den Gasriesen, den er für gewöhnlich umkreiste. Als Leen zu den möglichen Überlebenden kam, entstand kurz Unruhe in der Kammer.

»Soll das etwa heißen, dass die *Lichtbringer* diese Leute zurückgelassen hat, Paladin-Admiral?«, fragte Nore Dakdra.

»Wir wussten nichts von Überlebenden, als wir ins System gesprungen sind, Ratsmitglied«, erwiderte Corn ruhig. »Der Kontakt zu unserem Spähschiff war abgebrochen. Wir hatten nicht einmal Gelegenheit, es reinzuholen, bevor wir uns wieder zurückziehen mussten. Ich selbst habe von den Bergleuten auf Caros erst erfahren, nachdem wir zum Sammelpunkt zurückgekehrt waren und die Besatzung der *Arek-Kama-7-7* an Bord genommen haben. Ein Arbeiter war unter ihnen, den sie auf Caros gerettet hatten.«

»Genau genommen waren wir gezwungen, ihn mitzunehmen«, verbesserte ihn Leen. »Die Ereignisse haben sich danach ziemlich überschlagen, wie Sie gleich sehen werden.«

»Wo ist dieser Überlebende?«, fragte Thure Brokban, der als Kolonie-Repräsentant letzten Endes in höchster Instanz für Caros verantwortlich war. »Befindet er sich noch auf der *Lichtbringer*?«

»Ja«, sagte Corn. »Er wurde verletzt und hält sich in der medizinischen Abteilung auf.«

»Ich würde gern mit ihm sprechen, sobald das möglich ist.«

»Das lässt sich einrichten.«

Sebatan Thys räusperte sich. »Schön, schön, wie ging es weiter?«

Leen bat darum, die nächste Datensequenz aufzurufen. Plötzlich war eine gewaltige Flotte aus Flugobjekten zu sehen, die das All ausfüllte. Den am Bildrand eingespielten Angaben zufolge hatte eine Sensorboje sie aufgenommen. Leen ließ das Bild vergrößern, und da war der Feind: schwarze, stromlinienförmige Schiffe, aus deren Heck seltsam tentakelartige Antennen wuchsen und über deren von eigentümlichen Rillen durchzogenen Rumpf violette Entladungen irrlichterten. Chi hatte als Floryll gewisse Erfahrung mit Biotechnologie – und das sah sehr danach aus.

»Stopp!«, meldete sich Piter Englaard neben Chi zu Wort, und das Bild hielt an. Der Mensch kniff leicht die Augen zusammen und runzelte die Stirn. Chi kannte diesen Ausdruck des Misstrauens und Taxierens von ihm – er setzte ihn auch immer auf, wenn er einen politischen Gegner einzuschätzen versuchte. »Sind das bemannte Raumschiffe oder Drohnen?«, fragte Englaard.

»Das wissen wir noch nicht«, antwortete Corn. »Wir haben allerdings bislang ausschließlich diese Objekte geortet, keine größeren Einheiten, die sich im Hintergrund halten und der Koordinierung dienen könnten. Wenn diese Einheiten ferngesteuert werden, sind die Kontrollschiffe entweder sehr gut getarnt oder halten sich in großer Entfernung auf.«

»Wie groß sind die Objekte?«, schaltete sich Nissqua ein, den technische Details immer am meisten interessierten.

»Gute zwanzig Meter lang und sechs Meter im Durchmesser«, sagte Leen. »Etwa doppelt so groß wie eine typische Jagdmaschine, aber sie bewegen sich trotzdem genauso schnell und wendig wie Raumjäger.«

»Also ist mit einer Besatzung von drei bis vier Personen zu rechnen«, meinte Chi, ohne vorher länger darüber nachgedacht zu haben.

»Das wäre an dieser Stelle reine Spekulation«, entgegnete

Corn prompt. »Wir kennen das Volk, das diese Objekte geschaffen hat, nicht. Es könnte körperlich deutlich größer als Menschen oder Barakkaraner sein, oder auch viel kleiner. Aber ich gehe tatsächlich auch von einer eher kleinen Besatzung aus. Großkampfschiffe, auf denen jedes Manöver Absprachen erfordert, bewegen sich einfach nicht auf diese Weise. Das sind typische Jägermanöver, die hier geflogen wurden, Manöver, die nur eine Person fliegen kann, die schnell und selbstständig Entscheidungen trifft.«

»Selbstständig?« Zweifelnd deutete A'eS'Kas Kollege eM'eR'U auf den Bildschirm. »Bei dieser Menge an Schiffen muss es eine Art von Abstimmung geben. Ansonsten würden sich in so enger Formation ständig Zusammenstöße ereignen.« Er schüttelte den Kopf. »Wenn Sie mich fragen, Paladin-Admiral, ist diese Flotte computergesteuert. Nur ein Computer -- und zwar ein sehr großer – kann derart präzise Flugbewegungen abstimmen.«

»Womit wir wieder bei Drohnen wären«, brummte Englaard.

»Wie groß ist diese Flotte, wenn ich fragen darf?«, meldete sich Semenoath zu Wort.

»Eine genaue Zählung war unmöglich«, sagte Leen, »aber unser Bordrechner geht von ungefähr fünfhunderttausend Einheiten aus.«

Fassungsloses Raunen ging durch die Kammer. »Bei allen Sternen, das ist ein ganz schöner Haufen von diesen Deckskerlen«, knurrte Thys, und Chi hätte es kaum besser ausdrücken können. Seihre Zweige erschauerten kurz, und sier glaubte schon zu spüren, wie sich seihre Blütenblätter unter dem Stress lockerten.

»Und es kommt noch schlimmer«, sagte der Paladin-Admiral ernst. »Sie sind außerdem ziemlich robust. Energiewaffen können ihnen praktisch nichts anhaben. Und auch Schläge von ballistischen Waffen stecken sie gut weg.«

»Das ist wahr«, pflichtete ihm Leen bei und bat um die nächste Sequenz. Plötzlich explodierte das Bild vor Bewegung. Dutzende dieser eigenartigen Flugobjekte huschten vor einer wackelnden Kamera umher wie Nagri-Käfer, auf deren Bau man mit einem Stock geschlagen hatte. Dabei feuerten sie violette Entladungen ab, deren Ziel das kleine Spähschiff zu sein schien. Abwehrfeuer aus Plasma-Impulskanonen und Raketenexplosionen erhellten die Szenerie, doch sie schienen keinen nennenswerten Schaden anzurichten.

Leen ließ das Bild an einer bestimmten Stelle anhalten. Sie deutete auf ein Phänomen, das wie eine flirrende Energiehülle aussah, die den Rumpf der Feindschiffe schützte. »Es scheint, als könnten die Flugobjekte eine Art Schutzschirm projizieren, der Energieangriffe harmlos ableitet. Wie das funktioniert …« Sie zuckte mit den Schultern. »Ich habe nicht die geringste Ahnung.«

Nissqua beugte sich neugierig auf seinem Platz vor. »Eine stabile Barriere aus Energie zu erzeugen muss enorme Mengen an Ressourcen verbrauchen. Woher nehmen sie diese Energie?«

Corn räusperte sich mit finsterer Miene. »Was das betrifft, haben wir eine ziemlich unerfreuliche Theorie …«

Diesmal erbebte Chi wirklich am ganzen Leib, denn sier glaubte zu begreifen, worauf der Paladin-Admiral hinauswollte, und diese Erkenntnis erschütterte siehn mehr als alles andere. »Die erloschenen Sterne!«, entfuhr es ihrm. »Der Feind nutzt die Energie von Sternen, um seine Flotte aufzutanken.«

Erneut setzte unruhiges Gemurmel ein. »Unmöglich!«, rief Brokban. »Man kann nicht einfach eine Sonne anzapfen wie ein Hediongasfeld.«

»Ich fürchte, unsere Sensordaten sprechen eine andere Sprache, Ratsmitglied«, sagte Corn. Er nickte der Ritterin zu, die daraufhin weitere Sensordaten aufrief. In Falschfarben wurde ein felsiger Brocken im All sichtbar.

»Das ist alles, was von dem Planeten Gorgon übrig geblieben ist, einem Gasriesen der Kategorie fünf«, sagte Leen. Das Bild wechselte und zeigte eine dunkle Stelle im Weltraum. »Und hier befand sich früher die Sonne Ansi Gayron. Wie man sehen kann … ist sie verschwunden. Wir haben Strahlungsreste geortet, die auf einen Klumpen Restmaterie hindeuten, den wir allerdings nicht richtig erfassen konnten. Die genaue Beschaffenheit müssten Wissenschaftler ergründen. Jedenfalls ist kein Stern mehr dort.« Sie ließ die Schultern sacken und wirkte auf Chi plötzlich sehr müde.

Betroffene Stille machte sich im Raum breit. Die schiere Wucht der Katastrophe, die sich anschickte, das gesamte Domenaion zu erschüttern, überwältigte alle Anwesenden.

A'eS'Ka straffte sich. »Vielen Dank, Paladin-Admiral Corn und Ritterin Leen. Ihre Ausführungen waren ausgesprochen erhellend, ganz zu schweigen davon, dass sie Anlass zu größter Sorge geben.« Sie ließ den Blick durch den Raum schweifen. »Ich schlage vor, dass wir eine kurze Pause machen. Und dann müssen wir uns der wichtigen Frage widmen, wie wir uns dieser Herausforderung zu stellen gedenken.«

24

Raumschiff *Leitstern*, im Orbit von Norton
Bendis Kahain

Sie hatten die *Lichtbringer* abgeliefert – und jetzt saßen sie fest. Mittlerweile hatte sich herumgesprochen, dass eine Krise noch nicht vollständig bekannten Ausmaßes herrschte, und das Raumrettungskommando hatte alle Flüge in die Randsektoren für den Augenblick ausgesetzt.

»Das ist doch absurd«, hatte sich Kahain gegenüber einem der Operatoren in der Zentrale aufgeregt – den Boss selbst hatte er nicht erreichen können. »Wir werden dort draußen gebraucht, im Moment mehr denn je.«

»Wir verzeichnen inzwischen drei Rettungskreuzer, die in den Achtziger-Sektoren unterwegs waren und sich nicht mehr melden«, erwiderte die Frau ruhig. »Bis es eine klare Stellungnahme vom Rat oder vom Orden der Luminatoren gibt, bleiben alle Schiffe in den Raumhäfen. Wir helfen niemandem, indem wir Besatzungen opfern.«

Kahain hatte noch ein bisschen vor sich hin geschimpft, aber damit natürlich nichts erreicht. Und insgeheim musste er sich eingestehen, dass sie wahrscheinlich recht hatte. Anders als die meisten anderen hatte er die Sensoraufzeichnungen von den Angreifern gesehen. Es gab nichts, was die *Leitstern* ihnen entgegenzusetzen hatte, falls sie einander zufällig begegneten.

Also hatten sie im roten Sektor des Orbitalraumhafens über Norton angedockt, in dem die Raumrettung ihre Leitstelle für die Nuller- und Zehnersektoren hatte, und Kahain hatte seinen

Leuten einen Tag freigegeben. Sie sollten sich ausruhen und ein wenig Spaß haben. Der nächste Ärger würde noch früh genug auf sie zukommen.

Doktor Rahla hatte das Angebot abgelehnt. Sie wollte bei ihren Gästen bleiben, um ihre Genesung zu überwachen. »Abgesehen davon ist Dreistern-auf-Blau ein faszinierender Gesprächspartner«, bekannte die Ärztin mit einem für sie ungewohnten Leuchten in den Augen. »Es fällt mir zugegeben noch nicht ganz leicht, mit ihm zu kommunizieren. Umso mehr weiß ich jede Gelegenheit zu schätzen, mich mit ihm auszutauschen und meine Fähigkeiten zu verbessern. Ich wünschte bloß, Zoarek wäre nicht so eine unangenehme Person. Sein Betragen im Angesicht der Krise ist wirklich beklagenswert.«

Kahain wusste, was sie damit meinte. Der Nark hatte sich ziemlich aufgeregt, als er erfuhr, dass sie plötzlich auf unbestimmte Zeit auf ihre Rückkehr nach Aonark warten mussten. Kahain hatte eine Weile gebraucht, um ihm klarzumachen, dass er als Captain der *Leitstern* darüber kaum weniger unglücklich war, ihm allerdings die Hände gebunden waren. Letzten Endes hatte sich Zoarek in das ihm zugewiesene Gastquartier zurückgezogen, um eine Protestnote an die Verantwortlichen bei der Raumrettung zu schreiben. Kahain hatte ihn nicht davon abgehalten.

Stattdessen war er in seine eigene Kabine gegangen, um ein wenig Schlaf nachzuholen. Doch statt Erholung zu finden, plagten ihn wirre Träume, in denen er von schwarzen Flugobjekten verfolgt wurde, die hinter ihm die Sterne des Weltraums verdunkelten. Und so saß er nur wenige Stunden später bereits wieder auf der Brücke und blickte, eine Tasse heißen Jala-Kava in der Hand, auf den Hauptbildschirm, der ihm eine Panoramaansicht des Orbitalraumhafens zeigte, an dem ständig Schiffe ankamen und ablegten.

»Ihr wisst alle nicht, was auf euch zukommt«, murmelte

er düster. »Und wenn man es genau nimmt: Ich weiß es auch nicht.« Kahain überlegte, ob er sich die Sensoraufzeichnungen erneut anschauen sollte. Vielleicht entdeckte er noch irgendetwas Nützliches. Alles erschien ihm besser, als im Angesicht einer drohenden Gefahr nichts zu tun. Das entsprach nicht seiner Natur, hatte es nie.

Er wollte gerade zu Shem Randons Platz hinübergehen, als ihn jemand von hinten ansprach. »Captain?«

Dem mürrischen Tonfall zufolge konnte es sich nur um Zoarek handeln, und als Kahain sich umdrehte, stand tatsächlich der Nark mit finsterer Miene in der Tür.

Kahain zwang sich zu einem höflichen Lächeln. »Was kann ich für Sie tun, Zoarek?«

»Für mich im Augenblick gar nichts. Aber Dreistern-auf-Blau möchte Sie gern sehen, Captain. Er spürt große Unruhe bei den jungen Völkern in seiner Umgebung und will wissen, was der Grund dafür ist und ob er vielleicht helfen kann.«

Kahain hielt in der Bewegung inne, als er diese Worte hörte. Daran, den Orkanoiden um Hilfe zu bitten, hatte er noch gar nicht gedacht. Dabei wäre die Idee nicht schlecht gewesen. Obwohl die Orkanoiden heutzutage kaum ihre gewählte Heimat in den oberen Atmosphärenschichten der Zwillingsgasriesen Rauras und Navada verließen, ging ihr Wissensschatz weit darüber hinaus. Nun, es war noch nicht zu spät, das Versäumnis zu beheben.

»Ich muss rasch ein paar Aufzeichnungen auf eine Datentafel kopieren«, sagte Kahain, »aber dann werde ich ihm mit Freuden erklären, was vor sich geht. Und ich hoffe sehr, dass Dreistern-auf-Blau uns helfen kann.«

»Gut. Ich sage ihm Bescheid.« Zoarek drehte um und verließ die Brücke wieder.

Wenige Minuten später betrat Kahain mit einer Datentafel den Frachtraum, in dem sich Dreistern-auf-Blau nach wie vor aufhielt, weil eine Verlegung selbst dann eine Herausforderung gewesen wäre, wenn die *Leitstern* überhaupt noch passende andere Räumlichkeiten vorzuweisen gehabt hätte, um ihn zu beherbergen. Das riesige Quallenwesen begrüßte ihn mit einem mehrfarbigen Lichterspiel und einem für seine Verhältnisse leisen Orgelton.

»Vielen Dank für Ihr Angebot, uns zu helfen«, begann Kahain und bemühte sich, seine Dankbarkeit gleichzeitig in geistige Bilder zu übersetzen. »Ich möchte Ihnen ein paar Bilder zeigen, die verdeutlichen, warum im Augenblick so viel Aufregung bei den Menschen und anderen Völkern des Domenaions herrscht.« Zur Unterstreichung seiner Worte hielt er die Datentafel in die Höhe. Dann wandte er sich Zoarek zu. »Kann er das sehen? Der Bildschirm ist leider recht klein, aber wir haben keinen größeren hier im Frachtraum.«

»Zeigen Sie es ihm und mir gleichzeitig«, sagte Zoarek. »Ich versuche, den Eindruck für Dreistern-auf-Blau in meinem Geist zu verstärken.«

»Danke.« Kahain rief die Sensordaten des Luminatoren-Spähers auf. Er verschwendete keine Zeit mit den Aufzeichnungen von Caros, sondern kam gleich zum Kern des Problems: den schlanken, dunklen Schiffen mit den seltsamen Tentakelantennen, die den Weltraum erst vor der Sensorboje, dann rund um die *Arek-Kama-7-7* ausfüllten. »Wir wissen bisher so gut wie nichts über diesen Feind, bloß, dass er alles in seinem Weg zu zerstören scheint. Planetenoberflächen, Gasriesen – ja, sogar Sonnen lässt er erkalten, obwohl wir uns nicht erklären können, wie diese kleinen Schiffe dazu in der Lage sind. Die Motive der Angreifer liegen völlig im Dunkeln. Vielleicht hat der Rat der Domänen eine Nachricht erhalten, eine Aufforderung zur Kapitulation oder zur Unterwerfung, aber wenn dem so war, ist davon bis jetzt nichts …« Kahain hielt inne und blinzelte. »Ist alles in Ordnung mit ihm?«, fragte er Zoarek und deutete auf Dreistern-auf-Blau.

Der Orkanoide war regelrecht verblasst. Aus den Lichtern, die in seinem halb durchsichtigen Körper flackerten, war jede Farbe gewichen, und selbst das grauweiße Fleisch seines Kopfschirms wirkte irgendwie noch fahler als bisher.

Doch auch Zoarek schien von dieser Reaktion vollkommen überrascht zu sein. Fassungslos, als habe er einen Geist gesehen, starrte der Nark auf das mächtige Geschöpf. »Furcht«, krächzte er rau.

»Wie bitte?«, fragte Kahain.

Zoarek wandte sich ihm entgeistert zu. »Er fürchtet sich.«

Dreistern-auf-Blau gab ein orgelndes Geräusch von sich und schlug mit sattem Klatschen einen Tentakel auf den Boden des Frachtraums. »Noch mal«, übersetzte Zoarek. »Er möchte die Aufzeichnung noch mal sehen.«

»Ja … äh … natürlich.« Kahain beeilte sich, zurück zum Anfang der Sensordaten zu springen, anschließend spielte er die Bilder der Boje und des Spähschiffs erneut ab. Ein dumpfes Unbehagen überkam ihn, und er fragte sich, ob er die Gefühle des Orkanoiden wahrnahm oder ob es seine eigene Sorge darüber war, dass Dreistern-auf-Blau die Angreifer ganz offensichtlich kannte und für extrem gefährlich hielt. Er richtete seine Konzentration auf diesen. »Was ist das für ein Volk?«, fragte er eindringlich. »Sie kennen es, richtig? Was können Sie uns darüber sagen?«

Ein Zittern lief durch die dicke Haut des Kopfschirms, und einige von Dreisterns langen Armen zuckten. Dann baute sich der mittlerweile vertraute Druck hinter Kahains Stirn auf, als der Orkanoide Verbindung mit ihm aufnahm. Doch statt einer Antwort nahm Kahain nur zwei glühende Kugeln im All wahr, eine bläulich, die andere rotbraun. »Rauras und Navada«, sagte er nickend. »Ich kenne Ihre Heimatwelten. Was ist mit ihnen?«

Zoarek legte ihm eine schwielige Hand auf die Schulter und blickte ihn ernst an. »Wir müssen dorthin fliegen – so schnell es geht. Dreistern hat von der Plage der schwarzen Flut gehört. Aber Antworten auf Ihre Fragen kann er Ihnen nicht geben, Captain. Er ist zu jung. Sie müssen einen der Alten auf Rauras treffen.«

Kahain schüttelte den Kopf. »Das ist nicht so einfach. Wir sitzen hier fest. Wir haben strikte Order, uns nicht in die Randbereiche zu begeben. Und für eine Transitroute ins Okaris-System müssen wir die Siebziger-Sektoren kreuzen.«

»Captain, ich kann gar nicht genug betonen, wie ungewöhnlich dieses Verhalten für einen Orkanoiden ist«, entgegnete Zoarek. »So aufgewühlt habe ich noch keinen von ihnen je erlebt. Wenn er sagt, dass wir zurück in die Heimat müssen, dann finden Sie besser einen Weg, uns dorthin zu bringen.«

Erneut spürte Kahain die Präsenz von Dreistern-auf-Blau in seinem Geist. Diesmal sah Kahain sich selbst, als blicke er in einen Spiegel. Gleich darauf vergrößerte Dreistern rasant den Abstand, und Kahain erkannte Doppelgänger von sich, die ihn umgaben, Tausende und Abertausende von Doppelgängern, die eine riesige Fläche einnahmen. Weiter und weiter zog das Bild zurück, bis dort Millionen, wenn nicht gar Milliarden von Lebewesen versammelt waren. Dann fiel ein gewaltiger Schatten auf sie, und während sie von der Schwärze verschlungen wurden, begriff Kahain, was Dreistern ihm sagen wollte. Befehle hatten keine Bedeutung mehr, wenn die Bevölkerungen ganzer Planeten auf dem Spiel standen – ja vielleicht sogar alles Leben im Domenaion selbst.

Kahains Miene verhärtete sich, und er nickte entschlossen. »Zum Abgrund mit den Befehlen. Ich rufe meine Leute zurück. Wir fliegen nach Rauras.«

25

Raumschiff *Lichtbringer*
Kappak Brohta

»Wir fliegen nicht zurück nach Caros. Nicht, solange diese Feindflotte im System ist.«

Die Worte hallten noch eine Stunde später in Kappak Brohtas Geist nach. Als ob es im Anschluss an seine Entführung durch den Luminatoren-Spähtrupp, den Angriff, seine Armverletzung, die mehr als holprige Rettung und diesen ungewollten Flug bis ins ferne Norton-System noch an etwas gefehlt hätte, um ihm vollständig die Laune zu verderben. Diese Nachricht, von einer unterkühlten, blasshäutigen Atherierin in einer steingrauen Uniform überbracht, war der Tropfen, der das Fass zum Überlaufen brachte.

Er hatte versagt – auf ganzer Linie. Nicht dass sich Brohta je als Held oder Retter seiner Kameraden betrachtet hätte. Aber da hatte er einmal versucht, etwas Mutiges zu tun, nämlich in einem beschädigten Schutzanzug ins Freie zu gehen, um die Leute, die eigentlich ihre Retter sein sollten, auf die Überlebenden aufmerksam zu machen, und die Folge war nun, dass er gerettet war und sonst niemand. Schlimmer noch: Vermutlich hatten die Luminatoren mit ihrem Auftauchen obendrein diese schwarzen Schwarmschiffe darauf aufmerksam gemacht, dass es sich lohnen könnte, noch einmal zurück nach Caros zu fliegen. Was das für Thuran, Dukk, Shakanra und die anderen bedeutete, darüber dachte Brohta nur sehr ungern nach.

Selbst wenn der Feind die unter der Mondoberfläche festsitzenden Barakkaraner in Ruhe ließ, standen ihre Überlebenschancen alles andere als gut. Ohne Brohtas Hilfe würde es Dukk schwerfallen, das Komm-Gerät zu reparieren. Der Bursche hatte Talent, das stand außer Frage, aber er übersah immer wieder Kleinigkeiten, weil ihm die Erfahrung fehlte. Außerdem waren ihre Ressourcen an Ersatzteilen begrenzt, und ganz abgesehen davon war das Komm-Gerät sowieso nutzlos, spätestens jetzt, wo über die Grenzsektoren ein Transitverbot verhängt worden war. Caros mochte einen Hilferuf aussenden, doch niemand würde darauf antworten. Dieses Wissen frustrierte Brohta zutiefst, mehr noch, es ließ ihn an der Kompetenz des Luminatoren-Ordens zweifeln. Wofür gab es den Orden, wenn nicht dafür, gegen die Dunkelheit zu kämpfen, die aus dem Abgrund emporgestiegen kam? War das nicht ein elementarer Bestandteil seines Gründungsmythos? Jetzt war die Dunkelheit da, und all die Paladine in ihren glänzenden Paraderüstungen wichen angstvoll zurück!

»Feiglinge, elende«, knurrte Brohta leise.

Er sah sich in der medizinischen Abteilung um, in der man ihn nach wie vor festhielt, weil ein Metallsplitter seinen linken Oberarm durchbohrt hatte und man Brohta selbst nach erfolgreicher Operation noch eine Weile beobachten wollte. Genau genommen hatte der menschliche Arzt, der ihn behandelte, nachdem sie an Bord gebracht worden waren, gesagt, Brohta solle sich auf einen der Stühle im breiten, hell erleuchteten Korridor setzen und dort warten; man würde ihn später noch einmal gründlich untersuchen. Das war nun mehrere Stunden her, und Brohta glaubte nicht daran, dass man ihn so bald wieder in eine Behandlungsnische rufen würde. In der Medizinischen herrschte seit dem Kampf der *Lichtbringer* gegen die Flotte aus schwarzen Schiffen Hochbetrieb. Mindestens hundert Verletzte waren allein durch diesen Gang hereingebracht worden, seit er hier saß. Manche konnten, blutend oder von Verbrennungen gezeichnet, noch selbst gehen, andere wurden von Kameraden gestützt, wieder andere mussten auf Tragen transportiert werden. Es herrschte mehr Chaos als Ordnung, während die überforderten Ärzte versuchten, der vielen Verwundeten Herr zu werden.

Eigentlich gab es für Brohta keinen Grund mehr, hierzubleiben. Sein Arm steckte, seit der Metallsplitter entfernt worden war, in einem Schlauch mit Heil-Gel. Viel mehr ließ sich in Sachen Wundversorgung gar nicht tun. Die zähflüssige bläuliche Substanz war ein echtes Wundermittel, das die Floryll dem Domenaion gebracht hatten und das auf rasante Weise die Zellregeneration anregte. In ein paar Tagen sollte sein Arm wieder wie neu aussehen. Dieser Heilprozess konnte überall stattfinden. Solange er den Gel-Schlauch nicht fachmännisch abnehmen lassen wollte, konnte er genauso gut von hier verschwinden. Brohta war den Luminatoren-Ärzten dankbar für ihre Arbeit, denn das Gel war nicht nur hocheffektiv, sondern auch sündhaft teuer. Trotzdem widerstrebte es ihm, noch länger tatenlos herumzusitzen.

Er wollte runter von diesem unseligen Kahn, der *Lichtbringer*, die zwar ins Ansi-Gayron-System gekommen war, um ihre eigenen Krieger aus der Klemme zu befreien, dann aber Caros ebenso im Stich gelassen hatte, wie es zuvor die Besatzung des Spähraumschiffs getan hatte. Nun lag das Flaggschiff der Luminatoren im Raumhafen über Norton angedockt, nachdem es von einem Raumrettungskreuzer dorthin abgeschleppt worden war. Vielleicht, so dachte Brohta, fand er in diesem Raumhafen ja ein Schiff, dessen Captain auf Flugverbote pfiff und sich überreden ließ, nach Caros zurückzukehren, um die wartenden Bergleute zu holen. Brohta hatte kaum Geld, aber er ging fest davon aus, dass die tiefen Taschen der *Caros-Erzgesellschaft* das Problem zu beheben vermochten. Und wenn er sonst nichts erreichte, konnte er sich wenigstens in einer der Hafenkneipen volllaufen lassen. Das war immerhin eine weit verbreitete Tradition nicht nur unter Barakkaranern: Jedes Leid ließ sich betäuben und jeder Frust wegspülen, wenn man nur genug Alkohol zum Einsatz brachte.

»Ihr werdet mich ja doch nicht vermissen«, brummte Brohta leise und sprach dabei im Wesentlichen mit sich selbst. »Ich bin schließlich keiner von euch, sondern nur ein unbedeutender Erdbuddler.«

Diese Erkenntnis, einmal ausgesprochen, gab den Ausschlag. Brohta kam auf die Beine und bewegte sich ganz unauffällig in Richtung Ausgang. Wenn jemand fragte, würde er einfach behaupten, sich die Beine vertreten zu wollen. Das war an sich keine Lüge. Er plante bloß nicht, von seinem Spaziergang zurückzukehren.

Aber niemand beachtete den purpurhäutigen Barakkaraner in der giftgrünen Patientenkleidung. Die Ärzte und Pfleger waren viel zu sehr mit ihrer Arbeit beschäftigt. Wahrscheinlich, so argwöhnte Brohta, würden sie ihn sogar ignorieren, wenn er lauthals verkündete, dass er nun verschwinden würde. Jeder Patient, der nicht die Medizinische belegte, war ein guter Patient.

Vor Brohta glitten die halbtransparenten Kunstglastüren auf, die die medizinische Abteilung vom Korridor trennten. Er trat hindurch und zur Seite, damit sie sich hinter ihm wieder schlossen. Dieser Teil seiner Flucht war leicht gewesen. Jetzt wurde es schwieriger. Unschlüssig sah er den breiten Raumschiffkorridor hinauf und hinunter. Die *Lichtbringer* war riesig, und er hatte nicht die geringste Ahnung, wo sich die Schleusen befanden, die das Schiff mit der Raumhafenanlage verbanden. »Erst mal muss ich diesen Aufzug loswerden«, entschied er. Die grüne Hose und das Hemd – ganz zu schweigen von dem Gel-Schlauch – kennzeichneten ihn deutlich als Patienten der medizinischen Abteilung, und das würde ihn früher oder später in Schwierigkeiten bringen.

In einer Nische neben einem zweiten Eingang zur Medizinischen erspähte er einen Wagen mit schmutziger Wäsche, überwiegend Arztkittel und Pflegeruniformen, aber auch einige Technikeroveralls und Uniformjacken. Verstohlen begab er sich zu dem Gefährt und begann darin herumzuwühlen. Seine eigenen Sachen würde er dort sicher nicht finden, aber vielleicht einen Overall, der ihm passte.

»He, was machen Sie da?«, sprach ihn jemand von hinten an.

Brohta erstarrte, und eine lautlose Verwünschung kam ihm über die Lippen. Dann drehte er sich gezwungenermaßen um. Vor ihm stand eine junge Menschenfrau in der grauen Uniform eines Offiziers. Den Rangabzeichen zufolge war sie aber nur ein Knappe, also nicht sonderlich weit oben in der Befehlshierarchie angesiedelt. Er versuchte es mit einer Mischung aus Respekt und Unwillen. »Ich suche meinen Overall, Knappe.«

»Ihren Overall? In der Schmutzwäsche?«

»Ja. Ich wurde beim Kampf verletzt.« Er deutete auf seinen Gel-Schlauch. »In der Medizinischen habe ich meinen Overall ausziehen und abgeben müssen. Dabei habe ich …« Er zögerte und gab sich verlegen. »Nun, ich habe meinen Glücksbringer in der Seitentasche vergessen. Einen polierten Stein aus meiner Heimat. Die Pfleger sagten, vielleicht könne ich ihn noch finden, wenn ich mich beeile. Die … die Wäsche soll gleich abgeholt werden. Darf ich?« Er hoffte inständig, dass die Frau Besseres zu tun hatte, als misstrauisch seine Geschichte zu kontrollieren.

Und er hatte Glück. Sie sah ihn nur noch einmal prüfend an und nickte anschließend knapp, bevor sie sich abwandte und strammen Schrittes weiterging.

»Ich bin nur ein Erdbuddler«, sagte Brohta leise zu sich und grinste. Manchmal hatte es seine Vorteile, wenn die größer gewachsenen Völker des Domenaions auf Barakkaraner herabblickten. Dabei neigten sie dazu, Brohta und seine Artgenossen zu unterschätzen.

Wenige Augenblicke später hatte er einen Techniker-Overall gefunden, der dem Schnitt und dem Namensschild – Lakkar – nach zu urteilen einem Barakkaraner gehört haben musste. Brohta schnappte ihn sich und eilte den Korridor hinunter, bis er einen der Sanitärräume für die Mannschaft entdeckte. Dort zog er hastig den Overall über. Er war Brohta zwei Nummern zu groß, aber das machte ihm nichts aus, vielmehr half es ihm dabei, den Gel-Schlauch zu verbergen. Jetzt brauchte er nur noch ein paar ordentliche Stiefel, denn die hatte man ihm auch weggenommen.

Als er den Sanitärraum verließ, sah er, wie eine Gruppe Offiziere, angeführt von diesem atherischen Stern-Paladin, der die Besatzung des Spähschiffs und ihn an Bord in Empfang genommen hatte, auf die Medizinische zustrebte. Der Anblick des Burschen veranlasste Brohta, im Türrahmen in Deckung zu gehen, bis die Gruppe vom Korridor verschwunden war. Er konnte es zwar nicht mit Gewissheit sagen, aber irgendwie hatte er das Gefühl, dass der Stern-Paladin zu ihm wollte – und Brohta hatte keine Lust auf weitere Befragungen.

Rasch hastete er weiter und bog in einen Quergang ab. Eine Weile lief er zielstrebig, aber planlos umher, bis er ein Terminal an der Wand entdeckte, dem er nicht nur seine Position entlockte, sondern auch die der nächsten Mannschaftsdusche und der Schleusen, die zur Raumstation führten. Vor der Dusche lungerte er einige Minuten herum, bis sich einige müde und schmutzige Mitglieder eines Reparaturtrupps näherten, zu denen auch zwei Barakkaraner zählten. Brohta gab ihnen einen kurzen Vorsprung, dann betrat er die Dusche und fand wie erwartet die Kleider und Stiefel der Spezialisten im Umkleidebereich vor. Einen Raum weiter rauschte Wasser, und ein Mann gab lautstark eine Anekdote zum Besten. Brohta wartete nicht auf die Pointe, sondern schnappte sich eins der Stiefelpaare der Barakkaraner, das er beim Hinausgehen überstreifte. Bis jetzt, so fand er, verlief seine Flucht doch ganz hervorragend.

26

Raumschiff *Lichtbringer*
Kappak Brohta

Er stand bereits wieder vor der Tür, als ihm aufging, dass er etwas vergessen hatte. Trotz seiner mittlerweile perfekten Verkleidung bestand die Gefahr, dass seine Flucht an der Schiffsschleuse scheiterte – wenn dort nämlich Soldaten die Passierenden kontrollierten. Zwar steckten sein Ausweis und einige andere Dokumente in der Tasche der Patientenhose, aber damit würde er sich als Zivilist zu erkennen geben, und er wusste nicht, ob der atherische Stern-Paladin nicht mittlerweile nach ihm suchen ließ. Ein Alarm war nicht ausgelöst worden, aber das hieß keineswegs, dass die Wachmannschaft nicht über sein Verschwinden aus der Medizinischen informiert worden war.

Er hatte mitbekommen, dass sich das Luminatoren-Personal mittels ID-Karten an den Schleusen an- und abmeldete. Zumindest hatten Ritterin Leen und ihre Leute das getan, als sie auf die *Lichtbringer* gingen. Solche ID-Karten, die sogar barakkaranischen Technikern gehörten, verbargen sich zweifellos in den Kleiderbergen im Umkleideraum direkt hinter ihm. Aber durfte er es wagen, noch einmal kehrtzumachen und danach zu suchen? Mit jedem verstreichenden Moment erhöhte sich die Gefahr, von einem der Duschenden erwischt zu werden. Dann landete er am Ende in einer Arrestzelle, und das wollte er um jeden Preis vermeiden.

In diesem Moment sah Brohta, dass ihm ein junger Barakkaraner entgegenkam, der einen Technikeroverall wie er trug und einen Werkzeugschlitten vor sich herschob. Er beschloss, ein kalkuliertes Risiko einzugehen, und gesellte sich an die Seite des Mannes. »He, Bruder, hast du kurz Zeit für mich?«

Sein Gegenüber musterte ihn fragend. »Ich muss zum Jägerhangar. Was gibt's?«

»Ich brauche deine Hilfe.«

»Wobei?«

»Das will ich dir gleich verraten, aber zuerst sag: Stammst du auch von Barakkar?«

»Ja, vom Felgakai-Archipel, warum?«

Brohta grinste ihn an. »He, das ist nur ein paar Inseln von meiner Heimat entfernt. Ich bin von den Jundlak-Inseln. Kappak, Kappak Bro…« Er geriet ins Stottern, als ihm auffiel, dass auf seinem Overall ein ganz anderer Name stand, und dann noch mehr, während er fieberhaft darüber nachdachte, wie er dieses Gespräch weiterführen sollte. »Brohta«, entschied er sich schließlich für die Wahrheit. Er räusperte sich, grinste verlegen und hielt dem Mann die Faust hin.

Der schlug mit der seinen dagegen, ohne auch nur mit einem Wimpernzucken zu erkennen zu geben, dass er das anderslautende Namensschild überhaupt bemerkt hatte. »Thumran Dulikk«, sagte er. »Freut mich. Die Jundlaks kenne ich tatsächlich. Schöne Steilküsten gibt es dort.«

Brohta fiel ein Stein vom Herzen. »Das stimmt. Aber die meisten meines Klans wohnen da nicht mehr. Die sind im Kolonien-Bergbau tätig.«

»Ich habe gehört, das soll sich lohnen. Zwei meiner Vettern machen das auch.« Dulikk warf Brohta einen Seitenblick zu. »Aber hast du nicht gesagt, du brauchst meine Hilfe?«

»Ja.« Brohta sah sich rasch um, um sich zu vergewissern, dass niemand ein eindeutiges Interesse an ihrem Gespräch zeigte. Dann fuhr er fort. »Hast du mitbekommen, was auf Caros passiert ist?«

»Nicht so richtig«, gab Dulikk zurück. »Ich weiß nur, dass wir ins Ansi-Gayron-System gesprungen sind, um eine Aufklärungsmission in Not rauszuhauen, und dabei ganz schön was auf die Schiffshülle gekriegt haben. Von den Angreifern habe ich aber nicht mal eine Kanonenspitze gesehen. Es heißt, es sei eine riesige Flotte aus biotechnologischen Raumjägern gewesen.«

»Riesig ist gar kein Ausdruck«, brummte Brohta leise. »Hör zu, ich war da, verstehst du? Also, nicht hier auf der *Lichtbringer*, ich komme von Caros. Unsere Bergbaukolonie – eine barakkaranische Kolonie – wurde von dieser schwarzen Flut angegriffen und vollständig ausgelöscht. Sicher mehr als hundert Überlebende konnten sich unter die Erde retten. Dann kam dieses Spähschiff, und als ich an Bord ging, um sie zu begrüßen, erhielten sie einen Funkspruch von einem zweiten Schiff, das von diesen fremden Flugobjekten attackiert wurde. Sie starteten sofort zurück ins All, wurden selbst auch angegriffen, dann kamt ihr, um uns zu retten – und jetzt sind wir hier. Worauf ich hinauswill: Auf Caros sitzen immer noch eine Menge Bergleute fest, gute Leute, meine Freunde und Kameraden, alles Barakkaraner. Und mir wurde gesagt, dass die *Lichtbringer* sie nicht holen wird. Ich muss also von diesem Schiff runter, um auf eigene Faust eine Rettungsmission zu starten.«

Dulikk sah ihn fassungslos an. »Echt üble Geschichte. Und das ist alles wahr?«

»Wenn ich es doch sage! Ich … Komm mal mit.« Brohta zog Dulikk zur Seite in eine Wartungsnische. Dann öffnete er seinen Overall, schob die Hand in die Tasche seiner Patientenhose und beförderte seine Ausweiskarten hervor. »Hier, schau … *Caros-Erzgesellschaft*. Meine Arbeiterkarte. Ich kam mit dem Spähraumschiff hier an, verletzt, deshalb trage ich noch diesen schicken Aufzug unter dem Overall.« Er deutete auf die giftgrünen Kleidungsstücke, die sein Überzeug verbarg. »Aber darum geht es nicht. Es geht darum, dass die anderen Arbeiter auf dem Mond Hilfe brauchen, und niemand schert sich um sie außer mir. Deswegen muss ich auf die Raumstation. Ich muss jemanden finden, der mich zurück nach Caros begleitet.«

»Und wie soll ich dir jetzt helfen? Ich bin nur ein einfacher Techniker, ich kenne niemanden.«

»Eins nach dem anderen«, sagte Brohta. »Zuerst muss ich von der *Lichtbringer* runter. Aber … nun ja … ich habe das Gefühl, man will mich noch nicht gehen lassen. Bürokratie, Befragungen, so ein Quatsch eben. Deswegen habe ich mich auch heimlich aus dem Staub gemacht.« Er schloss seinen Overall wieder. »Allerdings komme ich nicht an den Wachen an der Schleuse vorbei, weil ich keine ID-Karte habe. Du dagegen hast eine, oder?«

Dulikk begriff schnell. »Und du willst, dass ich sie dir gebe.«

Brohta nickte. »Ich weiß nicht, wen ich sonst fragen soll, und die Lage ist wirklich verzweifelt. Mir ist klar, dass das viel verlangt ist, aber … ich bitte dich, von Bruder zu Bruder.«

Dulikk zögerte. »Ich will keinen Ärger bekommen. Wenn du mit meiner ID-Karte erwischt wirst, habe ich meinem Vorgesetzten eine Menge zu erklären.« Brohta wollte antworten, doch Dulikk hielt ihn mit einer Geste auf. »*Aber* … ich weiß, wo ich eine ID-Karte für dich beschaffe, die dich vom Schiff bringen sollte, ohne dass man sie zu mir zurückverfolgen kann. Allerdings kann ich dich dorthin nicht mitnehmen. Das heißt, ich würde jetzt gehen, und du müsstest auf mich warten. Wäre das in Ordnung für dich?«

Nun war es an Brohta, zu zögern. »Ich habe wohl keine andere Wahl. Ich hoffe nur, du verrätst mich nicht. Das wäre das Todesurteil für meine Freunde.«

Dulikk winkte ab. »Was hätte ich davon? Einen Orden verdiene ich mir damit bestimmt nicht. Außerdem glaube ich dir, und auch wenn keiner meines Klans auf Caros arbeitet, will ich dir helfen. Immerhin geht es um Barakkaraner! Und es sind schon viel zu viele im Ansi-Gayron-System gestorben.«

Dankbar hielt ihm Brohta die Faust hin. »Ich werde meine Leute wissen lassen, wer sie gerettet hat.«

Schief grinsend schlug Dulikk dagegen. »Schon gut. Wir sehen uns in einer halben Stunde an der heckwärtigen Schleuse.«

Der junge Barakkaraner hielt Wort. Eine knappe halbe Stunde später gesellte er sich wieder zu Brohta, der mittlerweile in unauffälliger Entfernung zur Schleuse wartete, die zwar weit offen stand, aber tatsächlich, wie befürchtet, von Soldaten bewacht wurde und einen ID-Karten-Leser aufwies. Dulikk nickte ihm zu und reichte ihm verstohlen eine kleine Karte. Brohta warf einen Blick darauf. Der Barakkaraner auf dem Bild war ein klein wenig älter als er, sah ihm aber immerhin leidlich ähnlich. Sein Name war Hukk Thromba, und er war Waffentechniker.

»Wo hast du die her?«, wollte Brohta wissen.

»Wie gesagt: Im Ansi-Gayron-System sind viel zu viele gestorben«, erwiderte Dulikk. »Die meisten von ihnen wurden aus Zeitgründen noch nicht ordentlich erfasst. Hukks Karte dürfte daher noch ein paar Stunden funktionieren. Er war ein guter Kerl. Ich denke, es würde ihm gefallen, an einer Rettungsmission mitzuwirken.«

»Danke noch mal. Für alles.«

Dulikk nickte ihm ernst zu. »Ich wünsche dir viel Erfolg. Aber jetzt muss ich wirklich los. Meine Arbeit erledigt sich nicht von allein.«

Sie trennten sich, und Brohta machte sich auf den Weg, um sich der letzten Hürde seiner Flucht von der *Lichtbringer* zu stellen. Er hatte keine Ahnung, was passieren würde, wenn er die ID-Karte an das Lesegerät hielt. Vielleicht war Hukks Karte doch bereits gesperrt. Oder er löste damit irgendeinen Alarm aus. Er konnte nur hoffen, dass Dulikk ihm gegenüber ehrlich gewesen war. Schließlich hatte sich dieser verdächtig schnell verabschiedet. »Nicht durchdrehen«, murmelte Brohta zu sich selbst. »Wenn er dich hätte auffliegen lassen wollen, hätte er mehr als genug Gelegenheiten dazu gehabt. Es wird schon alles gutgehen.«

Und tatsächlich passierte überhaupt nichts, als er sich mit klopfendem Herzen und schweißfeuchten Händen einer gemischten Gruppe aus Menschen, Barakkaranern und Sleen anschloss und als Letzter seine Karte hochhielt. Hukks Landgang wurde mit einem Piepsen quittiert, das war alles. Brohta musste sich regelrecht zwingen, nicht sofort loszurennen, nachdem er den Zugangstunnel zum Raumhafen erreicht hatte.

Eine Minute später betrat er den großen Ankunftsbereich im roten Sektor, von dem aus zahlreiche Korridore und unterschiedliche Fortbewegungsmittel die Eintreffenden tiefer in die Eingeweide der gewaltigen Raumstation brachten. Mit einem Glücksgefühl, das er seit Tagen nicht mehr gespürt hatte, warf Brohta die geliehene ID-Karte in einen Müllverwerter und beschleunigte seine Schritte. Das größte Hindernis war genommen. Jetzt musste er nur noch jemanden, der mit ihm zurück nach Caros flog, finden – oder aber eine Raumhafenbar, in der das Bier billig war und der Wirt keine Fragen stellte.

27

Raumhafen im Orbit von Norton
Venk Hobric

»Wollt ihr meine ehrliche Meinung hören?« Venk Hobric sah über seine Bierflasche hinweg zu Sariss, Umbra und Katiktak, bevor er unaufgefordert fortfuhr: »Ich finde es gut, dass wir ein Startverbot bekommen haben, ehrlich gut. Ich meine, Ihr habt die *Lichtbringer* doch gesehen! Diese Kampfschiffe, von denen Katiktak erzählt hat, haben sie halb zerlegt. Ich will gar nicht wissen, wie es uns ergeht, wenn wir denen begegnen. Besser, wir halten uns von der Gefahrenzone schön fern. Denn, wisst ihr, ich bin zur Raumrettung gegangen, weil ich andere Leute aus Notlagen befreien möchte, nicht, weil ich selbst ein Rettungsfall werden will.«

»Erzähl doch keinen Unsinn, Venk.« Sariss gluckste. »Du bist zur Raumrettung gegangen, weil der Job einfach besser klang als Frachtkisten schieben. Du hast von der Dankbarkeit reicher Industrieller und hübscher Schauspielerinnen geträumt. Gib es doch zu.«

»He, das stimmt gar nicht! Ich wollte wirklich was Sinnvolles mit meinem Leben anfangen, einen Neubeginn nach der Zeit an den Docks.«

»Das glaubt vielleicht deine Mutter. Aber ich war doch dabei, als du die Entscheidung getroffen hast. Wir saßen zusammen in *Ebiras Bar*, haben getrunken und uns die Stellenanzeigen angeschaut, und du hast gesagt …«

»Ach, halt die Klappe, Sariss.« Hobric schnitt eine Grimasse.

Sariss gluckste erneut, Katiktak klackerte mit den Kieferwerkzeugen, und Umbra schnaufte belustigt.

»Schon gut, wie auch immer, vergessen wir es einfach.« Hobric nahm einen langen Schluck aus seiner Bierflasche.

Sie saßen im *Rot Fünf*, einer Bar auf der fünften Ebene des roten Sektors, die bevorzugt von den Besatzungen der Raumrettungskreuzer sowie den Reparaturmannschaften des benachbarten Raumdocks besucht wurde. Die Bar, die Platz für ungefähr vierzig Gäste bot, war vom Grundriss her schlauchförmig und ganz in poliertem Metall und rotem Kunstleder gehalten, Ersteres nach Jahren intensiver Nutzung überwiegend stumpf und Letzteres abgewetzt. Vom Eingang aus rechts erstreckte sich ein langer Tresen, hinter dem ein gut gelaunter Sleen seinen Dienst tat, links reihten sich kleine Tische neben Bullaugen, durch die man hinaus auf das Treiben an den Hafenanlagen schauen konnte. Hier wurde man neuerdings von eniers Floryll-Kellneris bedient, dersen geschickte sechs Arme, mit denen sier Schnellgerichte und Getränke servierte, jedoch kaum die schnippische Art wettmachten, die sier den Gästen gegenüber an den Tag legte.

Hobric hatte siehn vom ersten Moment an gemocht.

Er ließ beiläufig den Blick durch den Raum schweifen, sah siehn gegenwärtig aber nicht. Vermutlich hielt sier sich in der kleinen Küche auf, die man durch eine angelehnte Tür am einen Ende des Tresens erreichte. Katiktak sagte etwas, und Hobrics Aufmerksamkeit wurde wieder auf seine Begleiter gezogen.

»... stimmen wir Venk zu«, verkündete der Silphi und unterstrich seine Worte gestenreich mit den dürren, harten Chitinarmen. »Diese Flugobjekte waren wirklich furchterregend. Wir sind froh, dass wir nicht den Notruf des Luminatoren-Spähschiffs erhalten haben.«

»Ich bin ja immer noch ein bisschen beleidigt, dass der Captain nicht uns allen die Sensoraufzeichnungen gezeigt hat«, brummte Hobric. »Ich meine, er hätte sie ja mal in der Messe abspielen können statt auf der Brücke.«

»Das holt er sicher nach«, beruhigte ihn Sariss. »Wann hat der Captain mal mit wichtigen Informationen hinter dem Berg gehalten? Er hatte bloß bis jetzt keine Zeit dazu, auch den Rest der Mannschaft einzuweihen.«

»Mag schon sein«, lenkte Hobric ein. »Der Captain ist in Ordnung, daran lässt sich nicht rütteln ... Umso verrückter, dass er mal im Dienst von diesem Paladin-Admiral bei den Luminatoren gestanden hat, was? Hätte er uns das nicht selbst bestätigt, ich hätte es nicht geglaubt.«

»Wahrscheinlich war er jung und brauchte das Geld – so wie du gerade.« Sariss feixte zischend.

Hobric antwortete mit einer unflätigen Geste. »Weißt du, Chief ...«, setzte er an, aber Umbra unterbrach ihn.

»He, was ist das da?« Mit ihrer kräftigen, dreifingrigen Hand deutete sie auf einen breiten Informationsbildschirm, der hinter dem Tresen hing. Dort wurden gerade undeutliche Bilder präsentiert, die von den Außenkameras eines Raumschiffs zu stammen schienen. Sie zeigten einen brennenden Planeten, während Unmengen kleiner, dunkler Raumschiffe durchs Bild huschten. Noch erschreckender allerdings war der Schriftzug, den der Nachrichtensender, dem das Material zugespielt worden war, dazu eingeblendet hatte: Rhino, Magah-System. Der Zeitstempel entsprach ungefähr dem Moment, als Hobric und die anderen das Wrack des von Raumpiraten zerstörten Nark-Raumschiffs durchsucht hatten.

»Heiliger Abgrund ...«, entfuhr es ihm leise, und sein Magen verkrampfte sich.

Umbra sprang von ihrem Platz auf, ein grauer Hüne in einer viel zu engen Bar. »Mach das lauter!«, herrschte sie den Barkeeper an. Einige der Gäste gingen vorsichtshalber etwas auf Abstand zu der Rhinoa.

»He, ganz ruhig«, rief der Wirt, während er sich hastig an den Kontrollen des Bildschirms zu schaffen machte.

»... unbestätigten Informationen zufolge handelt es sich um die Invasion einer bislang unbekannten Spezies, die aus der stellaren Leere jenseits der Achtziger-Sektoren aufgetaucht ist«, berichtete gerade ein sichtlich aufgeregter menschlicher Reporter, der in einem kleinen Bildkasten links eingeblendet wurde. »Die Echtheit dieser Bilder ist noch nicht endgültig bestätigt worden, allerdings sind sich unsere Experten nach einer ersten Sichtung ziemlich sicher, dass das Material authentisch ist. Ich betone dennoch ausdrücklich, dass wir im Moment nicht zweifelsfrei wissen, was dort draußen vor sich geht. Klar ist nur, dass der Kontakt zu Rhino und mehreren randnahen Kolonien abgebrochen ist. Weder vom Rat der Domänen noch vom Orden der Luminatoren liegt bis jetzt eine offizielle Stellungnahme vor. Ich wiederhole ...«

»Rhino!«, schnaufte Umbra. Ihre gewaltige Körpermasse wankte, als ihr Verstand zu verarbeiten versuchte, was ihm ihre Augen gerade zeigten.

Hobric fluchte unterdrückt und hob eine Hand, um sie ihr auf den Arm zu legen. »Umbra, ganz ruhig. Du weißt nicht, was ...«

»Das sind sie!«, schrie plötzlich eine neue, sich vor Aufregung beinahe überschlagende Stimme. »Die schwarzen Dämonen, die Caros auf dem Gewissen haben! Das sind sie! Ich habe sie gesehen, wie sie Gorgon gefressen haben! Und dann kamen sie, um uns zu holen. Sie werden uns alle holen. Die Finsternis wird uns verschlingen!«

Hobrics Blick zuckte durch die Bar und fand einen purpurhäutigen Barakkaraner, der in einen unscheinbaren Technikoverall gekleidet war. Der Overall war zerknittert und schien ihm zu groß zu sein, und am linken Oberarm beulte sich der Ärmel aus, als befände sich irgendetwas darunter. Den feuchten, schwach bläulichen Flecken nach zu urteilen tippte Hobric auf einen

Heil-Gel-Schlauch, der irgendwo ein Leck hatte. Das alles zusammengenommen – sowie das Geschrei, das der offenkundig angetrunkene Mann veranstaltete – ließ Hobric ahnen, wer der Bursche war. Er berührte Sariss an der Schulter.

»He, Chief, hat dieses Spähschiff nicht einen Überlebenden von dem Bergbaumond gerettet?«

»Äh, ja, da war ein Kerl zu sehen, der auf das Schiff zugelaufen ist.«

»Ein Barakkaraner?«

»Keine Ahnung, er hatte einen Raumanzug an und war nicht gut zu erkennen. Aber Caros wird von Barakkaranern betrieben, also schätze ich mal ja.«

Hobric nickte in Richtung des schreienden Mannes, um den sich mittlerweile einige Gäste geschart hatten. Der Wirt sprach in ein Komm-Gerät an der Wand.

Sariss züngelte unruhig und nickte. »Das könnte er sein. Aber was treibt der hier in dieser Bar? Sollte der nicht unter Bewachung auf der *Lichtbringer* sein?«

»Keine Ahnung. Ich weiß nur eins: Hier herumzubrüllen, bringt ihm eine Menge Ärger ein – und hat der nicht schon genug Mist erlebt?«

Der Chief sah Hobric aus kleinen Augen vielsagend an. »Du willst ihn hier rausholen?«

»Besser, wir haben ihn als die örtlichen Sicherheitskräfte.«

»Echt blöde Idee.«

»Ich weiß.«

Beide standen auf. »Kommst du, Katiktak?«, fragte Hobric. »Wir verschwinden, bevor Umbra und der Halbhohe an der Bar die komplette Stationssicherheit zusammenbrüllen.« Auch die Rhinoa stand mittlerweile am Tresen und röhrte fassungslos, bevor sie so hart auf die Tischplatte schlug, dass eine sichtliche Delle darin zurückblieb. Dann wandte sie sich dem Ausgang zu und walzte los.

»Wie wir sehen, will Umbra auch gerade gehen«, bemerkte der Silphi.

Hobric zückte eine Handvoll Creditscheiben und warf sie auf den Tresen. »Entschuldigen Sie den Aufruhr«, wandte er sich an den verstört dreinschauenden Wirt. »Ist ihre Heimatwelt. Chief, Katiktak, kümmert euch um unseren purpurhäutigen Freund. Ich fange unser Mädel wieder ein. Wir treffen uns auf der *Leitstern.*«

Mit diesen Worten stürmte Hobric Umbra hinterher. Auf die leise mahnende Stimme in seinem Hinterkopf, die ihn darauf hinwies, dass er sich gerade in Luminatoren-Angelegenheiten einmischte, achtete er dabei gar nicht.

28

Raumschiff *Domenaion Eins*
Chi Margolis

Als Chi Margolis in die Ratskammer zurückkehrte, merkte sier gleich, dass etwas nicht stimmte – oder vielmehr noch weniger stimmte als zuvor. Unter dem Stab der Ratsmitglieder herrschte Gemurmel, und Sebatan Thys stand in einer Gruppe mit Piter Englaard, Semenoath und Thure Brokban zusammen, während sich alle vier etwas auf einer Datentafel anzuschauen schienen.

Chi wandte sich an seihre Sekretäris, Kerbi Geranai, dier an seihrer Seite die Kammer betreten hatte, aber gerade im Begriff war, sich in die Nische der Floryll-Delegation zurückzuziehen. »Kerbi, was wissen die anderen, das ich noch nicht weiß?« Sier gab sich keine Mühe, den Duft seihrer Unzufriedenheit zu kaschieren.

Erschrocken rollte seihren Sekretäris die Spitzen seihrer Blütenblätter ein. »Gebt mir einen Augenblick, Ratsmitglied. Ich finde es sofort heraus.« Eine seihrer Hände fuhr an das Komm-Set, das sier in einem dekorativen Ring um den Hals trug.

»Sparen Sie sich die Mühe«, gab Chi zurück. »Ich frage einfach selbst nach. Aber beim nächsten Mal sorgen Sie dafür, dass wir vor den Atheriern oder gar den Sleen wissen, was in der Galaxis – oder auch nur auf *Domenaion Eins* – vor sich geht.«

»Ich verspreche es Euch, Ratsmitglied«, beeilte sich Kerbi zu versichern, aber Chi wandte ihrm bereits den Rücken zu.

Leise raschelnd schritt sier zu seihren Ratskollegen hinüber.

»Jetzt müssen wir handeln«, sagte Thys gerade, »und das

ebenso schnell wie entschieden. Das erwarten die Leute von uns.«

»Ich bezweifle, dass es eine schnelle Antwort auf diese Herausforderung gibt«, gab Semenoath zurück. »Hast war noch nie eine gute Strategie, und wenn wir vorher nicht gut durchdenken, was wir tun wollen, zahlen womöglich viele Lebewesen den Preis dafür.«

»Wenn wir nur reden und denken, statt zu handeln, zahlen *ganz gewiss* viele Lebewesen den Preis«, knurrte Thys.

»Verzeihung«, mischte sich Chi ein. »Hat sich die Krise in den letzten Minuten verschärft?«

»So kann man es wohl nennen.« Thys reichte ihrm die Datentafel, auf der eine Informationssendung lief. Es handelte sich um ein Menschenformat, das sier zwar dem Namen nach kannte, aber nicht aktiv verfolgte, weil es ihrm zu reißerisch war. Auch heute würzte der Kommentator die gezeigten Bilder mit einem Übermaß an Emotionen, aber schon nach wenigen Sekunden hörte Chi gar nicht mehr hin. Stattdessen starrte sier wie gebannt auf die wackeligen Aufnahmen, die offenbar die unter Angriff stehende Welt Rhino zeigten. »Geschieht das jetzt?«, fragte sier mit bebender Stimme.

»Nein«, erwiderte Englaard und deutete auf den Zeitstempel in der unteren Ecke des Bildes, »schlimmer. Es ist schon viel zu lang her. Das erklärt wohl, warum auf Rhino niemand mehr auf unsere Komm-Anfragen reagiert hat.«

»Und es bedeutet, dass wir absolut nichts mehr für diese glücklosen Seelen tun können«, fügte Thys düster hinzu. »Außerdem bedeutet es leider, dass binnen weniger Stunden jedes Lebewesen in diesem Teil der Galaxis mit einem Kommunikationsanschluss von der Krise weiß. Bis jetzt hatten wir Zeit, denn alles, was es gab, waren unbestätigte und sich zum Teil widersprechende Gerüchte. Aber das hier …«, er tippte auf die Datentafel, »… das bringt uns gehörig in Zugzwang.«

Die Tür zur Ratskammer glitt erneut auf, und A'eS'Ka trat ein, gefolgt von Paladin-Admiral Corn. Die einfache Ritterin, die ihnen zuvor Bericht erstattet hatte, war nicht mehr bei ihnen. Für die nun anstehende Diskussion wurde sie offensichtlich als entbehrlich eingestuft. Vielleicht waren die Ratsvorsitzende und der Paladin-Admiral aber auch der Ansicht, dass ihre Sicherheitsstufe für eine Teilnahme bei der Entscheidungsfindung in einer Frage von derart kosmischen Ausmaßen nicht ausreichte.

Ohne Zutun der Vorsitzenden versammelten sich die Ratsmitglieder um den Tisch, wobei A'eS'Ka ihren Platz am Stehpult einnahm und Corn sie flankierte. Allen stand auf die eine oder andere Weise die Erschütterung ins Gesicht geschrieben. Nicht nur stellte der Angriff auf Rhinoa eine ganz neue Stufe der Eskalation dieses Konflikts dar. Obendrein wagte sich auch niemand auszumalen, welche Panik diese Bilder bei den Bevölkerungen der Heimatwelten und Kolonien auslösen würden. Den Ratsmitgliedern war klar, dass gehandelt werden musste, nur, was genau zu tun war, daran schieden sich, das zeigte sich recht bald, die Geister.

»Wir müssen ein starkes Signal aussenden«, verkündete Sebatan Thys mit Nachdruck. »Dieser Feind ist schon viel zu tief in unser Territorium vorgedrungen. Dass wir erst jetzt auf ihn zu reagieren vermögen, weil wir zuvor gar nicht begriffen haben, was vor sich geht, ist schlimm genug. Aber nun halbherzig oder zögernd aufzutreten wäre fatal. Die Völker des Domenaions wollen hören und sehen, dass wir sie vor dieser Gefahr beschützen können und wollen.«

»Den Willen dürfte wohl niemand in diesem Rund infrage stellen«, erwiderte Semenoath. »Allerdings ziehe ich unsere Fähigkeit, diesen Gegner in einer offenen Raumschlacht aufzuhalten, durchaus in Zweifel – davon, ihn zu besiegen, ganz zu schweigen. Wir haben gesehen, wie die *Lichtbringer* binnen weniger Augenblicke schwer beschädigt wurde, das mächtigste

Kampfschiff des Luminatoren-Ordens. Was sollen wir dieser fünfhunderttausend Flugobjekte starken Flotte entgegensetzen?«

»Alles, was wir haben.« Grimmig ließ Paladin-Admiral Corn den Blick über die Anwesenden schweifen. »Es stimmt, dass der Feind uns hart getroffen hat, aber er hatte das Überraschungsmoment auf seiner Seite. Wir kannten seine Fähigkeiten nicht und waren waffentechnisch unzureichend auf ihn vorbereitet. Aber wir haben aus dieser Konfrontation einiges gelernt.«

»Es war eine kostspielige Lektion«, brummte Thys.

»Unbestritten«, gab Corn zu. »Allerdings würde ich den Rettungseinsatz jederzeit wieder befehlen, wenn ich in einer ähnlichen Situation wäre. Und wie gesagt: Wir haben schon jetzt zahlreiche Erkenntnisse aus dem Kampf gewonnen – und die Analyse der Daten dauert noch an.«

»Was genau wissen wir denn?«, fragte Chi. »Außer, dass diese Feinde offenbar imstande sind, Gasriesen und sogar Sonnen von der galaktischen Karte verschwinden zu lassen.«

»Das ist eine taktisch wichtigere Erkenntnis, als Sie vielleicht denken, Ratsmitglied.«

»Ach ja?«

»Selbstverständlich.« Corn beugte sich vor, stützte die Hände auf der Tischplatte auf und fixierte seine Zuhörer. »Wir wissen nun, dass der Feind imstande ist, fast unvorstellbare Mengen an Strahlungsenergie einfach zu absorbieren. Wer die Energie der Fusionsprozesse in einer Sonne verdauen kann, für den sind unsere Hochenergielaser bloß eine Nachspeise. Da unsere Schiffsbewaffnung überwiegend auf Strahlungsenergie basiert, ist das ein Problem, aber kein unlösbares. Uns stehen Alternativen zur Verfügung, Alternativen, die sich als wirksam gegenüber den Flugobjekten erwiesen haben.«

»Kommen Sie zum Punkt, Admiral«, forderte Nore Dakdra.

Corn ließ sich von dem Einwurf nicht beirren. »Kinetische

Energie beispielsweise können die kleinen Raumschiffe nur schlecht wegstecken. Raketentreffer, ballistische Munition, Rammattacken, all das richtet Schaden bei unseren Gegnern an. Die kleinen Schiffe sind robust, keine Frage, deutlich robuster jedenfalls als jede Jagdmaschine, die mir bisher untergekommen ist – vielleicht mit Ausnahme der Raumjäger der Rhinoa, aber wir alle wissen, was für plumpe Klötze das sind.« Wenn er darauf gehofft hatte, mit seinen Worten einen Lacher zu erzielen, wurde er enttäuscht. Aber Chi konnte sich auch nur schwer vorstellen, dass der Paladin-Admiral darauf aus gewesen war. Er schien nie auch nur zu lächeln.

»Robust«, fuhr Corn nach einer kurzen Pause fort, »heißt allerdings nicht unzerstörbar. Die *Lichtbringer* hat zahlreiche dieser Flugobjekte allein mit ihrem Rumpf zerschmettert.«

»Wollen Sie uns etwa vorschlagen, dass sich unsere Flotte in diesen Schwarm von Flugobjekten stürzen soll, um den Feind sozusagen im Nahkampf Rumpf gegen Rumpf zu besiegen?«, fragte Brokban. »Das klingt nach einer ziemlich verlustreichen Taktik. Kaum ein Kriegsschiff ist so dick gepanzert wie die *Lichtbringer*.«

»Rammattacken sollten tatsächlich eine letzte, verzweifelte Maßnahme bleiben«, sagte Corn. »Aber die Barakkaraner setzen in ihrer Heimatflotte noch immer im großen Stil Schiffe mit Massetreiberkanonen ein. Die Sleen verfügen über schwere Raketenträger. Und die eN'iX haben die elektronische Kriegsführung perfektioniert.«

»Das mag alles stimmen«, entgegnete Semenoath, »aber die Anzahl an kurzfristig verfügbaren Schiffen, die nicht primär Energiewaffen nutzen, ist viel zu gering, um eine Flotte aus – ich wiederhole die Zahl gern noch einmal – fünfhunderttausend Flugobjekten zu stoppen. Korrigieren Sie mich, wenn ich falsch liege.« Sie sah Brokban und A'eS'Ka als Vertreter der eben genannten Völker an.

»Fünfhunderttausend ist eine Menge, so viel steht fest«, brummte der Barakkaraner.

»Zahlen dieser Art spielen in der elektronischen Kriegsführung nur eine untergeordnete Rolle«, sagte eM'eR'U stellvertretend für die Ratsvorsitzende. »Ein hochdestruktives Virus kann zehn Schiffe ebenso leicht lahmlegen wie hundert oder hunderttausend.«

»Da sehen Sie es«, sagte Corn. »Abgesehen davon war ich noch gar nicht fertig. Denn wir verfügen noch über eine weitere Waffenart, die sich als ausgesprochen effektiv herausgestellt hat: Nullraumblasen. Wir alle kennen die Scherkräfte, die in den Randzonen dieser Blasen wirken. Der Feind offensichtlich nicht. Wenn genug unserer Schiffe einen Transit einleiten, ohne ihn allerdings zu vollziehen, könnten wir ein regelrechtes Minenfeld aus Nullraumblasen erzeugen. Wenn wir dieses in die Feindflotte projizieren, wären die Folgen verheerend. Und diese Waffe kann wirklich jedes einzelne unserer Schiffe, egal ob militärisch oder zivil, zum Einsatz bringen.« Der Paladin-Admiral richtete sich wieder auf. »Wie Sie sehen, werte Ratsmitglieder, sind wir nicht ganz wehrlos. Der Feind mag uns einmal überrascht haben, aber beim zweiten Mal sind wir am Zug.«

Die Ratsmitglieder wechselten düstere Blicke. Die Vorschläge des Paladin-Admirals klangen zwar besser als befürchtet, aber nach einem sicheren Sieg für die Streitkräfte des Domenaions sah die Operation nicht aus.

»Die Situation ist heikel«, kleidete A'eS'Ka die stummen Bedenken in Worte. »Ich denke, da sind wir alle einer Meinung. Wir befinden uns in der Defensive, während unser Gegner ebenso schnell wie erbarmungslos zuschlägt. Aber wir haben keine andere Wahl, als der Strategie des Paladin-Admirals zu folgen. Und ich spreche nicht einmal so sehr davon, dass wir vor den Völkern, die uns die Verantwortung verliehen haben, sie zu führen, einen starken und entschlossenen Eindruck machen müssen. Ich spreche von einer sehr realen Gefahr, die um jeden Preis abgewehrt werden muss. Die Caros-Bergbaukolonie sowie einige weitere Außenposten wurden ausgelöscht. Rhino hat Schäden in noch unklarem Ausmaß erlitten. Wir sprechen hier von womöglich vielen Millionen Toten. Doch das ist erst der Anfang. Wenn die Feindflotte erst einmal die inneren Sektoren erreicht, die Heimatwelten, unsere Hauptindustriezentren oder einen der Vergnügungsplaneten, wird sich die Zahl der Opfer verhundertfachen.«

Sie hielt kurz inne, faltete die Hände vor dem Bauch und ließ den Blick über die Anwesenden schweifen. »Ich weiß, dass es viel verlangt ist, große Teile unserer planetaren Heimatflotten an der Seite der Luminatoren in diese Schlacht mit ungewissem Ausgang zu schicken. Aber das Domenaion wurde damals gegründet, damit keiner von uns in seiner Furcht vor dem Abgrund allein ist, damit wir gemeinsam stark sein können. Dieser Gründungsgedanke sollte uns heute als Leitstern dienen. Allerdings müssen wir auch wirklich alle an einem Strang ziehen, wenn wir darauf hoffen wollen, diesem Feind erfolgreich die Stirn zu bieten. Deshalb bitte ich um den Konsens des Rats der Domänen, sofern niemand mehr triftige Gegenargumente vorzubringen hat. Sind alle dafür, darauf hinzuwirken, dass eine Sperrflotte unter Führung des Ordens der Luminatoren zusammengestellt wird, deren Ziel es sein soll, die feindliche Flotte abzufangen und so weit wie möglich zu zerstören?«

Semenoath gab ein Seufzen von sich. »Ich verabscheue Gewalt. Und ich bedaure zutiefst, dass der Diplomatie keine Chance eingeräumt wird. Aber …«

»Reden können wir, wenn die bereit sind zu reden«, unterbrach sie Thys.

Leicht unwillig neigte die Atherierin den kahlen Kopf. »Darauf wollte ich hinaus, verehrter Kollege. Ich werde daher der Regierung von Atheria empfehlen, dem Plan zuzustimmen.«

»Ich ebenso«, fügte Anoadon neben ihr hinzu.

»Die Menschen sind bereit, das Domenaion zu verteidigen«, verkündete Thys, während Englaard ergeben nickte.

Auch die übrigen Ratsmitglieder und Repräsentanten ihrer Völker erklärten sich dazu bereit, ihren Heimatregierungen die Empfehlung zum Kampf zu überbringen, wenngleich Nissqua und Sessasha für die Sleen nur sehr zögernd ihre Zustimmung gaben. Schließlich richteten sich alle Augen auf Kem Saidariel und Chi, die sich in der Zwischenzeit bereits mit Gesten und Düften wortlos beraten hatten. Dier jüngere Floryll überließ Chi die Antwort.

Dierse breitete in einer Geste des Einverständnisses Blütenblätter und Arme aus. »Natürlich stehen die Floryll an der Seite ihrer Verbündeten. Ich werde umgehend Verbindung mit Shenavis aufnehmen.« Doch was genau sier seihrer Regierung sagen würde, das hatte Chi Margolis noch lange nicht entschieden.

29

Raumschiff *Leitstern*
Bendis Kahain

Bendis Kahain war gerade im Begriff, von der Brücke der *Leitstern* aus seine Mannschaft für den Flug nach Rauras zurückzuholen, als er weiter hinten im Schiff, bei der Hauptschleuse, einen Tumult vernahm.

Es gab einen dröhnenden Schlag wie von einem schweren Körper, der gegen ein Metallschott gestoßen war, dann rief eine Männerstimme, die Kahain sofort Hobric zuordnen konnte: »Mach langsam, Umbra! Du wirst noch das Schiff beschädigen.«

»Captain!«, übertönte ihn die Rhinoa mühelos. »Captain! Das musst du dir ansehen!«

Sofort kam Kahain auf die Beine. Er wusste aus leidvoller Erfahrung, wie wenig Umbra auf ihre Umgebung achtete, wenn sie aus irgendeinem Grund außer sich vor Zorn oder Empörung war. Darüber hinaus musste etwas wirklich Übles passiert sein, um sie derart aufzuregen, denn für gewöhnlich ließ sich die dickhäutige, graue Riesin durch wenig aus der Ruhe bringen.

Er traf sie auf dem Gang, wo gerade ein von der Wand gerissener Medo-Kasten scheppernd zu Boden fiel, während Umbra Kahain wie eine Urgewalt entgegenstapfte. »Rhino!«, dröhnte sie. »Wir müssen nach Rhino, Captain!« Sie sprach ihn zwar an, aber ihre dunklen Augen stierten wild über ihn hinweg.

»He, langsam!« Kahain riss die Arme hoch, um ihre Aufmerksamkeit auf sich zu lenken. »Langsam, Umbra, hörst du?«

Hinter ihr tauchte Venk Hobric auf, das blasse Gesicht gerötet und das blonde Haar zerzaust. Die zerknautschte Schirmkappe, die er sonst häufig trug, steckte nachlässig in seinem breiten Gürtel. Vermutlich hatte Umbra sie ihm in ihrer Aufregung vom Kopf gewischt, und er hatte sie lieber hastig verstaut. »Tut mir leid, Captain«, rief er schwer atmend. »Ich habe wirklich versucht, sie zu beruhigen, aber …«

»Sie haben Rhino verwüstet!«, unterbrach ihn Umbra erneut. Ihre dicken Finger schlossen sich um Kahains Jacken aufschläge und hielten ihn fest, und ihr mächtiger gehörnter Schädel kam ganz nah an sein Gesicht heran. Ein Geruch von Alkohol und schlecht gepflegten Zähnen schlug ihm entgegen. »Diese Ungeheuer haben meine Heimatwelt angegriffen. Wir müssen unbedingt dorthin, um zu helfen.«

Kahains Hände schlossen sich um Umbras Unterarme, und er drückte sie im Versuch, die Rhinoa zu beruhigen. »Hör mir zu, Umbra«, sagte er in beschwörendem Tonfall und blickte sie eindringlich an. »Atme erst einmal tief durch. Dann gehen wir auf die Brücke, und ich rufe den Rest der Mannschaft zurück. In der Zwischenzeit erzählst du mir, was genau passiert ist.«

»Das muss sie nicht erzählen«, warf Hobric ein. »Wir können es uns auf dem Bildschirm ansehen. Es geht durch alle Nachrichtenkanäle. Der Catrar ist sozusagen aus dem Sack: Alle Welten wissen jetzt von der angreifenden Flotte.«

»Na, das wird den Luminatoren gefallen«, meinte Kahain. Er musste an den zweiten Eindringling denken, der ebenfalls die Sensordaten des Spähschiffs abgegriffen hatte, während sie gerade im System gewesen waren. Ob dieser verstohlene Gast das Material den Medien zugespielt hatte?

Er wandte sich wieder Umbra zu. »Du kannst mich jetzt loslassen«, sagte er. »Wir gehen auf die Brücke, und da sprechen wir weiter.« Seinerseits löste er ebenfalls die Hände von ihren Armen.

Umbra schnaufte geräuschvoll und nickte. »Verzeihung,

Captain.« Sie ließ von ihm ab und trat einen Schritt zurück. Inzwischen schien sie sich wieder halbwegs unter Kontrolle zu haben.

Etwas weiter den Gang hinunter, dort, wo die Frachträume begannen, sah Kahain Zoarek stehen. »Alles in Ordnung, Captain?«, fragte der Nark, als sich ihre Blicke kreuzten.

»Die Lage scheint dort draußen nicht besser zu werden«, gab Kahain zurück.

»Umso wichtiger, dass wir nach Rauras fliegen«, sagte Zoarek.

»Wir fliegen nach Rauras?«, entfuhr es Umbra.

»Schlechter Zeitpunkt, Zoarek.« Kahain bedachte ihn mit einem tadelnden Blick.

Neben ihnen machte sich die Schleuse bemerkbar. Weitere Mitglieder der *Leitstern*-Besatzung kehrten zurück, und die mit einem satten Zischen aufgleitende Tür verhinderte, dass Umbra sofort wieder laut wurde.

Costa, Sariss und Katiktak kamen herein. Die letzten beiden stützten dabei einen purpurhäutigen Barakkaraner, der einen zu weiten Technikeroverall trug und entweder verwirrt oder nicht ganz nüchtern zu sein schien, denn er murmelte in einem fort vor sich hin. »Hallo, Captain«, begrüßte ihn Costa mit säuerlicher Miene.

»Da kommt ihr ja endlich«, sagte Hobric an Sariss und Katiktak gewandt.

»Wir sind auf dem Weg der XO begegnet und mussten ein wenig Überzeugungsarbeit leisten«, gab Sariss zurück.

»Was hat das jetzt wieder zu bedeuten?«, wollte Kahain wissen. »Wer ist dieser Mann?«

»Es war Venks Idee«, sagte Katiktak sofort und deutete mit einer Klauenhand auf den Rettungsspezialisten.

»Ich dachte, uns fehlt noch ein Barakkaraner in der Mannschaft, Captain«, verkündete der grinsend. »Und hat man nicht früher Raumfahrer in miesen Kaschemmen betrunken gemacht, um sie dann ins All zu entführen und zum Dienst zu pressen?«

»Hobric, ich bin nicht in Stimmung für deine Späße«, warnte ihn Kahain.

Der hob abwehrend die Hände. »In Ordnung, alles klar. Also, der Bruder ist ein Überlebender aus dem Ansi-Gayron-System. Er kam mit der *Lichtbringer* hierher und hat sich dann abgesetzt.«

»Glauben wir«, verbesserte ihn Katiktak.

»Wissen wir«, sagte Sariss. »Er redet doch ständig davon, dass er nach Caros zurückmuss, um seine Leute zu retten.«

»Caros!« Der Hinweis auf die Bergbaukolonie riss ihren Gast aus seiner Selbstbeschäftigung. »Richtig. Ich muss nach Caros. Aber kein Captain wagt es, mich zu fliegen. Alles Feiglinge, alles Egoisten.« Hoffnungsvoll blickte er Kahain aus seinen verschleierten Augen an. »Sind Sie auch ein Captain? Können Sie mich nach Caros bringen? Wir müssen meine Leute retten ...«

»Nein, wir müssen nach Rhino, um meinem Volk beizustehen!«, mischte sich Umbra grollend ein.

»Genau genommen«, sagte Kahain mit erhobener Stimme und blickte scharf von einem zum anderen, »müssen wir nach Rauras, denn wie es scheint, kennt unser Gast im Frachtraum diese Bedrohung – oder zumindest ist sie einigen Orkanoiden auf Rauras ein Begriff.«

»Aber Captain!«, protestierte Umbra. »Meine Freunde, meine Sippe – sie alle kämpfen in diesem Augenblick ums Überleben.«

»Und unter normalen Umständen würden wir dieses Gespräch gar nicht führen, sondern säßen schon auf der Brücke und würden losfliegen«, entgegnete Kahain. »Aber das sind keine normalen Umstände! Ich kann mir kaum vorstellen, wie viel Leid auf Rhino geschieht, wenn diese Feindflotte den Planeten angegriffen hat.«

»Wir haben Bilder gesehen«, warf Sariss ein. »Irgendein Schiff hat aus dem All Aufnahmen vom Planeten und von den Angreifern gemacht. Es sah schrecklich aus.«

Kahain nahm die Worte mit einem Nicken zur Kenntnis, ohne jedoch den Blick von Umbra zu nehmen. »Und trotzdem können wir dagegen nicht viel tun. Wir sind nur ein Schiff. Wie viele Rhinoa können wir retten? Fünfzig? Hundert? Zweihundert? Immer angenommen, dass wir nicht selbst unter Beschuss geraten.«

»Zweihundert Leben sind eine Menge wert«, wandte Umbra ein.

»Das ist wahr, und – wie gesagt – normalerweise wären wir schon unterwegs. Aber wir wissen bereits, dass der Feind von Welt zu Welt zieht. Für Rhino können wir nicht mehr viel tun. Doch vielleicht können wir einer anderen Heimatwelt das gleiche Schicksal ersparen, indem wir herausfinden, was es mit den Angreifern auf sich hat. Indem wir etwas erfahren, das uns vielleicht hilft, sie zu stoppen oder wenigstens mit ihnen zu verhandeln.«

»Nichts kann sie stoppen«, verkündete der Barakkaraner mit schwerer Zunge. »Sie sind eine kosmische Naturgewalt. Sie haben Gorgon verdunkelt. Ich habe es mit eigenen Augen gesehen.«

»Ja, danke«, versetzte Kahain leicht ungehalten. »Sariss, Hobric, bringt unseren Gast doch in die Messe, wenn ihr schon der Meinung seid, er sollte an Bord sein.«

»Ich wollte nur helfen«, brummte Hobric. »Der Bruder sah aus, als würde er sich schnurstracks in eine Arrestzelle der Luminatoren manövrieren.«

»Schon gut, Abmarsch.« Kahain wandte sich wieder der Rhinoa zu. Mitfühlend blickte er sie an. »Es tut mir leid, Umbra. Ich würde Katiktak gern den Befehl geben, nach Rhino zu fliegen, um nach deiner Sippe zu suchen. Aber das Wohl vieler Milliarden Lebewesen wiegt schwerer. Wir müssen zuerst nach Rauras. Je nachdem, was wir dort in Erfahrung bringen, ist Rhino unser nächster Halt.«

Mit steinerner Miene erwiderte Umbra seinen Blick. Einen Moment lang sprach sie kein Wort, schien mit sich zu ringen. Dann nickte sie knapp. »Ich hoffe«, sagte sie mit rauer Stimme, »du musst niemals zwischen deiner eigenen Familie und dem Wohl von Milliarden Fremden entscheiden, Captain.« Ruckartig wandte sie sich um und marschierte davon, nur um nach wenigen Schritten in einen der Frachträume abzubiegen. Das Donnern von Metall, das sehr nach einem Frachtcontainer klang, der von ihrer Faust verbeult wurde, unterstrich noch einmal, dass sie alles andere als glücklich war.

»Soll ich …?«, setzte Costa an, aber Kahain schüttelte den Kopf.

»Lass sie. Ich glaube, sie ist jetzt lieber allein.« Er vollführte eine einladende Geste in ihre und Katiktaks Richtung, während er sich auf zur Brücke machte. »Kommt. Wir müssen Shem und eL'Ha zurückrufen und den Transit nach Rauras berechnen.«

Costa hielt ihn auf. »Captain, auf ein Wort.«

Widerwillig blieb Kahain stehen. »Katiktak, kümmere dich um diese Sachen.«

Der Silphi klackte bestätigend. »Wir setzen uns gleich dran.«

Als sie allein auf dem Korridor standen, stemmte Kahain die Hände in die Hüften. »Also, Neena, was hast du jetzt wieder einzuwenden?«

Das klang schärfer als beabsichtigt, aber er hatte zu wenig geschlafen, und es passierten viel zu viele unerfreuliche Dinge in zu kurzer Zeit. Das begann auf seine Laune abzufärben.

Costa ließ sich davon nicht einschüchtern. Prüfend musterte sie ihn aus ihren graugrünen Augen. »Dir ist schon klar, dass wir Flugverbot haben, oder, Captain? Direktor Jaksam wird nicht begeistert sein, wenn wir das ignorieren.«

»Dessen bin ich mir bewusst.«

»Du erinnerst dich daran, wie ich dir gesagt habe, dass ich diesen Job gern behalten würde?«

»Beim Abgrund, Neena, hier geht es um mehr!« Kahain musste sich zusammenreißen, um nicht laut zu werden. »Wir stecken mitten in einer galaktischen Krise – und es ist nicht nur unser Job, Krisen zu bewältigen, es ist sogar unsere Pflicht. Ich habe keine Ahnung, was für eine Lösung die Luminatoren für dieses Problem aushecken, aber ich bin mir sicher, sie wird sehr verlustreich sein, wenn sie überhaupt funktioniert. Die Luminatoren sind wie ein Hammer, ein grobes Werkzeug, sie können gar nicht anders denken. Also, wenn es auch nur die geringste Chance gibt, dass wir am Ende mit einem besseren Plan als ›Schickt so viele Schiffe dem Feind entgegen, bis entweder von ihm oder uns niemand mehr übrig ist‹ aufwarten können, müssen wir sie ergreifen.«

»Was hat Dreistern-auf-Blau genau gesagt?«

»Gesagt hat er nicht besonders viel. Aber er hat diese Feindschiffe eindeutig erkannt. Du hättest ihn sehen sollen. Ich hätte nie gedacht, dass Orkanoiden so vollständig alle Farbe verlieren können. Sein Kopfschirm war im wahrsten Sinne des Wortes *aschfahl.* Und er hat sehr deutlich gemacht, dass wir zu seinen Leuten müssen.«

»Aber warum wir? Warum erzählst du das alles nicht Direktor Jaksam oder Paladin-Admiral Corn und überlässt den offiziellen Stellen diese Angelegenheit? Wir sind die Besatzung eines Raumrettungskreuzers, keine diplomatische Delegation. Die Orkanoiden sind nach wie vor nicht gut auf das Domenaion zu sprechen. Also, was lässt dich glauben, dass wir auf Rauras überhaupt etwas erreichen?«

»Zwei Antworten darauf: Zum Ersten ist die Raumrettung eine anerkannt neutrale Organisation. Wir haben eine Rhinoa an Bord und einen Silphi, obwohl beide Völker nicht Teil des Domenaions sind. Das dürfte uns schon mal helfen.«

»Auch die Luminatoren nehmen Angehörige von Nachbarvölkern in ihren Reihen auf.«

»Mag sein, aber trotzdem gilt der Orden als untrennbar mit dem Domenaion verbunden. Anders als wir. Abgesehen davon haben wir zum Zweiten Dreistern-auf-Blau das Leben gerettet, und das bringt uns garantiert genug Sympathien ein, um eine Unterredung mit einem der Alten zu ermöglichen, vor allem, wenn Dreistern-auf-Blau selbst darauf hinwirkt. Ich versichere dir: Unsere Aussichten, von den Orkanoiden empfangen zu werden, sind deutlich besser als Corns, wenn er mit einem seiner Schlachtschiffe dort aufkreuzt.«

»Dann sag das dem Direktor so. Kontaktiere ihn und erkläre ihm die Lage. Wir müssen nicht gegen Befehle verstoßen, nur weil wir das Richtige tun wollen.«

Kahain nickte. »Keine Sorge, ich werde mit Jaksam reden – aber erst, wenn wir unterwegs sind. Vielleicht gibt er uns grünes Licht für den Flug. Wenn jedoch nicht, soll er uns nicht aufhalten können.«

»Lieber später um Verzeihung bitten als vorher um Erlaubnis, hm?« Costas Mund umspielte ein säuerliches Lächeln, aber in ihren Augen erkannte Kahain nun immerhin widerwillige Zustimmung. Noch jemand an Bord, der nicht glücklich mit seiner Entscheidung war. Aber damit musste er unter diesen Umständen leben.

Er versuchte sich an einem aufmunternden Lächeln. »Er wird uns verzeihen«, sagte er zu Costa. »Wir müssen ihm nur etwas Gutes von Rauras mitbringen. Ein wenig Hoffnung in hoffnungslosen Tagen …«

30

Raumschiff *Domenaion Eins*
Chi Margolis

Der Anruf erreichte Chi Margolis, während sier damit beschäftigt war, seihre Blütenblätter zu pflegen. Er traf auf seihrem persönlichen Terminal ein und bestand nur aus einer einzigen, lakonisch formulierten Textzeile:

Wir sollten uns treffen. Hangar E-17. Ce'Ka'eL.

Hätte hinter der Zeile irgendein anderer Name gestanden, hätte Chi die Anfrage vermutlich entweder seihrerm Sekretäris übergeben oder sie schlichtweg ignoriert. Es war mittlerweile tiefe Nacht – auch wenn das an Bord der *Domenaion Eins* wenig zu bedeuten hatte – und sier freute sich darauf, ein paar Stunden zu ruhen. Morgen stand ein arbeitsreicher Tag bevor.

Doch Prozessor Ce'Ka'eL war einer der wichtigsten Diplomaten im direkten Umfeld von A'eS'Ka, wenn nicht gar der wichtigste. Sein Einfluss reichte bis in die höchsten Entscheidungsebenen auf Zet'iX-10, der Heimatwelt der eN'iX, und er war auch gut auf dem politischen Parkett von *Domenaion Eins* vernetzt. Er war ein Mann mit dem klaren Willen zur Macht, wenn auch nicht selten mit undurchsichtigen Zielen, die keineswegs immer am Wohl der Gemeinschaft ausgerichtet waren.

Chi und ihn verband eine besondere Freundschaft, seit sier ihm mal ein Alibi in einer etwas peinlichen Angelegenheit verschafft hatte. Was seinerzeit von seihrer Seite aus natürlich nicht ohne Hintergedanken geschehen war, hatte sich als der Beginn einer an gemeinsamen Zielen und Interessen orientierten Beziehung erwiesen, die im Laufe der Zeit fast zu so etwas wie einem Vertrauensverhältnis geworden war. Chi nahm durchaus an, dass Ce'Ka'eL siehn politisch opfern würde, wenn sein eigenes Überleben davon abhängig war – was in Ordnung war, denn nicht anders würde sier handeln –, aber zumindest störten sie sich nicht gegenseitig aus irgendwelchen kleingeistigen Gründen. Und manchmal, in Zeiten, in denen wichtige Entscheidungen anstanden, kamen sie sogar heimlich zusammen und berieten sich oder tauschten Informationen aus.

Mit einem leisen Seufzen löschte Chi die Nachricht, dann rief sier sich ein unauffälliges Transportmittel. Sier wählte einfache Kleidung, und auf zeremoniellen Schmuck verzichtete sier ganz. Auf diese Weise war die Wahrscheinlichkeit hoch, dass man siehn nicht erkannte, zumal die Farbe seihrer Blüten weder an sich ungewöhnlich war noch irgendwelche augenfälligen Verläufe enthielt.

Sier verließ seihre Gemächer und wurde sofort von Dorn Melveola begrüßt, dier zur seihrem Leibwächterstab gehörte. »Wollt Ihr noch ausgehen, Ratsmitglied?«

»Ja«, erwiderte Chi, ohne langsamer zu werden.

Dorn beeilte sich, zu ihrm aufzuschließen, aber Chi hielt siehn auf. »Ich gehe allein.«

»Ich kann Euch nicht beschützen, wenn Ihr mich nicht mitgehen lasst«, protestierte Dorn.

»Wir befinden uns auf *Domenaion Eins*, nicht in einem Krisengebiet.«

»Ich weiß.«

Nun drehte sich Chi doch kurz zu derm anderen Floryll um. »Keine Sorge, ich halte mich von den unteren Ebenen fern.«

»Seid Ihr sicher, dass Ihr allein Eure Quartiere verlassen wollt?«, fragte Dorn noch einmal. Im Grunde war das ganze

Gespräch eine Formsache. Chi konnte machen, was ihrm beliebte. Aber Dorn musste sich absichern, sonst würde man ihrm Vorwürfe machen, falls Chi doch etwas passierte.

»Das bin ich«, erwiderte Chi, dier davon ausging, dass Dorn zumindest die letzten Sätze diskret aufgezeichnet hatte.

Erwartungsgemäß neigte Dorn den Kopf und trat zurück. »Einen schönen Abend, Ratsmitglied.«

»Danke«, sagte Chi. »Bis später. Oh, und wenn ich wieder da bin, löschen Sie Ihre Aufzeichnung, verstanden? Dieser Ausflug ist eine Privatangelegenheit.«

»Natürlich, Ratsmitglied.«

Chi trat vor die Tür seihrer Gemächer auf die Galerie, die hinunter auf das Atrium blickte, welches das Zentrum dieses nobelsten Teils der Wohnebenen auf der *Domenaion Eins* bildete. Obwohl das Regierungsschiff niemals schlief, herrschte gegenwärtig nur wenig Betrieb. Richtig belebt war das Atrium nur in den frühen Morgen- und Abendstunden. Chi sah, wie seihr Transportfahrzeug eintraf, und begab sich nach unten, um einzusteigen. Das Gefährt fuhr autonom, was sier begrüßte, denn so versuchte niemand, siehn in ein unwillkommenes Gespräch zu verwickeln. »Zum Hangar E-17«, ließ sier die Bordelektronik wissen, die das Ziel mit einem Ping und sanfter Frauenstimme bestätigte. Dann rollte das Gefährt los.

Während der Fahrt verlor sich Chi in Gedanken. Sier fragte sich, was Ce'Ka'eL von ihrm wollte. Höchstwahrscheinlich hatte seine Bitte um ein Treffen mit der gegenwärtigen Krise zu tun. Inzwischen war der Einfall der schwarzen Flotte überall Gesprächsthema. Vor einer Stunde hatte sich A'eS'Ka als Vorsitzende des Rats der Domänen an die Öffentlichkeit gewandt und allen Völkern versichert, dass man alles in seiner Macht Stehende tun werde, um den Schutz des Sternenreichs zu gewährleisten. Genau wie seihre Kollegen hatte Chi im Hintergrund ernst zu diesen Worten genickt, wenngleich sier zu diesem Zeitpunkt noch überhaupt kein Gespräch mit seihrer eigenen Regierung hatte führen können. Natürlich ging sier davon aus, dass Shenavis seinen Teil zu diesem Kampf beitragen würde. Wollte sich Ce'Ka'eL dessen versichern? Oder besaßen die eN'iX vielleicht Informationen über den Feind, die sie bislang noch nicht offen geteilt hatten? Im Grunde war jede Spekulation müßig. Sier würde schon bald herausfinden, was der Prozessor von ihrm wollte. Aber das hielt seihr Gehirn nicht davon ab, unterschiedlichste Szenarien durchzuspielen.

Ein weiteres Ping und die freundliche Stimme der Transportsteuerung wiesen Chi darauf hin, dass sie ihr Ziel erreicht hatten. Gleichzeitig wurde das Gefährt langsamer. Durch die getönten Scheiben sah sier den Hangarbereich für Diplomatenfähren. Die Schleuse von E-17 befand sich nur wenige Dutzend Schritte entfernt. Sie hielten, und Chi stieg aus. Sier überlegte, ob sier dem Gefährt befehlen sollte, auf siehn zu warten, entschied sich aber dagegen. Es war gut möglich, dass Ce'Ka'eL siehn auf einen Rundflug mitnehmen wollte, damit sie reden konnten, ohne sich Sorgen um Mithörer machen zu müssen, und ein Personentransporter, der zu lange vor dem Hangar stand, würde irgendwann die falsche Art von Aufmerksamkeit wecken.

Sier schritt auf die Schleuse zu und trat in den Sichtbereich der Überwachungsoptik. Einen Moment später glitt der Zugang auf. Durch einen kurzen Korridor erreichte sier eine zweite Schleuse. Diese gehörte eindeutig zu einem Raumschiff. Dem Aussehen und der Beschriftung zufolge handelte es sich um eine Transferfähre nach eN'iX-Bauart – wahrscheinlich gehörte sie zu Ce'Ka'eLs privater Raumjacht, der *A'Ka'De'O*. Chi hatte mit seihrer Annahme also richtig gelegen. Der eN'iX erwartet siehn zum diskreten Gespräch in der ungestörten Umgebung seines kleinen, automatisierten Schiffs – das zuvor hoffentlich jemand gründlich nach Abhörgeräten durchsucht hatte.

Als sier auf die Schiffsschleuse zutrat, öffnete sich auch diese wie von Geisterhand, ebenso wie die dazugehörige Innentür. Normalerweise waren solche Zugangsschläuche unnötig, weil die Hangars der *Domenaion Eins* unter Druck standen. Chi nahm an, dass Ce'Ka'eL auf diese Weise seine Besucher vor den neugierigen Blicken der Wartungstechniker schützen wollte. Vielleicht hatte er aber auch für einen schnelleren Abflug einfach bereits den Hangar entlüftet.

Der eN'iX erwartete siehn direkt hinter der Innentür der Schleuse. Sein perfekter künstlicher Körper steckte in einem modischen, eng anliegenden Anzug, zu dem weiche Stiefel und ein schmaler Gürtel gehörten. Chi wusste zu schätzen, dass er sich für siehn bekleidet hatte. Natürlich war sein polierter Leib aus Metall und Polyverbundstoffen ohne jeden sexuellen Reiz für siehn, aber es fiel ihrm leichter, Ce'Ka'eL als Lebewesen wahrzunehmen, wenn sier nicht die Servomotoren seiner Gelenke und die flackernden Lichtleiterbahnen seiner optimierten Nerven sehen konnte.

Auf dem maskenartig wirkenden, schneeweißen Gesicht des Prozessors zeigte sich ein Lächeln, als er siehn erblickte. »Chi Margolis, willkommen. Danke, dass Sie es so kurzfristig einrichten konnten.«

»Ich hoffe, dass Sie einen guten Grund dafür haben, mich um diese Uhrzeit zu sich zu rufen«, erwiderte sier, als sier an ihm vorbei in das elegant gebaute Raumschiff trat.

»Den habe ich in der Tat«, sagte Ce'Ka'eL leise. Er beugte sich vor, und seine goldenen Augen funkelten vielsagend. »Ich weiß, welche Heimatwelt die schwarze Flotte als Nächstes angreifen wird.«

31

Transferfähre der *A'Ka'De'O*, im Orbit von Norton
Chi Margolis

Voller Unglauben sah Chi Margolis seihr Gegenüber an. »Sie wissen was?«

»Ich weiß, welche Heimatwelt die schwarze Flotte als Nächstes angreifen wird«, wiederholte Ce'Ka'eL mit einem Ausdruck stillen Triumphs auf den Zügen. »Aber kommen Sie doch mit in meine Lounge. Dort können wir uns unterhalten, während wir eine kleine Runde um die *Domenaion Eins* fliegen.«

Chi musste sich zusammenreißen, damit seihre Blätter nicht raschelten, als sier dem Prozessor durch den makellos sauberen, hellen Korridor folgte. Die Lounge lag mittschiffs und nahm einen Großteil der Fähre ein, die vor allem Kurzstreckenflügen diente und daher bei Weitem nicht die Räumlichkeiten besaß, die die privaten Raumyachten hoher Würdenträger aufwiesen. Genau wie auch im Korridor dominierten helle Farbtöne und elegant geschwungene, organisch anmutende Formen, die aus den Wänden und dem Boden heraus direkt in Möbelstücke übergingen. Bei all der Hochtechnologie, die ihr Leben beherrschte, zeigten die eN'iX eine bemerkenswerte Vorliebe für weiche Linien. Jedes Menschenschiff mit seiner oft strengen, militaristisch kargen oder industriell pragmatischen Innenarchitektur wirkte technischer als die Raumfahrzeuge der Kunstwesen.

Ce'Ka'eL bot ihrm einen Platz auf einem der weißen Formsessel an, die in einem losen Halbkreis um eine Irisblende in der

Wand standen. »A-4, bitte starte das Schiff und setze einen Kurs um die *Domenaion Eins*. Standard-Flugparameter.«

»Sehr gern, Prozessor«, erwiderte eine weibliche Stimme. Sie gehörte, wie Chi wusste, dem Bordcomputer des Schiffs, einem, wenn man so wollte, sehr primitiven Vorfahren der eN'iX. Natürlich hätte Ce'Ka'eL sich auch selbst in die Bordelektronik einklinken und den Start von der Lounge aus übernehmen können. Aber nur weil die eN'iX dazu in der Lage waren, hieß das keineswegs, dass ihre Würdenträger es nicht zu schätzen wussten, wenn sie niedere Arbeiten an Untergebene delegieren konnten.

Mit einem kaum merklichen Ruck hob die Transferfähre ab, und Ce'Ka'eL öffnete die Irisblende. Dahinter wurde ein kreisrundes Panoramafenster sichtbar, das ihnen einen ungehinderten Ausblick auf die *Domenaion Eins*, die tief darunterliegende blaugrüne Planetenoberfläche von Norton und das sie umgebende All bot. »Eine Erfrischung?«, fragte der Prozessor und trat an die Bar, die aus der linken Wand der Lounge herauswuchs.

Ein Teil von Chi wollte ihn zurechtweisen, dass er sich die Rolle des guten Gastgebers sparen und endlich zur Sache kommen sollte. Aber ein wenig Nährlösung würde ihrm tatsächlich guttun. Außerdem galt es, die Etikette zu wahren. Sier neigte den Kopf. »Für eine Schale Yara-Saft oder Marisse-Gel in Wasser mit einem Schluck Rotwein könnten Sie mich gewinnen.«

»Marisse-Gel in Wasser mit einem Schluck Rotwein – damit kann ich dienen. Ich habe hier einen edlen Tropfen aus den Peleiden auf Belux. Den müssen Sie einfach kosten.«

Chi wartete, bis er seihr Getränk gemixt hatte und zu ihrm zurückgekehrt war. Sier stellte die Schale auf ein niedriges Beistelltischchen und hielt die Wurzeln seihrer linken Dritthand in die dunkelrote Flüssigkeit. Seihre Handwurzeln nahmen Flüssigkeiten zwar langsamer auf als die Fußwurzeln, aber sier war nicht zu Hause in seihrem privaten Esszimmer. Und genauso, wie sier es zu schätzen wusste, dass Ce'Ka'eL seine Körpertechnik weitgehend verbarg, wusste sier, dass er es bevorzugte, wenn sier davon absah, sich in seihr Getränk zu stellen. Im Moment war es Chi auch wirklich gleichgültig, über welche Wurzeln sier das Getränk aufnahm. Sier war eigentlich nicht durstig, und Genuss durfte auch etwas länger dauern.

Was nichts an seihrer Ungeduld in anderen Belangen änderte. »Nun gut, hier sitzen wir also. Aber ich bin nicht gekommen, um zu trinken und die Aussicht zu bewundern. Daher verraten Sie mir endlich, was Sie über die Pläne und Ziele der Angreifer wissen.«

Ce'Ka'eL stellte sein eigenes Glas beiseite, das ohnehin nur eine symbolische Menge Flüssigkeit enthielt, da eN'iX zum Erhalt ihrer wenigen organischen Komponenten im Allgemeinen nur geringe Dosen hochspezialisierter Nährflüssigkeit zu sich nahmen. Dann legte er die Finger seiner glänzenden, weißgrauen Hände zusammen. »Ich muss zur Erklärung ein wenig ausholen«, sagte er.

An seinen Schläfen wanderten bläuliche Lichteffekte über schmale Zierstreifen, ein Zeichen, dass er sich mit dem Bordsystem koppelte. Im nächsten Moment erwachte ein holografisches Bild des Domenaions zwischen ihnen zum Leben. Im oberen Bereich stach ein dunkler Keil in die Flanke des Raumterritoriums des Weltenbunds. Chi kannte das Bild bereits aus den Gesprächen in der Ratskammer. In der vorliegenden Version schien der Keil allerdings noch größer zu sein, noch tiefer im verletzlichen Leib seihres Heimatraums zu stecken.

»Wir alle stellen uns die Frage, was der Feind eigentlich will«, fuhr Ce'Ka'eL fort. »Sein Angriffsmuster scheint vor allem eine Richtung zu kennen – vorwärts. Mittlerweile sind ihm sechs Sternsysteme zum Opfer gefallen.« Einzelne Lichtpunkte, die gemeinsam die Form des Keils bildeten, leuchteten auf. »Aber was haben Nontaka, Ansi Gayron, Krestel, Twennex, Silo und Magah gemeinsam?«

»Nicht viel, möchte ich behaupten«, erwiderte Chi, »abgesehen davon, dass sie ungefähr in einer Richtung liegen.«

Ce'Ka'eL nickte. »Das ist korrekt, auf den ersten Blick. Im Nontaka- und Ansi-Gayron-System existieren Bergbaukolonien, Silo hat einen fruchtbaren Agrarplaneten, der hauptsächlich von den Sleen genutzt wird, im Magah-System befindet sich die Heimatwelt der Rhinoa, im Krestel- und Twennex-System gibt es nichts außer ein paar wissenschaftlichen Stationen. Gerade die letzten beiden Systeme werfen Fragen auf. Wenn der Feind das Ziel hat, Ressourcen zu erbeuten oder uns auszulöschen, ergibt ein Angriff auf diese Systeme keinen Sinn.«

»Krestel liegt mehr oder weniger auf dem Weg zwischen Nontaka und Ansi Gayron«, warf Chi ein.

»Das stimmt, aber der Feind hat bewiesen, dass er nicht darauf angewiesen ist, von System zu System zu springen, denn zwischen Ansi Gayron und Magah befindet sich eine Lücke. Oortau wurde umgangen, obwohl die Silphi dort seit ein paar Jahren einen Rohstoffmond terraformen, es also sowohl eine Präsenz von unser Seite gibt als auch Ressourcen.«

Chis Blütenblätter richteten sich auf, während sier sich in einer Mischung aus Neugierde und Verwirrung vorbeugte. »Das ist tatsächlich seltsam. Aber könnte es nicht einfach sein, dass die Daten Ihrer Karte veraltet sind? Oder dass die Feindflotte erst die Heimatwelt der Rhinoa angreifen wollte, um sich danach dem unwichtigeren System zu widmen?«

»Bislang ist unser mysteriöser Gegner niemals auf seinem Weg zurückgesprungen, um nachträglich ein System anzugreifen«, entgegnete Ce'Ka'eL. »Außerdem hat mein sehr gutes Informantennetzwerk, unmittelbar bevor ich Sie angeschrieben habe, einen weiteren Angriff gemeldet, und zwar im Bontano-System.«

Chi merkte auf. »Gibt es im Bontano-System nicht ein Ausbildungszentrum der Luminatoren?«

»Richtig, auf Demayn. Ich hoffe, unsere Streiter des Lichts liefern der Dunkelheit einen erwähnenswerten Kampf.«

»Sie scheinen kaum überzeugt davon.«

»Nein, das bin ich nicht. Alle bekannten Fakten sprechen dagegen, dass diese Kinder auch nur die geringste Chance gegen die schwarze Flotte haben.«

Betroffen senkte Chi seihre Blätter. »So viele Leben …«

»Ja, es ist eine Tragödie«, pflichtete ihr Ce'Ka'eL bei, obwohl Chi nicht das Gefühl hatte, dass der eN'iX von der Neuigkeit sonderlich berührt wurde. Tatsächlich fuhr er auch sogleich in analytischem Tonfall fort: »Aber es zeigt erneut, dass Systeme auf dem Weg ignoriert werden, in diesem Fall das Conmar-System, das zugegeben praktisch unbewohnt ist, aber das hat die Angreifer im Krestel- und Twennex-System auch nicht gestört.«

»Schön und gut, wir haben also ein Rätsel vor uns«, sagte Chi zunehmend ungeduldig, »aber eins, das Sie gelöst haben, wenn ich Sie richtig verstanden habe.«

»Es ist eine Theorie, und sie stammt nicht von mir, sondern von einem menschlichen Wissenschaftler, den ich finanziell unterstütze, weil ich ihn, ungeachtet seines exzentrischen Wesens, für genial halte.«

»Und diese Theorie lautet?«

»Sehen Sie selbst.« Ce'Ka'eLs Schläfenstreifen glühten, und im gleichen Moment wurden die mittlerweile ausgelöschten Sonnen vergrößert.

Einen Moment lang blickte Chi verständnislos auf das, was ihrm gezeigt wurde. Dann fing sier an, die Verbindung zu erkennen. »Es sind alles orangefarbene oder rote Sterne.«

»Exakt«, bestätigte Ce'Ka'eL. »Oortau dagegen ist eine weißgelbe Sonne, Conmar sogar ein blauer Superstern. Beide sind viel heller und deutlich heißer als die Sterne, die bislang angegriffen wurden.« Der eN'iX erhob sich und begann mit hinter dem Rücken verschränkten Händen auf und ab zu gehen.

»Wir wissen, dass die Schiffe der schwarzen Flotte imstande sind, Sonnen zum Erlöschen zu bringen. Wie sie das anstellen, ist noch völlig unbekannt, aber sie scheinen den Sternen alle Energie absaugen zu können, vermutlich, um sich diese Energie selbst zuzuführen. Allerdings scheint ihre Fähigkeit, diese Energie zu absorbieren, ihre Grenzen zu haben. Ich bin kein Astrophysiker und kann daher nur spekulieren, ob es mit der Temperatur, spezifischer Strahlung, der Lichtwellenlänge oder etwas gänzlich anderem zu tun hat, aber jedenfalls scheint der Feind eine Vorliebe für lichtschwache Sterne zu haben und sehr helle Gestirne zu meiden.«

»Die Temperatur kann es nicht sein«, sagte Chi. »Auch lichtschwache Sterne werden in der Korona unfassbar heiß.« So viel wusste selbst sier über Sonnen. »Aber das elektromagnetische Spektrum könnte eine Rolle spielen. Oder der chemische Aufbau der Sterne.«

»Das sollen klügere Köpfe herausfinden«, beschied Ce'Ka'eL. »Wichtig ist nur dies: Nun, da wir ein Muster erkannt haben, können wir ihre nächsten Ziele zumindest mit guter Wahrscheinlichkeit voraussehen.« Wieder glühten seine Schläfen, und weitere Lichtpunkte in der Holokarte leuchteten auf. Ce'Ka'eL deutete mit dem Zeigefinger von einem Punkt zum anderen. »Da, sehen Sie, Margolis: Decolan, Radur, Garif, Atha.«

Chi spürte, wie seihre Blätter zitterten. »Das Atha-System«, hauchte sier. »Dort liegt Atheria – die Heimatwelt der Atherier.«

Der Prozessor nickte zufrieden. »Wie ich schon sagte: Ich kenne die nächste Heimatwelt, die angegriffen werden wird.«

Sier richtete seihre schwarzen Perlenaugen auf ihn. »Wir müssen den Rat informieren.«

»Unbedingt«, pflichtete Ce'Ka'eL ihrm bei. »Ich würde sogar noch einen Schritt weiter gehen. Ich würde empfehlen, die Sperrflotte, die sich dem Feind entgegenstellen soll, im Radur-

System zusammenzuziehen. Das Decolan-System werden wir wohl nicht mehr retten können. Uns fehlt schlicht die Zeit, um die Flotte zu versammeln, ganz zu schweigen von dem Versuch, die dortigen Farmkolonien zu evakuieren. Im Garif-System dagegen haben die Atherier eine starke industrielle Präsenz, die sie vermutlich ungern verlieren möchten. Das Radur-System schließlich ist praktisch ungenutzt, sieht man von einigen verstreuten Forschungsstationen ab. Der perfekte Ort, um die Entscheidung zu suchen.«

Chi neigte langsam den Kopf, während sier die Informationen verarbeitete. »Das alles ist ja schön und gut, nur beginne ich mich langsam zu fragen, warum wir all das hier in solcher Heimlichkeit besprechen. Das alles hätten Sie auch im Rat präsentieren können.«

Ce'Ka'eL blieb vor dem Hologramm stehen. »Das ist wahr. Über die Implikationen und Möglichkeiten dieser Erkenntnisse können wir uns allerdings nur in vertraulichster Atmosphäre unterhalten.«

Misstrauisch, aber auch von einer gewissen Neugierde erfüllt, beäugte ihn Chi. »Sprechen Sie weiter.«

Der Prozessor schwieg einen Augenblick, als lege er sich seine Worte genau zurecht. Die Geste war natürlich reine Theatralik, denn höchstwahrscheinlich hatte er diese ganze Unterhaltung bereits vorab durchgespielt und alles abgespeichert, was er sagen wollte. »Der Angriff der schwarzen Flotte ist eine Katastrophe von kosmischen Ausmaßen, das will ich nicht bestreiten«, begann er bedächtig. »Aber er bietet uns auch eine außergewöhnliche Gelegenheit. Wussten Sie, was unsere beiden Völker, die Floryll und die eN'iX, eint, Margolis?«

»Sie werden es mir sicher gleich verraten«, gab sier zurück.

»Wir sind beide Kinder heißer Sonnen«, sagte Ce'Ka'eL. »Zet'iX ist ein blauer Titan, und Helia strahlt im hellsten Gelb. Das bedeutet, dass, wenn meine Theorie stimmt, unsere Heimatwelten vor dem Feind sicher sind. Dieses glückliche Schicksal teilen wir übrigens mit den Sleen, den Silphi und den Orkanoiden sowie ihrem Vasallenvolk, den Nark. Anders sieht es, wie gesagt, bei den Atheriern aus, die als erstes Mitgliedsvolk des Domenaions mit einem Angriff auf ihre Heimatwelt rechnen müssen. Doch sie sind nicht die Einzigen. Auch die Barakkaraner und die Menschen sind in Gefahr, ihre wichtigsten Zivilisationszentren zu verlieren.«

Er ließ sich neben Chi auf einem Sessel nieder und blickte sie aus seinen strahlend blauen Augen eindringlich an. »Stellen Sie sich vor, wie sich die Mächteverhältnisse im Domenaion verschieben könnten, wenn wir ... einfach zulassen, dass geschieht, was geschehen soll.«

Chi musste sich zwingen, seihre Blätter stillzuhalten. Was Ce'Ka'eL da vorschlug, war nichts weniger als ungeheuerlich! Es trat die Grundprinzipien mit Füßen, auf denen das Domenaion gegründet worden war. Und es mochte für Millionen Atherier, Barakkaraner und Menschen den Tod bedeuten. Überhebliche, Pflanzen fressende Atherier, starrköpfige, umweltverschmutzende Barakkaraner und vorlaute, kriegslüsterne Menschen.

Das Universum könnte tatsächlich ein besserer Ort sein, nachdem diese reinigende schwarze Flut hindurchgerauscht ist, dachte Chi.

Langsam ließ sier sich auf seihrem Sessel zurücksinken und nickte Ce'Ka'eL auffordernd zu. »Lassen Sie uns – nur mal ganz hypothetisch – überlegen, wie ein Plan aussehen könnte, der uns nicht direkt wie Hochverräter dastehen lässt, aber trotzdem den gewünschten Effekt hätte.«

Ce'Ka'eL lächelte sein künstliches Lächeln. »Ich habe da schon ein oder zwei Ideen ...«

32

Raumschiff *Leitstern*, auf dem Weg nach Rauras
Kappak Brohta

Als Kappak Brohta wieder zu sich kam, fand er sich an einem ihm unbekannten Ort wieder. Er lag auf einer etwas zu harten Pritsche, und sein Schädel brummte fürchterlich. Ohne sich zu rühren, ließ er den Blick wandern. Er stellte fest, dass er sich in einem kleinen, fensterlosen Raum befand. Es gab Schlafplätze für vier Personen in Form von zwei Stockbetten, außerdem vier in die Wände eingelassene Spinde. An der Stirnseite des Raums hing ein großformatiger, rechteckiger Bildschirm, der gegenwärtig ausgeschaltet war. Das Licht, das aus einem Leuchtstreifen an der Decke stammte, war gedämpft, die Tür geschlossen, und irgendwo summte das Aggregat einer Klimakontrolle. Ansonsten war alles still, was nicht zuletzt daran lag, dass sich niemand außer ihm in dem Raum aufhielt.

Brohta versuchte sich zu erinnern, wie er hierhergekommen war – und wo er sich überhaupt befand. Er wusste noch, dass er sich von der *Lichtbringer* davongestohlen hatte, um im Orbitalraumhafen von Norton ein Schiff zu finden, das ihn zurück nach Caros und seinen dort wartenden Leuten die ersehnte Rettung bringen würde. Dieses Unterfangen war kläglich an der Feigheit der freischaffenden Raumfahrer gescheitert, an die sich Brohta in seiner Not gewandt hatte. Nachdem er etwa ein Dutzend mehr oder weniger mitfühlende Abfuhren erhalten hatte, war er in diese Bar mit den roten Ledersitzen eingekehrt und hatte angefangen zu trinken. Ab diesem Zeitpunkt wurde seine

Erinnerung sehr verschwommen, was angesichts der Tatsache, dass Barakkaraner Alkohol für gewöhnlich ziemlich gut vertrugen, nicht gerade für die Qualität der Spirituosen sprach, die in dem Etablissement ausgeschenkt wurden. Er glaubte sich an irgendeinen Nachrichtenbeitrag zu erinnern, der dort auf einem Bildschirm gelaufen war und von den schwarzen Schrecken handelte, die Caros zerstört hatten. Dann war da dieses grauhäutige Ungetüm, diese Rhinoa, gewesen, die vollkommen ausgerastet war. Und hatte ihn nicht jemand gepackt und eilig aus der Bar gezerrt?

Das hier war, obwohl ein Menschenschiff, nicht die *Lichtbringer*, so viel stand erfreulicherweise fest. Der Raum wirkte viel zu schäbig, um sich irgendwo an Bord des riesigen Luminatoren-Flaggschiffs zu befinden. Aber wo, bei den Ahnen, hielt er sich stattdessen auf?

Brohta beschloss, dass es Zeit wurde, sich ein paar Antworten zu verschaffen. Ächzend erhob er sich von der Pritsche und fuhr sich mit einer Hand übers breite Gesicht. Er konnte jetzt wirklich einen Schluck Wasser – oder besser noch: Kava – vertragen. Gewiss gab es auf diesem Schiff irgendwo eine Messe, wo er etwas zu trinken auftreiben konnte. »Vorausgesetzt, ich bin auf einem Schiff … und kein Gefangener«, murmelte er.

Seine eigenen Worte veranlassten Brohta, den Kopf schief zu legen und zu lauschen. Tatsächlich drang ein leises Brummen durch die Wände, das charakteristisch für einen Schiffsantrieb war, genau genommen für einen, der unter Last lief, wie es bei einem beschleunigenden Raumschiff der Fall war. Die Erkenntnis jagte ihm einen Schauer über den Rücken. Er war wieder im All unterwegs! Aber wohin? War es ihm, ohne dass er sich daran erinnerte, doch gelungen, einen Captain zu finden, der mit ihm ins Ansi-Gayron-System flog? Er konnte es kaum glauben. »Bei meinem Glück bin ich in die Gegenrichtung unterwegs«, brummte er.

Es gab nur einen Weg, das – und seinen Status hier an Bord – herauszufinden. Kappak Brohta trat zur Tür und versuchte sie zu öffnen. Es erwies sich als problemlos möglich. Er fand sich auf einem Gang wieder, der auf ein Schiff schließen ließ, das seine Erbauer eher auf Zweckmäßigkeit als Eleganz ausgelegt hatten.

Auch hier war es still und das Licht gedämpft, trotzdem rief der Korridor Erinnerungen wach.

Er war zuvor mit drei Begleitern hier eingetroffen: einem grünbraun geschuppten Sleen, einem sehr hageren Silphi und einer hellhäutigen Menschenfrau. Ein dunkelhäutiger Mensch hatte in diesem Korridor gestanden und mit einer Rhinoa diskutiert – derselben wie aus der Bar? Anzunehmen. Brohta hatte sich mit ihm unterhalten. Er wusste es nicht mit Sicherheit, aber er nahm an, dass er den Dunkelhäutigen, der der Captain dieses Schiffs zu sein schien, gebeten hatte, ihn nach Caros zu fliegen. Wie das Gespräch jedoch ausgegangen war, wollte ihm einfach nicht mehr in den Sinn kommen, egal, wie sehr er sich anstrengte.

Da sich nirgendwo ein Besatzungsmitglied zeigte, war Brohta einen Moment lang unschlüssig, wohin er sich wenden sollte. Es gab einfach zu viele Türen, und er wollte seine Nase nicht unbedingt in anderer Leute Angelegenheiten – oder Privatquartiere – stecken.

Gerade hatte er entschieden, dass die Brücke vermutlich der beste Ort war, um selbst in der offenbar gegenwärtig herrschenden Bordnacht noch jemanden anzutreffen, als er ein Rumpeln aus einem Raum vernahm, der hinter einer Tür schräg gegenüber lag.

Er begab sich zu der Tür und lauschte. Das Metall war kühl und wirkte ziemlich massiv, daher verwunderte es Brohta kaum, dass er nichts weiter zu hören vermochte. Die Beschriftung an der Wand neben der Tür verriet, dass sich dort der »Gerätehangar« befand. Womöglich legte der Bordingenieur eine Nachtschicht ein, um Ausrüstung zu warten. Brohta schlug mit der Faust gegen das Metall, und als er keine Antwort bekam, öffnete er einfach die Tür und trat ein.

Der Gerätehangar stellte sich als ein Raum von mittlerer Größe heraus, mit einem Verbindungstor zu einer benachbarten Schleuse. Mehrere Flugobjekte waren hier untergebracht, die Brohta als mobile Arbeitsplattformen und Drohnen identifizierte. Auf allen prangte ein auffälliges weißes Sternensymbol. »Ich bin auf einem Schiff der Raumrettung«, erkannte Brohta. Das gab in seinen Augen Anlass zur Hoffnung. Waren sie vielleicht doch unterwegs nach Caros?

Im nächsten Moment wurde er von einem dunklen Grollen aus seinen Gedanken gerissen. Erschrocken fuhr er herum und gewahrte die riesige, graue, in einen weiten Technikeroverall gekleidete Rhinoa in einer Ecke des Raums. Sie saß neben ein paar Kisten auf dem Boden, den breiten Rücken an die Wand gelehnt und den schweren, runzligen Schädel gesenkt. In den kräftigen Händen hielt sie etwas, das einmal ein armlanger Zylinder für den Transport von Proben gewesen sein mochte, jetzt allerdings nur noch ein zerquetschtes Stück Metallschrott war. »Was willst du hier?«, fragte sie Brohta, während sie ihn aus einem dunklen, seitlich am Kopf liegenden Auge mürrisch anblickte.

»Ich …« Brohta fühlte sich durch die graue Riesin ein wenig eingeschüchtert. Anscheinend wollte sie allein sein, und er nahm an, dass er gut beraten gewesen wäre, sich einfach gleich wieder zu verabschieden. Aber dann fand eine weitere Erinnerung ihren Weg zurück in sein Bewusstsein, an eine Nachrichtensendung, die ein brennendes Rhino zeigte, und er trat stattdessen auf sie zu. »Eigentlich wollte ich jemanden finden, den ich fragen kann, auf welchem Schiff ich mich befinde. Ich habe … ein paar Lücken hier drin, was die letzten Stunden angeht.« Er tippte sich mit zwei Fingern gegen die Schläfe.

»Aber ich erinnere mich noch an das, was in der Bar geschehen ist. An die Sendung, die berichtete, dass diese Flotte aus schwarzen Schiffen Rhino angegriffen hat.« Da sie ihm nach wie vor schweigend und reglos zuhörte, wagte Brohta es, sich ihr gegenüber auf eine der Transportkisten zu setzen, womit sie nun ungefähr auf Augenhöhe waren. »Und daher will ich dir jetzt sagen: Ich teile deinen Schmerz. Du magst es mitbekommen haben oder nicht, aber ich bin einer der wenigen Überlebenden des Bergbaumondes Caros im Ansi-Gayron-System. Die schwarze Flut ist über meine Leute und mich hinweggeschwappt und hat alles zerstört. Ein paar meiner besten Freunde kamen dabei ums Leben. Ich habe mich nie so hilflos gefühlt wie in diesen Momenten.«

»Ich fühle mich nicht hilflos«, erwiderte die Rhinoa. »Ich bin … wütend.«

»Wütend, ja.« Brohta nickte. »Wütend bin ich auch. Diese … Dinger fallen über uns her, zerstören und töten, und wir können einfach nur dasitzen und zusehen. Was würde ich dafür geben, es ihnen heimzahlen zu können. Wie gern würde ich diese Schiffe aus dem All schießen.« Er hatte bislang kaum darüber nachgedacht, aber nun, da er es aussprach, begriff Brohta, dass es der Wahrheit entsprach. Er wünschte sich wirklich, Vergeltung für die Auslöschung der Caros-Kolonie und insbesondere den Tod von Brokkin Arbat üben zu können.

»So geht es mir auch.« Die Rhinoa hob den Kopf, und ihre dunklen Augen glänzten feucht, während die von Natur aus heruntergezogenen Winkel ihres breiten Mundes noch verkniffener als gewöhnlich wirkten. »Diese Ungeheuer haben meine Heimatwelt verheert. Ich weiß nicht, ob die Stadt, in der ich aufgewachsen bin, noch steht und ob meine Sippe noch lebt. Aber selbst wenn, sind trotzdem Millionen von Rhinoa ums Leben gekommen.« Das Metall des Transportzylinders quietschte, als sich ihre dicken Finger erneut fester darum schlossen. »Ich will diese Schiffe packen und mit bloßen Händen zerquetschen.«

Hätte irgendjemand sonst diese Absicht geäußert, hätte sich Brohta vermutlich ein Lachen verbeißen müssen, weil die Vorstellung doch reichlich absurd klang. Die Rhinoa allerdings hielt er für fähig, zumindest einem kleineren Schiff nennenswerten Schaden zuzufügen. »Glaub mir«, sagte er, »diesen Wunsch kann ich voll und ganz nachvollziehen.«

Einen Augenblick lang saßen sie einander schweigend gegenüber, jeder in seine eigenen tristen Gedanken versunken. Dann räusperte sich Brohta. »Auf welchem Schiff bin ich denn nun?«

»Auf der *Leitstern*«, erwiderte die Rhinoa. »Einem Schiff der Raumrettung unter dem Befehl von Bendis Kahain.«

»Das ist der dunkelhäutige Menschenmann?«

»Ja.«

»Und wie heißt du?«

»Umbra.«

»Mein Name ist Kappak Brohta.« Er hielt ihr zum Gruß die Faust hin, und sie berührte sie mit zweien ihrer dicken Finger. »Freut mich, dich kennenzulernen«, fuhr Brohta fort, »obwohl ich es natürlich noch besser fände, wenn ich dir nie begegnet wäre und einfach mein normales Leben auf Caros hätte weiterführen können.«

»Natürlich.«

Wieder schloss sich ein Moment des Schweigens an. Brohta merkte, dass die Rhinoa keine große Lust auf ein Gespräch hatte. Eine Frage musste er ihr trotzdem noch stellen. »Sag mal, wohin fliegt die *Leitstern* eigentlich? Nicht nach Rhino, nehme ich an. Sonst wäre deine Stimmung besser.«

Umbra schüttelte das schwere Haupt. »Nein, nicht nach Rhino. Und auch nicht nach Caros, falls das deine Hoffnung war. Wir fliegen nach Rauras.«

Brohta stutzte. »Leben dort nicht die Orkanoiden?«

»Richtig. Wir haben einen im Frachtraum gegenüber.«

»Ihr … habt … einen Orkanoiden an Bord?« Ungläubig blickte er die Rhinoa an.

Umbra brummte bestätigend. »Er wird von einem sehr schlecht gelaunten Nark bewacht. Wir haben beide aus einem Raumschiffwrack gerettet. Jetzt soll er uns helfen, einen der Alten zu treffen. Der Captain glaubt, dass die Orkanoiden mehr über die schwarze Flotte wissen.«

»Aber werden die uns denn behilflich sein?«, fragte Brohta. »Wenn ich nicht irre, sind die nicht besonders gut auf die Völker des Domenaions zu sprechen.«

»Wird sich zeigen.« Umbra zog ein Chronometer aus der Tasche ihres Overalls und warf einen Blick darauf. »In einer halben Stunde endet die Pause, die der Captain uns verschrieben hat. Dann folgt die letzte Transitetappe. Ich hoffe, der Flug lohnt sich. Ansonsten …«

Brohta hob die buschigen Augenbrauen. »Ansonsten?«

»Weiß nicht«, sagte Umbra grimmig, bevor sie den malträtierten Metallzylinder in ihren Händen vollends zerquetschte.

33

Raumschiff *Leitstern*
Bendis Kahain

»Das wird ein Nachspiel haben, wenn Sie zurückkehren, Captain, das kann ich Ihnen jetzt schon versprechen.« Verärgert blickte Direktor Jaksam vom Brückenbildschirm aus auf Kahain, der ihm gegenüber auf seinem Kommandostuhl Platz genommen hatte.

»Damit habe ich gerechnet«, erwiderte Kahain. »Aber ich kann es nur noch einmal wiederholen: Diese Mission ist zu wichtig, um das Risiko, das ein Flug an den Rand mit sich bringt, nicht einzugehen. Wenn uns die Orkanoiden wirklich …«

»Ja, ja, ja, das haben Sie mir alles schon erzählt, Captain. Trotzdem hätten Sie mich vorher fragen sollen. So läuft das nun mal. Wir sind keine chaotische Truppe, in der jeder macht, was ihm gerade in den Sinn kommt. Hier herrschen eine gewisse Ordnung und Organisation, damit das Ganze funktioniert. Und mehr noch: Es sollte ein Vertrauensverhältnis zwischen Ihnen und mir herrschen.« Er wirkte nun eher verstimmt als wütend.

»Ich schätze und respektiere Sie, Direktor«, beteuerte Kahain. »Aber hätte ich Sie vor dem Abflug um Erlaubnis gebeten, wäre die *Leitstern* möglicherweise von Ihnen aufgehalten worden. Dieser Gefahr durfte ich uns nicht aussetzen.«

Jaksam brummte etwas Unverständliches. Er holte tief Luft. »Also schön: Weitermachen. Aber benehmen Sie sich bei den Orkanoiden – und lassen Sie sich unterwegs nicht umbringen.«

Kahain wagte ein kleines Lächeln. »Wir werden uns bemühen.«

Der Direktor nickte grüßend und beendete das Gespräch.

Geräuschvoll atmete Kahain aus.

»Das lief doch besser als erwartet«, meinte Neena Costa.

»Ja, ganz großartig«, sagte Kahain nicht ohne Ironie in der Stimme. »Vielleicht hast du Glück und bekommst bald einen neuen Captain – einen, der sich an die Regeln hält.«

Costa schüttelte den Kopf. »Wir mögen nicht immer einer Meinung sein, Captain, aber das will ich trotzdem nicht hoffen.«

Die Besatzung der *Leitstern* hatte ihre Ruhepause beendet und befand sich nun wieder auf ihrem Posten. Während Randon und eL'Ha die Umgebung im Auge behielten, gab Katiktak die Berechnungen für ihre letzte Transitfolge ein, die sie nach Rauras bringen würde. Bis jetzt war ihre Reise erfreulich glatt verlaufen. Die *Leitstern* war keinem einzigen feindlichen Schiff begegnet. Man konnte fast den Eindruck gewinnen, dass die Raumsektoren, die die schwarze Flotte einmal durchflogen hatte, für den unheimlichen Feind uninteressant waren. Kahain hoffte, dass ihnen das Glück diesbezüglich auch weiter hold blieb.

»Wir sind so weit«, verkündete Katiktak.

»In Ordnung.« Kahain informierte die anderen im hinteren Teil des Schiffs. Dann gab er dem Silphi ein Zeichen. »Springen wir.«

Während Katiktak vor ihnen im All die Nullraumblase entstehen ließ, schob Randon seine Datenbrille auf der Nase nach oben und rutschte unruhig auf seinem Platz hin und her.

»Nervös, Shem?«, fragte ihn Kahain.

»E-Ein wenig, C-Captain«, gab der Sensorspezialist zu. »Ich war n-noch nie bei den Orkanoiden.«

Kahain lächelte ihm aufmunternd zu. »Keine Sorge. Es wird schon alles gut gehen. Schließlich bringen wir einen von ihnen nach Hause.«

»Ich bin gespannt, ob diese Ältesten wirklich so viel wissen, wie Dreistern-auf-Blau behauptet«, sagte Costa.

»Ja«, pflichtete ihr Kahain bei, »das bin ich auch.«

Dann verschlang sie der Nullraum.

Wie die zwei unterschiedlich gefärbten Augen eines gewaltigen Ungeheuers, das in der kosmischen Schwärze lauerte, hingen Rauras und Navada im All. Die beiden Gasriesen – einer leuchtend orange, der andere von tiefem Blau – umkreisten ein gemeinsames Schwerkraftzentrum, weswegen sie gemeinhin als Zwillingsplaneten bezeichnet wurden. Allerdings hielten sie genug Abstand, um nicht im Laufe der Jahrmillion ineinander zu stürzen. Sogar ein recht komplexes System aus Monden hatte sich um beide Gasriesen erhalten, von denen die meisten allerdings ohne jedes Leben waren – oder zumindest ohne einheimisches Leben.

Eine Ausnahme bildete Aonark, einer der Monde von Navada. Er war nicht der größte, aber der einzige, der seinen Planeten in der perfekten Entfernung begleitete, um reichhaltiges Tier- und Pflanzenleben hervorzubringen. An deren evolutionärer Spitze standen die Nark, die das Okaris-System in den letzten vier Jahrhunderten zum Zentrum ihrer kleinen und verbissen verteidigten Einflusssphäre gemacht hatten. Möglich gemacht hatten das ihre in den oberen Atmosphärenschichten von Rauras und Navada lebenden orkanoidischen Mentoren, die den Nark – nicht ganz uneigennützig – den Sprung ins Raumfahrtzeitalter ermöglicht hatten.

Kahain hätte gern vermieden, bei ihrem Anflug auf Rauras auf Nark zu treffen, schließlich hatte Paladin-Admiral Corn die *Leitstern* nicht gerade mit den höflichsten Worten angemeldet. Dieser Wunsch wurde ihm jedoch nicht erfüllt. Vielmehr hatten sie den Nullraum keine fünf Minuten verlassen, als Randon bereits nahende Schiffe meldete und eL'Ha eine eingehende Komm-Anfrage registrierte.

Kahain aktivierte die Bordsprechanlage. »Zoarek, jetzt wäre der richtige Zeitpunkt für Sie, um auf die Brücke zu kommen. Sie müssen uns an Ihren Leuten vorbeibringen, damit wir Rauras erreichen, wie Dreistern-auf-Blau es wünscht.«

Er wartete nicht auf eine Antwort, sondern schaltete die Verbindung wieder ab und wandte sich eL'Ha zu. »Dann begrüßen wir mal das Empfangskomitee. Haben wir eine Bild- oder nur eine Tonübertragung?«

»Die Nark wünschen eine Bildverbindung«, antwortete eL'Ha.

»Das habe ich mir gedacht.« Nark zogen es vor, einander bei Gesprächen in die Augen zu sehen, auch weil sie so den Vorteil besser ausspielen konnten, dass sie auf die meisten anderen Völker dieser Raumregion einschüchternd wirkten. »Also, machen wir ihnen die Freude. Bildkanal öffnen.« Kahain setzte sich in seinem Kommandostuhl aufrecht.

Die Darstellung auf dem Brückenbildschirm flackerte kurz, bevor sie sich stabilisierte. Bei allen Fortschritten, die die Technologie der Nark dank der Orkanoiden machte, war sie im Vergleich zu etwa der der eN'iX oder der Atherier doch eher rustikal zu nennen. Aber das passte zu dem grobschlächtigen Mann in der Uniform eines Soldaten der hiesigen Raumstreitkräfte, der soeben sichtbar wurde.

»Raumschiff *Leitstern*«, begrüßte er sie barsch und mit hörbarem Akzent. Er kannte den Namen des Schiffs, weil sie aus Höflichkeit wie meistens ein automatisches Erkennungssignal aussandten. »Sie sind hier nicht willkommen. Ich fordere Sie auf, das System so schnell wie möglich wieder zu verlassen.«

Damit, dass sie nicht gerade freundlich empfangen werden würden, hatte Kahain gerechnet. Dass man jedoch sofort versuchte, sie zu verjagen, verwunderte ihn. »Guten Tag, Captain«, erwiderte er. »Mein Name ist Kahain, ich bin der Captain der *Leitstern*. Ihren Worten entnehme ich, dass Sie nicht über unsere Ankunft unterrichtet wurden. Ansonsten wüssten Sie, dass wir einen Orkanoiden an Bord haben, den wir aus einem havarierten Schiff geborgen haben und der nun von uns nach Rauras gebracht werden möchte. Sein Name ist Dreistern-auf-Blau.«

Das schien seinem Gegenüber merklich den Wind aus den Segeln zu nehmen. Die Schuppen auf seiner Stirn hoben sich leicht, und seine Anhängsel am Hinterkopf bebten. »Können Sie diese Geschichte beweisen?«

»Ich kann Sie leider nicht in den Frachtraum durchstellen, aber …« Kahain unterbrach sich, als Zoarek die Brücke betrat. »Ah, hier haben Sie jemanden, der Ihnen meine Geschichte bestätigen wird. Zoarek, wären Sie so freundlich, den Captain davon zu überzeugen, dass er uns passieren lassen muss?«

Die Miene ihres Nark-Gastes verfinsterte sich umgehend, und er begann in seiner eigenen, halb bellenden, halb zischenden Sprache erregt und mit einiger Lautstärke auf den Kommandanten des Patrouillenraumschiffs einzureden. Dessen Kopfanhängsel spreizten sich erbost, und er antwortete in gleicher Weise, wobei sich Kahain des Gefühls nicht erwehren konnte, dass er erleichtert war, nun jemanden vor sich zu haben, mit dem er sich ohne diplomatisches Nachspiel anschreien konnte.

Der ganze Wortwechsel dauerte nur wenige Minuten, dann hieb der Captain des anderen Schiffs auf eine Taste in der Armlehne seines Sitzes, und der Bildschirm wurde dunkel.

»Und? Werden sie jetzt das Feuer auf uns eröffnen?«, fragte Costa.

»Nein«, erwiderte Zoarek, ohne auf ihren Sarkasmus einzugehen. »Im Gegenteil. Der Captain hat eingesehen, dass er womöglich mangelhaft informiert war. Wir dürfen weiterfliegen.«

»Danke«, sagte Kahain. »Das hat uns wahrscheinlich eine

längere Diskussion erspart.« Er hob leicht die Stimme. »Katiktak, bring uns nach Rauras.«

»Wohin genau, Captain?«, wollte der Silphi-Pilot wissen. »Rauras ist groß.«

»Zoarek?« Kahain sah ihren Gast fragend an.

»Ich weiß nicht, nach welchem System Sie navigieren«, gab dieser zurück. »Überlassen Sie mir das Steuer, dann bringe ich sie zu der Gruppe von Orkanoiden, der Dreistern-auf-Blau angehört.«

»Das kommt nicht infrage«, sagte Katiktak sofort. »Dagegen verwehren wir uns nachdrücklich.«

Obwohl sich Kahain verführt sah, den Silphi darauf hinzuweisen, dass *er* nach wie vor der Captain der *Leitstern* war, nickte er. »Es tut mir leid, aber dieses Schiff darf nur von autorisiertem Personal geflogen werden. Versicherungssache, Sie wissen schon.« Er lächelte Zoarek liebenswürdig an. »Aber Sie werden doch sicher imstande sein, uns in die richtige Richtung zu weisen. Den Rest übernimmt dann Spezialist Randon mit den Sensoren.«

»Wie Sie meinen«, brummte Zoarek. Er trat neben Katiktak und deutete auf eine hellere Region unweit des planetaren Nordpols. »Halten Sie auf diesen Streifen zu. Das ist eine ruhigere Zone in der Atmosphäre.«

»Wir sind schon dabei.«

Kahain lehnte sich in seinem Sessel zurück und beobachtete, wie Rauras auf dem Bildschirm langsam anwuchs. Erst hatte der Gasriese noch die Größe einer Orana-Frucht, dann die eines Rhinoa-Schlagballs, schließlich sprengten seine Ränder den Aufnahmewinkel der Bugkamera, und er füllte den gesamten Bildschirm aus. Katiktak leitete ein Bremsmanöver ein und zog den Bug der *Leitstern* nach oben, damit sie in flachem Winkel in die Atmosphäre eindrangen und nicht wie ein Asteroid darin einschlugen und in einem kurzen, aus der Ferne zweifellos hübschen Aufglühen vergingen. Die Schwärze des Weltraums wurde von orangefarbenen Dunstschleiern abgelöst, als der Silphi mit dem Schiff in den Sinkflug überging.

»Folgen Sie der Windströmung nach Westen«, sagte Zoarek. »Ich würde Ihnen den Sektorkreis nennen, in dessen Nähe sich die Gruppe meist aufhält, aber damit können Sie vermutlich nichts anfangen.«

»Shem, können wir das in Horizontalgrade konvertieren?«, fragte Kahain den Sensorspezialisten.

»Ja, Captain. Ich m-muss nur ein extra Programm aufrufen.«

»Mach das.«

Mit Zoareks und Randons Hilfe steuerte Katiktak die *Leitstern* durch die Wolken. Das Schiff bebte, als es in tiefere Atmosphärenschichten vorstieß. Für eine Weile war auf dem Bildschirm nichts als wirbelnder Dunst zu sehen, der am Rumpf vorbeizog.

»Wir hoffen, dass die Sensoranzeigen zuverlässig sind«, sagte Katiktak, der den Kopf, wie immer beim Fliegen, etwas gesenkt hatte, damit seine Facettenaugen sowohl Bildschirm als auch Instrumente gleichzeitig im Blick halten konnten. »Es wäre uns sehr unangenehm, einen Orkanoiden zu rammen, der dort in den Wolken ein Nickerchen hält.«

»Keine Sorge«, beruhigte ihn Randon. »Das b-bisschen Dunst kann die Sensoren der *L-Leitstern* nicht erschüttern.«

»Außerdem liegt vor uns eine klarere Zone«, fügte Zoarek hinzu. »In dieser bleiben wir und folgen dem Sektorkreis sieben-acht-Komma-sieben-drei-vier-null.«

Er hatte die Worte kaum ausgesprochen, als der Raumrettungskreuzer durch die Wolken brach. Katiktak zog den Bug in die Horizontale und richtete sie nach den Werten aus, die Randon ihm auf die Steuerkonsole schickte.

Ihr Flug wurde nun merklich ruhiger. Zugleich war die Sicht in dieser Höhe überraschend gut. Kahain schätzte, dass sie mindestens fünfzig Kilometer weit blicken konnten, bevor der orangefarbene Dunst die Welt verschluckte. Über ihnen zogen in mehreren Schichten blassgelbe Wolken dahin, unter ihnen bildete eine dichte Gewitterzelle eine undurchdringliche orangerote Gebirgslandschaft, unter deren Oberfläche weitläufige Wetterleuchten umherwanderten. Kahain war froh, dass Zoarek die *Leitstern* deutlich davon Abstand halten ließ.

Im Eingang zur Brücke tauchte Hobric auf. »Sind wir bald da?«, erkundigte er sich ungeduldig.

Zoarek warf ihm einen finsteren Blick zu. »Ja. Die Gruppe müsste gleich zu orten sein, je nachdem, wo genau sie sich aufhält.«

»Ich sehe noch nich…«, setzte Randon an, nur um sich sofort selbst zu unterbrechen. »Ha! D-Da sind sie! Ich orte eine g-große Anzahl Wärmesignaturen.«

»Wie viele?«, wollte Kahain wissen.

»An die d-dreißig.«

»Das sind sie«, bestätigte der Nark nickend. »Dreistern-auf-Blaus Familie.«

34

Raumschiff *Leuchtfeuer*, im Radur-System
Anterion »Eisenhand« Corn

Er hatte bekommen, was er wollte. Der Rat der Domänen hatte seine Empfehlung, eine Sperrflotte gegen die dunkle Flut aus dem Abgrund einzusetzen, übernommen. Die Ratsmitglieder hatten sie ihren Heimatregierungen vorgetragen und von diesen das Mandat für den Einsatz aller verfügbaren Kräfte erhalten. Einer durchaus schlüssigen Analyse der eN'iX zufolge würde der Feind das nächste Mal im Radur-System zuschlagen, denn er schien Systeme mit roten oder orangefarbenen Sonnen zu bevorzugen. Daher sammelten sich nun die Flotten, um ihn zu erwarten. Die Falle war gespannt, jetzt musste das wilde Tier, das sich im Körper des Domenaions verbissen hatte, nur noch hineintappen.

Er hatte bekommen, was er wollte. Trotzdem verspürte Corn weder ein Gefühl des Triumphs noch der Zufriedenheit, als er dem Obersten des Luminatoren-Ordens, Hochpaladin Claysian, vom zeitweiligen neuen Flaggschiff des Ordens, der *Leuchtfeuer*, aus über den Verlauf der Operation Bericht erstattete. Claysian hielt sich gegenwärtig nicht im Lichttempel auf Norton auf, sondern an Bord der *Domenaion Eins*, wo er gemeinsam mit anderen wichtigen Führungspersönlichkeiten raumfahrender Organisationen, etwa dem Vorstandsvorsitzenden der Raumhändlergewerkschaft oder dem Direktor der Raumrettung, die aktuelle Krise verfolgte.

»Ihr scheint von Eurem Plan nicht vollständig überzeugt zu

sein, Paladin-Admiral, wenn ich Euch das in aller Vertraulichkeit sagen darf«, bemerkte Claysian, als Corn geendet hatte.

»Bin ich so leicht zu durchschauen?«, fragte Corn, der an einem breiten Schreibtisch saß.

Der alte, in eine verzierte Robe gekleidete Corallier, der auf dem Wandschirm gegenüber des Schreibtischs zu sehen war, wiegte den Kopf mit der mächtigen, blau und violett marmorierten Schädelschale. »Nicht so leicht, nein. Aber wir kennen uns schon eine sehr lange Zeit, und ich spüre Euren Zweifel.«

»Ihr habt recht«, gab Corn zu. »Tief in meinem Inneren zweifle ich. Aber ich wäre ein schlechter Kommandant, wenn ich so sehr von mir überzeugt wäre, dass es keinerlei Zweifel gäbe. Außerdem …« Er ließ seinen Blick durch den geschmackvoll, aber unpersönlich eingerichteten Raum gleiten, den er an Bord der *Leuchtfeuer* als sein Büro requiriert hatte. »… ist der Orden einer Dunkelheit wie dieser noch nie begegnet.«

Der Paladin-Admiral machte eine kurze Pause, bevor er fortfuhr: »Es entbehrt nicht einer gewissen Ironie, oder? Der Orden der Luminatoren wurde aus der Angst heraus gegründet, dass im Abgrund jenseits der Sterne Schrecken lauern könnten. Der Orden wurde so mächtig, wie er heute ist, weil er das Feuer und das Schwert zu sein schien, die die Völker des Domenaions beschützen würden, wenn die Not am größten wäre.«

Corn sah den Hochpaladin, der ihm geduldig zuhörte, wieder an. »Nun ist es so weit. Der Schrecken ist da. Und bis jetzt hat der Orden sich als stumpfe Klinge, als winziges Flämmchen herausgestellt, unfähig, mehr als nur eine Handvoll Leben zu schützen. Es ist, als wolle uns die Galaxis unsere eigene Hybris vor Augen führen, uns, den strahlenden Rittern, deren Glanz verblasst, weil wir merken, dass wir auch keine Antworten haben.«

Auf Claysians scharf geschnittenen Zügen entstand ein freudloses Lächeln. »Ich verstehe Eure Gefühle, Paladin-Admiral. Aber Ihr geht zu hart mit Euch ins Gericht. Niemand konnte damit rechnen, dass der Feind so schnell und hart zuschlagen würde. Niemand konnte mit einer Bedrohung rechnen, die Sterne vom Himmel raubt. Aber noch hält sich die Zahl der Opfer innerhalb des Domenaions in Grenzen. Noch haben wir nicht versagt. Und heute werdet Ihr beweisen, dass die Luminatoren ihrer Aufgabe gerecht werden können. Ihr werdet den Gegner stellen, und mithilfe der mächtigen Flotte, die Euch zu Gebote steht, werdet Ihr ihn so stark dezimieren, dass seine versprengten Reste keine Gefahr mehr für uns darstellen. Das ist mein fester Glaube.«

Corn straffte sich und nickte. »Ich werde bis zum Tod dafür kämpfen, Euch und das Domenaion nicht zu enttäuschen.« Er presste die Lippen zu einem schmalen Strich zusammen.

»Aber was, wenn doch, fragt Ihr Euch?«, sagte Claysian. Der Hochpaladin legte die weiß-violetten, von natürlichen Krusten bedeckten Finger aneinander. »In diesem Fall bleibt uns immer noch eine letzte Option. Ihr wisst, was ich meine?«

Anterion Corn war kein Mann, der als zaghaft bekannt gewesen wäre. Den Beinamen Eisenhand trug er nicht allein wegen seines metallischen Körperglieds. Jetzt jedoch spürte er, wie sich ein harter Knoten in seinen Eingeweiden bildete. »Projekt Schwarzschild.«

»So ist es.« Claysian neigte zustimmend den Kopf.

»Der Einsatz der Waffe wäre Wahnsinn, Hochpaladin. Sie wurde nie getestet.«

»Die Wissenschaftler haben genug Simulationen durchlaufen lassen, um ihre Wirkung einschätzen zu können.«

»Die Verluste wären enorm. Schon im Bestfall müssten wir ein System opfern. Wenn die Reaktion außer Kontrolle gerät … kann niemand vorhersagen, was passieren wird.«

»Aber wir können vorhersagen, was passiert, falls Ihr heute scheitert und wir dann nicht bereit sind, auch die drastischsten

Maßnahmen in Betracht zu ziehen, um die dunkle Flut zu besiegen«, entgegnete Claysian. »Wir werden ein System nach dem anderen an sie verlieren. Es wird Milliarden Tote geben. Der Orden der Luminatoren wird untergehen, was allerdings ohne Belang ist, denn es wird niemand mehr da sein, den wir beschützen müssten.«

Corn schwieg einen Moment lang. Als Mitglied der Führungselite war er natürlich in die geheimen Forschungen eingeweiht, die Luminatoren-Wissenschaftler an abgelegenen Orten betrieben, um dem Orden neben einer starken Flotte und gut ausgebildeten Kriegern auch unkonventionellere Waffen im Kampf gegen das Böse an die Hand zu geben. Manche dieser Projekte waren lediglich moralisch fragwürdig, andere grenzten an den Wahnsinn von Verzweifelten.

Corn war nie ein Freund dieser Bemühungen gewesen, und er hatte bis jetzt keine Sekunde in Betracht gezogen, die meist nur theoretischen Waffenkonzepte gegen ihre aktuelle Bedrohung zum Einsatz zu bringen. So sehr zweifelte er dann doch nicht – weder an sich noch an der Schlagkraft der ihm unterstellten Kampfschiffe. Aber er musste zugeben, dass, sollte er versagen, die Stunde womöglich gekommen war, in der es eigentlich unvorstellbarer Taten bedurfte, um einen schier übermächtigen Feind zu bezwingen.

»Versteht mich bitte nicht falsch, alter Freund«, sagte Claysian. »Ich liebe das Domenaion, und sein Schutz ebenso wie seine Unversehrtheit sind meine obersten Ziele. Ich denke über den Einsatz von Projekt Schwarzschild nicht leichtfertig nach, seid Euch dessen versichert. Siegt am heutigen Tag, Paladin-Admiral, und es muss nicht zum Äußersten kommen.«

»Ich habe verstanden, Hochpaladin«, erwiderte Corn mit fester Stimme. »Wir alle werden unser Bestes geben.«

»Das werdet ihr gewiss.« Claysian hob eine Hand in einer Geste, die halb Segen, halb Abschied bedeutete. »Für das Licht.«

»Für das Domenaion«, gab Corn die rituelle Antwort, bevor er die Verbindung unterbrach. Einige Augenblicke lang saß er mit steinerner Miene einfach nur da. Dann stand er ruckartig auf und ging zu einem der Wandschränke hinüber, die zu dem Raum gehörten. Er öffnete ihn und entnahm der dahinterliegenden Bar ein Glas und eine Flasche mit rubinroter Flüssigkeit. Normalerweise trank er im Dienst keinen Tropfen Alkohol, aber was war schon normal in diesen Tagen?

Der Kejvis aus einem traditionellen Familienbetrieb auf Ompas Gra brannte sich seine Kehle hinunter und löschte den schlechten Geschmack aus, den Corn nach seinem Gespräch mit dem Hochpaladin im Mund hatte. Er war verführt, dem ersten Glas gleich ein zweites folgen zu lassen, aber stattdessen stellte er Glas und Flasche wieder zurück in die Bar. Anschließend kehrte er an den Schreibtisch zurück und öffnete eine Verbindung zur Brücke. »Paladin Garla«, rief er seinen Ersten Offizier.

»Ja, mein Lord?«, meldete sich dieser umgehend.

»Schicken Sie alle Strategen ins Planungszentrum. Ich will noch einmal unser Vorgehen durchsprechen.«

»Jawohl, mein Lord.«

Corn richtete sich auf, strich seine Uniformjacke glatt, und seine Miene verhärtete sich. Mehr denn je war er nun fest entschlossen, diese Konfrontation mit einem Sieg zu beenden. Sie mussten einfach gewinnen. Alles andere käme einer Katastrophe gleich.

35

Raumschiff *Leitstern*
Bendis Kahain

Schon einem einzelnen Orkanoiden gegenüberzustehen war ein erhabener Moment. Einer ganzen Gruppe von annähernd fünfzig Individuen zu begegnen, zählte zu den Erfahrungen, die man ganz sicher nie wieder vergessen würde.

Auch Kahain, der in seinem Leben schon einiges gesehen hatte, verspürte einen Anflug von Ehrfurcht, als er die gewaltigen Geschöpfe auf dem Brückenbildschirm betrachtete, die mit träge schlagenden Bewegungen ihrer riesigen Kopfschirme in den orangefarbenen Wolken dahintrieben. Farbiges Licht brachte die Körper der Orkanoiden zum Leuchten, während sie miteinander kommunizierten, und ihre langen, tentakelähnlichen Arme wogten im Wind – oder vielleicht auch aus eigenem Antrieb. Sie wirkten so friedlich und majestätisch, dass man, wenn man sie nur stumm beobachtete, für eine Weile beinahe die Schrecken vergessen konnte, die sich gleichzeitig an anderer Stelle in der Galaxis ereigneten.

Beinahe.

Kahain sammelte sich und richtete seine Aufmerksamkeit wieder auf den Anlass ihres Kommens. »Wir sollten, nun, da wir hier sind, Dreistern-auf-Blau zu seinen Leuten lassen.« Er blickte Zoarek fragend an. »Er ist doch wieder so weit genesen, dass er sich aus eigener Kraft in der Atmosphäre halten kann, oder?«

»Ja«, bestätigte dieser. »Und ich spüre seinen Wunsch, das Schiff zu verlassen.«

»In Ordnung.« Kahain aktivierte die Bordsprechanlage. »Sariss, Umbra, Hobric, seid so gut und helft unserem Orkanoidengast dabei, seinen Weg durch die Frachtschleuse nach draußen zu finden. Wir haben seine Familie erreicht und sollten ihn so schnell wie möglich wieder mit ihr vereinen.«

Es dauerte einen Augenblick, dann meldete sich der Cheftechniker. »Verstanden, Captain. Hobric und ich kümmern uns darum.«

»Was ist mit Umbra?«, wollte Kahain wissen.

Sariss zögerte. »Der … geht's gerade nicht so gut.«

Kahains Blick kreuzte sich mit dem von Costa.

»Soll ich nach ihr sehen?«, fragte seine Stellvertreterin.

Er dachte kurz darüber nach und schüttelte den Kopf. »Nein, lassen wir sie für eine Weile einfach in Ruhe.« Er richtete das Wort wieder an Sariss. »Verstanden, Chief.« Mit einem Tastendruck schloss er die Verbindung.

»Ich würde Sie nun auch gern verlassen«, sagte Zoarek. »Es wird höchste Zeit. Dreistern und ich sind schon viel zu lang bei Ihnen an Bord.«

Auf Costas Stirn entstand eine steile Falte. »Verzeihen Sie, dass uns eine galaktische Krise daran gehindert hat, Sie früher abzusetzen.«

»Und um diese Krise müssen wir uns jetzt kümmern«, sagte Kahain mit genug Nachdruck, um den sich anbahnenden bissigen Wortwechsel zwischen beiden zu unterbinden. »Wo sollen wir Sie also hinauslassen, und wie unterhalten wir uns danach mit den Orkanoiden? Können sie uns mit ihren Gedanken erreichen, während wir an Bord der *Leitstern* sind?«

Zoarek löste den Blick seiner geschlitzten, gelben Augen von Costa und fixierte erneut Kahain. »Ja, das können sie. Aber Sie dürften, wie die meisten anderen Gäste auch, nicht imstande sein, sich auf die Entfernung verständlich auszudrücken. Aus diesem Grund gibt es Begegnungsblasen in der Atmosphäre.

Jede größere Gruppe besitzt mindestens eine. Dorthin können Sie mich bringen, und dort können Sie auch mit dem Alten von Gelbe-Wolken-über-Sturm sprechen.«

»Gelbe Wolken?«, hakte Costa nach. »Ist das der Name eines Orkanoiden?«

»Natürlich nicht«, erwiderte der Nark irritiert. »Das ist die Bezeichnung der Gruppe. Warum sollte sich ein Orkanoide nach einem Ort benennen? Der Gedanke ist absurd.«

»Ja, klar. Mein Fehler.« Sie wandte sich und verdrehte die Augen.

»Wo befindet sich diese Blase?«, fragte Kahain.

»In der Mitte der Gruppe. Fliegen Sie einfach langsam näher.«

Kahain gab Katiktak einen entsprechenden Befehl, und die *Leitstern* driftete unter minimalem Schubdüseneinsatz vorwärts. Unter ihnen tauchte eine große Gestalt auf, als Dreistern-auf-Blau ins Freie glitt und sich vor den Raumrettungskreuzer schob, als wolle er diesen zu seinen Leuten führen. Kahain fühlte plötzlich eine tiefe Dankbarkeit in seinem Inneren. Unwillkürlich lächelte er. »Gern geschehen«, sagte er leise, obwohl er bezweifelte, dass dieser in Worte gekleidete Gedanke bei dem geretteten Orkanoiden ankam.

Dreisterns Familie erwartete das Besucherschiff mit dem auffälligen Grün in vielen Kopfschirmen, das Kahain mit Neugierde verband. Angesichts der zahlreichen gescheiterten diplomatischen Missionen des Domenaions hatte er befürchtet, dass man auch ihnen ablehnend begegnen würde. Doch wie erhofft, schien die Anwesenheit von Dreistern-auf-Blau die Bereitschaft der Orkanoiden, ihre unerwarteten Gäste zu empfangen, deutlich zu erhöhen.

Als die *Leitstern* Gelbe-Wolken-über-Sturm beinahe erreicht hatte, teilte sich die Gruppe. Mit eleganten Schlägen ihrer Kopfschirme glitten die riesigen Geschöpfe auseinander und machten die Sicht auf ein eigenartiges Konstrukt frei, das in ihrer Mitte schwebte. Es handelte sich um kreisrunde Plattform, deren kräftige grüne Lackierung in merklichem Gegensatz zu den vorherrschenden Gelb- und Orangetönen der Umgebung stand. Kahain nahm an, dass die Farbe aus Gründen der guten Sichtbarkeit gewählt worden war – oder vielleicht auch, weil Grün die Farbe der Neugierde, auch aufeinander, war.

Über der Plattform wölbte sich ein kuppelförmiges Metallgerüst, zwischen dessen massiven Trägern riesige Panoramafenster eingesetzt worden waren und das an zwei Stellen längliche Ausleger aufwies, an denen Schiffe mit unterschiedlichen Schleusensystemen andocken konnten. Eine fortschrittlichere Zivilisation hätte die Kuppel vielleicht aus einem Stück hergestellt, weil das eleganter ausgesehen hätte, aber den Nark waren, das zeigte sich hier erneut, ungeachtet der Klugheit ihrer Mentoren Grenzen gesetzt. Abgesehen davon schien ohnehin weniger Eleganz als vielmehr Zweckmäßigkeit das Leitprinzip beim Bau der Plattform gewesen zu sein.

Die untere Hälfte der Konstruktion bestand aus eher nachlässig verkleideten technischen Gerätschaften, die zum Betrieb der Atmosphärenstation benötigt wurden. Kahain konnte Gastanks und Lagetriebwerke erkennen, Gravitationsprojektoren sowie Teile einer Reaktorzelle. Es schien alles vorhanden zu sein, um die Station nicht nur inmitten der turbulenten Atmosphäre von Rauras an Ort und Stelle zu halten, sondern in ihrem Inneren obendrein für eine Atmosphäre zu sorgen, die den meisten Völkern des Domenaions angenehm war.

»Die Begegnungsblase«, erklärte Zoarek überflüssigerweise. »Wir können auf der linken Seite andocken und dann an Bord gehen. Von dort aus können Sie sich unmittelbar mit den Angehörigen von Dreistern-auf-Blaus Gruppe unterhalten. Nun, unmittelbar stimmt nicht ganz. Ich sollte Ihnen weiter als Medium dienen, sonst dürfte sich Ihr Gespräch ziemlich in die Länge ziehen.«

»In Ordnung«, sagte Kahain. »So machen wir es.«

Katiktak brachte die *Leitstern* neben der sogenannten Blase in Position und leitete den Andockvorgang ein, der vonseiten der Station automatisch verlief. Als die Verbindung versiegelt war, erhob sich Kahain von seinem Platz. »Costa, du hast das Kommando über die *Leitstern*. Zoarek, eL'Ha und Doktor Rahla begleiten mich.«

»Captain, das hier ist eine einmalige Situation«, wandte Costa ein. »Keiner von uns hat jemals Rauras besuchen dürfen, keiner hat je so viele Orkanoiden aus solcher Nähe erlebt. Wir sind an diesem Ort nicht in Gefahr. Das Schiff ist stabil verankert und wird zusätzlich von den Leibern der Orkanoiden vor dem Wind abgeschirmt. Gestatte der ganzen Mannschaft, dich zu begleiten. Ein solches Erlebnis sollte man niemandem vorenthalten.«

Kahain dachte nur kurz über ihre Worte nach. »Du hast recht. Wir mögen in einer dringenden und ernsten Mission unterwegs sein – aber ein wenig Zeit zum Staunen sollte ein Raumreisender immer haben. Nicht wahr, Shem?« Er sah den Sensorspezialisten aufmunternd an.

»G-Ganz deiner Meinung, Captain. Danke!« Der bebrillte Mann grinste begeistert.

»Wir sind auch mit Freuden dabei«, fügte Katiktak aufgeregt zirpend und klackend hinzu.

»Ich weiß das Angebot zu schätzen, Captain«, sagte eL'Ha. »Aber mein Gehirn ist ohnehin nicht auf gleiche Weise empfänglich für eine Kommunikation mit Orkanoiden wie die aller anderen an Bord. Und ob ich unsere Gastgeber durch eine Glasscheibe betrachte oder auf einem Bildschirm, spielt für mich keine Rolle. Ich kann gern an Bord bleiben und die *Leitstern* überwachen.«

»Du musst wirklich an deiner Fähigkeit arbeiten, besondere Momente zu genießen, weißt du das?«, meinte Costa.

Einen Augenblick lang rotierte das blaue Licht an eL'Has ringförmigen Akustiksensoren, dann kam sie mit einer elegant fließenden Bewegung auf die Beine. »Das dürfte interessant werden.«

Die Besatzung der *Leitstern* versammelte sich an der Schleuse. Auch Umbra und ihr Barakkaranergast gesellten sich dazu. Anders als etwa Sariss, Randon oder Hobric wirkten die beiden allerdings keineswegs erpicht auf die Begegnung mit den Orkanoiden, sondern stellten eine abweisende Miene zur Schau. Kahain ging nicht darauf ein.

Unter seiner Führung verließen sie das Schiff. Die Begegnungsblase war innen so zweckmäßig gestaltet wie außen. Rutschhemmende Noppenplatten bedeckten den Boden; blanke, gelbe Lichtfelder hingen unter der Decke. Diese waren im Augenblick allerdings ausgeschaltet, denn die zahllosen Fenster der Station ließen mehr als genug Helligkeit ins Innere. Es war kalt, aber nicht eisig, und die Luft schmeckte leicht metallisch, wie das manchmal bei nachlässig gewarteten Atmosphärenumwälzern der Fall war. Es wurde sehr deutlich, dass dieser Ort nicht zum Verweilen gedacht war, aber das störte Kahain nicht. Obwohl die Gesellschaft der Orkanoiden zweifellos faszinierend war, hatte er nicht vor, länger als nötig auf Rauras zu bleiben.

Sie erreichten die kuppelförmige Hauptkammer der Station, die ebenfalls auffällig schmucklos und ohne jeden Komfort war. Doch die Aussicht machte diesen Umstand mehr als wett. Jenseits der riesigen Panoramafenster hatte sich nun die Gruppe aus Orkanoiden versammelt, und zu sehen, wie ihre imposanten Leiber mit langsamen, majestätisch wirkenden Bewegungen durch dieses Meer aus Wolken trieben, verschlug einem schier den Atem. Wenn man nicht aufpasste, konnte man sich in diesem Anblick aus vielfarbig glühenden, wogenden Körpern verlieren.

»Ich glaube, d-das ist das Wundervollste, was ich je g-gesehen habe«, sagte Randon andächtig.

»Solch außergewöhnliche Geschöpfe«, pflichtete ihm Doktor Rahla bei. »So alt, so weise, so gütig. Wie bedauerlich, dass die Barakkaraner sie aus dem Domenaion vertrieben haben.« Sie warf dem untersetzten Mann, der sich in der Zwischenzeit als Kappak Brohta vorgestellt hatte, einen vielsagenden Blick zu.

»He, ich hatte nichts damit zu tun«, gab dieser griesgrämig zurück.

Kahain trat an eines der Panoramafenster, vor dem sich zwei Orkanoiden besonders nah an die Station gewagt hatten. Er glaubte in einem der beiden Dreistern-auf-Blau zu erkennen, aber ganz sicher war er sich nicht. Trotzdem wandte er sich an ihn. »Dreistern-auf-Blau«, rief er und versuchte zugleich das Bild in seinem Geist heraufzubeschwören, damit der Orkanoide sich angesprochen fühlte. »Sie haben uns hierher geführt, damit wir mit einem der Alten sprechen. Wir sind hier. Wie geht es nun weiter?«

Zoarek trat neben ihn und sagte etwas in seiner eigenen Sprache, während er einen konzentrierten Blick auf die beiden Wesen jenseits der Scheibe richtete.

Im nächsten Moment fühlte Kahain, wie sich der charakteristische Druck hinter seiner Stirn einstellte, der auf eine telepathische Kontaktaufnahme hinwies. Ein Bild, das seine normalen Sinneseindrücke halb überlagerte, entstand in seinem Geist. Es zeigte einen Orkanoiden, der über einer orange glühenden Wolke im All schwebte, die ihren Ursprung an der Oberfläche eines Sterns hatte. »Das ist Segelt-im-Sonnenwind«, übersetzte Zoarek für ihn und zeigte dabei auf den linken Orkanoiden. Er war größer als sein Begleiter, und bei genauerem Hinsehen war zu bemerken, dass seine Haut dicker und runzliger wirkte. »Er ist der Älteste von Gelbe-Wolken-über-Sturm«, fügte der Nark hinzu, womit er nur bestätigte, was Kahain schon vermutet hatte.

Ein weiteres Bild entstand, das Kahain selbst zeigte, der neben dem Orkanoiden im All hing. Einer der langen Arme des Wesens lag auf der Schulter des Menschen. »Er freut sich, Sie kennenzulernen, Captain«, sagte Zoarek.

»Ich fühle mich geehrt«, erwiderte Kahain. »Und ich danke Ihnen, dass Sie uns empfangen. Wir kommen zu Ihnen, weil die Galaxis in großer Gefahr ist. Dreistern-auf-Blau sagte, dass Sie mehr darüber wissen könnten. Wir bitten Sie daher um Ihre Hilfe.«

Dreistern-auf-Blau meldete sich mit dem Bild, das seinen Namen darstellte, zu Wort. Dann wiederholte er in einer Flut von Bildern, was Kahain ihm an Aufnahmen aus dem Luminatoren-Spähschiff gezeigt hatte. Und genau wie an Bord der *Leitstern* beobachtete Kahain, dass die Orkanoiden ringsum fahl wurden, während ihr flackerndes Körperleuchten praktisch jede Farbe verlor. Es betraf nicht alle in gleichem Maße, aber doch genug, dass es ein auffälliges Phänomen darstellte.

Segelt-im-Sonnenwind schob sich ganz nah an das Panoramafenster. Sein Kopfschirm senkte sich, als wolle er Kahain anschauen. Ein weiteres Bild entstand in dessen Geist. Es zeigte einen Orkanoiden, der sich im All einer gewaltigen, wimmelnden, vom violetten Funkeln winziger Blitze durchzogenen Wolke gegenübersah.

»Segelt-im-Sonnenwind …«, begann Zoarek.

»Ich weiß«, unterbrach ihn Kahain ernst. »Er hat diese Schiffe schon einmal gesehen.«

»Nein«, widersprach ihm Zoarek.

Das Bild fuhr näher, schoss mitten in das Gewimmel der schlanken Flugobjekte hinein, bis der Blick des Orkanoiden auf der eigentümlich texturierten, metallisch glänzenden Bugpartie eines von ihnen verweilte. Und plötzlich öffnete sich eine Falte im Rumpf – und ein riesiges, weißlich glühendes Auge starrte Kahain an.

Erschrocken zuckte er zusammen. Die Erkenntnis traf ihn so unvorbereitet, dass er ins Wanken geriet. Hinter ihm gaben Costa und die anderen Laute der Überraschung von sich. Auch sie hatten es gesehen.

»Es sind gar keine Schiffe«, flüsterte Kahain fassungslos. »Es sind Lebewesen …«

36

Raumschiff *Baro-Taxic-4-2*, im Radur-System
Kalvena Leen

»Flottenträger *Flammenschwert* an *Baro*-Bomberstaffel. Sie sind bereit zum Auswurf. Bitte bestätigen.«

»*Baro-Denar-1-3*, bereit zum Auswurf.«

»*Baro-Kama-5-1*, bereit zum Auswurf.«

Kalvena Leen lauschte den Klarmeldungen ihrer Staffelkollegen, bis sie selbst an die Reihe kam. Dann drückte sie die Sprechtaste des Komm-Systems. »*Baro-Taxic-4-2*, bereit zum Auswurf.«

Wenige Momente später hatte auch der letzte Pilot seine Bereitschaft bestätigt, und die Flugleitung für ihre Staffel meldete sich wieder.

»Flottenträger *Flammenschwert* an *Baro*-Bomberstaffel. Sie werden ausgeworfen in fünf … vier … drei … zwei … eins … jetzt.«

Mit dem letzten Wort ging ein Ruck durch das kleine Raumschiff, in dessen Cockpit sie, Jemma Aubrin und Zeo Bekelai Platz genommen hatten. Ein menschlicher Waffentechniker, ein kräftiger Mann mit schulterlangem Haar namens Denz Biseniu, saß im Mittelteil des Bombers, wo er Zugang zu den übermannshohen, links und rechts in Deltaflügelform am Rumpf angesetzten Raketenmagazinen hatte.

Mit hoher Geschwindigkeit wurde der Bomber aus dem Hangar katapultiert. Gleich darauf fanden sie sich im Weltraum wieder. Leen übernahm die Steuerung, während Aubrin die

Sensoren überprüfte. Zeo schaltete sich durch die verschiedenen Waffensysteme, die alle signalisierten, voll funktionstüchtig zu sein. »Ein eindrucksvolles kleines Schiff«, bemerkte dier Floryll. »Damit dürften wir dieser Plage aus dem Abgrund einigen Schaden zufügen.«

»Hoffen wir es«, sagte Leen. »Ich habe während meines Vortrags vor dem Rat der Domänen Blut und Wasser geschwitzt, um uns dieses Schiff zu verdienen.« Zu ihrer Zufriedenheit hatte Paladin-Admiral Corn tatsächlich Wort gehalten und, nachdem der Rat seine Zustimmung zum Abfangen der schwarzen Flotte gegeben hatte, dafür gesorgt, dass Leen und ihre Leute ein neues Schiff bekamen, um diese Konfrontation nicht von der Zuschauerbank aus verfolgen zu müssen.

Leen koppelte den Autopiloten der *Baro-Taxic* mit dem Führungsschiff des aus zwölf taktischen Bombern bestehenden Geschwaders, und gemeinsam rasten sie in enger Formation durch die Leere, um ihren Platz innerhalb der Sperrflotte einzunehmen, die sich bereits seit einer guten Stunde in der vorhergesagten Flugrichtung des Feindes und eine Million Kilometer vor der Sonne Radur formierte.

»Oh mein Licht!«, entfuhr es Aubrin, als der Computer die von den Sensoren gesammelten Umgebungsdaten – vor allem die Kennungssignale der anderen Schiffe – in einer wunderbaren Übersicht präsentierte. »Sie sind alle da. Schaut euch das an ...« Sie klang hörbar überwältigt.

Leen ließ den Blick durch die Schwärze jenseits der Cockpitscheibe schweifen und nickte langsam. »Ich sehe sie.«

Der Anblick der versammelten Flotte des Domenaions war wirklich atemberaubend. Überall glänzten und funkelten metallene Rümpfe im orangefarbenen Licht von Radur. Leen kannte keine genauen Zahlen, aber sie wusste, dass sich Zehntausende von Schiffen eingefunden hatten. Allein der Orden der Luminatoren war, das hatte sie zufällig mitbekommen, mit vierhundert Großkampfschiffen und sechstausend Begleitern, vom Raumjäger über das Patrouillenboot bis zum Systemkreuzer, an der Operation beteiligt. Das entsprach gut zwei Dritteln der kompletten Flottenkapazität des Ordens. Dazu kamen riesige Kontingente der menschlichen, barakkaranischen und atherischen Heimatweltflotten. Auch die Sleen waren mit wuchtigen Waffenplattformen eingetroffen, und sogar die Silphi und die Corallier, die beide nicht Teil des Domenaions waren, hatten geschickt, was sie kurzfristig mobilisieren konnten – in beiden Fällen jeweils mehr als zweitausend Schiffe.

Die Rhinoa fehlten natürlich, ebenso die Nark, die notorisch schlechte Nachbarn waren und sich offenbar selbst in Zeiten einer galaktischen Krise diesen Ruf erhalten wollten. Darüber hinaus waren die eN'iX und die Floryll nach Leens Dafürhalten bis jetzt nur in sehr überschaubarer Stärke eingetroffen, wobei die eN'iX die geringe Menge an Raumschiffen immerhin durch eine Flut an Stör- und Jagddrohnen wettmachten. Was dagegen mit den Floryll los war, wusste Leen nicht. Vielleicht verspätete sich ihre Hauptflotte nur, vielleicht – und der Gedanke gefiel ihr überhaupt nicht – war sie bereits über den Feind gestolpert und von ihm ausgelöscht worden.

»Wenn man sich diese Flotte anschaut, bekommt man Hoffnung«, sagte Leen. »Hoffnung, dass wir diese Ausgeburten des Abgrunds doch aufhalten können, bevor sie die Heimatwelten erreichen.«

»Wir werden sie nicht nur aufhalten«, tönte es plötzlich hinter ihr. Als Leen über die Schulter schaute, sah sie Biseniu im Eingang zum Cockpit stehen. »Wir werden diesen Mistkerlen in den Hintern treten, und zwar gewaltig.« Der Waffentechniker wirkte so aufgekratzt, als hätte er Kampfdrogen eingeworfen. Das war nicht ausgeschlossen; viele Soldaten putschten sich auf diese Weise vor einer Konfrontation auf, obwohl das offiziell verboten war.

Biseniu streichelte mit einer Hand über den Türrahmen. »Allein diese Schönheit ist eine siebzig Tonnen schwere Todbringerin. Wir haben sechs automatische Abwehr-Impulslaser, zweihundert zielsuchende Anti-Raumjäger-Raketen, achtzig ferngezündete Raumbomben und zwanzig schwere Raumtorpedos mit Pertaniumfusionsladung, die sogar ein Großkampfschiff knacken können. Und wir sind nur eins unter Tausenden weiteren Schiffen, die kein bisschen weniger gefährlich sind. Ich würde sagen, der Feind sollte Angst vor uns haben, nicht wir vor ihm.«

»Niemand hier an Bord hat Angst, Spezialist«, erwiderte Leen gelassen, die sich ziemlich sicher war, dass der Mann nur deshalb so großspurig auftrat, weil er sich auf diese Weise genau vor selbiger ablenken wollte. »Wir sind so gut vorbereitet, wie wir es nur sein können, und eine Streitmacht wie diese hat das Domenaion noch nie gesehen. Trotzdem müssen wir wachsam bleiben und dürfen nicht selbstgefällig werden. Der Feind ist gefährlich, nein, er ist *extrem* gefährlich. Also müssen wir uns alle zusammenreißen und unser Bestes geben. Dann …« Sie setzte um seiner, Aubrins, Zeos und vielleicht auch ihrer selbst willen ein zuversichtliches Lächeln auf. »… dann stehen unsere Aussichten tatsächlich ziemlich gut, dass wir diesen Tag nicht nur überleben, sondern auch siegreich aus dieser Schlacht hervorgehen. Verstanden, Spezialist?«

Er salutierte. »Jawohl, Ritterin.«

»Gut. Und jetzt gehen Sie wieder auf Ihren Posten. Wir wollen bereit sein, wenn das große Schießen beginnt.«

Das große Schießen … Dass diese Schlacht Opfer fordern würde – und zwar Tausende von Opfern –, hatte sie nicht hinzugefügt. Das wusste ohnehin jeder der Anwesenden, auch ohne dass sie sie daran erinnerte. Der Plan des Rats der Domänen, sich der Flotte aus fünfhunderttausend Schiffen in einer offenen Konfrontation zu stellen, war hochriskant. Paladin-Admiral Corn mochte die Strategie entwickelt haben, den Feind in einem Minenfeld aus Nullraumblasen aufzureiben, aber Leen bezweifelte, dass sie damit alle gegnerischen Schiffe treffen würden. Die torpedoförmigen Flugobjekte waren verdammt schnell und wendig. Es würden sicher Hunderte durchbrechen, wenn nicht gar Tausende. Und die würden mit ihren Blitzschlagwaffen unter den Verteidigern wüten.

Aber den Streitern für das Domenaion blieb keine Wahl. Sie mussten kämpfen, im schlimmsten Fall bis zum Tod, denn nur so konnten sie Milliarden Leben auf den Heimatwelten beschützen. Und Wehrlose zu beschützen war der vielleicht wichtigste Grund, warum Leen dem Orden der Luminatoren beigetreten war.

Sie wandte den Blick wieder nach vorn. Mittlerweile hatten sie ihre Position erreicht und hingen nun beinahe reglos im All, ein winziger Punkt in einer gewaltigen Frontfläche. Jetzt begann der – zumindest psychisch – zermürbendste Teil einer jeden Schlacht: Ihnen blieb nichts mehr zu tun, als auf die Ankunft ihrer Gegner zu warten.

Eine Stunde verstrich – eine Stunde, während der kaum jemand von ihnen ein Wort sprach. Zeo überprüfte die Waffensysteme ein zweites und ein drittes Mal, dann faltete sier die sechs Arme, rollte die Augenstiele ein und schien zu meditieren, wobei ein dezenter Geruch von frisch gemähtem Gras von ihrm ausging. Aubrin begann irgendwann leise die Zehn Segen des Lichts zu beten, vermutlich, um in der Stille nicht durchzudrehen. Leen dagegen starrte einfach nur in die sternenarme Dunkelheit vor ihrem Bug, so, als könnte sie die eintreffenden Feindschiffe mit bloßem Auge ausmachen, noch bevor die Sensoren sie erfassten.

Tatsächlich gelang ihr das, denn unvermittelt gewahrte sie einen riesigen Bereich irgendwo weit vor ihnen, in dem ein Blitzgewitter aufflackerte, das jedes Weltenfestfeuerwerk auf einer der Heimatwelten in den Schatten stellte.

»Kontakt!«, schrie Aubrin eine Sekunde später. »Die Sensoren registrieren zahlreiche eintreffende Schiffe. Keine Kennungssignale. Exotische Energiesignatur. Das ist die schwarze Flotte.« Ein Warnton summte. »Aber … das ist unmöglich. Die Sensoren … wir müssen eine Fehlfunktion haben.«

Leen blickte zu Aubrin hinüber und sah, dass diese mit verstörter Miene vor ihrer Konsole saß. »Meldung, Aubrin.«

Die Sensorspezialistin hob den Kopf. »Ich … ich weiß nicht, was da los ist, Ritterin. Aber der Bordcomputer extrapoliert eine viel höhere Gegnerzahl als bei unserer letzten Begegnung. Eine viel, viel höhere Gegnerzahl. Das … das kann nicht sein.«

»Nun reden Sie schon, verdammt! Wie viele?« Leen spähte zu der funkelnden, brodelnden Wolke im All und fragte sich, ob sie die Antwort wirklich wissen wollte.

Aubrin gab sie ihr trotzdem.

37

Raumschiff *Leuchtfeuer* / Raumschiff *Baro-Taxic-4-2*
Anterion »Eisenhand« Corn / Kalvena Leen

»Siebzig Billionen?«, schrie Corn ungläubig quer über die Brücke. »Zählen Sie die Nullen noch einmal durch, Ritter. Sie müssen sich irren.«

»Vergebt mir, mein Lord«, erwiderte der weißhäutige atherische Sensoroffizier der *Leuchtfeuer*. »Die Anzeige des Computers ist eindeutig.«

Der Paladin-Admiral sprang von seinem Befehlsthron auf und begab sich schnellen Schrittes an die Seite des jüngeren Mannes. »Dann stimmt etwas mit den Analyseprogrammen nicht. Dieses Wimmeln der Wolke verwirrt die Sensoren.«

»Selbstverständlich ist die Zahl eine Schätzung, mein Lord, aber sie basiert auf Stichprobenzählungen einzelner Bereiche der Wolke, die dann in Relation zur Gesamtgröße des Flottenverbandes gesetzt wurde.« Der Mann namens Saranoon blickte Corn verstört aus seinen großen, schwarzen Augen an. »Das Ergebnis ist korrekt, mein Lord, bei einer Abweichung von höchstens hundert Milliarden.«

»Das kann nicht sein«, beharrte Corn, denn sein Verstand weigerte sich, eine derart große Zahl überhaupt zu begreifen. »Das kann unmöglich sein. Siebzig Billionen Schiffe? Wie konnte das passieren? Wir hatten mit fünfhunderttausend Feindobjekten gerechnet. Und jetzt das? Aus dem Stegreif kann ich nicht mal sagen, um welchen Faktor sich diese Flotte plötzlich vergrößert hat.«

»Um das Hundertvierzigmillionenfache, mein Lord«, sagte Saranoon steif.

Corn verspürte den Drang, verzweifelt aufzulachen. Schon fünfhunderttausend Gegner hätten diese Schlacht zu einer Begegnung mit ungewissem Ausgang gemacht. Nun standen sie einer Flotte gegenüber, die so absurd viel größer war, dass einfach nichts, was sie dem Feind an Abwehrfeuer entgegenwarfen, auch nur die geringste Wirkung zeigen dürfte.

»Die Flotte formiert sich neu«, meldete eine der Sensorspezialistinnen in Saranoons Team. »Sie nimmt eine Speeranordnung ein, an der Spitze etwa zweitausend Kilometer im Durchmesser.«

»Wie lauten Eure Befehle, mein Lord?«, wandte sich Hamnion Garla an Corn.

Dessen Gedanken überschlugen sich. Ihre einzige Chance, nennenswerten Schaden anzurichten, bestand in einem gut platzierten Minenfeld aus Nullraumblasen. Doch die Strategie barg ihre Tücken. Mit viel Schönrechnerei kam die Verteidigungsflotte vielleicht auf sechzigtausend Schiffe, und da war schon jeder Raumjäger mitgerechnet, der noch in Reserve gehalten wurde. Eigene Nullraumblasen konnten vielleicht vierzigtausend erzeugen. Das war eine Menge, doch angesichts einer Feindzahl von siebzig Billionen Schiffen noch immer viel zu wenig. Es würden Schiffe durch das Minenfeld durchbrechen, und egal wie viele es letztlich waren, sie würden die Verteidiger zerfetzen. War es das wert? Sollte er nicht lieber den Rückzug anordnen?

Er musste an sein Gespräch mit dem Hochpaladin denken, an Projekt Schwarzschild. *Siegt am heutigen Tag, Paladin-Admiral, und es muss nicht zum Äußersten kommen.* Die Aussicht eines Sieges war plötzlich in sehr weite Ferne gerückt.

»Paladin-Admiral«, drängte ihn Garla. »Wir müssen etwas unternehmen. Der Feind kommt näher. Uns bleibt nicht mehr viel Zeit.«

Wir alle werden unser Bestes geben … Corn straffte sich. »Befehl an die Flottenkommandanten: Wir halten die Stellung. Die neue Formation des Feindes kommt uns entgegen, denn sie verringert den Raum, den wir mit Nullraumblasen sperren müssen. Lassen wir sie herankommen. Sie sollen Anlauf nehmen und auf uns zustürmen, in dem Glauben, uns ihren Speer in die Brust rammen zu können. Umso größer wird ihre Überraschung sein, wenn sie ins Verderben fliegen.«

»Jawohl, mein Lord.«

»Mein Lord!«, rief Ritter Levant, den Corn gemeinsam mit einigen anderen Offizieren von der *Lichtbringer* mitgebracht hatte. »Die eN'iX melden sich. Sie verlassen die Formation und beabsichtigen, sich zurückzuziehen.«

»Was? Sagen Sie ihnen, sie sollen bleiben, wo sie sind. Wir brauchen jedes Schiff.«

Levant gab den Befehl weiter und lauschte der Antwort. »Sie antworten, dass es ihnen nicht möglich war, auch nur irgendeinen Komm-Kontakt zum Feind herzustellen. Ihre Störprogramme sind vollkommen nutzlos. Der Feind scheint keine bekannte Technologie für die Koordination seiner Flotte zu verwenden. Aus diesem Grund halten die eN'iX ihre Anwesenheit hier für sinnlos. Aber sie haben uns den Kontrollcode für ihre Drohnengeschwader übermittelt.«

»Wenigstens etwas«, knurrte Corn. »Feiglinge. Verräter.«

»Lord Corn, die Feindflotte beschleunigt«, meldete Saranoon aufgeregt. »Sie … sie springt direkt auf uns zu.«

»Außenansicht auf den Brückenschirm«, befahl Corn. »Alle Einheiten bereithalten. Nullraumblasen auf mein Kommando erzeugen.« Er wandte sich an den Sensoroffizier. »Geben Sie mir Bescheid, wenn …«

Er wurde unterbrochen, als der Annäherungsalarm losheulte.

»Sie sind schon da!«, rief Saranoon.

Corn stürmte zu seinem Kommandothron zurück. »Alle Einheiten: Nullraumblasen erzeugen. Legt das Minenfeld! Und Feuer nach eigenem Ermessen.«

Es war wie im Ansi-Gayron-System, nur tausendfach schlimmer. Das All war vom Wimmeln der schwarzen Schiffe erfüllt und von ihren violetten Energieblitzen, mit denen sie die Verteidigungsflotte angriffen. Diese antwortete ihrerseits mit einem wahren Beschussinferno. Ein Hagelsturm aus Massetreiberprojektilen peitschte den gegnerischen Flugobjekten entgegen, und Zigtausende lautloser Explosionen blühten im All auf, als die Luminatoren und ihre Verbündeten alles an Raketen und Raumbomben abfeuerten, was die Magazine hergaben.

Leen vernahm das trockene Stakkato und das Jaulen ihrer eigenen Waffensysteme, während sie versuchte, die *Baro-Taxic* auf Position zu halten, ohne in dem Chaos ausgelöscht zu werden. Ihre Handflächen waren schweißfeucht, und das Herz hämmerte ihr wie wild in der Brust. Im Heck stieß Biseniu schreiend Verwünschungen in Richtung ihrer Feinde aus, die von immer neuen Raketensalven begleitet wurden.

»Erzeuge Nullraumblase«, meldete Zeo, und im gleichen Moment wurde der Weltraum von der kugelförmigen Raum-Zeit-Verzerrung aufgerissen. Diese gesellte sich zu den unzähligen anderen, die ebenfalls wie aus dem Nichts entstanden und mitten im reißenden Strom ihrer Feinde eine unüberwindbare Barriere bildeten. Leen sah, wie Dutzende der schwarzen Flugobjekte in die Peripherie der Blasen gerieten und von den interdimensionalen Scherkräften aufgelöst wurden. Noch mehr flogen versehentlich in die Blasen hinein und verschwanden in einem Nullraumtunnel, der an einem willkürlich gewählten Ort mitten im leeren Raum endete. Die Strategie dahinter lautete, die Feindflotte so weit wie möglich zu zerstreuen, um ihr die Schlagkraft der Masse zu nehmen.

Natürlich war das angesichts der unvorstellbaren Zahl ihrer Gegner eine reine Verzweiflungstat. Sie würden nicht einmal ein Tausendstel der feindlichen Armada auslöschen, bevor sie alle vernichtet wurden. Ihr Tod würde überhaupt keine Bedeutung haben. Sie würden weder die Millionen Arbeiter im Garif-System retten noch die Milliarden Wesen, die im Atheria-System lebten.

Leen sah, wie zu ihrer Rechten und Linken die Schiffe der Menschen und Sleen, die diesen Teil der Verteidigungslinie hielten, zerfetzt wurden. Mehrere Jagdmaschinen vergingen in kurzlebigen Explosionen, ein riesiger Raketenträger wurde vom Ansturm der Feindschiffe regelrecht bis aufs Stahlträgergerippe abgeschmirgelt wie der Kadaver eines großen Tieres in einem Sandsturm. Überall herrschten Tod und Vernichtung. *Und wofür?*, fragte sich Leen in einem eigenartigen Zustand der Losgelöstheit. *Für nichts.*

Eine heftige Erschütterung der *Baro-Taxic* riss sie aus dem Bann, in den sie der Anblick der Schlacht für einen Moment geschlagen hatte. Rote Warnsignale flammten auf der Konsole auf, und heftiger Windsog setzte ein, während der Bomber um die eigene Achse wirbelte.

Aubrin schrie auf, und Leen fluchte, als sie versuchte, das Schiff zu stabilisieren. Mit einem Dröhnen, das durch den ganzen Rumpf hallte, stieß sie mit dem Bomber gegen eins der schwarzen Feindschiffe. Der Aufprall schleuderte das kleinere Flugobjekt zur Seite, zugleich verlangsamte es die unkontrollierte Bewegung der *Baro-Taxic* weit genug, dass Leen sie in den Griff bekam.

»Was war das?«, schrie Aubrin links neben Leen panisch.

»Wir wurden gerammt«, erwiderte Zeo mit grimmig angelegten Blütenblättern. Sier deutete mit einer Zweithand durch die Cockpitscheibe. Der rechte Flügel des Bombers wies eine heftige Delle auf, die mindestens zwei größere Hüllenrisse mit sich brachte.

Leen blickte über die Schulter und fluchte erneut. Die Sicherheitstür zum Cockpit hatte sich automatisch geschlossen. Sie aktivierte den Bordfunk. »Biseniu, sind Sie noch da? Biseniu, melden Sie sich!«

Sie erhielt keine Antwort.

Ein weiterer Blick auf die Kontrollen zeigte ihr, dass sie die Hälfte ihrer Waffensysteme verloren hatten. Der rechte Flügel mit all seinen Raketen und Bomben war komplett nutzlos. Leen stieß einen frustrierten Schrei aus und schlug mit der Faust auf das Steuerpult.

»Die Nullraumblase ist zusammengebrochen«, meldete Zeo. »Wie lauten Ihre Befehle, Ritterin? Soll ich sie erneut öffnen?«

Leen presste die Lippen zu einem schmalen Strich zusammen. Dann ergriff sie das Steuer, gab Schub und riss den Bomber senkrecht in die Höhe. »Nein«, antwortete sie. »Wir verschwinden. Sobald wir aus dem dichtesten Gewimmel raus sind, öffnen sie eine Blase zum Rückzugspunkt.«

»Was ist mit der Order des Paladin-Admirals?«

»Zum Abgrund damit. Wir werden hier alle draufgehen.« Wie um ihre Worte zu unterstreichen, blitzte es neben der *Baro-Taxic* hell auf, und ein Krachen hinter dem Cockpit zeugte davon, dass einer der Feinde sie erneut getroffen hatte.

»Aubrin, Sie bereiten den Transit vor. Zeo, Sie halten mir die schwarzen Teufel vom Leib. Und ich …« Leen ließ den Bomber hart um die eigene Achse rotieren, um sich zwischen zwei Feindmaschinen durchzuzwängen. »… ich versuche, uns in einem Stück aus diesem Chaos rauszubringen.«

Ihr Komm-Gerät gab einen Signalton von sich, dann war die von Störgeräuschen untermalte Stimme von Paladin-Admiral Corn zu hören. »An alle Einheiten: Rückzug zum Sammelpunkt. Ich wiederhole: Wir ziehen uns zurück.«

»Das war genau der Befehl, den ich hören wollte«, presste Leen zwischen zusammengebissenen Zähnen hervor. Sie erreichten den Rand des irrwitzigen Schlachtengetümmels und schossen, Atmosphäre leckend, in den freien Raum hinaus. Ein weiterer Treffer am Heck erschütterte das Schiff, den Leen beantwortete, indem sie Zeo alle verbliebenen Raumbomben aus dem linken Flügel auswerfen ließ. Vor ihrem Bug bildete sich eine weitere Nullraumblase. Hinter ihnen aber versperrte eine Feuerwand aus einem knappen Dutzend Explosionen die Sicht auf die brodelnde Masse an Feinden, als die *Baro-Taxic-4-2* aus dem Radur-System floh.

38

Begegnungsblase, Rauras
Bendis Kahain

»Sie tragen den Namen die Immerreisenden, die Sternenverschlinger, die Große Plage«, sprach Zoarek und übersetzte damit die schneller und schwieriger zu verstehende Bildabfolge, die Segelt-im-Sonnenwind in die Köpfe aller Anwesenden projizierte. Kahain und die anderen hielten sich nach wie vor in der Kuppelkammer der Begegnungsblase auf, und endlich bekamen sie Antworten. »Während der Zeit, die unser Wissen um das All zurückreicht, haben wir bereits zwei Mal erlebt, dass sie durch diese Region der Galaxis gezogen sind. Sie kamen, fraßen Sonnen und verschwanden wieder für Tausende von Jahren.«

Diese neuen Erkenntnisse über den angeblichen Invasor, der in das Domenaion eingefallen war, verwirrten Kahain zutiefst. »Verstehe ich das also richtig, dass das Domenaion gar keinem gezielten Angriff ausgesetzt ist? Dass es diesen Wesen überhaupt nicht um die Eroberung von Territorien oder die Unterwerfung fremder Völker geht?«

Die Farben im Kopfschirm von Segelt-im-Sonnenwind flackerten in hellem Gelb, bevor er in weiteren Bildern antwortete. »So glauben wir es zumindest«, übersetzte Zoarek. »Sie scheinen nur auf der Durchreise zu sein, auf einer großen Wanderung, die sie immer wieder quer durch die Galaxis und zurück führt. Die Sterne, die sie fressen, dienen ihnen dabei als Nahrung, um sich nach einer mühevollen Etappe zu stärken oder um Kraft für ihren weiteren Weg zu sammeln.«

»Sie w-wandern durch die Galaxis?«, wiederholte Random. »A-Aber warum?«

»Dafür könnte es verschiedene Erklärungen geben«, mischte sich Doktor Rahla ein. »Beispielsweise gibt es Fische, die zu bestimmten Zeiten des Jahres ihre Heimat im Ozean verlassen, um Flüsse hinaufzuschwimmen und an den Quellen ihre Eier abzulegen. Auf manchen Planeten legen Zugvögel zweimal im Jahr Tausende von Kilometern zurück, um der jeweils kalten Jahreszeit auf einer Halbkugel zu entgehen. Und dann wiederum gibt es Spezies, deren ganzes Leben nomadisch ist, etwa weil sie sich von einer Meeresströmung oder einem Wetterphänomen immer rund um eine Welt treiben lassen.«

»Was auch immer der Grund ist, die Biester töten jedenfalls im Vorbeiflug Milliarden intelligenter Lebewesen«, warf Hobric ein. »Ist denen das nicht bewusst?«

»Entweder das, oder es kümmert sie einfach nicht«, knurrte der Barakkaraner Brohta. »Auf Caros wollten sie jedenfalls nicht reden, bevor sie alles zerstört haben.«

»Auch sonst gab es keinen verzeichneten Fall, in dem es zu einer erfolgreichen Kommunikation gekommen wäre«, sagte eL'Ha. »Zumindest war bis vor Kurzem kein solcher Fall in den Datennetzen bekannt.«

Wieder entstanden Bilder in Kahains Kopf, und Zoarek half dabei, sie zu verstehen. »Sie sind die Große Plage. Man kann nicht mit ihnen sprechen.«

»Eines begreife ich nicht ganz«, meldete sich Costa zu Wort. »Wenn dieser Schwarm bereits zwei Mal durch die Raumregion des Domenaions gezogen ist – und vielleicht vor eurer Zeit noch öfter –, wieso wurden dann nie zuvor Heimatwelten der hier ansässigen Völker in Mitleidenschaft gezogen? Warum erst jetzt?«

Zoarek gab die Frage weiter. »Sie fliegen niemals genau die gleiche Strecke«, antwortete er dann für den Alten. »Das erste

Mal trafen die Orkanoiden auf sie, als sie weit außerhalb der Grenzen des heutigen Domenaions das All erforschten. Das zweite Mal streifte der Schwarm die Randbereiche dieser Raumregion. Dies ist das erste Mal, dass die Immerreisenden mitten hindurchfliegen.«

»Moment mal«, sagte Hobric. »Jetzt bin ich verwirrt. Anders als diese Sternenverschlinger könnt ihr Orkanoiden im Weltraum nicht überleben. Das haben wir bei der Rettung von Dreistern-auf-Blau erlebt. Und die Nark, die euch in ihren Raumschiffen umherkutschieren, kennen erst seit ein paar hundert Jahren die Raumfahrt. Wie konntet ihr also schon vor Tausenden von Jahren durchs All ziehen und diesen Viechern begegnen?«

Das Leuchten im Körper etlicher Orkanoiden nahm eine blauviolette Färbung an, und Kahain empfand plötzlich eine tiefe Trauer, die nicht die seine war. Ein Bild stieg in seinem Geist empor, das die Orkanoiden in einem Raumschiff zeigte, dessen elegante, an riesenhafte Blätter erinnernde Bauform Kahain völlig unbekannt war. Er sah humanoide Wesen mit blassgrüner Haut und langem, schwarzem Kopfhaar, die eine tiefe Weisheit und Friedfertigkeit ausstrahlten. Und er bekam eine Welt gezeigt, eingehüllt in die gewaltige, violett funkelnde Wolke, die für den Schwarm der Sternenverschlinger stand. Erschüttert blickte er Segelt-im-Sonnenwind an. »Es wurde schon einmal eine Zivilisation ausgelöscht. Bloß war es eine, die wir nie gekannt haben.«

»Ja«, bestätigte Zoarek rau. Offenbar hatte auch er nicht gewusst, dass die Orkanoiden vor den Nark bereits mit einer anderen Spezies verbunden gewesen waren, deren Schicksal so grauenvoll gewesen war, dass es die Orkanoiden bis heute mit Schrecken erfüllte. Vielleicht, so dachte Kahain, war das ein Grund dafür, dass viele Orkanoiden heutzutage lieber gar nicht mehr reisten, sondern sich in den dichten Wolken von Rauras und Navada verbargen. Sie wollten solches Leid einfach nicht mehr erleben.

»Nun gut«, sagte Kahain nach kurzem Schweigen. »Jetzt wissen wir immerhin, was es mit diesen Geschöpfen auf sich hat – und dass sie vielmehr ihrem Instinkt als einem komplexen Plan folgen. Allerdings stellt sich nach wie vor die Frage, wie man sie davon abhält, bei ihrem diesmaligen Vorbeiflug das halbe Domenaion auszulöschen. Sie mögen keine böse Absicht hegen, sondern nur von einem ziemlich aggressiven Hunger angetrieben werden, aber das ändert nichts daran, dass sie dadurch zu Massenmördern werden. Und dass wir ein paar sehr ungewöhnliche Ideen brauchen, wenn wir sie aufhalten und unsere Welten retten wollen.«

Sariss gluckste leise – und es lag ein Anflug von Hysterie in dem Laut. »Wenn wir unsere Welten retten wollen … Die Besatzung der *Leitstern*, Retter des Domenaions. Haben wir uns da nicht etwas viel vorgenommen?«

»Es war nicht mein Plan, als ich heute Morgen aufgestanden bin, Chief«, gab Kahain zu, »aber wie es aussieht, sind wir die Einzigen, die aktuell über die wahre Natur dieser Bedrohung Bescheid wissen. Natürlich werde ich Direktor Jaksam informieren, sobald wir wieder an Bord sind. Doch bis dahin können wir uns schon mal ein paar Gedanken zur Lösung des Problems machen. Immerhin befinden wir uns in Gesellschaft einiger der klügsten Geister des Domenaions.« Er deutete auf die Orkanoiden in den Wolken.

»Man kann sie nicht aufhalten, denn sie sind zu viele«, sagte Segelt-im-Sonnenwind. »Ihre Zahl ist zu groß.«

»Wir wissen, dass ihr Schwarm an die fünfhunderttausend Individuen umfasst«, erwiderte Kahain. »Trotzdem muss es doch eine Möglichkeit geben …«

Ein Bild unterbrach ihn, das eine Sonne zeigte. Ein winziger dunkler Fleck schwebte davor.

»Was soll das heißen?«

»Das sind Ihre fünfhunderttausend Individuen«, sagte Zoarek trocken. »Glauben Sie ernsthaft, dass dieser kleine Schwarm eine Sonne verschlingen kann, die in jeder Sekunde die Energie von vielen Hundert Milliarden Raumbomben abgibt?«

»Ich ... verstehe, was Sie meinen. Soll das heißen, dass das Spähraumschiff nur einer kleinen Splittergruppe des eigentlichen Schwarms begegnet ist?«

Zur Antwort vergrößerte Segelt-im-Sonnenwind den Fleck weiter und immer weiter, bis er die ganze Sonne verdunkelte.

»Heiliges Licht«, murmelte Kahain. »Wie viele von diesen Wesen gibt es?«

An eL'Has Akustiksensoren huschte das blaue Licht im Kreis, während die eN'iX eine Rechenoperation anstellte, an der die meisten Angehörigen anderer Völker gescheitert wären. »Wenn die Darstellung ungefähr maßstabsgetreu war, würde ich etwa dreißig bis vierzig Billionen Individuen schätzen«, sagte sie.

»Was?«, entfuhr es Costa. Randon schnappte hörbar nach Luft, und Hobric lachte ungläubig auf. »Beim Abgrund, das ist der schiere Wahnsinn.«

Segelt-im-Sonnenwind fügte ein paar weitere Geschöpfe hinzu. Dann übermittelte er tatsächlich telepathisch eine Zahl. »Sechzig Billionen? So viele Wesen haben die Orkanoiden bei ihrer letzten Begegnung mit dem Schwarm gezählt?« Kahain konnte diese Menge kaum fassen. Das ganze Domenaion hatte nur knapp hundert Milliarden Bewohner. Es schien nachgerade absurd, zu versuchen, eine solche Naturgewalt, wie sie der Schwarm der Immerreisenden darstellte, aufzuhalten.

Trotzdem wollte er nicht einfach aufgeben. »Also gut, es sind also sehr, sehr viele Wesen, mit denen wir es zu tun haben. Dennoch verstreuen sie sich, den bisherigen Erkenntnissen zufolge, nicht einfach quer durchs ganze Domenaion, sondern fallen in ihrer Reiserichtung über ein System nach dem anderen her. Das heißt, man kann den Schwarm an einem Ort treffen. Nur, wie wird man so einer Menge von Wesen Herr?«

»Jedenfalls nicht mit Plasmakanonen und Erschütterungsraketen«, bemerkte Hobric.

»Die klassischen Massenvernichtungswaffen sind Gift und Strahlung«, sagte Costa mit hörbarem Widerstreben. »Diese Immerreisenden mögen extreme Energiemengen absorbieren können, trotzdem sind sie Lebewesen – und jedes Lebewesen hat biologische Schwächen. Vielleicht gibt es eine Strahlung, die sie nicht vertragen.«

»Ich habe – unter Berücksichtigung unserer neuesten Erkenntnisse – noch einmal die bisher bekannten Angriffe analysiert«, sagte eL'Ha. »Es lässt sich ein Muster darin erkennen: Diese Wesen scheinen eine Vorliebe für Sonnen zu haben, die dem Farbspektrum rot und orange zuzuordnen sind. Das könnte im Umkehrschluss bedeuten, dass blaue, heiße Sterne für sie schädlich sind.«

»Na, wenn's weiter nichts ist«, tönte Hobric. »Dann müssen wir sie nur dazu bringen, in einen blauen Stern zu fliegen. Kleinigkeit, oder?« Kahain wusste nicht, ob Orkanoiden Sarkasmus begriffen; zu hören war er jedenfalls deutlich.

Unter den Orkanoiden vor dem Fenster breitete sich Unruhe aus. Mehrere von ihnen gestikulierten mit ihren langen Armen, und ein heftiges Flackern der Farben in ihren Kopfschirmen war zu beobachten.

»Wir verwehren uns ausdrücklich gegen jeden Plan, der die Auslöschung der Immerreisenden zum Ziel hat«, sagte Zoarek. Er machte ein grimmiges Gesicht. »Und nur damit das klar ist: Ich spreche hier nicht für mich, sondern für Gelbe-Wolken-über-Sturm.«

»Ich bin überrascht«, gestand Kahain den Orkanoiden. »Mir war, als würdet ihr die Große Plage, wie ihr sie auch nennt, nicht nur fürchten, sondern wünschtet euch auch, sie könnte niemals wieder Schaden anrichten.«

Segelt-im-Sonnenwind brachte das telepathische Durcheinander der anderen mit einer herrischen Geste zum Schweigen, bevor er Kahain antwortete. »Es stimmt, wir nennen den Schwarm die Große Plage. Es stimmt auch, dass wir uns wünschten, ihm nie begegnet zu sein. Aber alles Leben im Universum hat seine Berechtigung. Wir haben nicht die Autorität, über die Immerreisenden zu richten. Sie mögen nur Tiere sein, womöglich nicht einmal intelligente Tiere. Doch ihre Zahl ist gewaltig, und ihre Reise ist ebenso gewaltig. Sie muss einen Sinn haben, sonst hätte das Universum diese Wesen nicht erschaffen.«

»Die Burschen können leicht daherreden«, brummte Kappak Brohta. »Sie sitzen in ihrem sicheren Gasriesen fernab des Geschehens und sind – wenn unsere Theorien stimmen – durch eine weißgelbe Sonne vor jeder Gefahr gut geschützt.« Er trat einen Schritt vor und blickte das imposante Quallenwesen vor sich herausfordernd an. »Aber da draußen sterben Leute, gute Leute, meine Freunde. Ganz ehrlich? Es ist mir vollkommen egal, ob es von diesen schwarzen Bestien sechzig oder – wie ihr behauptet – sechzig Billionen gibt. Sie sind uneingeladen in unsere Heimatregion eingefallen, und sie begehen Massenmorde.«

Kahain räusperte sich nachdrücklich. »Mäßigen Sie sich etwas.«

»Keine Sorge, Captain. Das werde ich, sobald ich fertig bin.« Ohne seinen Blick von Segelt-im-Sonnenwind zu nehmen, deutete Brohta auf Umbra. »Werft einen Blick auf meine grauhäutige Freundin hier. Ihr mögt damals eure Dienerrasse an diese Sternenverschlinger verloren haben. Aber sie hat ihr eigenes Volk, ihren eigenen Planeten verloren. Soll sie jetzt einfach mit den Schultern zucken und sagen: ›Ach, die armen Tiere wussten es nicht besser?‹ Ich denke nicht. Wer eine Gefahr für meinen

Klan ist, für meine Heimat, den töte ich – wenn ich kann. So sieht die Sache aus.«

Umbra gab ein beifälliges Grollen von sich.

»Vielleicht gibt es eine Lösung, die uns diese Wesen vom Hals schafft, ohne dass wir sie alle umbringen«, sagte Kahain. »Nicht, dass wir auch nur annähernd einen Plan dafür hätten, wie man Letzteres bewerkstelligen könnte.«

Sariss kratzte sich mit der Linken am kahlen Schädel. »Also, auf Ompas Gra gibt es diese Insekten, die wir Grasschrecken nennen. Die sind etwa so groß wie mein Daumen und ziehen ebenfalls in riesigen Schwärmen durch die Gegend. Dabei fressen sie die Felder und Obstplantagen der Feuchtbauern kahl. Wir hatten lange Zeit echte Probleme mit denen, haben sie mit Feuer und Gas zu bekämpfen versucht, aber beides ruinierte nur unsere Ernten. Dann kam jemand auf die Idee, sich zu fragen, was die kleinen Biester besonders gern mögen. Und als das nächste Mal ein Schwarm auftauchte, nahmen die Bauern Luftgleiter, die sie mit chemischen Duftstoffen vollgeladen hatten, die besonders lecker auf die Grasschrecken wirkten. Damit lockten sie sie von den Feldern weg in eine Gegend, wo sie fressen konnten, bevor sie weiterzogen.«

Der Chief schwieg nachdenklich, bevor er fortfuhr. »Können wir so etwas nicht auch mit diesen Weltraum-Grasschrecken machen?«

»Du meinst, sie so umzulenken, dass sie auf ihrer Weiterreise die Heimatwelten verschonen?«, fragte Costa.

»Genau.«

»Eine schöne Idee, aber wie sollen wir das anstellen?«, wollte Hobric wissen. »Ebenso wenig, wie wir die Viecher dazu bringen können, in einen blauen Stern zu hopsen, können wir eine Sonne ans Heck unseres Raumschiffs hängen und den Schwarm damit hinter uns herlocken, bis er das Domenaion verlassen hat.«

Kahain kniff leicht die Augen zusammen, als ihm ein Gedanke kam. »Vielleicht müssen wir das gar nicht«, sagte er.

»Captain?«

Langsam begann Kahain auf und ab zu gehen. »Wie wäre es, wenn wir direkt vor dem Schwarm einen Nullraumtunnel öffnen würden, an dessen Ende die schmackhafteste Sonne auf sie wartet, die sie sich vorstellen können – eine Sonne, die natürlich so liegen müsste, dass der weitere Weg des Schwarms keinen Schaden auf den bewohnten Welten des Domenaions anrichtet. Würden die Immerreisenden darauf anspringen?« Fragend wandte er sich Segelt-im-Sonnenwind zu, während Zoarek für ihn übersetzte.

Der alte Orkanoide schwieg eine ganze Weile, nur das beinahe nachdenklich wirkende, sanft pulsierende Glühen in seinem Kopfschirm zeugte davon, dass er sich mit der Idee beschäftigte. »Der Plan könnte Erfolg haben«, verkündete Zoarek schließlich.

»Dieser Schwarm aus sechzig Billionen Wesen dürfte doch ... keine Ahnung ... zehntausend, zwanzigtausend Kilometer im Durchmesser haben«, warf Hobric ein. »Wie sollen wir eine Nullraumblase erzeugen, die groß genug ist, dass er da durchpasst? Kein Schiff des Domenaions hat einen so starken Transitgenerator.«

Segelt-im-Sonnenwinds Kopfschirm leuchtete in kräftigem Gelb und Grün, als der Orkanoide Kahain und den anderen ein Bild sandte, das ein einzelnes Nark-Schiff zeigte und sich dann veränderte. Erst runzelte Kahain die Stirn über das, was er sah, denn es schien nicht möglich zu sein. Doch als Segelt-im-Sonnenwind ihm versicherte, dass er da falschläge, gestattete sich der Captain ein hoffnungsvolles Lächeln. »Wie es aussieht, Venk, haben unsere neuen Freunde für das Problem eine Lösung.«

39

Raumschiff *Domenaion Eins*
Chi Margolis

»Das ist ein Desaster!«, rief Thys aufgebracht. »Ein komplettes Desaster! Wir haben über die Hälfte der Sperrflotte verloren. Zehntausende weitere Tote. Und die Sonne Radur erlischt in diesem Augenblick. Hätte es noch schlimmer kommen können? Ich kann es mir kaum vorstellen.«

»Wir hätten die ganze Flotte verlieren können«, bemerkte sein Sitznachbar Englaard trocken. »Angesichts der neuen Zahlen, die wir nun haben, sollten wir dankbar sein, dass überhaupt ein Schiff heil aus dem Schlamassel herausgekommen ist.«

»Was das betrifft, haben wir meines Erachtens völlig unnötig Personal und Schiffe aufs Spiel gesetzt«, mischte sich Dakdra ein. Die Barakkaranerin wandte sich an Paladin-Admiral Corn, der in Begleitung des Hochpaladins des Luminatoren-Ordens vor dem Rat der Domänen erschienen war, um seinen Lagebericht abzugeben. »Was hat Sie nur dazu gebracht, die Stellung zu halten und den Kampf gegen diese Flotte zu suchen? Siebzig Billionen Schiffe! Ihnen muss doch klar gewesen sein, dass diese Schlacht unter keinen Umständen zu gewinnen war.«

»Dieser Gedanke ist mir gekommen«, erwiderte Corn förmlich. »Dennoch habe ich – bei allem Respekt, Ratsmitglied – getan, was ein guter Soldat tut: Ich habe für das Domenaion gekämpft. Ich habe dem Feind nicht einfach einen leichten Sieg geschenkt, sondern ihm klargemacht, dass er ab jetzt Verluste erleiden wird, wieder und wieder, wann immer er in einem System auftaucht, um es auszulöschen.«

»Wieder und wieder?« In Dakdras Lachen lag ein Anflug von Hysterie. »Ihr Optimismus grenzt an Wunschträumerei. Wir können uns dieser Flotte kaum ein zweites Mal stellen. Wie viele Feinde haben Sie denn besiegt? Zehntausend? Hunderttausend? Eine Million? Das fällt doch für unseren Gegner überhaupt nicht ins Gewicht. Sie könnten die tausendfache Menge an Feindmaschinen vernichten, es würde keine Rolle spielen.«

»Es geht um die Botschaft, die wir aussenden«, bekräftigte der Befehlshaber der Luminatoren-Streitkräfte. »Der Feind soll wissen, dass wir nicht still in die dunkle Nacht gehen werden. Wir wehren uns, wir leisten Widerstand, mit allem, was wir haben. Und wir werden dafür sorgen, dass der Preis des Sieges für unsere Gegner so hoch wie möglich ausfallen wird.«

Dakdra lehnte sich auf ihrem Stuhl zurück. »Es tut mir leid, Paladin-Admiral. Diesen Preis ist die barakkaranische Regierung nicht bereit zu zahlen. Wir schicken keine Soldaten in den sicheren Tod, nur um einem Feind eine Botschaft zu senden, von dem wir nicht einmal wissen, ob er imstande ist, sie zu verstehen.«

»Die Regierung von Shenavis sieht das genauso«, fügte Chi hinzu.

»Das überrascht jetzt niemanden«, brummte Thys und sah Chi anklagend an. »Wenn ich das richtig verstanden habe, waren Sie ja nicht einmal an der letzten Schlacht in nennenswerter Stärke beteiligt. Nicht, dass es einen großen Unterschied gemacht hätte, aber wo waren Ihre Schiffe eigentlich, Ratsmitglied Chi?«

Sier hatte damit gerechnet, dass es Rückfragen geben würde, deswegen brachte siehn der Vorstoß des Menschen nicht in Verlegenheit – zumal seihre Antwort zumindest in groben Zügen der Wahrheit entsprach. »Es gab Kommunikationsschwierigkeiten darüber, wer unsere Heimatflotte anführen und mit wie vielen Schiffen sie ausrücken sollte. Aber bitte vergeben Sie mir, Ratsmitglied Thys, wenn ich stellvertretend für die Floryll nicht übermäßig traurig darüber bin, nicht in die Katastrophe im Radur-System verwickelt gewesen zu sein.«

Dakdra machte ein misstrauisches Gesicht. »Sie wussten nicht zufällig mehr über die Flotte des Feindes als der Rest von uns und hatten aufgrund von *Kommunikationsschwierigkeiten* keine Gelegenheit, uns darüber zu informieren?«

Empört richtete sich Chi auf und legte seihre Blütenblätter an. »Ich verbitte mir jede Andeutung, dass die Floryll ihre Partnerreiche hintergangen haben könnten! Wir waren kein bisschen weniger überrascht als der Rest von Ihnen, als wir von der unfassbaren Größe der Feindflotte erfahren haben. Und wir sind kein bisschen weniger daran interessiert, diese Gefahr vom Domenaion abzuwenden, bevor die nächste Heimatwelt fällt.«

Sier richtete seihre schwarzen Perlenaugen auf Semenoath, die mit steinerner Miene der Besprechung folgte. Anoadon fehlte heute. Er befand sich dem Vernehmen nach in Krisengesprächen mit der Regierung auf Atheria, denn nach dem Versagen der Sperrflotte befanden sich nun nicht nur zwei dicht besiedelte Industrieplaneten der Atherier im Garif-System, sondern auch deren Heimatsystem in unmittelbarer Gefahr.

Dakdra wollte gerade zu einer Erwiderung ansetzen, aber die Ratsvorsitzende A'eS'Ka unterbrach sie. »Anschuldigungen bringen uns jetzt nicht weiter, geschätzte Ratsmitglieder. Wir sollten unsere Energien vielmehr auf die Frage richten, wie unsere nächsten Schritte aussehen.«

»Irgendetwas müssen wir jedenfalls gegen die Flotte unternehmen«, sagte Nissqua. »Wir können unmöglich alle Systeme evakuieren, die nach Meinung der eN'iX-Experten zu den bevorzugten Zielen des Feindes zählen.«

Anders als Paladin-Admiral Corn, der am Rednerpult stand, hatte sich Hochpaladin Claysian bis jetzt im Hintergrund gehalten. Nun stand er von seinem Platz in der Beobachterloge des Luminatoren-Ordens auf und schritt mit vor dem Bauch gefalteten Händen langsam auf den Tisch zu. Dabei waren sowohl seine Gestalt als Corallier, der in eine prachtvolle, bodenlange Robe gekleidet war, als auch die Aura, die ihn umgab, eindrucksvoll genug, um ihm sofort die Aufmerksamkeit des gesamten Ratsrunds zu sichern.

»Es gibt noch etwas, geschätzte Ratsmitglieder, das wir unternehmen können«, sagte Claysian mit ruhiger Stimme. »Der Orden der Luminatoren verfügt über eine Waffe, die die gesamte Flotte des Feindes mit einem Schlag auslöschen kann.«

Seine Enthüllung hatte ungläubiges Gemurmel am Tisch und in den Beobachtungslogen zur Folge. »Wenn die Luminatoren über eine derartige Wunderwaffe verfügen, wieso kam sie dann nicht bei der letzten Schlacht zum Einsatz?«, verlangte Thys lautstark zu wissen.

Unbeeindruckt gesellte sich Claysian zu Corn, der, wie Chi bemerkte, respektvoll einen Schritt zur Seite treten wollte, vom Hochpaladin aber aufgehalten wurde. »Paladin-Admiral Corn wird Ihnen alles erklären.«

Der wirkte über diese Aussicht alles andere als glücklich, aber er nickte bestätigend und räusperte sich dann. »Die Waffe trägt den Namen Projekt Schwarzschild und ist eine … unkonventionelle Weiterentwicklung der Transitgeneratortechnologie. Ich möchte Sie weder mit den wissenschaftlichen Konzepten, die hier zur Anwendung kamen, noch mit den technischen Details der Umsetzung langweilen. Wenn Sie es wünschen, stellen unsere Experten Ihren Experten alle notwendigen Datenarchive zur Prüfung zur Verfügung. Allerdings fürchte ich, dass uns dazu die Zeit fehlt. Sie müssen uns also vertrauen, wenn wir Ihnen sagen, dass die Waffe funktioniert.«

»Was genau bewirkt diese Waffe denn?«, fragte Nissqua, wie stets neugierig, wenn es um technische Belange ging.

»Ihr Wirkungsweise ist so kompliziert wie verheerend«, antwortete Corn ernst. »In der ersten einer zweistufigen Operationsphase wird eine in ihrer Geometrie speziell für diesen Zweck modifizierte Nullraumverbindung erzeugt, die direkt im Kern einer Sonne endet.«

»Dort herrschen mehr als zehn Millionen Grad!«, entfuhr es Nissqua.

»Wie praktisch, dass sich die physikalischen Bedingungen im Nullraum dermaßen von unserem Universum unterscheiden, dass es keinen Temperaturrückschlag durch die Verbindung geben kann, nicht wahr?«, mischte sich Claysian mit milder Belustigung ein.

»In Phase zwei«, fuhr Corn fort, »wird das sogenannte Schwarzschild-Projektil durch den Nullraumtunnel in den Kern geschossen. Dort löst es mithilfe der extremen Energien der Sonne eine Kaskadenreaktion aus, die zu einer Umwandlung des Nullraumtunnels in einen Nullraumvortex führt.«

»Einen was?«, wagte Chi zu fragen.

»Eine Art Malstrom von extremer Stärke, der alles in seiner Reichweite verschlingt und im Nullraum zerstreut. Dabei wächst er immer weiter, während er die Materie unseres Universums auslöscht. Die Sonne, in der er ausgelöst wurde, alle Planeten des Systems und alles Leben, was sich in diesem System aufhält: Nichts kann dem Vortex entkommen. Absolut nichts! Auch siebzig Billionen feindliche Raumschiffe nicht.«

Ein Augenblick erschrockenen Schweigens schloss sich an. Chi kämpfte gegen ein Zittern seihrer Blätter an. Piter Englaard neben ihrm war bleich geworden. Beiläufig fragte sier sich, ob ihm wohl schlecht werden würde. Menschen verloren manchmal die Kontrolle über ihren Verdauungsapparat, wenn sie schockierende Neuigkeiten erhielten. In diesen Momenten war

Chi froh, keine so lästigen Organe wie einen Magen oder einen Darm zu besitzen.

Der Paladin-Admiral ließ seinen Blick über die Anwesenden schweifen. »Das ist der Preis des Einsatzes dieser Waffe«, sagte er ernst, »und auch der Grund, warum ich sie niemals auch nur erwähnt hätte, wäre die Lage nicht verzweifelt.«

Zögernd hob Thure Brokban eine Hand. »Verstehe ich das richtig, dass wir ein komplettes Sternensystem opfern müssten, um die Feindflotte zu vernichten?«

»Ja, das verstehen Sie richtig, Ratsmitglied.«

»Und dieser Vortex ... bleibt er auf ewig an dieser Stelle im Raum bestehen?«

»Nein. Die Kaskadenreaktion, die den Vortex hervorbringt, ist extrem energieaufwendig. Nur die im Kern einer Sonne verfügbare Energie reicht dazu aus. Sobald der Stern aber vom Vortex aufgezehrt wurde, bricht die Reaktion in sich zusammen, und das Phänomen verschwindet. Der Vortex ist also eine sich selbst auslöschende Gefahr – ein Schutzmechanismus, ohne den diese Waffe niemals hätte entwickelt werden können.«

»Immerhin etwas«, brummte Thys.

»Immerhin etwas?« Nun kam erstmals Leben in Semenoath. »Ihnen ist doch hoffentlich klar, worüber wir hier sprechen, oder? Wenn wir den Prognosen von Prozessor Ce'Ka'eL glauben dürfen, ist das Garif-System der nächste Ort, an dem die schwarze Flotte zuschlagen wird. Falls dieses Schwarzschild-Projektil dort zum Einsatz gebracht wird, sterben Millionen von Atheriern. Wir können sie unmöglich alle rechtzeitig evakuieren. Dazu fehlt uns schlicht die Zeit.«

»Zeit, Ratsmitglied, ist genau unser Problem.« Der Paladin-Admiral stützte sich auf sein Rednerpult und atmete tief durch. Das, was er noch zu sagen hatte, schien ihm unfassbar schwer zu fallen. »Die Entwicklung der Waffe ist zwar beendet, aber es existiert derzeit kein einsatzfähiges Schwarzschild-Projektil –

noch nicht. Unsere Techniker arbeiten mit Hochdruck daran, die Waffe fertigzustellen, aber die Montage ist ein komplexer Vorgang, und wir wissen, wie schnell der Feind von System zu System zieht. Ich fürchte … dass wir nicht rechtzeitig vor Ort sein können, um ihn im Garif-System abzufangen. Der wahrscheinlichere Einsatzort wäre …«

Die großen Augen Semenoaths weiteten sich. »… das Atha-System!«

Corn nickte kaum merklich. »Es tut mir leid.« Der sonst so stattliche Mann wirkte auf einmal, als laste das Gewicht des ganzen Universums auf seinen Schultern.

»Nein.« Der Kopf auf dem langen Hals der Atherierin fing an zu zittern. »Nein, das ist absolut inakzeptabel.« Sie kam auf die Beine, bebend vor Empörung und Schrecken. »Ich werde keiner Strategie zustimmen, die eine Auslöschung des Heimatsystems der Atherier vorsieht. Niemals! Denken Sie sich etwas anderes aus.« Mit diesen Worten fuhr sie herum und stürmte zum Ausgang der Ratskammer. Ein eilfertiger Diener öffnete ihr, und sie verschwand nach draußen.

Betroffene Stille senkte sich über den Raum. Nach einigen langen Sekunden ergriff A'eS'Ka das Wort. »Wir sprechen hier über Milliarden von Lebewesen, Paladin-Admiral. Selbst wenn wir alle verfügbaren Schiffe aller Mitgliedsreiche nach Atheria schicken, können wir nur einen Bruchteil der Bevölkerung retten. Das Atha-System zu verlieren käme einer Katastrophe von unvorstellbaren Ausmaßen gleich. Es absichtsvoll zu opfern würde uns alle zu Massenmördern machen.«

»Dessen sind wir uns bewusst, Ratsvorsitzende«, antwortete Claysian an Corns Stelle. Er sprach nach wie vor kühl und besonnen, aber auf den Zügen des Coralliers lag eine tiefe Trauer. »Und glauben Sie uns, glauben Sie uns alle bitte, dass wir jede andere Lösung dem Einsatz der Waffe vorziehen würden. Aber solange niemand von uns eine anzubieten hat, sind das Garif-

und das Atha-System so oder so dem Untergang geweiht. Ob deren Bewohner sterben, weil die schwarze Flotte über ihre Heimatplaneten und deren Sonnen herfällt oder weil der Nullraumvortex sie verschlingt … Es spielt letzten Endes keine Rolle.«

»Nicht alle sterben bei einem Angriff des Feindes«, gab Brokban zu bedenken. »Auf Caros haben Minenarbeiter überlebt. Von Rhino erreichen uns ebenso Meldungen von Überlebenden. Der Angriff der Schrecken aus dem Abgrund hinterlässt grauenvolle Schäden – aber er löscht nicht alles Leben in einem System aus.«

»Dann schlagen Sie also vor, wir lassen den Feind gewähren?« Claysian neigte fragend den reich verzierten Schädel. »Darf ich Sie daran erinnern, dass auch Barakkar, Norton und Galeorn von orangefarbenen Sonnen beschienen werden? Die Atherier werden nicht die Einzigen sein, die Milliarden von Toten zu beklagen haben, wenn wir den Feind nicht aufhalten. Fünf Milliarden Leben oder dreiundzwanzig Milliarden? Es ist eine grausame Rechnung, und ich bedaure Sie alle aus tiefstem Herzen, denn Sie sind es, die entscheiden müssen, welche Zahl am Ende unter dem Strich steht.«

Einmal mehr herrschte beklommenes Schweigen am Tisch. Sebatan Thys unterbrach es, indem er kraftvoll auf die Tischplatte schlug. »Beim Abgrund! Es muss doch eine andere Lösung geben.« Er stand auf, breitete hilfesuchend die Arme aus und drehte sich im Kreis, wobei er den Blick über die anwesenden Gäste, Stabsmitglieder und Kammerdiener gleiten ließ. »Jeder in dieser Kammer, der irgendeine Idee hat, soll sprechen, ganz egal wie abwegig sie klingen mag. Los! Meldet euch!«

In einer der Besucherlogen ging ein Licht an, das eine Wortmeldung signalisierte.

»Ja, hervorragend!«, rief Thys. »Kommen Sie her, wer Sie auch sind.«

Ein glatzköpfiger Barakkaraner mit dunkelvioletter, faltiger Haut und einem prächtigen weißen Backenbart kam näher. Er trug eine Kombination, die eher robust als modisch wirkte, und schien sich selbst darin nicht ganz wohl zu fühlen. »Huran Jaksam«, stellte er sich vor. »Ich bin der Direktor der Raumrettung.«

»Willkommen, Direktor«, begrüßte ihn A'eS'Ka. »Schön, Sie mal wiederzusehen.« Anders als Chi kannte die Vorsitzende den Mann offensichtlich.

»Was haben Sie für uns?«, wollte Thys wissen.

Jaksam blieb neben dem Tisch stehen und hakte in einer Geste, die so gar nicht zu ihrer Umgebung passen wollte, die Daumen in den Gürtel. »Die Besatzung eines meiner Schiffe, der *Leitstern*, Sie kennen sie, Paladin-Admiral …« Er warf Corn einen Blick zu. »… hat bei einem Einsatz einen Orkanoidengelehrten gerettet, dessen Transporter auf einer Reise zu einer Forscherkollegin von Raumpiraten überfallen worden war. Dieser Orkanoide behauptete, die Schiffe der Invasoren zu kennen – oder zumindest von ihnen gehört zu haben. Die Alten unter den Orkanoiden sollen mehr über sie wissen. Um dem nachzugehen, ist die *Leitstern* nach Rauras geflogen. Ich habe bisher noch nicht wieder von ihr gehört, aber es besteht eine geringe Chance, dass die Orkanoiden Captain Kahain etwas über den Feind erzählt haben, das uns helfen könnte.«

»Das ist nicht sehr viel«, meinte Thys düster, »aber mehr als nichts. Wie schnell können Sie Kontakt mit Ihren Leuten aufnehmen und mehr in Erfahrung bringen?«

»Sobald ich wieder in meinem Büro bin, kann ich mich darum kümmern«, sagte Jaksam. »Geben Sie mir zwei Stunden.«

»Dann möchte ich vorschlagen, dass wir uns bis dahin vertagen«, sagte A'eS'Ka. »In der Zwischenzeit kann jeder von uns mit seinem Beraterstab Rücksprache halten und nach weiteren Optionen suchen. Trotzdem möchte ich dazu raten, dass wir auch den Plan der Luminatoren weiterverfolgen. So schrecklich der Einsatz von Projekt Schwarzschild klingt – wenn wir keine Alternative finden, müssen wir notfalls zu drastischen Maßnahmen bereit sein, um das Domenaion zu verteidigen. Ich denke, auch Semenoath wird das begreifen, nachdem ich noch einmal mit ihr gesprochen habe.«

»In der Zwischenzeit sollten wir die Evakuierungsmaßnahmen im Garif- und Atha-System intensivieren«, warf Englaard ein.

»Ganz genau«, pflichtete ihm Thys bei. »Alle unsere Regierungen sollten so schnell wie möglich alles an Schiffen schicken, was verfügbar ist. Das schließt auch die Floryll mit ein.« Er warf Chi einen strengen Blick zu.

»Wir werden unser Bestes tun, um unseren Nachbarn in Not beizustehen«, sagte Chi spitz.

»Übernehmen die Luminatoren die Koordination der Evakuierung?«, fragte A'eS'Ka.

»Mit Verlaub, Ratsvorsitzende«, mischte sich Jaksam ein. »Rettungsoperationen durchzuführen ist das, was die Raumrettung am besten kann.«

A'eS'Ka neigte zustimmend den Kopf. »Noch besser. Machen wir uns alle an die Arbeit. Es steht mehr denn je auf dem Spiel.«

40

Raumschiff *Leitstern*, im Orbit von Rauras
Kappak Brohta

Der Mann auf dem Bildschirm war Barakkaraner, aber das stimmte Brohta nur in geringem Maße milde. Eigentlich schürte es sogar noch seinen Zorn. Wie konnte ein Barakkaraner der Leiter der Raumrettung sein, während seine Mitarbeiter nichts Besseres zu tun hatten, als das Leben eben jener Geschöpfe zu bewahren, die Tausende von Brüdern und Schwestern auf Caros auf dem Gewissen hatten? Irgendwann in den letzten Tagen war die Galaxis doch verrückt geworden, davon war Brohta überzeugt.

Gleichwohl schien es nicht nur Umbra und ihm schlecht zu gehen, denn der Mann – Captain Kahain hatte ihn als Direktor Jaksam begrüßt, als er das Gespräch mit versammelter Mannschaft in der Messe entgegengenommen hatte – wirkte geradezu verzweifelt. »Captain, ich komme gerade aus einer weiteren Dringlichkeitssitzung des Rats der Domänen. Falls Sie noch nicht informiert sind: Der Versuch der Luminatoren sowie der vereinten Heimatweltflotten, den Feind im Radur-System aufzuhalten, ist spektakulär gescheitert. Die Feindflotte ist noch weit größer als bisher angenommen.«

»Ja, das wissen wir«, antwortete Kahain, der an der kleinen Küchenzeile lehnte. »Den Schätzungen der Orkanoiden zufolge besteht der Schwarm aus sechzig Billionen Lebewesen.«

»Die Computerhochrechnungen sprechen von siebzig Billionen. Nicht dass zehn Billionen mehr oder weniger einen Unterschied machen würden.« Jaksam runzelte irritiert die breite

Stirn. »Aber Moment mal: Lebewesen sagen Sie? Die Feindflotte besteht nicht aus Schiffen, sondern aus Lebewesen?«

»So behaupten es die Orkanoiden«, erwiderte Kahain. »Und wenn wir ehrlich sind, ergibt einiges mehr Sinn, wenn man sich diese schwarze Flut als einen Schwarm galaktischer Grasschrecken oder Schimmerfische vorstellt: ihre Unfähigkeit zur Kommunikation, ihre hungrige Zielstrebigkeit, ihr völliges Desinteresse an dem, was ihr Handeln auslöst ...«

»Ja, da ist etwas dran«, gab Jaksam zu. »Aber egal, ob es sich nun um Raumjäger mit Piloten am Steuer oder um irgendeine exotische Lebensform handelt – die Eindringlinge setzen dem Domenaion gehörig zu. Das Garif- und das Atha-System sind in unmittelbarer Gefahr, und der Orden der Luminatoren will eine Massenvernichtungswaffe zum Einsatz bringen, um den Feind auszulöschen.«

»Ich kann daran nichts Schlechtes erkennen«, brummte Umbra und erntete dafür einen vorwurfsvollen Blick von Doktor Rahla. Brohta allerdings sprach sie damit ganz aus der Seele.

Jaksam faltete die Hände auf dem Schreibtisch. »Unter normalen Umständen wäre dieses Vorgehen zum Schutz des Domenaions vermutlich legitim. Außerdem ist Raumrettung kein Tierschutzbund, sondern den Völkern verpflichtet, die sie gegründet haben. Die Sache hat leider einen Haken. Diese Waffe, die Paladin-Admiral Corn Projekt Schwarzschild nennt, wird nicht nur den Schwarm verschlingen, sondern nach aktuellem Stand der Dinge das gesamte Atha-System gleich mit.« Er umriss in wenigen Sätzen, was die Luminatoren vorhatten.

Als er geendet hatte, starrten ihn alle in der Messe entsetzt an. »Heiliger Abgrund«, murmelte Hobric. »Das ist der krankhafteste Plan, den ich je gehört habe.«

»Danke, dass Sie das sagen«, fügte Doktor Rahla hinzu. »Dann muss ich es nicht tun.« Sie sah aus, als wolle sie gleich in Ohnmacht fallen.

»Ja, ungefähr so hat der Rat der Domänen auch auf diese Eröffnung reagiert«, sagte Jaksam trocken.

»Und er erwägt ernsthaft, dem Paladin-Admiral freie Bahn zu geben?«, fragte Costa.

Jaksam bedachte sie mit einem säuerlichen Gesichtsausdruck. »Sie können diese Flotte – den Schwarm – nicht einfach gewähren lassen. Insofern haben sie keine Alternative – bis jetzt! Denn jetzt kommen Sie ins Spiel. Captain, bitte sagen Sie mir, dass Ihr Besuch bei den Orkanoiden nicht völlig vergeblich war. Wir brauchen eine bessere Option als diesen Wahnsinn, und das sofort.«

Kahain räusperte sich. »Um die Wahrheit zu sagen, Direktor, habe ich diesbezüglich eine gute und eine schlechte Nachricht für Sie. Die gute lautet, dass wir tatsächlich einen Plan haben, der theoretisch sogar ausgesprochen brauchbar klingt.«

»Und die schlechte?«

»Wir haben keine Ahnung, ob er praktisch funktioniert. Es hängt sehr davon ab, ob der Schwarm bereit ist, den Köder zu schlucken, den wir ihm vor die Nase halten wollen.« Nun schilderte Kahain seinerseits Jaksam, woran sie gemeinsam mit den Orkanoiden und Nark arbeiteten.

Als er geendet hatte, brummte der Barakkaraner anerkennend. »Das nenne ich ein waghalsiges und technisch kompliziertes Unterfangen. Haben Sie schon testen können, ob es überhaupt funktioniert?«

»Wir haben einen Probelauf im Kleinen gemacht, ja«, bestätigte Kahain. »Die Orkanoiden haben, wie es scheint, nicht zu viel versprochen. Ich verstehe, ehrlich gesagt, nicht ganz, worin die technologische Eigenheit der Transitgeneratoren der Narkschiffe liegt, aber bis jetzt sieht es so aus, dass zumindest der Teil des Plans klappen dürfte.«

»Wir sollten dringend versuchen, die Beziehungen zu den Orkanoiden wieder zu verbessern, wenn ich das mal anmerken darf«, warf Sariss ein. »Was denen an Ideen im Kopfschirm herumgeistert, wäre ein Gewinn für das ganze Domenaion.«

Auf Jaksams Zügen zeigte sich die Andeutung eines Schmunzelns. »Ich gebe es so weiter, Chief.« Sein Blick richtete sich wieder auf Kahain. »Und auch Ihren Plan werde ich dem Rat vorstellen. Er mag seine Risiken bergen, aber ich finde, er ist einen Versuch wert. Mehr als schiefgehen kann er schließlich nicht – und dann wird nur das geschehen, was sonst auch passieren würde: Das Atha-System wird verheert.«

»Verzeihen Sie, Direktor, aber wir müssen nicht darauf warten, dass der Schwarm Atha erreicht«, entgegnete Kahain. »Wir sind so gut wie startklar. Weitere Tests halte ich für gefährliche Zeitverschwendung. Ich denke, dass wir in spätestens einem halben Tag die Nark zusammengetrommelt haben, die wir brauchen. Dann können wir direkt zum Garif-System fliegen. Auch dort gibt es Leben zu retten.«

»Sie haben natürlich recht, Captain. Bereiten Sie alles vor. Ich melde mich so schnell wie möglich wieder bei Ihnen.« Er hielt kurz inne, als wolle er seine nächsten Worte mit Bedacht wählen. »Nur für den Fall, dass sich meine Rückmeldung aus irgendeinem Grund verzögern sollte, lassen Sie sich davon nicht beirren. Denken Sie einfach an das inoffizielle Motto der Raumrettung.«

Kahain nickte. »Ich habe verstanden, Direktor. Danke.«

»Ich habe zu danken, Kahain, Ihnen und Ihrer Mannschaft. Sie haben einen unmittelbaren Befehl missachtet, als Sie Norton verlassen haben, um nach Rauras zu fliegen. Aber Ihr Handeln könnte jetzt Milliarden von Atherier vor dem Tod bewahren. Gut gemacht, Sie alle.«

»Wir wissen das Lob zu schätzen, Direktor.«

»Viel Glück. Sie werden es brauchen. Jaksam, Ende.« Mit diesen Worten trennte der Barakkaraner die Verbindung.

»Ihr habt ihn gehört.« Kahain stieß sich von der Küchenzeile ab. »Wir sind die einzige Hoffnung von Milliarden von Atheriern. Sorgen wir also dafür, dass sie uns am Ende des Tages alle unendlich dankbar sein werden.«

»Diese Aussicht gefällt mir«, warf Hobric grinsend ein.

»Costa«, wandte sich der Captain an seine Stellvertreterin, »wie sieht es an der Nark-Front aus? Werden uns die Schiffe, wie von uns gewünscht, unterstellt?«

»Unter normalen Umständen würden die sich wohl eher die Hand abhacken, als diese Forderung zu unterschreiben«, erwiderte sie. »Aber die Orkanoiden, vor allem Segelt-im-Sonnenwind, haben sich nachdrücklich für uns eingesetzt. Ich erwarte die Zustimmung des Flottenministeriums in der nächsten Stunde.«

»Wenn sie sich nicht melden, ruf sie an. Uns läuft die Zeit davon.«

»Ist klar, Captain.«

Kahain richtete seine Aufmerksamkeit auf zwei weitere Mitglieder seiner Besatzung. »Und ihr, eL'Ha, Katiktak, habt ihr schon ein für unsere Zwecke geeignetes Sternensystem ausgemacht?«

»Wir haben sogar zwei geeignete Kandidaten gefunden«, antwortete der Silphi-Pilot, wobei zumindest für Brohta unklar blieb, ob er nur von sich selbst sprach oder die silberhäutige eN'iX mit einschloss. »Zum einen wäre da das Hauman-System. Es ist unbewohnt, liegt in maximaler Transitreichweite von allen gefährdeten Heimatwelten entfernt, und es befinden sich nur noch zwei Systeme zwischen ihm und der kernwärtigen Grenze des Domenaion-Raums. Im einen gibt es erste Terraformingbemühungen der Menschen, die allerdings im Moment noch automatisch ablaufen. Im anderen unterhalten die Sleen eine Minenoperation, aber dort leben nur zehntausend Personen. Die sollten leicht zu evakuieren sein.«

»Aber?«, hakte Kahain nach.

»Aber die Sonne des Hauman-Systems ist ein orangegelber

Stern«, setzte eL'Ha die Ausführung fort. »Das liegt an der Grenze dessen, was die Kosmozoen als schmackhaft zu akzeptieren bereit scheinen. Wir sind uns nicht sicher, ob sie den Köder annehmen.«

»Kosmowas?«, entfuhr es Brohta, bevor er es verhindern konnte.

Die eN'iX bedachte ihn mit einem Blick, wie ihn Brohtas Lehrer früher gern nach einer dummen Frage aufgesetzt hatte. »Lebewesen, die im Weltraum geboren werden und leben können. Die Sternenverschlinger der Orkanoiden – allerdings ist Sternenverschlinger meiner Meinung nach ein etwas dramatischer Ausdruck.«

»Ich finde, er passt«, brummte Brohta leise.

Der Captain ging nicht auf den Wortwechsel ein. »Und die Alternative?«, fragte er.

»Das Tihca-System«, antwortete Katiktak erneut. »Eine rotorange Sonne, komplett unbewohnt, der perfekte Köder. Bedauerlicherweise liegt das System noch drei Systeme vom Rand entfernt. Das an sich wäre nicht so schlimm, alle drei Systeme sind kaum besiedelt und lassen sich gut räumen. Im Tihca-System selbst besteht allerdings ein gewisses Risiko.«

»Welches?«

»Der Schwarm könnte sich von dort aus in zwei Richtungen wenden«, übernahm wieder eL'Ha. »Er kann sich weiter kernwärts bewegen; in der Richtung liegt mit Argilon auch ein Doppelsternsystem, dessen einer Stern, Argilon Arek, ihnen hervorragend als Energiequelle dienen könnte. Der Schwarm könnte sich hingegen auch dem zweiten System zuwenden, das zwar entgegen ihrer bisherigen Reiseroute liegt, aber näher ist und eine Sonne besitzt, die ebenfalls in orangefarbenem Licht erstrahlt. Ich spreche von Soare.«

Kahain erkannte – genau wie Brohta – sofort, was das bedeutete. »Galeorn.«

»Richtig«, bestätigte eL'Ha. »Die Wahrscheinlichkeit ist gering, dass sie sich diesem System zuwenden, denn es widerspricht ihrem bisherigen Verhalten, aber das Risiko ist vorhanden.«

»Also haben wir die Qual der Wahl zwischen einem Köder, den der Schwarm womöglich nicht schluckt, und einem, der die Gefahr birgt, die Katastrophe, die wir den Atheriern ersparen wollen, in ein Menschensystem zu verlagern.«

»Das ist korrekt, Captain.«

Kahain seufzte schwer und fuhr sich mit der Hand über den kahlen, dunklen Schädel. »Wenn Direktor Jaksam das dem Rat der Domänen berichtet, werden die sich niemals auf eine Richtung einigen. Und es könnte noch schlimmer kommen. Wenn eine Partei der anderen nach langen Diskussionen ihr System der Wahl aufgezwungen hat und unser Plan schiefgeht ... dann haben wir nicht nur eine zerstörte Heimatwelt, sondern dazu eine politische Krise, die das Domenaion auf eine Zerreißprobe stellen mag.«

»Was willst du damit sagen?«, fragte Costa. »Dass wir die Entscheidung am Direktor und dem Rat vorbei treffen sollten?«

Der Captain blickte ernst von einem zum anderen. »Der Direktor hat uns bereits wissen lassen, dass er nichts anderes von uns erwartet. Er hat uns nicht ohne Grund an das inoffizielle Motto der Raumrettung erinnert.«

»Hilf mir auf die Sprünge, Captain«, meinte Hobric. »Er meinte vermutlich nicht das, dass man keine Gelegenheit auslassen soll, das Gute mit dem Lukrativen zu verbinden.«

»Das ist *dein* inoffizielles Motto, Venk«, rief ihm Sariss in Erinnerung.

Kahain schüttelte den Kopf. »Nein, er meinte: Wenn irgendwo Not herrscht, zögere nicht, sondern handle. Und genau das werden wir. Es bleibt keine Zeit für lange Diskussionen. Und das Domenaion ist zu wichtig, um es über diese Entscheidung zu gefährden. Jeder Weg, den wir wählen, kann der falsche sein. Aber solange wir ihn wählen, müssen nur wir damit leben – oder genauer: Ich muss es, denn ich bin der Captain. Und als Captain …« Er hielt kurz inne und sammelte sichtlich alle Entschlossenheit. »Als Captain entscheide ich, dass wir den Weg über das Tihca-System wählen. Die Aussichten auf Erfolg sind auf dieser Route einfach größer. Und sollte der Schwarm wider Erwarten Richtung Galeorn fliegen … nun ja, die Luminatoren haben ja eine Waffe dagegen. Einwände?«

»Du sagtest doch, wir haben keine Zeit für Diskussionen«, entgegnete Costa.

»Stimmt.« Kahain klatschte auffordernd in die Hände. »Also los! Retten wir die verdammte Galaxis.«

Als sich die Versammlung auflöste, gesellte sich Brohta zu Umbra. »Dem Captain fällt es ja ziemlich leicht, über das Schicksal von Milliarden zu entscheiden«, raunte er.

Die grauhäutige Riesin blickte ihn unerwartet schwermütig an. »Ganz und gar nicht«, grollte sie leise. »Kahains ganze Familie lebt auf Galeorn.«

Diese Enthüllung traf Brohta unvorbereitet. Erschüttert sah er dem dunkelhäutigen Mann nach, der soeben an der Seite seiner Stellvertreterin im Korridor verschwand. »Er ist bereit, seine eigene Familie zum Schutz der Atherier zu opfern?«

»Ich glaube nicht«, erwiderte Umbra. »Aber was bleibt ihm übrig? Was bleibt uns allen übrig? Wir sind dazu gezwungen, Opfer zu ertragen. Diese verfluchten Ungeheuer aus dem Abgrund … Warum können sie nicht alle vom Nullraumvortex des Admirals verschlungen werden?«

Ihre Worte weckten einen Gedanken in Brohtas Geist. Von einem Moment zum nächsten war die Eingebung da, und sie gefiel ihm dermaßen, dass sich seine Miene unwillkürlich aufhellte. »Umbra, meine Schwester, du bringst mich da auf eine großartige Idee …«

41

Raumschiff *Lichtbringer*, Atha-System
Anterion »Eisenhand« Corn

Im Atha-System herrschte Chaos. Das erkannte Corn sofort, als er nach ihrem Eintreffen die Meldungen der Sensorstationen erhielt. Hunderte von Schiffen hingen im Orbit von Atheria, und noch viel mehr stiegen von der Planetenoberfläche auf oder waren dorthin unterwegs. Ähnliche Zustände ließen sich rund um die drei Monde sowie um Atherias Nachbarplaneten Thyfion feststellen. Die Evakuierung des Systems war in vollem Gange.

Sehen konnte man davon natürlich noch nichts, nicht einmal mithilfe der hochauflösenden Außenkameras der in den letzten Tagen hastig über Norton instandgesetzten *Lichtbringer*. Der Paladin-Admiral hatte das Schiff und seine kleine Begleitflotte mehr als hundert Millionen Kilometer entfernt unmittelbar in Sonnennähe aus dem Nullraum kommen lassen. Hier war das All weit und leer. Er hoffte, dass es dank Bendis Kahain so bleiben würde. Doch wenn nicht, wollte er vorbereitet sein.

»Bericht der Flotte«, befahl er.

»Alle Schiffe sind erfolgreich aus dem Transit gekommen, mein Lord«, meldete Knappe Talvi. »Die Ingenieure an Bord der *Schildträger* lassen ausrichten, dass sie umgehend mit dem Zusammenbau des Schwarzschild-Projektils fortfahren.«

»Sehr gut.«

Ihre Flotte bestand im Augenblick im Wesentlichen aus der *Lichtbringer* und ihren üblichen Begleitschiffen sowie der

Jägereskorte. Im Zentrum flog diesmal allerdings nicht das Flaggschiff des Luminatoren-Ordens, sondern ein mittelgroßes Spezialschiff, dessen einziger Zweck darin bestand, das Schwarzschild-Projektil an seinen Zielort zu transportieren und dort zum Einsatz zu bringen. Die *Schildträger* war massiv gepanzert und verfügte über gleich mehrere starke Transitgeneratoren. Die gesamte Front des lang gezogenen Schiffs bestand aus einer einzigen riesigen Luke, die zum Abschusshangar des Projektils gehörte. Dem Namen nach stellte man sich unter dieser Waffe zwar eine Art Raumtorpedo vor, doch tatsächlich handelte es sich um ein deutlich komplexeres System, eher eine waffenfähige Experimentalsonde von der Größe eines mittleren Wohnblocks.

Entsprechend lang dauerte auch der Zusammenbau.

Ursprünglich sollte das Projektil in der Forschungsanlage montiert werden, in der es entwickelt worden war. Aber das war Corn zu weit vom Geschehen entfernt gewesen. Obwohl Projekt Schwarzschild nur noch der Notfallplan war, seit Direktor Jaksam dem Rat der Domänen von der Idee berichtet hatte, die Kahain mit dem Orkanoiden ausgeheckt hatte, wollte Corn vor Ort sein, um gegebenenfalls rasch reagieren zu können. Also hatte er die dringendsten Reparaturen an der *Lichtbringer* durchgepeitscht, dann war er mit seinem Flaggschiff zu der Forschungsanlage gesprungen. Dort hatte er den Wissenschaftlern und Ingenieuren befohlen, ihre komplette Arbeit in die bereits seit Längerem startbereite *Schildträger* zu verladen. Anschließend hatten sie sich auf den Weg ins Atha-System gemacht – nur für den Fall der Fälle.

Genau wie der Rat der Domänen war Corn mittlerweile ebenfalls von Direktor Jaksam darüber informiert worden, dass es sich bei ihrem Feind in Wahrheit um einen Schwarm im All lebender Wesen handelte. Man war jedoch übereingekommen, dieses Wissen einstweilen für sich zu behalten. Das Letzte, was jetzt jemand brauchen konnte, waren irgendwelche Aktivisten, die behaupteten, siebzig Billionen Weltraumfische wären schützenswertes Leben. Für Corn machte es ohnehin keinen Unterschied. Auch einen Nachtlöwen oder einen der fast mannsgroßen Kronskorpione seiner Heimat tötete man, wenn er sich in die Randbereiche der Zivilisation verirrte.

Er erhob sich von seinem Kommandothron, strich seine Uniform glatt und wandte sich an Garla. »Lassen Sie Späher starten. Ich möchte ein Schiff über Atheria, eins über Thyfion und ab Thyfion eine Kette im Abstand von hundert Millionen Kilometern bis zum Systemrand. Wenn die Feindflotte eintrifft, will ich der Erste sein, der davon weiß.«

»Jawohl, mein Lord«, erwiderte sein Erster Offizier.

»Außerdem soll ein Schiff ins Garif-System springen und dort das Geschehen für uns beobachten. Schicken Sie Ritterin Leen und ihre Mannschaft.«

»Darf ich fragen, warum gerade sie?«, wollte Garla wissen.

»Ihre Leute waren die ersten Luminatoren, die mit den Fremden zusammengestoßen sind. Wir verdanken ihnen wichtige Einsichten über den Feind. Sie verdienen es, in erster Reihe dabei zu sein, wenn es endet.«

»Ich verstehe.«

Der Atherier wollte sich gerade abwenden, doch Corn hielt ihn auf. »Paladin Garla.«

»Ja, mein Lord?«

Der Paladin-Admiral senkte die Stimme. »Die Frage mag ein wenig spät kommen, aber: Wie geht es Ihnen? Sind Sie unter den speziellen Umständen dieser Mission einsatztauglich?«

Garla zögerte nur einen kurzen Moment. »Ich habe geschworen, als Luminator das Domenaion vor jedweder Dunkelheit zu beschützen. Dieser Schwur gilt noch immer. Abgesehen davon vertraue ich Eurem Urteil, mein Lord. Ihr werdet das Atha-System bestimmt nicht leichtfertig opfern.«

»Nein, ganz bestimmt nicht«, bestätigte ihm Corn. »Wenn wir das Projektil abfeuern, dann nur, weil es sowieso keine Rolle mehr spielt und Atheria bereits dem Untergang geweiht ist. Aber noch bleibt ein Rest Hoffnung, dass alles gut ausgeht. Ich sage es ungern, aber ich wünsche Captain Kahain und seiner Mannschaft, dass ihr verrückter Plan Erfolg hat.«

»Das tun wir alle«, erwiderte Garla.

Etwa eine Stunde verstrich, während alle geschäftig ihrer Arbeit nachgingen. Corn sah zu, wie die Spähschiffe eins nach dem anderen in einer Nullraumblase verschwanden, um innerhalb des Systems und im Garif-System in Position zu gehen. Eine Komm-Nachricht traf ein, derzufolge die Hauptstreitmacht des Feindes das verheerte Radur-System verlassen hatte. Dann kam eine weitere an, die als persönlich für den Paladin-Admiral gekennzeichnet war. Corn nahm sie in seinem Bereitschaftsraum entgegen, und nachdem er die reine Textnachricht gelesen hatte, verspürte er zunächst milde Verwirrung. Doch rasch erkannte er, dass sich ihm hier eine einmalige Gelegenheit bot. Er tätigte einen diskreten Komm-Anruf, um sich die erhaltene Information bestätigen zu lassen, und nachdem er die Bestätigung hatte, gestattete er sich ein zufriedenes Lächeln.

Dieses verschwand von seinem Gesicht, als er den schiffsweiten Voralarm vernahm und Paladin Garla ihn auf die Brücke rief.

»Bericht!«, forderte Corn, als er wenige Augenblicke später dort eintraf.

»Mein Lord!«, rief Knappe Talvi von den Ortungskontrollen aus. »In fünftausend Kilometern Entfernung bilden sich sechs Nullraumblasen. Es kommen Schiffe hindurch.«

»Das musste ja früher oder später passieren«, knurrte Corn. Er hatte befürchtet, dass nicht alle Atherier so vernünftig waren wie sein Erster Offizier. Zwar hatte die atherische Regierung ihre Kooperation zugesagt, aber patriotische Fanatiker, die glaubten, ihre Heimat verteidigen zu müssen, gab es selbst unter so aufgeklärten Wesen wie den Bewohnern des Atha-Systems. »Was haben wir?«

»Ein Schlachtschiff, zwei Systemkreuzer und drei Patrouillenboote.«

»Ein Schlachtschiff?« Verblüfft hob Corn die Augenbrauen. »Wir haben einen Admiral wütend gemacht. Das ist bedauerlich.« Rein nach Zahlen waren die beiden Flotten damit ausgeglichen, allerdings waren die Atherier ein Volk von Künstlern und Forschern, während der Orden der Luminatoren nur dem einen Zweck diente, als kampfstarker Wächter das Domenaion zu sichern. Die *Lichtbringer* allein hätte also vermutlich ausgereicht, um ihre Gegner zu besiegen – zumindest, wenn sie voll einsatzfähig gewesen wäre.

Corn begann, Befehle zu geben. »Ritter Levant, melden Sie den Vorfall dem atherischen Flottenkommando. Sie sollen ihren Leuten den Rückzug befehlen, sonst sind wir gezwungen, uns mit aller Macht zu verteidigen. Paladin Garla, alle Schiffe in volle Alarmbereitschaft versetzen. Reservegeschwader ausschleusen. Wir müssen die *Schildträger* um jeden Preis beschützen.«

Erneut gellten Alarmsirenen durch das Schiff, und der Steuermann drehte die *Lichtbringer*, um den Atheriern Sperrfeuer mit der ganzen Breitseite geben zu können und gleichzeitig mit dem riesigen Rumpf das kleinere Spezialschiff abzuschirmen. Ihre Begleitschiffe nahmen Flankenposition ein, während zwei Wolken aus Jagdmaschinen ober- und unterhalb des Sperrfeuerbereichs auf den Angriffsbefehl warteten.

»Wir werden gerufen«, meldete Ritter Levant. »Bild- und Tonübertragung.«

»Verstanden. Stellen Sie die Verbindung her.« Corn ließ sich auf seinen Kommandothron sinken.

Eine Atherierin in Kampfrüstung mit Schulterstücken und hohem, gepanzertem Kragen wurde auf dem Hauptbildschirm der Brücke sichtbar. Dem Rangabzeichen auf ihrer Brustplatte zufolge handelte es sich tatsächlich um einen Admiral – und zu seiner Überraschung kannte Corn sie sogar.

»Admiral Danaoa, was kann ich für Sie tun?«

»Sie wissen genau, was Sie für uns tun können, Paladin-Admiral Corn«, erwiderte sie wütend. »Verschwinden Sie mit Ihren Schiffen aus dem Atha-System. Sie sind hier nicht willkommen.«

»Sie wissen genauso gut wie ich, dass wir nicht gehen können«, gab Corn zurück. »Wir sind als Rückversicherung hier, um das Domenaion vor weiterem Schaden zu schützen.«

»Sie wollen das Atha-System auslöschen!«

»Ich *will* nichts dergleichen, glauben Sie mir. Aber wenn die schwarze Flotte im Atha-System eintrifft, gibt es nichts, was sie aufhalten kann. Sie waren doch im Radur-System dabei. Sie wissen, wie überwältigend viele Schiffe der Feind hat. Unsere einzige Chance, alle auf einen Schlag zu vernichten, besteht in Projekt Schwarzschild.«

»Sie sprechen von Massenmord, als wäre es nur eine weitere Ihrer Kampfstrategien.«

Nun wurde er doch wütend und sprang von seinem Platz auf. »Ich spreche davon, dass die Lage verzweifelt ist und wir womöglich keine andere Wahl haben, verdammt noch mal! Wenn Sie eine Strategie kennen, wie wir siebzig Billionen Feindmaschinen von Atheria fernhalten, teilen Sie sie mir mit. Ich bin für jede ernst zu nehmende Alternative dankbar. Ich bin ein Luminator! Meine Aufgabe ist es, unsere Welten vor der Dunkelheit zu schützen. Dass dabei Unschuldige ums Leben kommen, Milliarden Unschuldige, wird mich bis an mein Lebensende verfolgen. Aber wir haben hier nur zwei Optionen: uns ergeben oder kämpfen. In beiden Fällen verlieren wir –

doch wenn wir kämpfen, reißen wir den Feind zumindest mit ins Verderben.«

»Das reicht mir nicht«, entgegnete Danaoa. »Wo Leben ist, ist auch noch Hoffnung. Wenn ich Sie gewähren lasse, gibt es kein Leben mehr im Atha-System. Es gibt nicht mal mehr das Atha-System. Ich fordere Sie daher erneut auf: Ziehen Sie sich zurück, oder wir zwingen Sie dazu.«

Corn ballte die Eisenhand zur Faust. Er war so frustriert, dass er am liebsten geschrien hätte. Auf der einen Seite konnte er Danaoa verstehen. Vermutlich hätte er selbst kaum anders gehandelt, wenn sie sich im Primoris-System befänden und ihre Rollen vertauscht wären, während im Hintergrund ebenso verzweifelte wie fruchtlose Versuche unternommen würden, Norton zu evakuieren. Auf der anderen Seite musste er an das Domenaion als Ganzes denken. Und so unmenschlich es einem vorkam, die reinen Zahlen zu vergleichen: Das Atha-System zu zerstören war das kleinere von zwei kosmischen Übeln.

»Ich bitte um Verzeihung, mein Lord«, unterbrach sie Levant in diesem Moment, »aber wir erhalten eine Meldung von Ritterin Leen im Garif-System. Soeben ist eine Flotte aus sechstausend Nark-Schiffen aufgetaucht. Sie wird von einem Raumschiff der Raumrettung angeführt, das sich als *Leitstern* identifiziert.«

Schlagartig hellte sich Corns Miene auf. »Admiral Danaoa, wären Sie bereit, sich auf einen kurzzeitigen Waffenstillstand zu einigen? Gerade ist die dritte Alternative zum Ergeben und Kämpfen ins Spiel gekommen. Wenn wir Glück haben, ist sie die Lösung für all unsere Probleme.«

»Was hat es mit diesen Nark-Schiffen und der *Leitstern* auf sich?«, wollte die Atherierin wissen. Anscheinend war die Nachricht von Bendis Kahains tollkühnem Plan im allgemeinen Chaos noch nicht bis zu ihr durchgedrungen.

»Warten Sie es ab.« Corn wandte sich an Levant. »Sagen Sie Leen, sie soll näher heranspringen. Wir wollen eine Bildverbindung vom Geschehen vor Ort. Und senden Sie die Daten, sobald sie eintreffen, auch an unsere atherischen Freunde.« Er warf Danaoa auf ihrem Schlachtschiff einen vielsagenden Blick zu. »Das wollen Sie ganz bestimmt nicht verpassen, Admiral.«

42

Raumschiff *Arek-Sino-2-1* / Raumschiff *Leitstern*, Garif-System
Kalvena Leen / Bendis Kahain

»So viele von denen hat das Domenaion seit langer Zeit nicht mehr gesehen«, murmelte Leen staunend, während sie die Flotte aus Nark-Schiffen betrachtete, die als winzige, glitzernde Wolke am siebten Planeten des Garif-Systems vorbeizog, an dessen Nordpol sich Leen und ihre Leute versteckt hatten. Auf dem Bildschirm, der die Aufnahmen der hochauflösenden Spezialkameras zeigte, waren die Punkte als massige, annähernd diskusförmige Raumschiffe zu erkennen, die einander so ähnlich waren, dass Leen sich unwillkürlich fragte, ob es auf Anoark nur eine einzige Fabrik zum Bau von Raumfahrzeugen gab.

Sie hatten zwei kurze Transits benötigt, um sich der Flotte so weit zu nähern, dass sie sie gut beobachten konnten. Dabei hatten sie zwar darauf geachtet, sich im Schutz von Planeten zu halten, dennoch konnte man bei der Menge an Schiffen – deren technische Möglichkeiten weitgehend unbekannt waren – nicht sicher sein, ob sie unbemerkt geblieben waren. Wenn Kahain oder die Nark sie allerdings gesehen hatten, schienen sie sich an dem neugierigen Begleiter nicht zu stören.

Leen korrigierte ein wenig die Position der *Arek-Sino*, des dritten Schiffs, das sie im Laufe weniger Tage in einen Einsatz flogen. Sie hoffte, dass sie es diesmal in einem Stück zurückbringen würden. Ebenso hoffte sie, dass sie ihren neuen Bordtechniker, einen jungen Barakkaraner namens Thumran Dulikk, der ihnen kurzfristig zugeteilt worden war, heil nach Hause bringen konnten. Unter den Flugmannschaften der *Lichtbringer* bekamen Zeo, Aubrin und sie langsam einen schlechten Ruf, und das gefiel Leen überhaupt nicht.

»Warum wartet die Flotte nicht näher an der Sonne?«, fragte sich Aubrin. »Wenn der Feind tiefer im System auftaucht, sind Captain Kahain und seine Verbündeten gezwungen, ihm hinterherzueilen.«

»Alle bisher gesammelten Erfahrungen zeigen, dass sich die Invasoren stets vom Rand des Systems nähern«, erwiderte Zeo. »Insofern ist diese Vorgehensweise verständlich – zumal wir wissen, dass der Feind Gasriesen mag.« Damit spielte sier nicht nur auf Caros im Ansi-Gayron-System an, sondern auch auf den Umstand, dass der Planet unter ihnen eine riesige, grün wirbelnde Kugel war, in deren oberer Atmosphäre mehrere Gasraffinerien der Atherier schwebten, die gegenwärtig allerdings aufgegeben waren.

Ganz anders sah es tiefer im Inneren des Systems aus, wo die Bevölkerungen gleich zweier riesiger Industriekolonien auf dem dritten und vierten Planeten hektisch versuchten, sich in Sicherheit zu bringen. Leen hatte sich ein paar Ortungsergebnisse von Aubrin auf den Bildschirm legen lassen, und es sah nicht so aus, als würden die vor Ort bereitgestellten Raumschiffe auch nur annähernd ausreichen, um alle zu evakuieren. Umso mehr war zu hoffen, dass der Plan der Nark funktionierte.

Auf dem Bildschirm sah Leen, wie die Nark-Flotte auszuschwärmen begann.

»Jetzt wird es interessant«, sagte Leen. Sie wusste, dass dieser Captain Kahain im Garif-System einen Plan verfolgte, die Bedrohung durch die schwarze Flotte abzuwenden. Mehr Details hatte Stern-Paladin Garla allerdings nicht verraten, als er Leen und ihre Leute losgeschickt hatte, das Ganze zu beobachten. Daher war sie ausgesprochen neugierig, zu erfahren, welche Lösung für die aktuelle Krise ein einfacher Raumretter ersonnen hatte, auf die selbst die hellsten Köpfe des Luminatoren-Ordens nicht gekommen waren.

Der Gedanke erinnerte sie an ihre jüngsten Befehle, die sie von der *Lichtbringer* erhalten hatten. »Steht die Verbindung zum Flaggschiff?«, fragte sie Aubrin.

»Ja, Ritterin«, erwiderte die Sensorspezialistin, die dem Geschehen von ihrer eigenen Konsole im hinteren Teil des Cockpits aus folgte. »Derzeit nur Bild. Ton, wenn Sie die Sprechtaste drücken.«

Leen öffnete den entsprechenden Kanal. »*Arek-Sino-2-1* an *Lichtbringer*, sehen Sie alles?«

»Hier *Lichtbringer*«, meldete sich der Komm-Offizier auf der Brücke des Flaggschiffs. »Ja, danke, die Bildübertragung ist gut.«

Vor ihnen manövrierten die sechstausend Nark-Schiffe sternförmig immer weiter auseinander.

»Was soll das werden?«, fragte sich Dulikk, der neben Aubrin saß.

»Es sieht so aus, als würden sie einen riesigen Kreis bilden«, warf Zeo ein.

Tatsächlich nahmen die Nark-Schiffe eine Formation ein, die am Ende einen Kreis mit einem Durchmesser von etwa zehntausend Kilometern bildete. Jedes Schiff hielt dabei zu seinen Nachbarn ziemlich genau fünf Kilometer Abstand. Die *Leitstern* schloss sich dem eigentümlichen Manöver nicht an, sondern schwebte etwas voraus, wie ein Dirigent, der ein riesiges Weltraumballett führte.

»Was bei allen Sternen …«, murmelte Leen.

Im nächsten Augenblick beugte sie sich ungläubig näher zum Bildschirm, denn zwischen den Schiffen begann sich eine Nullraumblase zu bilden, die mit jeder Sekunde größer wurde. Schon bald vermochte sie das Phänomen mit bloßen Augen zu sehen, denn auf seiner Oberfläche schillerten verzerrte Sterne, wie immer, wenn ein Nullraumtunnel durch die Raumzeit getrieben wurde.

»Das gibt's doch nicht«, entfuhr es Dulikk entgeistert. »Eine derart große Nullraumblase sollte unmöglich sein. Wie machen die das?«

»Ich habe nicht die geringste Ahnung«, erwiderte Leen nicht minder erstaunt. Während sie weiterhin gebannt zuschaute, fragte sie sich beiläufig, ob Garla ihr Kahains Plan absichtlich verschwiegen hatte oder ob er selbst nicht im Bilde darüber gewesen war, was passieren würde. Allerdings hätte sie es vermutlich eh nicht geglaubt, wenn er ihr vorab davon erzählt hätte.

Die Nullraumblase erreichte ihre maximale Ausdehnung bei gut neuntausendachthundert Kilometern und hing dann schillernd im All, ein gigantisches Portal, durch das man einen kleinen Planeten hätte versetzen können. In ihrem Zentrum war nun eine rotorange Sonne zu erkennen wie die feurige Pupille in einem riesigen dunklen Auge. Der Anblick war über alle Maßen eindrucksvoll, ein Beleg dafür, dass die Technik der Nark, die gemeinhin eher belächelt wurde, zu viel mehr imstande war, als generell bekannt.

Nur, wie wollte Kahain auf diese Weise siebzig Billionen Feindschiffe aufhalten? Kalvena Leen beschloss gerade, ein kleines Dienstvergehen auf sich zu nehmen, als die Nullraumblase von einem Moment zum anderen in einem hellen Blitz verging.

An Bord der *Leitstern* nickte Kahain zufrieden. »Sehr gut. Ein perfekter Testlauf. Ich gestehe, ich hatte immerhin noch leichte Zweifel, dass es uns gelingen könnte, so viele Transitgeneratoren zu koppeln. Vielen Dank also für diese eindrucksvolle Demonstration, die mich eines Besseren belehrt hat.« Er sah die beiden Männer sowie den riesig im Hintergrund schwebenden Orkanoiden an, die sich auf dem Führungsschiff der Nark-Flotte aufhielten und per Bildübertragung zugeschaltet waren.

Zwei seiner drei Gesprächspartner kannte er. Es handelte sich um Zoarek und Dreistern-auf-Blau, der – ganz entgegen der dieser Tage üblichen Reiseangst der Orkanoiden – darauf bestanden hatte, die Operation zu begleiten. Anders als das Transportschiff, mit dem er zur Station Tiefe Arjon gereist war, wies die Brücke des Kommandoschiffs im hinteren Bereich einen mehrere Meter tiefen und ebenso breiten Schacht auf, in dem Schwerkraftverhältnisse herrschten, die Dreistern-auf-Blau einen bequemen Aufenthalt auf der insgesamt sehr geräumigen Brücke ermöglichten.

Der dritte Mann war Flottenführer Rekmata, ein Militärangehöriger, der sich während der kurzen Zeit, in der sie einander nun kannten, als noch übellauniger als Zoarek herausgestellt hatte. Unter normalen Umständen hätte er von einem Menschen – und insbesondere einem Zivilisten – vermutlich keine Befehle entgegengenommen. Allein die machtvolle Präsenz von Dreistern-auf-Blau in seinem Rücken sorgte dafür, dass er sich kooperativ zeigte. Womöglich war das der Hauptgrund für die Entscheidung des Orkanoiden gewesen, sich der Flotte anzuschließen. Wenn dem so war, schuldete ihm Kahain zusätzlich Dank dafür.

»Ihr Misstrauen grenzt an Unverschämtheit«, sagte Rekmata und bewies damit, dass er auch mit einem Orkanoiden im Nacken nicht viel von Umgangsformen hielt. »Wenn die Orkanoiden sagen, dass wir dazu imstande sind, eine so große Nullraumblase zu erzeugen, muss man das nicht testen.«

»Bei allem Respekt, Flottenführer«, erwiderte Kahain nicht ohne Schärfe in der Stimme, »hier stehen unzählige Leben auf dem Spiel. Ich möchte gern jedes Risiko eines Fehlschlags minimieren. Der ganze Plan ist riskant genug.«

»Wem erzählen Sie das, Captain? Warum die Nark Tausende Männer und Frauen in Gefahr bringen, um ein Problem zu lösen, das sich das Domenaion eingebrockt hat, verstehe ich ohnehin nicht.«

»Wir haben uns das Problem nicht eingebrockt! Es hat uns aus dem Abgrund heimgesucht. Das wissen Sie genauso gut wie ich. Was das Übrige angeht, bin ich froh, dass Ihre Orkanoiden-Herren mehr Güte und Weitsicht an den Tag legen als Sie.«

»Wir sind hier, oder nicht, Captain?«, mischte sich Zoarek ein.

»Ja, das ist wahr.« Kahain schloss kurz die Augen und sammelte sich. »Bitte entschuldigen Sie den Ausbruch. Wir sind wohl alle ein wenig nervös.«

Zoarek machte eine wegwerfende Geste.

»Captain«, unterbrach ihn eL'Ha. »Wir erhalten eine Richtfunkanfrage.«

Stirnrunzelnd sah Kahain sie an. »Von wem? Einem der anderen Nark-Schiffe?« Richtfunkkommunikation wies darauf hin, dass sich ihr Gesprächspartner in der unmittelbaren Umgebung aufhielt – und nur von ihnen gehört werden wollte.

»Negativ. Die Anfrage wurde von einer Doppelstern-Ritterin Kalvena Leen signiert.«

»Die Luminatoren sind auch hier?« Kahain wandte sich an Randon. »Shem, schau dich mal nach versteckten Schiffen in der Umgebung um. Ich habe das Gefühl, der Paladin-Admiral lässt uns beobachten.«

»Was sein gutes Recht wäre«, bemerkte Costa. »Immerhin hängt von unserem Erfolg seine Entscheidung ab, ob er dieses Schwarzschild-Projektil zum Einsatz bringt oder nicht.«

»Das ist wahr. Trotzdem seltsam, dass Ritterin Leen uns sozusagen inoffiziell sprechen möchte.« Er wandte sich an Zoarek und Rekmata. »Ich muss mich verabschieden, meine Herren. Bleiben Sie wachsam. Wenn irgendeines Ihrer Schiffe ortet, dass der Schwarm im System auftaucht, melden Sie sich.«

»Das werden wir«, bestätigte der Flottenführer mürrisch.

Als die Nark vom Bildschirm verschwunden waren, gab Kahain eL'Ha ein Zeichen. »Na schön, stell sie durch.« Die eN'iX bestätigte, und Kahain hob die Stimme. »Ritterin Leen, hier spricht Captain Kahain von der *Leitstern*. Was kann ich für Sie tun?«

»Sie kennen mich vermutlich nicht, Captain, aber meine Mannschaft und ich waren diejenigen, die im Ansi-Gayron-System erstmals auf die schwarze Flotte getroffen sind. Wir wurden von ihr angegriffen und mussten von der *Lichtbringer* gerettet werden, die dann ihrerseits von Ihnen nach Norton gebracht wurde. Das nur zur Vorstellung.«

Kahain hob die Augenbrauen und wechselte einen Blick mit Costa. Das also war die Besatzung des Spähschiffs, dessen Computer Shem und eL'Ha gehackt hatten, um herauszufinden, was für seltsame Dinge am Rand des Domenaions vor sich gingen. »Die Galaxis ist klein, Ritterin«, sagte er.

»Das ist sie. Was ich damit aber eigentlich sagen wollte: Wir stehen auf derselben Seite, bloß scheinen wir leider nicht den gleichen Wissensstand zu haben. Daher frage ich Sie einfach mal: Was haben Sie mit der Nullraumblase vor?«

Unwillkürlich musste Kahain schmunzeln. »Sagen Sie bloß, der Paladin-Admiral hat Sie losgeschickt, um uns zu beobachten, ohne Ihnen zu verraten, was wir vorhaben.«

»Die Einsatzbesprechung war eher kurz«, bestätigte Leen.

»Nun, es ist kein Staatsgeheimnis. Wir beabsichtigen, den Schwarm an den zentralen Welten des Domenaions vorbeizuleiten, indem wir ihm eine schmackhafte Sonne in einem unbewohnten Sternensystem anbieten.«

»Wieso sollte der Feind darauf eingehen?«

»Weil der Feind eben nicht planvoll vorgeht, sondern instinktgesteuert ist. Es handelt sich um Lebewesen, hungrige Lebewesen. Aber lassen Sie mich raten: Die Information fehlte auch in der Einsatzbesprechung.«

Das perplexe Schweigen am anderen Ende der Verbindung war Antwort genug.

»Ja, für uns war es auch erst einmal ein Schock. Aber wir sollten alle dankbar dafür sein. Eine Feindflotte mit siebzig Billionen Schiffen hätte keine Macht im Universum aufhalten können. Bei einem riesigen Schwarm aus Weltraumfischen oder Weltrauminsekten, oder als was auch immer man diese Wesen ansehen möchte, besteht zumindest eine gewisse Chance, dass diese Geschichte nicht noch mehr Todesopfer fordert als schon geschehen.«

»Sie haben vermutlich recht, Captain«, antwortete Leen. »Danke für die Auskunft. Wir melden uns wieder ab. Sollten Sie bei dem, was kommt, Hilfe von einem kampfstarken Spähschiff brauchen, rufen Sie uns. Wir hängen über dem Nordpol des Gasriesen.«

»Ich weiß das Angebot zu schätzen, Ritterin«, sagte Kahain. »*Leitstern* Ende.« Er lehnte sich auf seinem Kommandostuhl zurück.

»Und jetzt warten wir darauf, dass dieser elende Schwarm auftaucht?«, fragte Costa neben ihm.

»Jetzt warten wir«, bestätigte er.

43

Raumschiff *Leitstern* / Raumschiff *Arek-Sino-2-1*, Garif-System
Bendis Kahain / Kalvena Leen

»C-Captain!«, rief Randon über Bordfunk aufgeregt. »Sie sind da! D-Der Schwarm ist da!«

Fluchend stellte Kahain seine frisch gebrühte Tasse Jala-Kava auf den Tisch in der Messe und rannte los in Richtung Brücke. Fünf Stunden lang hatte er auf seinem Kommandosessel ausgeharrt, ohne dass etwas geschehen war. Aber kaum gönnte man sich ein paar Minuten Pause, wurde es plötzlich ernst.

Er erreichte die Brücke und löste Costa ab, die in seiner Abwesenheit seinen Platz eingenommen hatte. Sie selbst setzte sich an die Waffenkonsole. »Wo ist der Schwarm?«, fragte Kahain. »Ist er wie erwartet am Systemrand aufgetaucht?«

»Ja, Captain. Hundertzehn M-Millionen Kilometer voraus.«

»Ziemlich weit weg, aber die Kerle sind Berichten zufolge ja extrem schnell.«

Im Eingang zur Brücke erschien auch der Rest der Mannschaft: Hobric, Doktor Rahla, Sariss, Umbra und ihr Gast Brohta. »Wie ist die Lage?«, fragte Hobric atemlos. »Verzweifelt oder schon hoffnungslos?«

»Wir sind noch unentschlossen«, erwiderte Katiktak.

»B-Bei allen Sternen, d-der Schwarm ist riesig«, entfuhr es Randon entgeistert. »Der Computer m-meldet dreihunderttausend Kilometer Durchmesser.« Er legte das Ortungsergebnis auf den Schirm, ein Gewimmel aus roten Punkten auf schwarzem Grund.

»Hoffnungslos«, entschied der Silphi-Pilot.

Costa schüttelte ungläubig den Kopf. »Unser Tor ist viel zu klein. Wir haben nur sechstausend Schiffe! Wie kamen wir auf den vermessenen Gedanken, siebzig Billionen Lebewesen von ihrem Weg ablenken zu können?«

Wütend hieb Kahain mit der Faust auf die Armlehne seines Stuhls. »Alle mal still sein, verstanden? Ich will nichts mehr hören. Unser Plan wird klappen, weil er klappen muss.« Er senkte die Stimme zu einem Flüstern von verzweifelter Entschlossenheit. »Er muss klappen.« Dann holte er tief Luft und wandte sich eL'Ha zu, die wie immer völlig ungerührt im Angesicht der Gefahr blieb. »Ich brauche eine Verbindung zu Zoarek und Flottenführer Rekmata.«

»Kommt sofort, Captain.« eL'Has Finger huschten über ihre Konsole, als sie das Hauptschiff der Nark-Flotte rief.

Sekunden später meldete sich Rekmata. »Wir dachten schon, Sie melden sich gar nicht mehr«, knurrte er. »Sollen wir die Nullraumblase jetzt aufbauen?«

»Ja, Flottenführer, ich bitte darum«, sagte Kahain. »Und danach müssen wir ein ordentliches Feuerwerk veranstalten, um den Schwarm auf uns aufmerksam zu machen. Aber stellen Sie das Schießen sofort ein, wenn die Wesen auf uns zukommen. Sie sollen nicht Ihre Schiffe angreifen, sondern von der Sonne des Tihca-Systems angelockt werden.«

»Wir kennen das Ziel der Mission, Captain.«

»In Ordnung, dann legen Sie los.« Kahain wandte sich an eL'Ha. »Versuchen wir mal, eine Sensorboje in der Nähe des Schwarms zu platzieren. Ich will wissen, wenn die in unsere Richtung springen – und das möglichst, bevor sie bei uns eintreffen.« Das war das Problem mit konventioneller Ortung. Ein Ortungsstrahl war langsamer als ein überlichtschnell fliegendes Objekt.

»Starte Sensorboje«, bestätigte die eN'iX. Kurz darauf meldete sie den erfolgreichen Aufbau einer Nullraumverbindung unmittelbar zum Schwarm. Kahain ließ den Bildschirm teilen, sodass er einerseits weiterhin zeigte, wie die Nark erneut das riesenhafte Transitportal aufbauten, und andererseits das irrwitzige Wimmeln des gewaltigen Kosmozoen-Schwarms präsentierte. Es hatte etwas Hypnotisches an sich, das Durcheinander zu beobachten, das tatsächlich in seiner Gänze an die Bewegung eines Fischschwarms im Ozean erinnerte. Angesichts der Größe des galaktischen Meeres wirkte er auch gar nicht so imposant. Aber das war natürlich eine Frage des Maßstabs. Aus dem lautlosen Tanz würde ohne Zweifel ein tosendes Chaos werden, sobald sie der Schwarm erst erreicht hatte.

Die Nullraumblase der Nark erreichte ihre maximale Ausdehnung, und die sechstausend Schiffe fingen an, den Weltraum vor ihnen mit einem Blitzgewitter aus Plasma-Impulsschüssen und zeitgezündeten Raketen zu füllen. Das Sperrfeuer war so heftig, dass es beinahe die optischen Sensoren der Bugkameras der *Leitstern* überlastete.

»Wenn es doch nur irgendeine Wirkung hätte, außer hübsch auszusehen«, warf Costa betrübt ein.

»Das würde auch nichts ändern«, sagte Kahain, »selbst wenn jeder Schuss ein Volltreffer wäre.«

»Der Schwarm ändert seine Form«, meldete eL'Ha. Auf dem Bildschirm wurde sichtbar, wie sich die wimmelnde, funkelnde Wolke auseinanderzog und eine Art Speerformation einnahm. Das violette Blitzen verstärkte sich, wurde zu einer Art Flirren, und im nächsten Moment verschwand der Schwarm einfach, löste sich von vorn nach hinten auf, während er, so nahm Kahain an, mit unfassbarer Geschwindigkeit beschleunigte und so dem Sichtbereich der Sensorboje entfloh.

»K-keine Ortungssignale mehr!«, rief Randon. »Der Schwarm ist einfach n-nicht mehr da.«

Das hatte Kahain befürchtet. »Sensorboje zurückholen«, befahl er. Dieser Teil seines Plans basierte auf ein wenig Empirie und sehr viel Hoffen. Der Schwarm mochte Gasriesen ebenso wie Sonnen, das war bekannt. Aber mochte er sie so sehr, dass er auf halbem Weg zu Garif stoppen würde? Oder waren sie, genau wie bewohnte Planeten mit erkennbaren Energiequellen, eher die Nachspeise im Anschluss an das Hauptgericht? In dem Fall gab es nichts, was …

»Annäherungsalarm!«, schrie Randon, und der Computer bestätigte seine Warnung mit einem durchdringenden Signalton.

Von einer Sekunde zur nächsten war das All vor ihnen voll von Flugobjekten. Eine schwärmende, blitzende Wand aus dunklen Leibern verdeckte den Blick auf die Sterne.

»Flottenführer, Feuer einstellen!«, rief Kahain. Zu seiner Erleichterung gehorchten sechstausend mürrische, streitsüchtige Nark-Kapitäne in diesem Fall ohne jedes Widerwort. Das Waffenfeuerwerk erstarb kaum zwei Sekunden später, und höchstens ein paar Projektile konnten den Schwarm getroffen haben.

Dieser schien tatsächlich einen Moment lang unentschlossen im Raum zu hängen. Zumindest kamen die Kosmozoen nicht näher, entfernten sich aber auch nicht merklich. Womöglich fragten sie sich mit ihren einfältigen, instinktgetriebenen Gehirnen, was das für eine seltsame Sonne war, die appetitlich inmitten einer Kugel aus schillernden und sich verzerrenden Sternen lag.

Der Augenblick schien sich ins Unendliche zu dehnen. Kahains Hände verkrampften sich um die Armlehnen seines Kommandostuhls, und er beugte sich unwillkürlich leicht nach vorn. »Kommt schon, Freunde«, beschwor er die Wesen. »Ihr wollt den leckeren Happen doch haben. Holt ihn euch, beim Abgrund.«

»Ich habe kein gutes Gefühl bei der Sache«, bemerkte Hobric.

»Ja, sie beißen nicht an«, murmelte Costa. »Die Nullraumblase verstört sie irgendwie.«

Kahain wollte schreien. Hier saßen sie, völlig zur Tatenlosigkeit verdammt, und ihr Plan drohte zu scheitern, weil die Kosmozoen, die Sternenverschlinger, die Große Plage, die bislang vor nichts und niemandem Halt gemacht hatte, plötzlich eine ganz uncharakteristische Scheu zeigte.

»Wir m-müssen doch was tun.« Randon klang genauso verzweifelt, wie Kahain sich fühlte.

»Es gibt nichts, was wir noch tun können«, informierte ihn eL'Ha mit enervierender Aufrichtigkeit. »Das Transitportal ist geöffnet, und offensichtlich haben wir auch ihre Aufmerksamkeit erregt. Aber möglicherweise erinnert sich der Schwarm an den Schmerz, den ihnen die Nullraumblasen während der Schlacht im Radur-System zugefügt haben.«

»Oh nein.« Daran hatte Kahain gar nicht gedacht. Hatte Paladin-Admiral Corn, indem er die Transporttechnologie zu Waffen umfunktioniert hatte, womöglich jede Aussicht auf eine friedliche Lösung dieser Krise zunichtegemacht?

»D-Der Schwarm setzt sich in Bewegung«, meldete Randon. Auf dem Bildschirm war noch nichts zu erkennen, aber seine Ortungsinstrumente waren genauer als die Kameraoptiken.

»Der Computerprognose zufolge führt ihr Vektor sie an der Nullraumblase vorbei«, fügte eL'Ha hinzu. »Sie nehmen Kurs auf den Gasriesen.«

Jetzt sah auch Kahain, wie sich einmal mehr die Speerformation bildete, die innerhalb des Schwarms offenbar typisch für einen beabsichtigten Ortswechsel war. Der Schwarm begann zu beschleunigen.

»Nein!«, rief Kahain. »Hierher! Ihr sollt zu uns kommen!«

Doch draußen im All hörte ihn niemand schreien.

»Wir müssen auf die Führungstiere schießen«, sagte Aubrin an Bord der *Arek-Sino* aufgeregt.

»Was?« Irritiert schaute Leen sie an.

»Jede Herde und jeder Schwarm hat Führungstiere«, erklärte die Sensorspezialistin hastig. »Das habe ich mal in einer Dokumentation gesehen. Wenn wir die Aufmerksamkeit der Führungstiere erregen können, wird der Rest des Schwarms ihnen folgen.«

»Äh, das würde bedeuten, die würden *alle* auf uns zukommen, richtig?«, warf Dulikk ein.

»Im Bestfall wäre das wohl so«, sagte Zeo mit einer ironischen Duftnote. »Und dann müssten wir sie alle hinter uns durch das Transitportal locken. Siebzig Billionen gegen uns.«

»Tja, wie heißt es so schön?« Leen umfasste die Steuerung fester. »Man wächst mit seinen Aufgaben.« Sie gab vollen Schub auf die Triebwerke.

»Schaut mal da!« Costa deutete auf eine Stelle im Raum an der Spitze des Schwarms, wo auf einmal Plasma-Impulsfeuer und Explosionen zu erkennen waren.

»Shem, vergrößere den Ausschnitt«, befahl Kahain sofort. Als das Bild heransprang, riss er die Augen auf. »Ein Luminatoren-Spähschiff! Das müssen Ritterin Leen und ihre Leute sein. Was machen die da? Sind die verrückt?«

Sariss trat vor. »Ich glaube, sie versuchen das Gleiche, das meine Leute mit den Grasschrecken versucht haben. Nur dass sie keine chemischen Duftstoffe einsetzen, um den Schwarm anzulocken, sondern Energie.«

Als Kahain begriff, sprang er von seinem Kommandostuhl auf. »Katiktak, bring uns an die Seite des Luminatoren-Schiffs. Neena, Feuer aus allen Rohren. Und, Flottenführer Rekmata?«

»Wir sind noch da«, ertönte die Stimme des Nark, obwohl Kahain sein Bild weggeschaltet hatte.

»Sie halten weiter die Position. Wenn der Schwarm etwas Anreiz braucht, um zum Transitportal zu kommen, soll er ihn bekommen.«

Rasend schnell näherte sich die *Leitstern* der gewaltigen Wolke aus Leibern, die selbst in Speerformation noch den Durchmesser eines Kleinplaneten hatte.

Plasmaprojektile und Erschütterungsraketen schossen gleißend hell am Bug des Raumrettungskreuzers vorbei, als selten genutzte Waffensysteme zum Einsatz kamen. Kahain gab sich keinen Illusionen hin. Verletzen würden sie die Wesen damit kaum. Aber das war auch nicht ihr Ziel. Er genügte vollkommen, wenn sie die Kosmozoen ein wenig reizten – genug, um den Schwarm abzulenken.

»Es funktioniert!«, rief Randon. »Sie d-drehen in unsere Richtung.«

»Volle Schubumkehr«, befahl Kahain. »Zurück zur Nullraumblase. Bekommen wir eine Verbindung zu Leen?«

»Ich sende eine Anfrage«, sagte eL'Ha, nur um gleich darauf hinzuzufügen: »Verbindung steht.«

»Was wollen Sie?«, rief Kalvena Leen, deren Stimme vom Hämmern und Jaulen der Waffensysteme ihres Schiffs untermalt wurde.

»Mich bedanken«, erwiderte Kahain. »Eine großartige Idee hatten Sie.«

»Ich gebe es an meine Sensorspezialistin weiter.« Sie ächzte kurz, und der Luminatoren-Späher wirbelte um die eigene Achse, um Blitzen auszuweichen, die von den Leibern der Kosmozoen ausgingen. »Jetzt werden sie wütend. Sie haben nicht zufällig einen Plan, wie wir das hier lebend überstehen?«

»Wir fliegen durch das Transitportal und kippen im Zielsystem hart zur Seite weg«, sagte Kahain. »Mit etwas Glück vergessen sie uns, wenn sie die schmackhafte Sonne direkt vor sich sehen.«

»Verstanden.«

Mit Höchstgeschwindigkeit jagten sie zurück zu der Nullraumblase, die von den Nark-Schiffen nach wie vor offen gehalten wurde. Da die Raketenluken nach vorn zeigten, konnte die *Leitstern* nur noch ihre schwenkbaren Plasmakanonen einsetzen. Das Luminatoren-Schiff war effektiver, was nicht zuletzt daran lag, dass es voll schwenkbare Primärtriebwerke hatte und einfach rückwärts und unvermindert aus allen Rohren feuernd auf das Transittor zuhielt. Wer immer dort am Steuer saß, konnte fliegen, so viel stand fest. Wenn sich nach dem Einsatz die Gelegenheit bot, wollte Kahain die andere Mannschaft unbedingt kennenlernen.

Sie hatten die Nullraumblase jetzt fast erreicht, und nach wie vor hatten sie die Aufmerksamkeit des Schwarms. »Ihr solltet besser in die Messe gehen und euch setzen«, riet er Hobric und den anderen am Eingang, während er sich anschnallte.

»Um nichts in der Welt«, entgegnete der und suchte sich einen Griff zum Festhalten. Auch Brohta und Umbra weigerten sich zu gehen, setzten sich aber auf den Boden am Brückeneingang. Nur Doktor Rahla und Sariss zogen sich zurück, um sich für den Schock des Quantentransits ordentlich zu sichern.

»Na schön, wie ihr wollt.« Kahain wandte sich ihren Verbündeten zu. »Flottenführer Rekmata!«

»Wir hören Sie.«

»Sobald der Schwarm vollständig den Nullraumtunnel passiert hat, kollabieren Sie die Blase. Es soll keine Gruppe von ihnen wieder hierher zurückkehren.«

Das Schillern der verzerrten Sterne war nun ganz nah, füllte den kompletten vorderen Sichtbereich aus.

»Und was wird aus Ihnen?«, fragte der Nark.

»Wir helfen uns selbst.«

»Viel Glück, Mensch.«

Kahain wollte sich noch bedanken, aber dazu kam er nicht mehr. Die *Leitstern* überquerte die kritische Schwelle der Nullraumblase und löste sich auf.

44

Raumschiff *Leitstern*, Tihca-System
Bendis Kahain

Mit einem Schlag war sein Bewusstsein wieder da, und im nächsten Moment sah Kahain bereits die Sterne auf dem Hauptbildschirm umherwirbeln, als Katiktak, der sich als Silphi besonders schnell von Quantentransits erholte, die *Leitstern* in ein Ausweichmanöver riss, um dem nachfolgenden Schwarm aus dem Weg zu gehen.

Hinter Kahain war ein Schnauben zu hören, als Umbra die Benommenheit nach dem Transit abschüttelte.

»Lagebericht«, befahl er.

»Alle Systeme sehen gut aus«, meldete eL'Ha.

»Der Luminatoren-Späher ist auch durch«, sagte Katiktak.

»Und d-da kommt der Schwarm!«, rief Randon.

Die Kameraperspektive auf dem Schirm änderte sich, als er auf die Heckkameras umschaltete, und Kahain sah, wie ein Strom von winzig kleinen, schwarzen Körpern aus der Nullraumblase schoss wie Wasser aus einem Hochdruckrohr. Mehr und immer mehr von ihnen tauchten im Tihca-System auf und breiteten sich dort wieder zu der gewaltigen Wolke aus, die sie im Garif-System gewesen waren.

Die meisten von ihnen schossen umgehend auf die nahe Sonne zu, angezogen wie Falter vom Licht einer Straßenlaterne. Ein paar jedoch wandten sich auch der *Leitstern* und dem Luminatoren-Späher zu.

»Wir fliegen Ausweichmanöver«, verkündete Katiktak.

»Nein!«, widersprach Kahain. »Schub aus. Schaltet alle Energie ab, die wir nicht unbedingt brauchen. Wir entkommen den Wesen nicht, aber vielleicht verlieren sie das Interesse an uns, wenn wir toter Mann im All spielen.«

»Wenn das nicht klappt, haben wir ein Problem«, bemerkte Costa.

»Stimmt«, gab Kahain zurück. »Tut es trotzdem.«

»Wir schalten die Primärschubdüsen ab«, verkündete Katiktak.

Costa begab sich zur Technikkontrolle und tippte einige Befehle ein. »Transitgenerator auf Bereitschaftsmodus, Waffensysteme abgeschaltet, ich drossle die Leistung des Hyperfusionsreaktors.«

»Shem, wie sieht's aus?«, fragte Kahain.

Ein dröhnender Schlag gegen das Heck der Leitstern gab ihm die Antwort.

»Ein p-paar haben abgedreht, aber zwei Wesen f-folgen uns noch«, antwortete Randon. Er schaltete auf die Heckkameraansicht, und ihre zwei hartnäckigen Verfolger wurden sichtbar. Im Hintergrund strömten immer noch mehr Kosmozoen aus der Nullraumblase und stürzten sich hungrig auf die Sonne, auf deren Oberfläche sich der Schwarm als schwarzer Fleck weiter und weiter ausbreitete.

»Was machen wir?«, fragte Costa. »Wenn ich schieße, locken wir nur weitere an.«

Es blitzte auf dem Bildschirm, und ein weiterer Schlag traf sie. Das Licht auf der Brücke flackerte kurz.

»He!«, brüllte Sariss im Korridor. »Wer ruiniert hier meine *Leitstern*?«

Kahains Gedanken überschlugen sich. Sie konnten nicht einfach durch den Nullraum fliehen. Nicht, solange sie dem Schwarm so nah waren. Jeder Energieausstoß in der Größenordnung eines Transitgenerators würde vermutlich die Aufmerksamkeit von wenigstens Dutzenden dieser Wesen wecken. Und sie waren nicht die *Lichtbringer*, die so etwas wegstecken konnte. Sie mussten erst Abstand gewinnen – im Bestfall brachten sie einen Mond oder Planeten zwischen sich und den Schwarm. Aber vorher mussten sie ihre Verfolger möglichst schonend loswerden.

»Captain, der Luminatoren-Späher!« Hobric, der noch immer an der Tür stand, deutete auf den Bildschirm. Dort war gerade das Schiff von Ritterin Leen zu sehen, das sich in hohem Tempo den beiden Kosmozoen von der Seite her näherte. Offenbar hielt Leen wenig davon, sich tot zu stellen – oder sie ging das Risiko, angegriffen zu werden, einfach ein, um Kahain und seiner Mannschaft aus Zivilisten beizustehen.

Kahain erwartete, dass sie auf die Wesen schießen würde. Stattdessen tat sie etwas sehr Unerwartetes: Sie zog den Bug ihres kleinen, aber robust gebauten Militärschiffs hart herum, kippte es auf die Seite und rammte das etwa gleich große, schwarze Lebewesen schwungvoll in die Flanke.

Der Aufprall stoppte die Bewegung des Spähschiffes abrupt und übertrug die Energie auf seinen Gegner, der mit Wucht aus der Bahn geschleudert wurde und wirbelnd in der Finsternis verschwand. Sein Begleiter schlug einen eleganten Haken, um dem Hindernis auszuweichen, das ihm plötzlich im Weg war. Im nächsten Moment geriet es dadurch direkt hinter die *Leitstern*.

»Kurz harten Gegenschub geben«, befahl Kahain, der sofort schaltete.

Katiktak gehorchte und trat – bildlich gesprochen – mit einem heftigen Fauchen der Bugschubdüsen schwungvoll auf die Bremse. Der Rettungsraumkreuzer wurde erschüttert, als das Wesen gegen ihre Heckpartie flog und sich an dem mehr als dreimal so großen Hindernis heftig die Nase stieß.

»Er zieht sich zurück«, meldete Randon erleichtert.

»Richtfunkverbindung zu Leen, eL'Ha«, bat Kahain.

Sie bestätigte und rief das Luminatoren-Schiff.

»Ein guter Trick«, lobte Kahain die Ritterin, als sie antwortete.

»Danke«, erwiderte Leen. »Den haben wir uns bei der *Lichtbringer* abgeschaut. Mit einem Superschlachtschiff geht das natürlich noch besser.« Der etwas säuerliche Unterton in ihrer Stimme ließ Kahain aufhorchen.

»Alles in Ordnung bei Ihnen?«

»Die linke Primärschubdüse hat ein wenig gelitten, aber damit können wir leben. Wir müssen uns ja nur noch heimlich davonschleichen. Und wie es aussieht, richtet sich das Hauptinteresse des Schwarms auf die Sonne. Glückwunsch, Captain. Ihr Plan ist aufgegangen.«

»Noch nicht ganz«, sagte Kahain und warf einen Blick auf die gewaltige Nullraumblase, aus der noch immer Kosmozoen strömten. »Es müssen alle hindurchkommen.«

»Geben Sie denen ein paar Minuten. Es sind immerhin siebzig Billionen Lebewesen, die sich sozusagen durch ein Nadelöhr quetschen müssen. Das dauert ein wenig.«

»Sie haben recht. Ich hoffe nur, dass alles gut geht.« Er musste an die sechstausend Nark-Schiffe auf der anderen Seite denken. Wenn auch nur ein paar hundert Kosmozoen aus dem Schwarm ausscherten, um sich, angelockt von den Transitgeneratoren oder Fusionsreaktoren der Diskusschiffe, einen Happen für die Reise zu gönnen, mochte die Nullraumverbindung zusammenbrechen, bevor der Schwarm sie vollständig passiert hatte. »Wir hätten noch ein paar Ersatzschiffe von den Nark mitnehmen sollen für den Fall, dass es zu Ausfällen kommt.«

»Mehr war in der Kürze der Zeit nicht drin, Captain, das weißt du«, warf Costa ein.

»Haben Sie ein wenig Vertrauen in Ihre Verbündeten«, sagte Leen. »Die werden schon die Stellung halten.«

Während sie sich unterhielten, trieben ihre Schiffe immer weiter vom Schwarm und der nahen Sonne fort. Sie gaben nur kurze Schübe mit den Triebwerken, um die Geschwindigkeit behutsam weiter zu erhöhen. Je mehr Abstand sie gewannen, desto sicherer wurde es für sie.

Kahain warf einen Blick auf die Tihca und schauderte. Der Schatten des Schwarms hüllte nun bereits ein gutes Drittel der ihnen zugewandten Seite des Sterns ein. Bis jetzt hatte er die Geschichten von den Sternenverschlingern zwar mehrfach gehört, aber so richtig fassen hatte es sein Verstand nicht können. Etwas derart Gewaltiges wie eine Sonne ließ sich nicht einfach zum Erlöschen bringen. Das schien unmöglich, allen vorliegenden Fakten zum Trotz. Nun sah er mit eigenen Augen, wie es geschah – und er musste sich zusammenreißen, um dabei ruhig zu bleiben. Kahain spürte, dass seine Hände zu zittern begannen, und er ballte sie auf den Armlehnen zu Fäusten.

»Wir sollten wirklich verschwinden, Boss«, meinte Hobric. »Fordern wir unser Glück nicht heraus.«

»Wir könnten eine Sensorsonde zurücklassen, um den weiteren Verlauf des Geschehens zu beobachten«, fügte eL'Ha hinzu.

Kahain zögerte. Er fühlte sich verantwortlich für seinen Plan, daher wollte etwas in ihm dessen Gelingen persönlich überwachen. Aber seine Leute hatten recht. Sie konnten hier ohnehin nichts mehr erreichen. Was geschehen würde, würde geschehen – egal, ob die *Leitstern* dabei im System war oder nicht.

»Einverstanden, wir …«

Weiter kam er nicht, denn Randon unterbrach ihn. »Captain, die N-Nullraumblase! Sie ist zusammengebrochen.«

»Was? Auf den Schirm!«

Das Bild der Heckkamera löste sich von der Sonne und wechselte zu einer Stelle im All. Dort war nichts zu sehen außer ein paar verstreuten Kosmozoen. Von dem riesenhaften Transitportal, das bis eben noch dort gehangen hatte, waren bloß noch ein paar sich rasch normalisierende Raum-Zeit-Artefakte verblieben.

Kahains Magen wurde zu einem harten Knoten. »Wurde sie geplant geschlossen, oder ist sie wirklich zusammengebrochen?«, fragte er angespannt.

»I-Ich weiß nicht«, stammelte Randon.

Ein Signallämpchen an der Komm-Konsole blitzte auf. »Wir werden angefunkt, Captain«, sagte eL'Ha. »Eine Nullraum-Kommboje von den Nark.«

»Verbindung öffnen.«

Es knisterte kurz, dann war die Stimme von Rekmata zu vernehmen. »Kommen Sie heute noch zurück, oder wollen Sie im Tihca-System Urlaub machen? Ich frage nur, damit ich weiß, ob wir auf Sie warten oder einfach nach Hause fliegen sollen.«

Wenn er noch mehr sagte, konnte Kahain das nicht verstehen, denn der Rest ging im schreienden Jubel seiner Leute unter.

»Soll das heißen, der Schwarm ist vollständig durch das Transitportal geflogen?«, fragte Kahain mit erhobener Stimme.

»Ja, natürlich soll es das heißen«, gab der Flottenführer zurück. »Sind Sie denn schwer von Begriff? Und was ist das für ein Lärm bei Ihnen? Verstehen Sie das unter Disziplin bei den Menschen?«

Kahain ließ sich nicht von ihm reizen. »Lassen Sie es gut sein, Flottenführer. Danke für die Nachricht. Wir kehren dann ins Garif-System zurück.« Lachend schloss er die Verbindung.

»Wir haben's geschafft«, johlte Hobric. »Wir haben tatsächlich die Galaxis gerettet! Freibier für alle!«

Costa hielt Kahain die Hand hin. »Meinen Glückwunsch, Captain. Ich hatte, ehrlich gesagt, bis zuletzt Zweifel, ob das gut gehen würde.«

»Ja«, gestand Kahain, als er die dargebotene Rechte schüttelte. »Ich auch, denn schließlich …«

Ein heftiger Ruck erschütterte die *Leitstern*, und sofort erstarb jeder Jubel.

»Was war das?«, fragte Kahain. »Katiktak? Shem?«

»Wir wissen es nicht«, erwiderte der Silphi-Pilot, »aber irgendeine Kraft hat das Schiff erfasst. Unser Flug wurde abrupt gestoppt, und jetzt … jetzt werden wir zurück zur Sonne gezogen.«

45

Raumschiff *Leitstern* / Raumschiff *Arek-Sino-2-1*, Tihca-System
Bendis Kahain / Kalvena Leen

»Zur Sonne?«, fragte Kahain. »Zeig mal her.«

Die Perspektive auf dem Hauptbildschirm wechselte erneut, und Tihca rückte in den Fokus.

Kahain stockte der Atem. »Oh nein«, flüsterte er rau.

Die Sonne hatte angefangen, sich zu verzerren, während sich in ihrem Zentrum ein gewaltiger Malstrom aus Energie bildete, in den der Schwarm der Kosmozoen zu Millionen und Milliarden hineingezogen wurde. Es war ein surrealer Wirbel aus gleißend orangefarbener Energie und den schwarzen Schlieren unzähliger Leiber, die sich von einer Kraft gefangen sahen, der sie nicht entrinnen konnten.

»Was ist das denn für ein verfluchter Mist?«, entfuhr es Hobric.

»Das Schwarzschild-Projektil«, sagte Kahain tonlos. »Die Luminatoren sind hier und haben das Schwarzschild-Projektil in die Sonne gejagt.«

Ein gewaltiger Sog erfasste die *Leitstern* und zerrte den ächzenden Rumpf in Richtung Sonne. »Gegenschub!«, rief Costa. »Volle Kraft. Wir müssen hier weg.«

»Leiten Gegenschub ein«, bestätigte Katiktak. »Maximale Leistung.«

»Kahain!«, rief Ritterin Leen über Funk. »Haben Sie eine Ahnung, was das für ein verfluchtes Raumphänomen ist? Ist das der Schwarm?«

»Für eine Luminatorin ist die ziemlich schlecht informiert«, murmelte Brohta, der lange Zeit nur schweigend zugesehen hatte.

Die Verzweiflung in Leens Stimme riss Kahain aus seiner Schockstarre. »Nein, Ritterin. Das sind Ihre eigenen Leute, Hochpaladin Claysian und Admiral Corn. Sie nennen es Projekt Schwarzschild. Es ist eine Massenvernichtungswaffe, ein Nullraumvortex, der das ganze System verschlingen wird.«

»Was? Woher wissen Sie …«

»Später. Dafür haben wir jetzt keine Zeit. Wir müssen sofort von hier verschwinden, sonst ergeht es uns wie den Kosmozoen, und wir werden im Nullraum in unsere Quanten zerstrahlt.«

Er hörte Leen fluchen. »Hätte ich bloß nicht gesagt, wir brauchen dieses Backbordtriebwerk nicht mehr.«

»Captain, der Gegenschub zeigt fast keine Wirkung«, meldete Katiktak.

Das hatte Kahain nach der Beschreibung, die ihnen Direktor Jaksam von der Luminatoren-Superwaffe gegeben hatte, fast erwartet. »Schiff wenden. Wir drehen uns in den Sog. Und dann bauen wir eine Nullraumblase vor uns auf und lassen uns hindurchziehen.« Er hoffte, dass das klappte. Sonst sah es übel für sie aus.

»Aye, Captain.«

Kahain hob die Stimme. »Leen, wie sieht's bei Ihnen aus?«

»Nicht so gut.« Leen zuckte zusammen, als irgendwo im Korridor hinter ihr mit einem scharfen Knall eine überlastete Leitung platzte. »Wir kommen gegen den Sog nicht an.«

»Ja, das Problem haben wir auch«, bestätigte ihr Kahain, untermalt von Störgeräuschen, über Funk. »Hören Sie zu, wir haben einen Plan. Drehen Sie sich der Sonne zu und versuchen Sie, an unsere Seite zu manövrieren. Wir werden eine Nullraumblase öffnen und uns von dem Sog hindurchziehen lassen.«

Leen sah aus dem Fenster, dann betrachtete sie Zahlen vor

sich auf der Konsole. »Wie weit voraus kann die *Leitstern* eine Nullraumblase projizieren?«

»Wir haben einen ziemlich starken Transitgenerator. Hundert Kilometer. Warum?«

»Schauen Sie mal, wie schnell wir schon sind. Nullraumblasen sind statisch im Raum. Sie müssen normalerweise bei geringster Eigengeschwindigkeit aufgebaut werden, sonst ist man vorbeigeflogen, bevor sie sich gebildet haben. Genau das wird uns passieren.«

Leen vernahm einen gepfefferten Fluch.

»Sie hat recht«, bestätigte Katiktak. »Daran haben wir gar nicht gedacht. Verzeihung, Captain.« Der Silphi senkte betrübt die Fühler.

Kahain warf seinen Leuten einen grimmigen Blick zu. »Euch ist allen klar, was das bedeutet, oder?« Er sah zu dem Malstrom aus Licht und Finsternis, der vor ihnen auf dem Bildschirm größer und größer wurde.

»Wir k-kommen hier n-nicht mehr weg«, sprach Randon blass vor Schrecken aus, was alle dachten.

»Das ist meine Schuld.« Verbittert presste Kahain die Lippen zusammen. »Wären wir nur fünf Minuten früher von hier verschwunden, wäre das nicht passiert. Es … es tut mir leid.«

»Das ist unfair!« Hobric trat verzweifelt gegen den Türrahmen. »Wir haben die verdammte Galaxis gerettet, und jetzt gehen wir deswegen drauf? Ich fasse es nicht!«

»Ritterin«, sagte Zeo Bekelai. »Es gäbe eine Möglichkeit, eins von beiden Schiffen zu retten.«

Leen riss ihren Blick von der sterbenden Sonne los, die keine fünfhunderttausend Kilometer mehr entfernt war und immer schneller näher kam, während der Sog sich von Sekunde zu Sekunde verstärkte. »Wie?«

»Ein Schiff muss sich mit genug Abstand vor das andere setzen, um eine Nullraumblase zu erzeugen, die steht, bevor das andere Schiff die Stelle im Raum erreicht.«

»Aber wir würden vom Sog außer Reichweite der sich bildenden Blase gerissen und sie würde zusammenfallen, weil der Transitgenerator sie nicht stabil hält.«

Thuram Dulikk räusperte sich. »Wir könnten das schaffen. Wir müssen die Blase vor uns aufbauen, das Schiff und die Primärtriebwerke drehen, während wir daran vorbeigezogen werden und dabei die ganze Zeit vollen Schub geben, um uns gegen den Sog zu halten. Dann erreichen wir wahrscheinlich die nötigen zwanzig Sekunden für ein stabiles Transitportal, bevor wir außer Reichweite geraten. Aber dazu brauchen wir wirklich alles, was der Antrieb hergibt, und wir müssen sofort handeln.«

Leen schluckte. Das war es also. Sie würde die *Arek-Sino-2-1* auch nicht nach Hause bringen. Dulikk würde sterben. Sie alle würden sterben. Andererseits hatte sie schon seit Ansi Gayron das Gefühl, dass sie mit geliehener Zeit lebten. »Immerhin treten wir als Helden ab, die den Eid der Luminatoren ehren«, sagte sie grimmig. Sie wechselte einen raschen Blick mit ihren Leuten und nickte dann. »Für das Licht!«

»Captain«, vernahm Kahain erneut Leens Stimme. »Hören Sie mir genau zu. Wir setzen uns vor sie und erzeugen für Sie eine Nullraumblase. Halten Sie genau diesen Kurs, verstanden. Wenn Sie die Blase verfehlen, gibt es keine zweite Chance. Dann sind Sie tot.«

»Das kann nicht funktionieren«, erwiderte Kahain. »Sie …«

»Seien Sie still. Wir haben das durchgerechnet. Es funktioniert – aber nur für Sie.«

»Und was ist mit Ihnen?«

»Wir sind Luminatoren. Unsere Aufgabe ist es, Unschuldige vor der Dunkelheit zu bewahren.«

»Wir sind die Raumrettung. Unsere Aufgabe ist die gleiche!«

»Sie haben heute schon das Domenaion gerettet. Das reicht. Jetzt sind wir dran. Halten Sie sich bereit, Captain. Wir sind in Position. Zwanzig Sekunden bis zum Transit. Leen Ende.«

»Leen, warten Sie …«, rief Kahain, aber die Verbindung brach ab. Frustriert schlug er auf seine Sitzlehne.

»Shem, orte die Raum-Zeit-Verzerrung«, übernahm Costa für ihn. »Katiktak, Kurs halten. *Dieses* Nadelöhr müssen wir nun treffen.«

»Hab sie«, meldete Randon. »Nullraumblase hundertzwanzigtausend K-Kilometer voraus. Vierzehn Sekunden bis zum Auftreffen.«

»Wir halten den Kurs. Wir halten den Kurs.« Die *Leitstern* schüttelte sich, und Katiktak gab ein schrilles Zirpen von sich.

Hilflos starrte Kahain auf den Hauptbildschirm, der die titanische Vernichtung zeigte, die im Inneren von Tihca stattfand. Es kam ihm vor wie die Inversion eines Schwarzen Lochs, ein glühender, brüllender Schlund ins Nichts, der das ganze System verschlang. Er sah weder die sich bildende Nullraumblase noch das winzige, tapfere Luminatoren-Spähschiff, das mit tosenden Triebwerken seinen letzten und größten Kampf gegen diesen Gestalt gewordenen Gott der Vernichtung in seinem Rücken ausfocht.

»Möge das Licht Ihnen und Ihren Leuten gnädig sein, Ritterin Kalvena Leen«, murmelte Kahain.

In der nächsten Sekunde sprang ihnen ein kleines Raumphänomen entgegen, eine schillernde Kugel aus sich verzerrender Raumzeit, in deren Zentrum eine andere Sonne lag.

Kahain schloss die Augen, dann fühlte er nichts mehr.

46

Raumschiff *Leitstern*, Garif-System
Bendis Kahain

Kahain fühlte sich wie betäubt, als sie ins Garif-System zurückkehrten – und das hatte nichts mit dem Quantentransit zu tun. Sein Verstand wollte es einfach nicht fassen. Das gesamte Tihca-System: ausgelöscht. Kalvena Leen, ihre Leute und siebzig Billionen Kosmozoen: tot. Er wechselte einen Blick mit Costa, die genauso erschüttert wirkte wie er. Wieso bei allen Sternen hatte Corn das getan? Wieso hatte der Paladin-Admiral all diese Wesen, die Kahain unter so viel Mühe und persönlichem Risiko um die Heimatwelten herumgeleitet hatte, unbedingt auslöschen müssen?

»Das soll er mir beantworten«, knurrte Kahain, der spürte, wie heißer Zorn die Benommenheit in ihm wegbrannte. »Ich brauche sofort eine Verbindung zu Paladin-Admiral Corn auf der *Lichtbringer*, eL'Ha. Ich habe ein paar sehr ernste Worte mit ihm zu wechseln.«

Sie hatten sich während der Zeit, in der sie die Ankunft des Schwarms erwarteten, ein wenig über die Lage im Garif- und Atha-System informiert, daher wusste Kahain, wo er seinen ehemaligen Vorgesetzten finden konnte. Ob dieser seiner Aufforderung zu einem Gespräch allerdings stattgeben würde, stand auf einem ganz anderen Blatt. Schließlich dürfte sich Corn denken können, dass Kahains Anruf nicht dem Zweck diente, ihm zum Sieg über die Sternenverschlinger zu gratulieren.

»Die Verbindungsanfrage wurde angenommen«, meldete eL'Ha. »Sogar als Bildübertragung.«

Also wollte Corn, dass Kahain ihm in die Augen sah, wenn er seine Vorwürfe aussprach. »Umso besser«, sagte er gepresst. Dann hob er die Stimme. »Leg ihn auf den Schirm.«

Der Paladin-Admiral wurde sichtbar. Er befand sich nicht auf der Brücke, sondern saß hinter einem Schreibtisch, der wahrscheinlich in seinem Bereitschaftsraum stand. »Captain Kahain«, grüßte er. »Meinen Glückwunsch. Dank Ihres Einsatzes wurden Milliarden von Leben vor dem Tod bewahrt.«

»Zum Abgrund damit, Admiral!«, erwiderte Kahain scharf. »Sie wissen genau, warum ich anrufe. Also sagen Sie mir: Warum, verdammt noch mal, haben Sie Ihr Schwarzschild-Projektil im Tihca-System zum Einsatz gebracht, obwohl von dem Schwarm gar keine Gefahr mehr ausging?«

»Der Präventivschlag war notwendig«, sagte Corn kühl. »Sie wissen genauso gut wie ich, dass das Soare-System und damit Galeorn, eine der Hauptwelten des Domenaions, nur einen Transit entfernt liegt. Wir konnten nicht riskieren, dass sich der Schwarm als Nächstes dorthin wendet.«

Das Schlimme an dieser Erklärung war, dass sie sogar einen gewissen Sinn ergab. Kahain selbst hatte gezögert, das Tihca-System als Zwischenstation für den Schwarm auszuwählen, weil er nicht ganz sicher sein konnte, ob dieser danach nach Argilon oder Soare weiterziehen würde.

Trotzdem schüttelte er wütend den Kopf. »Sie hätten das nicht tun müssen. Die Kosmozoen wären höchstwahrscheinlich nach Argilon weitergezogen – und von dort, ohne Schaden anzurichten, aus dem Raum des Domenaions hinaus.«

»Dies anzunehmen war ein Luxus, den ich mir nicht leisten konnte, Captain. Ihre Aufgabe mag es sein, Leben zu retten. Meine ist es, die Völker des Domenaions vor allen Gefahren zu schützen.«

»Ist das der wahre Grund?«, fragte Kahain zornig. »Oder ging es Ihnen nicht eher darum, den Ruf des Ordens wiederherzustellen? Die Luminatoren wurden gegründet, um das Domenaion vor allen Schrecken des Abgrunds zu beschützen, mythischen Gefahren wohlgemerkt, mit deren Auftauchen nie jemand ernsthaft gerechnet hat. Und dann kam doch etwas daraus hervor – und es hat den Orden gleich mehrfach vernichtend geschlagen. Geben Sie es zu, Admiral: Sie wollten doch bloß am Ende den Sieg davontragen, um sich allen zu beweisen!«

»Was immer ich persönlich über diesen Konflikt gedacht haben mag, hat meine strategischen Überlegungen nicht beeinflusst«, gab Corn streng zurück. »Also mäßigen Sie sich, Captain. Ich habe diesem Gespräch in Anbetracht Ihrer Leistungen zugestimmt. Aber ich lasse mich von Ihnen nicht beleidigen.«

»Es ist wie damals«, sagte Kahain leise und verbittert. »Genau das Gleiche. Es geht immer nur darum, den Gegner zu schlagen. Die Opfer interessieren Sie gar nicht. Zu denen zählen übrigens jetzt auch Ihre Ritterin Kalvena Leen und deren Mannschaft.«

Diese Enthüllung erzeugte in Corns steinerner Miene kleine Risse. »Leen war im Tihca-System, als das Projektil gezündet wurde?«

»Sie und wir auch!«, schrie Kahain. »Wir mussten den Schwarm durch das Transitportal locken und sind ihm daher vorausgeflogen. Wir haben unser Leben riskiert, um diesen Konflikt friedlich zu lösen. Und Sie haben alles zunichtegemacht. Leen hat uns das Leben gerettet, uns die Flucht ermöglicht. Aber sie und ihre Leute haben sich selbst dafür opfern müssen.«

In Corns Miene arbeitete es, und die Finger seiner Eisenhand zuckten, aber er hatte sich rasch wieder unter Kontrolle. »Das ist bedauerlich zu hören, Captain. Aber jeder Luminator weiß um die Gefahr, die sein eingeschlagener Pfad mit sich bringt. Ritterin Leen wusste es auch.«

»Ein schöner Spruch für eine Gedenktafel«, erwiderte Kahain mit bitterem Sarkasmus. »Seien Sie stolz auf sich, Admiral. Sie haben gute Leute unnötig geopfert, wie schon so oft.«

Corns Miene wurde wieder so ausdruckslos wie zuvor. »Guten Tag, Captain«, sagte er und streckte die Hand aus, um das Gespräch zu beenden.

»Halt, warten Sie!«, rief Kahain. »Nur noch eine Frage.«

Widerwillig hielt der Paladin-Admiral inne.

»Wer hat Ihnen verraten, wohin wir den Schwarm schicken? War es Direktor Jaksam?« Kahain hatte dem Direktor natürlich die geplante Route des Schwarms nach ihrem Gespräch auf Rauras geschickt, damit die im Weg liegenden Außenposten evakuiert werden konnten. Er hatte ihn jedoch eindringlich gebeten, die Luminatoren – oder überhaupt alle Militärs – nicht einzuweihen, denn tatsächlich hatte er vage befürchtet, dass sich Corn verführt fühlen könnte, in einem unbewohnten System seine Superwaffe zum Einsatz zu bringen.

»Nein«, erwiderte dieser. »Ich bekam einen Tipp.«

»Einen Tipp? Von wem?«

»Ich denke, das müssen Sie nicht wissen, Captain. Corn Ende.« Der Paladin-Admiral drückte die Taste auf seinem Schreibtisch, und die Verbindung wurde unterbrochen.

»Was für ein eiskalter Dreckskerl«, bemerkte Hobric.

»G-genau«, pflichtete ihm Randon bei.

»Wir fragen uns, wer die Quelle des Paladin-Admirals war«, warf Katiktak ein.

»Das werden wir wohl nie erfahren«, meinte Kahain düster. Er seufzte schwer und fuhr sich mit der Hand übers Gesicht. Das Gespräch mit dem Paladin-Admiral hatte seine Wut verbraucht, und zurück blieb nun nichts als bleierne Erschöpfung.

»Wir waren es«, sagte Umbra unvermittelt hinter ihm.

Irritiert blinzelnd drehte Kahain sich um. »Wie bitte?« Auch die anderen auf der Brücke sahen überrascht in Richtung der Rhinoa.

»Wir haben Paladin-Admiral Corn verraten, wo der Schwarm sein würde«, wiederholte Umbra grollend und mit leicht gesenktem Kopf, während sie auf sich und den neben ihr stehenden Brohta zeigte.

»He, was soll das?«, beschwerte der sich. »Warum quatschst du das aus?«

»Weil der Captain die Wahrheit verdient. Er soll wissen, warum ich dich bei deinem Plan unterstützt habe.« Die Rhinoa blickte Kahain aus ihren dunklen und sonst so mitfühlenden Augen fest an. »Ich kann es ihnen nicht verzeihen«, erklärte sie. »Ich kann dem Schwarm nicht verzeihen, was er meiner Heimatwelt angetan hat. Es mögen nur Tiere gewesen sein, die keine böse Absicht hegten, aber das ändert nichts an den Toten, an der unglaublichen Zerstörung.«

Kahain spürte plötzlich einen bitteren Geschmack im Mund. Er brauchte einen Moment, um auf diese Eröffnung zu reagieren. Als er schließlich sprach, bemühte er sich darum, gefasst zu klingen. »Ich … ich verstehe deine Trauer – eure Trauer.« Er warf Brohta einen kurzen Blick zu. »Aber glaubt ihr wirklich, Rache ist die richtige Antwort darauf? Ist euch überhaupt klar, was für eine Schuld ihr auf euch geladen habt? Ihr habt dabei geholfen, siebzig Billionen Leben auszulöschen. Siebzig Billionen! Womöglich ein ganzes Volk. Ein Volk, das, wenn Segelt-im-Sonnenwind recht hat, eine Funktion, eine Aufgabe in diesem Universum hatte, die es nun nicht mehr erfüllen kann.«

Umbra schwieg grimmig, auf Brohtas Miene lag Trotz.

Kahain stand von seinem Kommandostuhl auf und begann auf der engen Brücke auf und ab zu gehen. »Wir sind die Raumrettung, verdammt noch mal. Wir haben einen Eid geschworen, Leben zu bewahren – ganz zu schweigen davon, dass wir es den Orkanoiden versprochen haben. Die hätten uns sonst niemals geholfen, diesen Plan durchzuführen, der zahlreiche weitere Heimatwelten davor bewahrt hat, das gleiche Schicksal wie Rhino – oder Caros – zu erleiden. Wie stehe ich jetzt vor Dreistern-auf-Blau da?«

»Es tut mir leid, Captain«, sagte Umbra. »Nicht, dass wir den Schwarm ins Verderben gelockt haben. Aber dass ich dich enttäuscht habe.«

»Das sollte dir auch leidtun. Bergmann Brohta mag mir nichts schuldig sein, aber uns zwei verbindet so viel mehr. Ich habe dich an Bord der *Leitstern* geholt, obwohl alle sagten, eine Rhinoa hätte in der Raumrettung nichts verloren. Wir waren eine Mannschaft, eine Familie.«

Er blieb stehen und schüttelte frustriert den Kopf. »Diesen Vertrauensbruch kann ich nicht so einfach hinnehmen. Ich habe allerdings keine Ahnung, was ich mit dir – mit euch! – anstellen soll. Vermutlich sollte ich euch an die Luminatoren übergeben. Wer weiß? Vielleicht bekommt ihr von denen sogar einen Orden für eure Tat.«

»Das wäre so falsch nicht«, sagte Brohta eigensinnig. »Wir haben die Galaxis von einem großen Übel befreit.«

»Ja, Sie sind ein echter Held«, erwiderte Kahain zynisch. »Klopfen Sie sich auf die Schulter. Aber tun Sie das bitte nicht auf meiner Brücke. Das gilt für euch beide. Verschwindet von hier! Ich will keinen von euch mehr sehen, bis wir irgendwo gelandet sind. Verstanden?«

Umbra warf ihm noch einen langen Blick zu, in dem Kahain Reue zu erkennen glaubte. Das war immerhin etwas, aber nicht genug, um seine Laune merklich zu bessern. Er wandte sich ab und hörte, wie die Rhinoa und ihr barakkaranischer Gast gingen.

»Und was jetzt?«, fragte Costa leise.

Mit einem tiefen Seufzen ließ sich Kahain wieder auf seinen Platz sinken. Er ballte die Rechte zur Faust, schlug dann aber nur ganz sachte auf die gepolsterte Armlehne. Im Grunde hatte es keinen Sinn, sich noch weiter über das, was geschehen war, aufzuregen. Er hatte gespielt und verloren, wenn auch völlig anders als gedacht. Mit dieser niederschmetternden Erfahrung und ihren Konsequenzen würde er von nun an leben müssen. Und die erste Konsequenz würde er sogleich zu spüren bekommen, dessen war er sich sicher.

»Jetzt«, sagte er, »muss ich Dreistern-auf-Blau irgendwie erklären, was passiert war.«

Genau das tat er. Er ließ sich von eL'Ha mit dem Führungsschiff der Nark verbinden und schilderte Rekmata, Zoarek sowie dem Orkanoiden, was im Tihca-System geschehen war. Zu seiner Überraschung färbte sich der Kopfschirm von Dreistern-auf-Blau nicht zornig rot, sondern in schwermütigem Blauviolett. Einen Moment lang herrschte Schweigen, während der Orkanoide für Zoarek seine Antwort formulierte.

»Das ist eine höchst bedauerliche Wendung der Ereignisse«, übersetzte Zoarek. »Wir geben Ihnen keine Schuld daran, Captain, denn wir wissen, dass Sie für das Überleben des Schwarms Ihr eigenes Leben riskiert haben. Das mindert jedoch nicht die Schuld, die das Domenaion auf sich geladen hat. Diese Waffe hätte niemals gebaut werden dürfen. Ihre Luminatoren sind gefährlich, und Ihre Weltenführer sind es auch. Als wir Ihnen und Ihrer Besatzung begegnet sind, begannen wir zu hoffen, dass sich die Menschen, die Atherier, die Barakkaraner geändert haben könnten. Diese Hoffnung wurde enttäuscht.«

»Es tut mir unendlich leid«, sagte Kahain.

»Das glauben wir Ihnen.« Zoarek hob eine Hand zum Abschied. »Leben Sie wohl, Captain. Wir wünschen Ihnen Glück. Aber sagen Sie Ihren Leuten, dass Sie auf Rauras und Navada nicht willkommen sein werden, solange sie nicht deutlich reifer geworden sind.«

47

Latoan-Küste, Sheanon, Garif-System
Bendis Kahain

Sheanon, die vierte Welt im Garif-System, war ein Industrieplanet, aber es gab dennoch ein paar sehr schöne Ecken dort. Die Latoan-Küste, ein Erholungsgebiet für die Arbeiterschaften der umliegenden Großwerke, gehörte dazu. Hier war alles still und friedlich, zumindest an einem frühen Morgen mitten in der Woche. Nur das Meer und der Wind rauschten, das rote Dünengras raschelte, und strandabwärts kreischten Seevögel, die sich von der salzgeschwängerten Brise durch die Luft tragen ließen.

Kahain saß an der Dünenkante im Sand, die Beine angewinkelt und die Arme auf den Knien ruhend, und starrte gedankenverloren hinaus auf die grauen Wellen. Neben ihm stand eine kleine Box mit gekühlten Bierflaschen, ein paar Schritte weiter endete der Weg, dem er vom Landeplatz des Transfershuttles durch die Einsamkeit der Dünen bis hierher gefolgt war.

Eine der Flaschen hatte er bereits geleert, eine zweite hielt er halb voll in der Hand. Er setzte sie gerade erneut an die Lippen, als sich jemand neben ihm in den Sand fallen ließ. »Darf ich?«, fragte Neena Costa nachträglich.

»Was machst du denn hier?«, wollte Kahain wissen.

»Die anderen sind in die Stadt gezogen, um in einer Bar zu frühstücken, was immer Hobric und Sariss darunter verstehen. Aber ich dachte mir, du würdest dich auch über ein bisschen Gesellschaft freuen.«

»Und wie hast du mich gefunden?«

»Ich habe Shem gebeten, dein Komm-Gerät anzupeilen.« Sie lächelte entschuldigend. »Soll ich wieder gehen?«

»Nein, ist schon gut.« Er deutete auf seine Kühlbox. »Möchtest du auch ein Bier?«

»Ist es nicht ein bisschen früh, um zu trinken?«

Kahain zuckte mit den Schultern. »Irgendwo ist es immer früh, irgendwo ist es immer spät. An Bord war es früher Abend, als wir gelandet sind. Die Wunder der interstellaren Raumfahrt.«

»Da ist was dran.« Sie nahm sich eine Flasche, schraubte sie auf und hielt sie ihm einladend hin. Mit leisem Klirren schlug er dagegen, dann tranken sie.

Eine Weile saßen sie schweigend nebeneinander. Doch Kahain spürte, dass Costa reden wollte. »Los, spuck schon aus, was dich beschäftigt«, forderte er sie auf.

Costa schien über ihre Worte kurz nachzudenken, dann sagte sie: »Das lief alles nicht ganz so wie erhofft, oder?«

»Kann man wohl sagen«, brummte Kahain. »Ich meine, für das Domenaion lief es am Ende ganz gut. Wir haben ein System verloren, das kaum ein Mensch brauchte. Dafür wurden das Garif- und das Atha-System gerettet und womöglich noch weitere Heimatwelten. Außerdem wurde eine gewaltige Bedrohung ein für alle Mal beseitigt. Sieg auf ganzer Linie. Trotzdem …«

»Es fühlt sich nicht so an.«

»Nein.« Kahain nahm einen Schluck Bier, aber es gelang ihm nicht, den schlechten Geschmack im Mund wegzuspülen. Er sah Costa an. »Weißt du, wenn wir keine andere Wahl gehabt hätten, dann hätte es eben passieren müssen. Eine ganze Spezies auszurotten, ist zwar grauenvoll, aber bevor Norton oder Galeorn von ihr ausgelöscht worden wären, hätte ich diese letzte Verteidigungsmaßnahme sogar akzeptiert. Doch dieser Genozid war einfach nur unnötig.« Er richtete den Blick wieder aufs Meer. »Ja, ich weiß. Es bestand das Risiko, dass Galeorn angegriffen wird. Und wenn es wirklich passiert wäre, ich wüsste nicht, ob ich damit hätte leben können, Milliarden Menschen auf dem Gewissen zu haben – darunter meine Familie. Nur, sosehr ich auch versuche, mir einzureden, dass Corn womöglich das Richtige getan hat, ich schaffe es einfach nicht.«

»Geht mir ähnlich«, sagte Costa gedämpft.

Sie schwiegen kurz. Dann setzte sie wieder an. »Weißt du, was für mich das Schlimmste an all dem ist?«

Er warf ihr einen fragenden Seitenblick zu. »Hm?«

»Dass wir Umbra nicht helfen konnten. Hast du mitbekommen, dass sie Nachricht von zu Hause erhalten hat? Jetzt, wo die Hilfsmaßnahmen einsetzen, wurden auch neue Nullraum-Komm-Relais im Orbit von Rhinoa ausgesetzt, sodass Überlebende ihre Familien außerhalb kontaktieren können.«

»Und?«

Costa senkte den Kopf. »Mehr als die Hälfte ihrer Sippe wurde getötet. Von denen, die sich in Umbras Heimatstadt aufhielten, hat es keiner überlebt. Zum Glück waren einige ihrer Sippenmitglieder, darunter wohl auch ihre Leibmutter, auf einem Ausflug in der Wildnis im oberen Xohon unterwegs. Ansonsten hätte es wohl keiner von ihnen geschafft.«

Kahain fluchte leise. »Wie geht's ihr?«

»Ich weiß es nicht. Sie ist direkt danach aus dem Schiff verschwunden, raus in den Küstenwald. Ich schätze, sie wird ein paar Bäume umhauen wollen.«

»Das macht alles noch schwerer«, murmelte Kahain.

»Die Frage, wie es mit ihr weitergehen soll?«

»Ja.«

Eigentlich hatte er vorgehabt, Kappak Brohta und Umbra im Anschluss an dieses kurze Atemholen auf Sheanon ins Norton-System zu bringen und dort bei Paladin-Admiral Corn abzusetzen. Sollten doch die Mörder alle gemeinsam ihren Sieg über die Kosmozoen feiern. Kappak Brohta war ohnehin nur ein Gast, dem jetzt, da die Transitverbote in die Randsektoren aufgehoben worden waren, jeder andere Captain helfen konnte, nach Caros zurückzukehren.

Bei Umbra stellte sich die Situation schwieriger dar. Jahrelang war sie Teil der Mannschaft der *Leitstern* gewesen. Immer hatte sie gute Arbeit geleistet und war ein verlässliches Mitglied seines Teams gewesen, mal abgesehen von den gelegentlichen Diebstählen, die Hobric und sie in Schiffswracks durchgezogen hatten. Er verlor Umbra wirklich ungern, jetzt, wo er sich wieder ein wenig beruhigt hatte. Aber konnte er ihren Verrat verzeihen? Konnte er ihr Handeln als geistige Umnachtung in einer extremen Stresssituation entschuldigen?

»Vielleicht gibst du ihr erst mal Urlaub«, schlug Costa vor. »Sie wird zu ihrer Sippe wollen, jetzt mehr denn je. Und unser Freimonat steht doch ohnehin an. Danach könnt ihr zwei ja noch mal reden. Womöglich will sie gar nicht zur *Leitstern* zurück. Erinnere dich daran, dass sie mit dem Gedanken gespielt hat, sich einen Partner auf Rhino zu nehmen. Und nach der Katastrophe können die ihre Kenntnisse als Ersthelferin und Bergungsspezialistin sicher gut gebrauchen. So oder so halte ich es für wahrscheinlich, dass sich unsere Wege trennen. Ob im Guten oder im Schlechten, das musst du entscheiden.«

»Ja, das muss ich wohl. Aber nicht heute.« Er nahm einen weiteren Schluck aus seiner Flasche. Costa nippte an der ihren. Wieder herrschte eine Weile lang Schweigen zwischen ihnen, während sie auf die flachen Wellen hinausschauten, die schwungvoll auf dem Strand ausliefen, und auf die Seevögel, die in einem kleinen Schwarm über dem Wasser kreisten, nur um ab und zu pfeilschnell in die Tiefe zu stoßen und sich einen Fisch zu schnappen.

»Sag mal, Captain«, setzte Costa wieder an, »eine Sache interessiert mich jetzt aber doch, nun, da du es beim Gespräch mit dem Paladin-Admiral erneut erwähnt hast.«

»Du meinst, was damals zwischen mir und Corn gelaufen ist?« Er schaute sie mit einem schiefen Lächeln an.

»Genau.«

Kahain seufzte. »Na von mir aus. Es ist eigentlich keine riesige Sache und auch gewiss nicht der einzige Grund, weswegen ich den Luminatoren den Rücken gekehrt habe – aber es war der letzte Tropfen, der das Fass zum Überlaufen brachte.« Er leerte seine Flasche und drehte sie dann gedankenvoll in den Händen.

»Wir haben damals – das ist mittlerweile zwölf Jahre her – eine Raumpiratenflotte gejagt, üble Kerle, die Raumstationen und kleine Kolonien überall in den Sechziger- und Siebziger-Sektoren überfallen haben. Ich habe als Captain einen Patrouillenkreuzer befehligt, kein riesiges Schiff, aber kampfstark, gut geeignet, um Störenfriede in ihre Schranken zu weisen. Im Nosoro-System konnten wir sie auf frischer Tat ertappen, Corn, damals noch Stern-Paladin, und ich. Er hatte das große Schiff, ich das schnelle. Die Piraten hatten gerade eine Hediongasmine überfallen, die einen der Gasriesen dort umkreiste. Als sie uns kommen sahen, haben sie die Anlage beschossen und so dafür gesorgt, dass sie ihre Position in den oberen Schichten der Atmosphäre nicht halten konnte. Sie drohte abzustürzen, etwa dreihundert Arbeiter waren in akuter Lebensgefahr.«

Kahain hielt kurz inne. Er dachte nicht gern an diesen Zwischenfall zurück. Allerdings hatte er jetzt einmal angefangen zu reden, da musste er auch weitermachen.

»Wir hatten die Wahl«, fuhr er daher fort, »entweder die Piraten zu verfolgen oder die Arbeiter zu retten. Corn befahl, die Piraten zu stellen. Er wollte sie endlich ausschalten, damit sie keine Bedrohung mehr für die Sektoren darstellten. Außerdem war er fest davon überzeugt, dass sich die Station noch mindestens einen halben Tag halten würde, bevor sie auseinanderbrach. Ich war anderer Meinung – und obwohl ich dem Befehl anfangs zähneknirschend Folge leistete, brach ich die Verfolgung schließlich ab und kehrte zu der Station zurück. Es war höchste Zeit. Zwei Drittel der Arbeiter konnten wir noch retten, danach wurde eine weitere Bergung unmöglich. Die Station wurde vom Druck der tieferen Atmosphärenschichten zerquetscht und implodierte …«

Costa stieß eine mitfühlende Verwünschung aus. »Und die Piraten entkamen, nehme ich an.«

»Ja. Allein konnte Corn sie nicht stellen. Sie schossen sein Schiff fluguntauglich und flohen. Und wir sollten sie auch nie mehr stellen. Immerhin hatten wir Glück: Wenig später kam es zu Streitereien innerhalb der Ränge der Piraten, und die Bande zerfiel. Die kleineren Gruppen wurden dann von den Heimatstreitkräften der Corallier aufgerieben.«

»Also hattest du letzten Endes richtig gehandelt.«

»Schon, aber natürlich war mir das Glück zu Hilfe geeilt. Genauso gut hätten die Piraten noch monatelang Tausende weitere Unschuldige terrorisieren können. Corns Entscheidung war rein strategisch und eiskalt, wenn man so will, meine dem unbedingten Willen geschuldet, dort zu helfen, wo unmittelbar Not am Mann war. Obwohl ich für die mutige Rettungsaktion viel Lob erhalten habe, wurde ich wegen Befehlsverweigerung in einer Kampfsituation unehrenhaft aus den Reihen der Luminatoren entlassen. Später erfuhr ich dann, dass der Orden wohl einigen lokalen Politikern Versprechungen gemacht hatte, die Piratenplage schnellstmöglich zu beseitigen. Im Gegenzug sollten sie mit großzügiger finanzieller Hilfe eine Werft auf Euridia bauen dürfen.«

»*Die* Werft auf Euridia? Wo wir die *Lichtbringer* nach dem Ansi-Gayron-Debakel hinbringen sollten?«

»Genau die. Also hat sich der Orden offensichtlich später anders mit besagten Politikern geeinigt. Aber als ich das erfahren habe, war ich plötzlich froh, nicht mehr zu den Reihen der Luminatoren zu gehören. Ich war stinkwütend, dass sie politisches Kalkül über das Leben von Unschuldigen gestellt hatten. Und ich war wütend, weil sie – also vor allem Anterion Corn – so skrupellos strategische Perspektiven über jedes Mitgefühl, jede unmittelbare Bereitschaft, Leben zu schützen und zu bewahren, gesetzt hatten.«

Er sah Costa an und verzog die Miene, während er sich eine dritte Flasche Bier nahm. »Und wie wir feststellen durften, hat sich daran in all den Jahren nicht viel geändert.« Er öffnete die Flasche.

»Glücklicherweise gehörst du mittlerweile zur Raumrettung«, erwiderte sie mit einem Schmunzeln. »Denn wir sind immer die Guten.« Sie hob ihre Flasche und nickte ihm respektvoll zu.

»Fast immer«, sagte Bendis Kahain und prostete ihr zu. »Fast immer.«

Epilog 1

Caros, Ansi-Gayron-System
Kappak Brohta

Caros war kalt und dunkel, als der Raumrettungskreuzer *Roter Mond* über der ehemaligen Basis der *Caros-Erzgesellschaft* niederging. Brohta, der aus einem Fenster neben der Hauptschleuse blickte, sah im Licht der Landescheinwerfer das Glitzern von Raureif, wo sich Teile der Atmosphäre auf den Ruinen der Wohngebäude und Fahrzeughangars niedergeschlagen hatten. Der Temperaturmesser zeigte beinahe minus zweihundert Grad an. Ohne seine Sonne und die Gezeitenkräfte, die Gorgon auf seinen Mond ausgeübt hatte, wurde Caros – zumindest an der Oberfläche – schnell zu einem toten, eisigen Felsbrocken im All.

Hinter Brohta war der Klang von schweren Stiefeln auf Metallgitterrosten zu vernehmen, als das fünfköpfige Bergungsteam des Kreuzers in seinen dicken Schutzanzügen den Korridor heruntermarschiert kam. Captain Sisisslia, eine stämmige Sleen, die für eine Angehörige ihres Volks bemerkenswert humorlos war, führte den Trupp an. »Sind Sie bereit, Ihre Leute zu holen, Bergmann Brotha?«

Brohta, der selbst ebenfalls einen Anzug trug, nickte mit Nachdruck. »Das bin ich.«

»Sehr gut.«

Sie betraten die Schleuse, schlossen ihre Helme und versiegelten so ihre Anzüge. Automatisch aktivierte sich der Einsatzfunk, der sie alle verband, und die Helmstrahler links und rechts neben dem Visier flammten auf. Als sich die äußere Schleusentür öffnete, stapften sie los, hinaus in die klirrende Kälte und den Sturm der sich verflüchtigenden Atmosphäre.

Während sie auf die massiven Panzertüren zuliefen, hinter denen der unterirdische Teil der Basis lag, vernahm Brohta die Stimme der Anführerin des Rettungstrupps aus seinem Helmlautsprecher. »Hier spricht Captain Sisisslia vom Raumrettungskreuzer *Roter Mond.* Wir rufen alle Überlebenden. Können Sie mich hören? Ich wiederhole: Hier spricht Captain Sisisslia vom Raumrettungskreuzer *Roter Mond.* Ist irgendjemand da, der mich empfängt?«

Sie erhielten keine Antwort, aber das musste nichts heißen. Brohta war die ganze Zeit davon ausgegangen, dass Dukk ohne ihn unfähig sein würde, das Funkgerät zu reparieren. Dass seine Arbeitskollegen in der Zwischenzeit erfroren oder verhungert sein könnten, daran wollte er nicht glauben. Die Subebenen boten reichlich Ressourcen, und so lange war er nicht fort gewesen, auch wenn es sich wie eine Ewigkeit anfühlte.

Das Panzertor, durch das Brohta die Anlage vor ein paar Tagen verlassen hatte, stand immer noch offen. Niemand hatte sich nach seinem Verschwinden die Mühe gemacht, es wieder zu schließen und die beschädigte Schleuse wieder in Betrieb zu nehmen.

Einem der Techniker in Sisisslias Trupp gelang es mit einem tragbaren Generator, die Schleuse wieder in Betrieb zu nehmen, und so konnten sie das Panzertor schließen, bevor sie die Innentür öffneten.

Sisisslia hob ein Messgerät. »Die Luft ist kühl, aber atembar«, verkündete sie, woraufhin alle ihre Helmvisiere öffneten.

»Hallo?«, rief Brohta sofort. »Hallo, seid ihr noch da?«

Nichts als Stille antwortete ihm.

Im Eingangsbereich war es wirklich schneidend kalt, und Eiskristalle hatten sich auf dem Fußboden und an den Wänden gebildet. Schon eine Ebene tiefer wurde es allerdings deutlich besser. Hier wirkte die gute Isolierung durch das Mondgestein.

»Hallo!«, wiederholte Brohta. »Wo seid ihr alle?«

Erneut herrschte einen Moment lang Schweigen. Dann war aus der Dunkelheit eine Stimme zu vernehmen. »Wer ist da?« Sie klang nach Dukk.

»Dukk?«, schrie Brohta begeistert. »Ich bin es, Kappak. Ich bin wieder da. Und ich habe Hilfe mitgebracht.«

»Brohta?« Schritte waren zu vernehmen, gleich darauf tauchte der in mehrere Lagen Kleider dick eingemummte Barakkaraner auf. Als er den Rettungstrupp sah, riss er die Augen auf. »Ich fasse es nicht! Kappak Brohta! Du bist es wirklich.«

»Ja, ich bin hier, um euch zu retten!«, rief Brohta. »Wo sind die anderen?«

»Unten in den Lagerhallen. Wir haben ein paar Räume so gut es ging mit Licht und Heizöfen ausgestattet. Bei den Ahnen, die werden Augen machen! Schnell, kommt!«

Unter Dukks Führung begaben sie sich in die Tiefe. Dort wurden sie bereits auf dem Korridor erwartet, denn der Lärm, den sie veranstalteten, hatte weitere Neugierige hervorgelockt.

»Kappak Brohta!«, dröhnte Thuran und humpelte näher, um den jüngeren Barakkaraner kraftvoll in die Arme zu schließen. »Dass ich das noch erleben darf. Wo zum Abgrund bist du die ganze Zeit gewesen, du Steinschädel?«

Mit breitem Grinsen auf dem Gesicht sah Brohta seinen Vorarbeiter an. »Das, Boss, ist eine lange Geschichte.«

Epilog 2

Domenaion Eins, im Orbit um Norton, Primoris-System
Chi Margolis

Der Empfang, den der Rat der Domänen anlässlich des Sieges über die Aggressoren von jenseits der Sterne gab, war erwartungsgemäß prunkvoll. Würdenträger von allen Heimatwelten und vielen Kolonien fanden sich ein, um dem Orden der Luminatoren für seinen Einsatz zu danken, und Paladin-Admiral Corn wurde stellvertretend für alle, die ihren Teil zum großen Kampf beigetragen hatten, als Retter des Domenaions gefeiert. In einigen der zahlreichen Reden wurde auch die hilfreiche Rolle der Raumrettung und im Speziellen die eines gewissen Captain Bendis Kahain hervorgehoben. Da dieser jedoch nicht zugegen war, wandte sich die Aufmerksamkeit der Gäste rasch wieder den verfügbaren Helden zu.

Nach der letzten Rede von Thure Brokban gedachte man in einem Moment des ernsten Innehaltens der Opfer dieses kurzen, aber grauenvollen Krieges, insbesondere der Mannschaft um Doppelstern-Ritterin Kalvena Leen, die als Erste lebenswichtige Informationen über den Feind beschafft hatten und tragischerweise gleichzeitig als letzte Opfer dieses Konflikts verzeichnet werden mussten. Ihre Namen würden einen Ehrenplatz auf jedem Monument erhalten, das im Gedenken an die Toten errichtet werden würde.

Die optimistischen Klänge der Hymne des Domenaions und ein Feuerwerk im All, das durch die Panoramafenster der *Domenaion Eins* bewundert werden konnte, läuteten schließlich den zwangloseren zweiten Teil des Abends ein, der aus leiser Musik, schmalen Gläsern mit alkoholhaltigen Getränken und einer Menge bedeutungsloser Plauderei bestand.

Chi Margolis verabscheute solche Ereignisse, aber natürlich war sier auch erschienen, in Schmuck und edle Gewänder gekleidet, aber nicht zu protzig, schließlich hatte der Anlass einen ernsten Hintergrund. Pflichtschuldig hatte sier den Reden gelauscht, der Toten gedacht, die Hymne gesungen und das Feuerwerk gewürdigt. Nun endlich konnte sier sich den Rest der Tortur mit Alkohol versüßen. Chi hielt gerade seihre Fingerwurzeln in seihr zweites Glas Perlwein und lauschte Piter Englaard, der einigen Gästen von dem neuen ozeanografischen Institut auf Galeorn erzählte, an dessen verschobener Einweihung er übermorgen teilnehmen werde, als ihrm Prozessor Ce'Ka'eL auffiel, der allein an einem der Fenster stand. »Entschuldigen Sie mich bitte«, sagte Chi. »Ich habe einen alten Freund gesehen.«

Sier entfernte sich von der Gruppe und schlenderte durch die Gäste zu dem eN'iX hinüber. »Ich hätte nicht erwartet, Sie hier anzutreffen«, begrüßte sier ihn.

Ce'Ka'eL drehte den Kopf und schenkte ihrm ein schmales Lächeln. »Wie sagen die Menschen so passend: Man muss die Feste feiern, wie sie fallen.«

»Dieses Fest feiere ich mit halb eingerollten Blütenblättern«, gestand Chi, wobei sier wegen der vielen zufälligen Zuhörer unausgesprochen ließ, warum sier ein gelindes Gefühl der Trauer verspürte.

»Ja, viele Dinge haben sich in den letzten Tagen nicht ganz so entwickelt wie erwartet«, erwiderte Ce'Ka'eL ebenso vorsichtig. »Wer hätte gedacht, dass sich die Orkanoiden ausgerechnet jetzt aus ihren Wolken wagen.«

»Und sich mit einem Captain der Raumrettung verbünden, von dem noch nie zuvor jemand gehört hat«, fügte Chi hinzu.

»Wir leben in außergewöhnlichen Zeiten – Zeiten, in denen

viel passieren kann.« Ce'Ka'eL beugte sich näher zu ihrm, und seine Stimme war kaum mehr als ein Flüstern, als er hinzufügte: »Haben Sie Geduld, Chi. Geduld und Vertrauen. Es wird sich eine neue Gelegenheit präsentieren, um zu erreichen, wonach wir streben.« Er zog sich wieder zurück und hob mit vielsagendem Blick sein Glas.

»Darauf trinke ich«, sagte Chi Margolis und stieß mit ihm an.

Danksagung

Folgenden netten, kreativen und hilfreichen Menschen möchte ich gern für ihren Anteil an der Entstehung dieses Romans danken:

Meiner Agentin Kathrin Nehm, die vor einer halben Ewigkeit dieses Projekt für mich unter Dach und Fach gebracht hat.

Meiner Redakteurin Julia Abrahams von Bastei Lübbe, die dem Projekt mit einer Engelsgeduld die Treue hielt, obwohl es sich gleich mehrfach verzögert hat.

Meiner Lektorin Wibke Sawatzki, die mit der Genauigkeit einer professionellen Erbsenzählerin Rechtschreibfehler, Lieblingsphrasen und unlogische Momente aufgespürt und ausgemerzt hat. Ohne sie hätte dieses Buch mehr als nur ein paar Kommata zu wenig und mehr als nur ein paar »nickte« zu viel.

Den Korrektorinnen für ihr extrem scharfes Auge, mit dem sie noch die letzten Fehler entdeckt und auszumerzen geholfen haben.

Dem Illustrator Arndt Drechsler, der für diesen Roman nicht nur ein, sondern gleich zwei geniale Covermotive erschaffen hat. Ich hoffe immer noch, irgendwann den Roman zu dem nicht genutzten Bild schreiben zu können, denn auch wenn es inhaltlich leider nicht so ganz gepasst hat, sieht es einfach fantastisch aus.

Den Autoren des Online-Lexikons Wikipedia. Ja, man kann an diesem Projekt einige Kritik üben, aber für die schnelle Recherche, wie heiß unsere Sonne an der Oberfläche ist, welchen Durchmesser der Mars hat und wie groß eigentlich Heuschreckenschwärme werden können, ist die Website wirklich, wirklich gut. (Die Antwort auf Frage 3 lautet übrigens – je nach zitierter Primärquelle – 3,5 beziehungsweise 12,5 Billionen Tiere! Die absurd wirkende Zahl, auf die mein Kosmozoen-Schwarm kommt, ist also nicht völlig aus der Luft gegriffen.)

Und – last but not least – meiner Familie, die mir eine immerwährende Stütze bei dem gelegentlich mühsamen Schreibprozess war und mich regelmäßig zu Mahlzeiten, Filmabenden und Fußballspielen im Garten aus dem Kellerbüro gelockt hat, damit ich nicht nur auf den Monitor starre und über ferne Welten nachgrüble. Danke!

Personenregister

1) Die Mannschaft der *Leitstern*
   - Bendis Kahain, Mensch, Captain
   - eL'Ha, eN'iX, Drohnenführerin und Kommunikationsspezialistin
   - Katiktak, Silphi, Pilot
   - Neena Costa, Mensch, Erster Offizier und Bergungsspezialistin
   - Rahla (Doktor), Atherierin, Ärztin
   - Sariss, Sleen, Bordtechniker
   - Shem Randon, Mensch, Sensorspezialist
   - Umbra, Rhinoa, Bergungsspezialistin
   - Venk Hobric, Mensch, Bergungsspezialist

2) Die Mannschaft der *Arek-Kama-7-7*, *Baro-Taxic-4-2* & *Arek-Sino-2-1*
   - Kalvena Leen (Doppelstern-Ritterin), Mensch, Captain
   - Denz Biseniu, Mensch, Waffenoffizier
   - Jemma Aubrin, Mensch, Ortungsspezialistin
   - Morram, Barakkaraner, Bordtechniker
   - Thumran Dulikk, Barakkaraner, Bordtechniker (versetzt)
   - Zeo Bekelai (Ritteris), Floryll, Waffenoffizieris

3) Die Mannschaft der *Lichtbringer*
   - Anterion »Eisenhand« Corn (Paladin-Admiral), Mensch, Flottenbefehlshaber
   - Dhuran (Ritter), Barakkaraner, Waffenoffizier
   - Hamnion Garla (Stern-Paladin), Atherier, Erster Offizier
   - Levant (Ritter), Mensch, Kommunikationsoffizier
   - Naktaki (Ritter), Silphi, Technikoffizier
   - Shaymala (Ritterin), Corallierin, Navigatorin
   - Talvi (Knappe), Mensch, Ortungsoffizierin
   - Thumran Dulikk, Barakkaraner, Techniker

4) Bewohner von *Domenaion Eins*
   - A'eS'Ka, eN'iX, Ratsvorsitzende des Rats der Domänen
   - Anoadon, Atherier, Ratsmitglied
   - Ce'Ka'eL (Prozessor), eN'iX, Diplomat
   - Chi Margolis, Floryll, Ratsmitglied
   - Dorn Melveola, Floryll, Chis Leibwächteris
   - eM'eR'U, eN'iX, Ratsmitglied
   - eR'eS, eN'iX, Chis Fahrer
   - Kem Saidariel, Floryll, Ratsmitglied
   - Kerbi Geranai, Floryll, Chis Sekretäris
   - Nissqua, Sleen, Ratsmitglied
   - Nore Dakdra, Barakkaranerin, Ratsmitglied
   - Piter Englaard, Mensch, Ratsmitglied
   - Sebatan Thys, Mensch, Ratsmitglied
   - Sem Begonia, Floryll, Privatermittleris
   - Semenoath, Atherierin, Ratsmitglied
   - Sessasha, Sleen, Ratsmitglied
   - Thure Brokban, Barakkaraner, Ratsmitglied

5) Weitere Figuren

- Bakkrin, Barakkaraner, Logistiker auf Caros
- Brokkin Arbat, Barakkaraner, Dyanitschürfer auf Caros
- Claysian, Corallier, Hochpaladin des Luminatoren-Ordens
- Coana, Atherierin, Wissenschaftlerin auf Tiefe Arjon
- Danaoa (Admiral), Atherierin, Offizierin der Heimatflotte Atheria
- Dreistern-auf-Blau, Orkanoide, Wissenschaftler
- Dukk, Barakkaraner, Dyanitschürfer auf Caros
- Glakdan, Barakkaraner, Schichtleiter auf Caros
- Huran Jaksam, Barakkaraner, Direktor der Raumrettung
- Kappak Brohta, Barakkaraner, Dyanitschürfer auf Caros
- Meng Shani, Mensch, Wissenschaftlerin auf Tiefe Arjon
- Mohdin, Barakkaraner, Kriecherfahrer auf Caros
- Rekmata (Flottenführer), Nark, Offizier der Heimatflotte Aonark
- Saranoon, Atherier, Sensoroffizier der *Leuchtfeuer*
- Segelt-im-Sonnenwind, Orkanoide, Ältester
- Shakanra, Barakkaranerin, Dyanitschürferin auf Caros
- Sisisslia, Sleen, Captain des Raumrettungskreuzers *Roter Mond*
- Sonra Task, Barakkaranerin, Dyanitschürferin auf Caros
- Te'De'O, eN'iX, Wissenschaftler auf Tiefe Arjon
- Thuran, Barakkaraner, Vorarbeiter auf Caros
- Zoarek, Nark, Vermittler für Dreistern-auf-Blau

Außergewöhnliche Kräfte, geheime Identitäten und eine dunkle Verschwörung

Laura Weller
BAY CITY HEROES
- IM ZEICHEN DER
GERECHTIGKEIT
Roman
DEU
640 Seiten
ISBN 978-3-404-20963-7

USA, 2045: Als Seraphina Winter überfallen und niedergeschlagen wird, brechen ungeahnte Fähigkeiten aus ihr hervor. Plötzlich schwebt sie hoch über der Stadt. Das kann nur eins bedeuten: Sie ist eine Veränderte – und steht von nun an auf der Abschussliste der Regierung. Gemeinsam mit vier anderen Veränderten beschließt sie, aus der Not eine Tugend zu machen. Sie verpassen sich geheime Identitäten und nehmen als Superhelden den Kampf gegen das Unrecht in der Stadt auf. Doch als immer mehr Veränderte spurlos verschwinden, muss Sera den Regierungsagenten John Hunter um Hilfe bitten, auch wenn sie nicht weiß, ob sie ihm wirklich vertrauen kann …

Bastei Lübbe

Der Kampf Mensch gegen Maschine hat begonnen!

Marie Graßhoff
NEON BIRDS
Roman
DEU
ISBN 978-3-404-20000-9

Es ist das Jahr 2101. Ein außer Kontrolle geratener technischer Virus verwandelt Menschen in hyperfunktionale Cyborgs, die dem Willen der künstlichen Intelligenz KAMI gehorchen. In Sperrzonen eingepfercht, werden sie von Supersoldaten bekämpft, die man weltweit als Stars feiert. Doch die Mauern beginnen zu bröckeln. Sekten beten KAMI als Maschinengott an. Und während der Kampf zwischen Menschheit und Technologie hin und her wogt, versuchen vier junge Erwachsene, den Untergang ihrer Zivilisation zu verhindern ...